# L'ESCLUSA DI ROSENCRAFT

### Barbara Morgan

*as*

*Faye Lizzy Sandstrom*

Website: http://www.ghostlywhisper.com

Facebook: https://www.facebook.com/ghostlywhisperltd

Instagram: https://www.instagram.com/ghostlywhisperltd

Twitter: https://twitter.com/GW_BooksEtc

Ghostly Horror Story

*A tutti gli illusi, a quelli che parlano al vento.*
*Ai pazzi per amore, ai visionari,*
*a coloro che darebbero la vita per realizzare un sogno.*
*Ai reietti, ai respinti, agli esclusi. Ai folli veri o presunti.*
*Agli uomini di cuore,*
*a coloro che si ostinano a credere nel sentimento puro.*
*A tutti quelli che ancora si commuovono.*
*Un omaggio ai grandi slanci, alle idee e ai sogni.*
*A chi non si arrende mai, a chi viene deriso e giudicato.*
*Ai poeti del quotidiano.*
*Ai "vincibili" dunque, e anche*
*agli sconfitti che sono pronti a risorgere e a combattere di nuovo.*
*Agli eroi dimenticati e ai vagabondi.*
*A chi dopo aver combattuto e perso per i propri ideali,*
*ancora si sente invincibile.*
*A chi non ha paura di dire quello che pensa.*
*A chi ha fatto il giro del mondo e a chi un giorno lo farà.*
*A chi non vuol distinguere tra realtà e finzione.*
*A tutti i cavalieri erranti.*
*In qualche modo, forse è giusto e ci sta bene…*
*a tutti i teatranti.*

*(Miguel de Cervantes, "Don Chisciotte")*

# PROLOGO

"*Tutto torna. A Rosencraft tutto torna. Dolore, umiliazione, paura, rabbia. Come una spirale infinita, un circolo vizioso a cui è impossibile resistere e sottrarsi.*

*Si tratta di una storia già scritta, fin dal principio. Precipitando negli abissi della memoria, del passato, di ciò che è stata Rosencraft e di ciò che potrebbe ancora divenire. Senza nemmeno crearsi troppe illusioni in proposito. Questo racconto è ciò che resta. Chi leggerà potrà interpretarlo come preferisce, prendere una decisione oppure nessuna. Nulla cambierà, comunque. Tutto è già accaduto. Tutto il bene e tutto il male del mondo, entrambi presenti in fondo a un'anima. Come l'esistenza stessa trasforma, in condizioni avverse, chi era senza colpa, senza malizia. Come le circostanze annientano e annullano un destino, alimentandone l'insofferenza, l'esclusione, la carica distruttiva.*

*Tutto torna con la forza e la violenza di un potere concentrico. Tutto il materiale è stato raccolto con scrupolo e attenzione ai dettagli. Ora non mi resta che lasciarlo andare, lasciarlo scorrere. Poi attendere il verdetto di chi potrebbe ancora cambiare le sorti di Rosencraft. Oppure permetterle di sprofondare negli abissi della noncuranza, dell'oblio, accettare che scivoli via, dimenticando per sempre di averne fatto parte.*

*Il tempo di Rosencraft è quello che rimane. Il tempo di Rosencraft è quello che ci mantiene ancora uniti, a combattere una sorte che mai avremmo chiesto e voluto per noi. Forse per come siamo ora, meritavamo di meglio. Ma non ci rimane altro. Non ci rimane né pace né riposo altrove. Nemmeno vita ci rimane. Nemmeno speranza.*"

*Lauren Atkinson*

# LIBRO PRIMO

## DOLCEMENTE ATTRAE - DOLORE

### (Katherine)

# "Benvenuti a Rosencraft"

## CAPITOLO 0

Questo frammento è ciò che rimane ed è ancora leggibile della lettera, scritta di suo pugno, inviata da Katherine Kingstone Redwood prima della sua scomparsa a qualcuno che lei chiamava "uomo col cappello". La parte conclusiva, conservata e ritrovata in un archivio della biblioteca di Rosencraft, in cui manifesta comunque tutta la sua rabbia, la sua furia. Il resto dello scritto è tagliato o illeggibile, a causa di macchie scure e strappi che ne ostacolano la lettura.

...

*"Non mi arrendo e non convincerò me stessa a rinunciare. So che questo luogo è malato, malsano, folle. Fuori dal tempo e dal vivere civile. Fuori dall'umanità stessa. Anche tu lo hai capito ormai, ne sono certa. Questi esseri si spacciano per umani, ma non lo sono. Non hanno anima. Hanno solo pietre nel cuore. Pietre nelle ossa. Pietre nelle viscere. Pietre ovunque. Pietre che non vengono smussate, che non si scalfiscono. Sono arrivata qui contro la mia volontà, ma non ho avuto scelta.*

*Non scriverò il tuo nome. Siamo entrambi cambiati, ci siamo dovuti adeguare a Rosencraft. Per me sarai soltanto l'uomo col cappello. Sei qui per una ragione che forse ha a che vedere con la giustizia terrena, perché dubiti di quella divina. Posso comprendere.*

*Riuscirò a strappare la linfa che mantiene in vita questo luogo di inquietudini e dolori. Invocherò il cielo e tutti gli spiriti, buoni o cattivi che siano. Non mi importa delle conseguenze, non più. Lei non dovrà soccombere qui, come presto potrebbe toccare a me. Lei non dovrà essere schiacciata e vinta. Se tu mi aiuterai, uomo col cappello, saremo più forti. Se tu mi aiuterai, riusciremo a radere al suolo Rosencraft e tutto il male che si annida in profondità, tra le sue viscere, da così tanto tempo. Tutta la sua falsa morale, la sua falsa condiscendenza, ciò che deturpa e ammala un'anima semplice e pura.*

*A Rosencraft tutto torna. Non lo dimentico. Non farlo nemmeno tu."*

*KKR-EdR*

# CAPITOLO 1

È stata vista altrove. È stata vista vagare, senza una meta. Perché era così che attraversava la vita, anche prima di giungere a Rosencraft. Sì, era proprio così che attraversava la vita. Sua e di altri. L'attraversava e la scalfiva. Vagando senza una meta. Con la sua anima incorruttibile e anticonvenzionale, si illudeva di essere destinata a grandi sfide, grandi mutamenti, grandi rivoluzioni. Aprendo la mente e il cuore. Con quella delicatezza e quel fascino nei modi e nei gesti che non lasciavano mai indifferente chi incrociava il suo cammino. Con la bellezza un po' selvaggia e gli occhi ladri che avevano attratto, tra gli altri, anche Adam Redwood, discendente di una delle famiglie fondatrici di Rosencraft, i Redwood per l'appunto. Preso dal suo fulgore, assoggettato tra rapimento ed estasi.

È ancora così che lei dolcemente attrae. Anche nascosta, anche lontana, anche morta forse.

«Fatalmente scomparsa.» Questo, a un certo punto, avevano iniziato a dire di lei, a Rosencraft. «Fatalmente scomparsa.»

Come se fosse stato il "fato" a farla "scomparire".

Opera del fato o meno, la sua opinione su Rosencraft non lasciava adito a dubbi o fraintendimenti. Così la descriveva, a modo suo. Un modo magari incongruente ma spietatamente onesto, affine al suo carattere, al suo sentire.

"Pietre nel cuore. Pietre nelle ossa. Pietre nelle viscere. Pietre ovunque. Pietre che non vengono smussate, che non si scalfiscono."

Pietre contro coloro che venivano definite "esterne", com'era lei, "Katherine Kingstone Redwood, Esclusa di Rosencraft".

«A Rosencraft tutto torna» aveva iniziato a ripetere, incessantemente.

Anche loro, anche le estranee, le "esterne", come le definivano. Non c'era soltanto lei. Erano più di una e, inevitabilmente, la loro fine sarebbe stata la medesima. Le lasciavano morire, per lo più. Di solitudine e noncuranza. Di dolore, infine. Anche chi le aveva amate e convinte a restare a Rosencraft, le lasciava morire, giorno dopo giorno dopo giorno. Senza nemmeno rendersi conto e reagire, senza tentare di salvarle.

Ma Katherine era stata una sorta di drammatica eccezione. Lei non riusciva a convincersi di dover finire lì. Non riusciva a rassegnarsi. Si rifiutava di lasciarsi vincere. Non voleva permettere a nessuno di abbatterla. Dopo aver rifiutato tante circostanze nella vita, si rifiutava ostinatamente di morire. Non così, almeno, non senza lottare. E, in ogni caso, non senza una vendetta ben congeniata. Non senza una resa dei conti che avrebbe trascinato l'intera Rosencraft con sé, quando sarebbe arrivato il momento.

Abbandonata al suo destino, osservava il lavoro dei ragni. Tanto che era giunta a rispettarlo prima, poi a stimarlo e infine a venerarlo e a tentare di imitarlo. Una pazienza inaudita. Un incessante lavoro di zampette. Un'opera d'arte vera e propria. Per tessere la loro tela, sempre più fitta, come i più esperti e scaltri manipolatori tessevano i loro intrighi in cui risucchiare e restare risucchiati. Osservava quei lavori magistrali con infinita ammirazione e si chiedeva come Dio, l'universo o chi governa il mondo avesse potuto creare qualcosa di così magico e meraviglioso. Il grande creatore doveva essere davvero un artista, quindi.

Si era resa conto che il mondo era proprio l'immagine riflessa di una tela di ragno. Un'immensa ragnatela che connette il tutto. E la divertiva il fatto che a Rosencraft, proprio i ragni venissero considerati tra gli esseri più abietti e meschini, tra le cause scatenanti di grandi terrori e grandi fobie. Per contrasto,

Katherine li trovava affascinanti e operosi. Detestava la pigrizia e l'inattività, il lassismo diffuso tra i veri abitanti di Rosencraft.

Katherine rispettava i ragni e amava prendere il tè, a Rosencraft. Solo per sentirsi ancora parte del mondo e, nel suo piccolo, parte dell'Inghilterra in cui era cresciuta ma che l'aveva ben presto trascinata altrove. In altri paesi, in altre città che si erano impregnate in lei, condizionando in parte le sue abitudini. Non le importava così tanto del rito del tè, prima. Quando aveva attratto Adam Redwood, quando lo aveva sposato ed erano vissuti felicemente da esterni. Prima. Prima che lui la convincesse a seguirlo a Rosencraft, che certamente si doveva trovare in un luogo geografico specifico, ma in realtà non apparteneva a nessun luogo. Aveva regole tutte sue. Era una sorta di microcosmo, di regno intoccabile e perfettamente non integrato in nessuno stato del mondo.

Anni dopo, per Emily Redwood sarebbe stato lo stesso, un'inquietante ripetizione. Il fascino esercitato su di lei dai ragni e da ogni piccola creatura operosa, selvaggia e libera l'attraeva e le infondeva speranza. Perché lei, come sua madre Katherine, era prigioniera. Con la differenza che Emily non aveva mai conosciuto nulla di diverso. Non aveva mai potuto amare la libertà, non avendola assaporata. Era giunta a Rosencraft a pochi anni di vita. La libertà per lei era solo una leggenda, un ideale. Ma pietre nel cuore, pietre nelle ossa, pietre nelle viscere, pietre ovunque, era ciò che aveva ricevuto sempre e incessantemente. La definizione di Katherine era per lei una devastante realtà quotidiana.

«Figlia di esterna, figlia di cagna!»

Parole a cui Emily non era riuscita, per buona parte dei suoi anni infantili, a dare un senso. Tanto che non li aveva nemmeno registrati come offese intenzionali, come insulti. Erano solamente parole, come tante altre che si pronunciavano nel corso della giornata. Alla stessa stregua di "andiamo a fare una passeggiata?" e "oggi per fortuna non piove".

Quindi, per buona parte dei suoi anni infantili, aveva replicato allo stesso modo, come un saluto quotidiano.

«Figlia di esterna, figlia di cagna!»

Con il suo tono dolce e melodioso. Con l'attrattiva dei grandi occhi scuri, aperti sul mondo, i capelli neri lisci e setosi, il visino fresco e delicato.

Perché Emily era come Katherine, destinata ad attrarre. Che lo volesse o meno, con o senza intenzione. Ed era anche come alcune altre esterne, in fondo. Destinata ad amare. Destinata ad attendere.

Ma infine sarebbe stata anche e solo se stessa. Destinata a uccidere.

# CAPITOLO 2

Le solitudini erano presenze, per Katherine Kingstone. Presenze schiaccianti. Così, erano diventate le Solitudini. Avevano un nome, un'anima, anche se malsana e corrotta. Presenze che ti ignorano fino a schiacciarti, a ucciderti. Le subiva costantemente.

Si trovavano un po' ovunque, nel mondo, ma nella cittadina di Rosencraft, le Solitudini si erano allargate a macchia d'olio. Come Rosencraft stessa, del resto. Da un fulcro, fino a corrompere tutto ciò che la circondava, in un moto perpetuo e concentrico.

Poi c'erano le Vittime delle Solitudini. Perché le vittime c'erano sempre e c'erano sempre state, anche all'esterno. Le vittime esistevano da quando esisteva il mondo. Del resto, era stato inventato così e niente e nessuno avrebbe potuto cambiarlo. Ma a Rosencraft sembrava che le Vittime non avessero alcuna via di scampo, proprio a causa delle Solitudini. Vittime da calpestare, da insultate, da abbattere a più riprese. Vittime su cui accanirsi.

Emily Redwood, prima ancora di saperlo, sarebbe diventata la Vittima per eccellenza. Teneva un diario, come consolazione. Stralci di esistenza, a Rosencraft. E quella sorta di litania ripetuta da Katherine, "a Rosencraft tutto torna", udita da bambina, era diventata parte di lei.

*"A Rosencraft tutto torna. Io non torno. Io resto. Io devo restare. Mi legano con catene invisibili, di rabbia e di possesso."*

*ER*

Emily Redwood, Esclusa di Rosencraft. Era un tutt'uno, raccolto in quelle due lettere. Come un malefico scherzo del destino. Una vita intera sottomessa a regole che nessun esterno sarebbe stato in grado di sovvertire.

La struttura di Rosencraft non si discostava poi molto da altre cittadine della campagna inglese. Un centro, una chiesa, un piccolo parco, una sala cinematografica con proiezioni non proprio aggiornate (ma sempre meglio di niente), una biblioteca, qualche negozio, per lo più di generi alimentari, un paio di pub, una tavola calda, un ristorante e un albergo con poche stanze disponibili. Una periferia come tante altre che allargandosi sconfinava in aperta campagna a nord e poi nei boschi circostanti. Un'apparenza come tante altre. I viaggiatori ne ammiravano l'ordine, ma soprattutto il fascino quasi primordiale, come una piccola e rustica gemma incastonata tra metropoli e campagna. Una sorta di oasi pittoresca che si attraversava con piacere. Ma i viaggiatori erano sempre e solo di passaggio, nessuno si tratteneva oltre un giorno e una notte nel piccolo albergo cittadino gestito da Minette Pinkfellow, che lo aveva ereditato dai genitori qualche anno prima. Solo il tempo necessario per passare oltre e dirigersi altrove.

Tutti, a Rosencraft, conoscevano le famiglie fondatrici. Del resto, era inevitabile. Lo studio della fondazione occupava una parte preponderante dell'istruzione scolastica nella città. Perché, anche se non era risaputo all'esterno, si trattava effettivamente di una sorta di piccolo stato, ufficioso, nello stato vero e proprio, ufficiale.

Le famiglie fondatrici si distinguevano ora in quattro classi che non contavano molti superstiti tra i loro membri, ma comunque sufficienti a preservare le tradizioni: famiglie fondatrici benestanti, famiglie fondatrici medie, famiglie fondatrici umili e famiglie fondatrici benestanti ma che erano ormai pressoché estinte. Nulla di complicato, in apparenza. In realtà le antiche vicissitudini riguardanti avversioni, offese e

18

alleanze intercorse tra le famiglie fondatrici erano alquanto contorte e complesse. Poi c'erano gli altri abitanti, uniti da legami più o meno stretti con le famiglie fondatrici.

Il nucleo delle famiglie fondatrici benestanti era composto dai Rosencraft, da cui la città aveva preso il nome, dai Brownhall e dai Redwood. Adam Redwood, padre di Emily, era l'ultimo discendente della famiglia benestante Redwood. I suoi genitori, Tessa e Sten, e il fratello maggiore Ian insieme alla moglie Jenny Blackmirror e al loro figlioletto Dirk, erano deceduti in quello che era stato catalogato come un "tragico incidente" durante una visita alla loro tenuta di campagna sul confine nord di Rosencraft. La grande villa di famiglia era andata disgraziatamente a fuoco nel corso di una notte troppo oscura e sicuramente troppo tempestosa.

La vicenda era stata archiviata come "tragico incidente", "tremenda disgrazia" o altri termini simili, però restava il fatto che Dana Rosencraft, sorella di Morris Rosencraft, l'attuale sindaco, era stata destinata a Ian Redwood. Ma Ian, malauguratamente per tutti (anche per se stesso, considerata la sua fine), si era innamorato di Jenny Blackmirror, discendente di una famiglia umile che prima era stata benestante e aveva deciso di sposarla. Jenny, sfortuna sua, lo ricambiava e aveva accettato.

Prima della "rovinosa caduta" l'ultimo membro della famiglia rimasto in vita, Adam Redwood, era considerato un giovane bello, intraprendente, saggio. Alto, dal fisico prestante, profondi occhi azzurri e folti capelli neri, non si era lasciato andare e aveva trovato in sé la risolutezza e il coraggio di reagire. Tanto da aver superato la tragedia con tutta la forza di spirito necessaria.

Ma qualche anno dopo, Adam aveva dimostrato che la saggezza non faceva assolutamente parte delle sue virtù, perché aveva commesso l'imperdonabile errore di andarsene, di abbandonare la sua città in modo definitivo e quasi brutale manifestando i suoi sospetti riguardo il "tragico incidente" che aveva coinvolto la sua famiglia, di innamorarsi di un'esterna, Katherine Kingstone, e di sposarla. Questa svolta nel suo destino era stata descritta a Rosencraft come la "rovinosa caduta". In modo ancora più imperdonabile aveva poi deciso di rientrare a Rosencraft con la moglie e la figlioletta Emily, per sbandierare davanti a tutti la felicità della sua scelta di quella donna fin troppo seducente e audace. Quando invece sarebbe stato consono, soprattutto nella sua posizione di ultimo discendente di una famiglia fondatrice benestante, scegliersi una "sangue puro". Una Rosencraft o una Brownhall, possibilmente. Invece le sue azioni, alla fine, si erano rivelate anche peggiori di quelle del fratello Ian. Chiaramente i figli dei Redwood erano dei ribelli senza coscienza e qualità, nella loro determinazione ad amare, sposare e peggio ancora fecondare chi pareva a loro!

Delle famiglie fondatrici medie attualmente facevano parte i Whiteland, i Pinkfellow e i Yellowstar, che avevano per lo più un rapporto di sudditanza nei confronti dei Rosencraft. Lo stesso valeva per le famiglie fondatrici umili, i Greyhammer, i Greenshow e i Blackmirror. Anche se in realtà i Blackmirror erano un caso a parte. Erano stati benestanti ai tempi della fondazione, ma acerrimi rivali e nemici dei Rosencraft che, dopo una diatriba senza esclusione di colpi, li avevano ridotti in miseria. Ma almeno i Blackmirror erano sopravvissuti, a differenza dei Darksee e dei Lightstorm, famiglie fondatrici condannate dai Rosencraft all'estinzione, soprattutto a causa di certi poteri occulti che si diceva avessero manifestato nel corso dei primi tempi della fondazione della città. Ian Redwood aveva avuto la malaugurata idea di innamorarsi proprio di Jenny, una Blackmirror.

Così, per una serie sfortunata di eventi per nulla dipendenti dalla sua volontà, alla morte di entrambi i genitori la piccola Emily Redwood era rimasta sola. Nata nel corso di un soggiorno di Adam e Katherine a Parigi, decisamente al di fuori dei confini di Rosencraft, avrebbe potuto trascorrere un'esistenza tranquilla e serena, forse anche felice, se ad Adam Redwood non fosse venuta la malsana idea di rientrare a Rosencraft. Determinato, per la prima volta nella sua esistenza, a far valere i suoi diritti sulla città e sui suoi possedimenti. Forse non era stata nemmeno la sua volontà a spingerlo a tornare, ma una curiosa concatenazione di circostanze avverse l'aveva quasi costretto a maturare questa decisione che aveva condotto alla distruzione prima della sua famiglia e infine della sua stessa vita.

Il sogno di Adam era stato, da sempre, quello di dedicarsi alla progettazione e alla costruzione di navi. Ma dopo il fallimento della sua impresa nella navigazione, si era impuntato sulla necessità di appropriarsi dei propri beni a Rosencraft, in modo da potersi rimettere in gioco e riprendersi le quote dell'attività che era stato costretto a cedere. Quei beni comprendevano ciò che veniva chiamato da tempo "il tesoro dei Redwood". Adam, per la prima volta nella sua vita, era intenzionato a trovarlo. Disperatamente intenzionato a trovarlo. Ma purtroppo gli era andata male. Talmente male da perdere la sua adorata Katherine e, qualche anno più tardi, rimetterci lui stesso la vita.

Così, alla fine, Emily era rimasta dove Adam l'aveva lasciata. In casa di Trudy Whiteland, sua seconda moglie dopo la scomparsa di Katherine. La vita con la matrigna e con Fiona, figlia del primo matrimonio di Trudy, era quello che era. Una serie infinta di privazioni, affanni, umiliazioni. La scuola di Rosencraft, che Emily frequentava con un impegno quasi spropositato considerata la sua giovane età e le sue condizioni, era uno specchio della casa di Trudy. Ma Emily Redwood non aveva altro. Sui libri dimenticava tutto il dolore. Sui libri, il più delle volte, dimenticava anche di essere viva.

Usciva sempre di casa in anticipo rispetto a Fiona e agli altri studenti, per andarsi a rifugiare nella biblioteca della scuola, la "Rosencraft High". Leggeva libri a caso, senza particolare predilezione nei confronti di nessun argomento. Si lasciava per lo più guidare tra le parole da un istinto quasi selvaggio, come se quel libro in quel particolare momento fosse giunto davanti ai suoi occhi per una sorta di predestinazione voluta dall'alto. Non si era mai chiesta quale "alto" ma non aveva molta importanza. Così fluttuava tra narrativa, saggistica, libri di scienza o di storia. Non faceva differenza. Emily aveva undici anni e desiderava imparare. E desiderava imparare per un motivo ben preciso: essere in grado di andarsene, un giorno. Anche il giorno era ben preciso. A diciotto anni esatti, avrebbe lasciato Rosencraft per sempre e non sarebbe tornata mai più. In seguito, dall'esterno, avrebbe smascherato le oscure congiure dei Rosencraft. Quelle che aveva sentito nominare da Katherine da bambina, quelle di cui l'aveva sentita discutere animatamente con Adam e che le danzavano nella mente da sempre, come un valzer perenne di malvagità e calunnie. Questo era il grande piano per cui Emily si stava preparando, meticolosamente e accuratamente, giorno dopo giorno.

Perché il dolore la vinceva, costantemente. La lasciava esterrefatta e tramortita nei confronti della crudeltà che i suoi simili perpetravano su di lei senza pietà e apparentemente senza rimorso. Si sentiva un piccolo animale in gabbia, un animale accerchiato e massacrato. Il paragone non era poi così lontano dalla realtà, considerato il trattamento che gli abitanti riservavano agli animali di Rosencraft, che dal bosco venivano appositamente spinti verso il luogo denominato "Riserva dei Fondatori", dove servivano per placare gli istinti bellicosi degli abitanti quando i Rosencraft decidevano di aprire la stagione della caccia.

Ma in Emily, nel suo piccolo cuore caparbio, qualcosa stava iniziando a mutare. Il punto di svolta vero e proprio avvenne una mattina mentre, come sempre in netto anticipo sugli altri, si stava dirigendo verso la scuola.

Era una mattinata di ottobre e l'aria fresca dell'autunno stava prendendo il sopravvento sul clima tiepido dell'estate. Sul marciapiede, le foglie degli alberi avevano assunto delle splendide tonalità, una gamma di colori che andava dall'arancio, al rosso, all'oro. Per questo motivo, per quei colori così vivi e accesi che si mescolavano tra loro, Emily in principio non la vide.

Furono gli occhi a richiamare la sua attenzione. Non tanto il colore, di una delicata tonalità verde azzurro, ma il dolore che quegli occhi racchiudevano, il luccichio che avrebbe imparato a riconoscere. La luce così intensa e disperata di un essere che abbandona la vita.

«Cosa ti hanno fatto?» Emily mosse qualche passo verso di lei. Poi però si fermò, restando immobile a guardarla.

Ma la piccola volpe ferita a terra, seminascosta tra le foglie autunnali che si confondevano con il suo pelo rosso arancione, ovviamente non poteva risponderle. Non poteva perché era solo un animale. Non poteva perché stava morendo.

«Povera piccola...» Emily la raggiunse, lasciandosi cadere d'istinto al suo fianco. «Cosa ti hanno fatto?»

Non che si aspettasse una risposta. Sapeva esattamente cosa le avevano fatto. Evidentemente avevano iniziato le esercitazioni. Accerchiata, ferita, calpestata. Quello che quotidianamente facevano anche a lei, pur lasciandola in vita. Perché uccidere un animale, una volpe in particolar modo, era motivo di vanto e prestigio, a Rosencraft. Uccidere un essere umano, non proprio. Non apertamente, almeno. Uccidere lei era impensabile, almeno per i prossimi sette anni. Almeno fino a quando avrebbe ereditato il tesoro dei Redwood, trasformando se stessa in una preda.

Emily si posò la mano sinistra sul cuore. Con l'altra mano accarezzava la piccola volpe morente. E quei lucenti occhi verde azzurro che stavano lasciando per sempre la vita, all'improvviso furono dentro di lei. E ci rimasero. Avevano stabilito una connessione. Erano diventate una cosa sola.

Rimase in silenzio. Non poté fare altro. Accompagnarla dolcemente dall'altro lato. Dove non sarebbe stata mai più accerchiata, ferita, calpestata. Dove non sarebbe stata mai più una vittima.

Le lacrime di Emily continuarono a scivolare giù, mentre il dolore finalmente abbandonava il corpo e l'anima della piccola volpe. Ma la luce di quegli occhi, di quegli occhi luminosi e sofferenti, non se ne andò. Anche la piccola volpe stava piangendo, mentre lasciava la vita.

«Va tutto bene, piccola. Va tutto bene. Starai bene.»

La cantilena di Emily proseguì a lungo. Dimentica di tutto il resto, compresa se stessa. Anche quando riacquistò consapevolezza, era restia ad allontanarsi e continuava ad accarezzare la piccola volpe. Eppure avrebbe dovuto farlo, a breve. L'alternativa sarebbe stata subire ancora una volta le ripercussioni dei suoi atteggiamenti maldestri e inaccettabili.

La piccola volpe aveva avuto coraggio, a differenza di tante sue simili. Vicina alla morte era riuscita a raggiungere il centro cittadino, il viale alberato che portava verso la scuola, aveva avuto la forza di uscire dalla "Riserva dei Fondatori" dov'era stata ferita e la sfacciataggine di mostrarsi, in un estremo atto di ribellione. La sua presenza lì era come un'accusa, una condanna.

L'incontro con Emily non l'aveva salvata. Ma forse avrebbe salvato la ragazzina che l'aveva consolata, accarezzata e accompagnata nei suoi ultimi istanti di vita. Perché Emily Redwood, da quel momento, raccogliendo tutta l'angoscia e tutto il dolore della piccola volpe, si era davvero risvegliata. Aveva iniziato a ricordare, a pretendere da se stessa di spingersi oltre con la memoria, oltre le parole di sfida e l'audacia di sua madre, oltre l'ambizione e la forza di suo padre. E aveva iniziato a cambiare.

# CAPITOLO 3

Qualcuno la stava osservando. Emily ne ebbe chiara consapevolezza appena trovò la forza di rialzarsi. Nonostante tutto, era ancora troppo presto per gli altri studenti. La sua mente aveva amplificato il tempo. Si era trattenuta a lungo con la volpe, ma non tanto da sentirsi minacciata dall'arrivo di altri esseri umani diretti verso la sua medesima destinazione. Non le sarebbe importato, comunque. Non lo aveva calcolato.

Lanciò un ultimo sguardo al cadavere della piccola volpe. Qualcuno l'avrebbe presto raccolto e gettato via. Per un attimo pensò di seppellirla, di riportarla nel suo ambiente. Si chiese anche quale fosse davvero il suo ambiente. Il bosco o la riserva in cui l'avevano confinata? Ma un movimento repentino alle sue spalle la indusse a fuggire, a nascondersi. Qualcuno la stava davvero osservando, e non era nemmeno la prima volta. Se n'era già accorta da tempo. Così si allontanò correndo difilato verso il cancello della scuola. Perché si aspettava che, da un momento all'altro, qualcuno avrebbe dato la caccia anche a lei.

Si aspettava che presto a Rosencraft non solo la caccia incessante agli animali sarebbe stata consentita e incoraggiata. Era un luogo senza tempo, Rosencraft. Un luogo senza regole, anzi peggio con le sue proprie regole. Uccidere era un vanto. Uccidere animali, volpi soprattutto. E anche chi poteva essere considerato, per comune ammissione, un animale.

Chi non praticava la caccia veniva disconosciuto, a Rosencraft. Per un uomo, avrebbe significato finire nell'ultima fascia della gerarchia sociale, essere beffeggiato e deriso fino alla fine dei suoi giorni. Considerato un debole, disconosciuto, bistrattato. Per una donna, non approvare la caccia, era come finire alla gogna, non meritare nulla di buono. Ridursi alla stessa stregua delle esterne. Una cagna. Perché le esterne, come Katherine, erano cagne che privavano le buone donne originarie di Rosencraft dei loro uomini. Non era ammissibile. Non era perdonabile. C'erano già abbastanza o fin troppe donne a Rosencraft! Perché sceglierne una esterna?

Per gli uomini provenienti dall'esterno la questione era differente. Forse non erano stimati come i fondatori, gli originari e i loro discendenti, ma erano accettati. In quanto, essendo le donne di Rosencraft in numero maggiore rispetto agli uomini, era cosa buona e giusta che cercassero un uomo all'esterno e lo trascinassero all'interno della comunità. Sarebbe stato infinitamente peggio per loro restare sole. Le donne sole, autonome e indipendenti non erano ben viste, a Rosencraft. Forse non venivano considerate come le cagne esterne, ma rischiavano di seguire lo stesso percorso, lo stesso miserabile destino.

Per questo motivo Adam Redwood aveva sposato, in seconde nozze, la vedova Trudy Whiteland. Perché non aveva avuto scelta. Per dare a Emily, dopo la scomparsa di Katherine, una parvenza di normalità, una parvenza di famiglia, mentre tentava con ogni mezzo di entrare in possesso delle sue proprietà e del tesoro dei Redwood. Ma era sempre stata una parvenza, appunto. Fin troppo forzata.

Trudy, avendo sposato in prime nozze Gary Whiteland, faceva parte di una famiglia fondatrice media. In realtà lei stessa era una discendente dei Greenshow. Adam aveva cercato di far funzionare il rapporto, i primi tempi. Ci aveva provato, o aveva finto di provarci, pur sapendo che non sarebbe riuscito a rendere possibile l'impossibile. Perché Katherine, con il suo viso splendido, le onde morbide dei suoi capelli, i grandi occhi scuri, occupava ancora ogni parte di lui, dei suoi pensieri, della sua anima, del suo corpo. E toccare Trudy chiudendo gli occhi lo costringeva a ubriacarsi, sperando di ubriacare anche i sensi in amplessi che lo lasciavano sempre sconvolto e devastato. Trudy, dal canto suo, non gli concedeva tregua.

«Adesso sei sposato con me!» Gli urlava addosso, aggrappandosi a lui. «Con me, non più con lei!»

Ma Adam non si era mai arreso alla scomparsa di Katherine. Perché, sebbene fosse stata data per morta, era veramente scomparsa. Oppure fatta scomparire. Il risultato era comunque un'assenza onnipresente e un uomo che non si sarebbe mai dato pace fino a quando l'avrebbe ritrovata o raggiunta.

Infine si era arreso. Adam Redwood era ufficialmente deceduto per un attacco cardiaco. Una mattina d'inverno, con la schiena poggiata a un pioppo, oltre la staccionata del giardino di quella che era stata, per un breve periodo, la casa sua e di Katherine, a Rosencraft. Vi si recava ogni giorno, ostinatamente deciso a non venderla e tenacemente aggrappato ai suoi ricordi. Restava fermo a guardare quella casetta in mattoni rossi che aveva considerato il suo focolare, la speranza che avrebbe portato a lui e alla sua famiglia qualcosa di più grande e più bello. Era morto di dolore o di rimorso.

Emily, a nove anni, era rimasta da sola con Trudy, furiosamente vedova per la seconda volta e senza aver raggiunto il suo scopo, e con sua figlia Fiona, rabbiosamente ostile nei confronti della sorellastra. Soprattutto era rimasta in attesa del tesoro dei Redwood destinato a lei sola, nascosto chissà dove, che avrebbe ereditato al compimento del suo diciottesimo anno d'età o dissolto nella beneficienza nel malaugurato caso lei fosse morta prima del tempo. Così aveva lasciato scritto Adam Redwood, tra le sue volontà depositate presso lo studio di Charles Rosencraft, prima di andarsene in pace all'altro mondo. Questa era l'unica garanzia che Emily possedeva sulla sua vita. Charles Rosencraft, fratello minore di Morris, era un uomo apatico e scialbo, indifferente alla vita sociale e alle luci della ribalta, ma nessuno dubitava della sua correttezza. Nemmeno Adam. Il fatto che avesse scelto di affidare le sue ultime volontà proprio a un Rosencraft era indicativo di quanto poco si fidasse della seconda moglie o di altri personaggi che gli bazzicavano avidamente intorno.

Emily, nel suo cuore di bambina, conservava un sospetto che però non aveva mai avuto il coraggio di esprimere, nemmeno col padre. Anzi, soprattutto col padre. Perché sarebbe stato come accusarlo di aver sacrificato sua madre, se stesso e alla fine anche lei, per niente. Emily sospettava che il tesoro dei Redwood non esistesse affatto. Che fosse una leggenda messa in piedi dai suoi avi e sostenuta accanitamente anche da Sten, suo nonno, solo per fare in modo che i Redwood non finissero nella schiera delle famiglie fondatrici cadute in disgrazia. Però non avrebbe mai osato rivelarlo a nessuno. La mancanza del tesoro l'avrebbe condannata. Il tesoro le garantiva ancora qualche anno di vita.

I ricordi di Emily della sua vita precedente Rosencraft erano immagini evanescenti che a volte si facevano spazio nella memoria. Aveva qualche flash improvviso degli autobus rossi di Londra, dei clacson delle auto, dei rumori della città, dei giardini fioriti in cui correva, del profumo dolce e intenso di sua madre, di suo padre che l'afferrava per la vita e la sollevava in alto. Era come volare. Ma aveva nelle orecchie anche un suono simile a parole che aveva visto scritte sui libri in diverse lingue che dovevano essere francese, spagnolo, portoghese, rumeno, italiano, polacco, russo, tedesco... Non aveva mai praticato buona parte di quelle lingue ma, inconsapevolmente, ne conservava il ricordo.

Sua madre leggeva spesso, per lei. Non solo in inglese. La maggior parte delle volte in francese e in italiano, tanto che Emily aveva imparato a riconoscerle piuttosto bene. Katherine era convinta che la bambina potesse imparare, se istruita fin da piccola. Leggeva storie che Emily non riusciva ancora a comprendere, ma si lasciava cullare dal suono della sua voce, dall'armonia che l'insieme di quelle frasi donava al suo piccolo cuore avido d'amore e di conoscenza. Leggeva William

Shakespeare, nato e vissuto a Stratford-upon-Avon, leggeva Charles Dickens, Victor Hugo, Alexander Dumas, George Sand, Luigi Pirandello, Gabriele D'Annunzio, Sibilla Aleramo. Leggeva Jane Austen, leggeva George Eliot, Mary Shelley, Mary Wollstonecraft, le sorelle Brontë. Proprio da Emily Brontë, la favorita di Katherine, Emily aveva ereditato il suo nome. Leggeva i classici della letteratura mondiale e anche buona parte della letteratura moderna e contemporanea.

Immagini di Stratford-upon-Avon, cittadina dove Katherine era cresciuta, si sovrapponevano a tutto il resto. Era lì che Emily sognava di fuggire e di vivere, almeno all'inizio, fino a quando avrebbe avuto la forza di andare altrove. Stratford-upon-Avon viveva prevalentemente attraverso i ricordi e le descrizioni di suo padre, attraverso i libri di sua madre e le ricerche di Emily nella biblioteca scolastica. Tutto sommato, non sembrava così diversa da Rosencraft, come struttura, densità, conformazione, campagna circostante. Ma sperava che la similitudine esterna corrispondesse a una completa differenza interna. SUA, la chiamava Emily, nel diario che aggiornava quotidianamente. Stratford-upon-Avon era SUA, per paura di essere scoperta, per timore che qualcuno sventasse i suoi piani di fuga. Ma non poteva esimersi dal sognarla, dal nominarla almeno con una sigla, dal sentirla effettivamente "sua" nella lingua italiana, com'era stata di sua madre Katherine.

Immergendosi in SUA, nei libri e nelle storie in cui si perdeva giorno dopo giorno, Emily riusciva a estraniarsi, a evitare tutto il resto. Riusciva ad andare a scuola, a ignorare gli insulti e i dispetti, e a tornare a casa, continuando a ignorare i rimbrotti e le accuse di Trudy. A un certo punto, considerato il fatto che nulla sembrava scalfirla, la matrigna si era convinta del fatto che la figliastra fosse ritardata o completamente scema. Emily, allo stesso tempo, si era convinta che fosse molto meglio per lei non tentare di contraddire quel pensiero.

Così, fingendosi completamente scema, Emily Redwood era riuscita a sopravvivere e ad arrivare a dodici anni di vita.

# CAPITOLO 4

«Lasciami leggere, idiota!» Era la frase che normalmente Trudy rivolgeva a Emily. Alternata a: «Lasciami guardare, idiota!»

Non che Emily le impedisse di leggere i romanzi erotici in cui Trudy si immergeva quotidianamente o di guardare le soap opera, i quiz a premi e i reality show che la matrigna adorava seguire. Per le soap opera non aveva particolare giustificazione, i quiz invece stimolavano la prontezza di riflessi e l'attività cerebrale. I reality show erano un tuffo nella realtà, un'analisi della società umana con i suoi pregi e i suoi difetti. Giustificazioni che Trudy elargiva a chi arrivava in visita e la sorprendeva in queste sue attività quotidiane. Il giudizio della figlia Fiona le era del tutto indifferente. Emily invece era un costante fastidio, con quello sguardo corrucciato e sprezzante che le ricordava così tanto quello di Adam, suo padre. Ogni suo minimo movimento la irritava, anche il suo respiro le causava una rabbia che faticava a trattenere.

A Rosencraft tutto doveva avvenire entro i limiti della morale, del rigore. Contava l'apparenza, tanto che Trudy nascondeva accuratamente le copertine e i titoli dei suoi romanzi con sovraccoperte a fiorellini o a quadretti, fingendo di leggere libri di preghiere, di riflessioni bibliche o saggi moralmente ispiranti. Libri che lei stessa definiva "sani", per distinguerli da quelli che potevano instillare nei lettori pensieri impuri o istinti di ribellione nei confronti della società civile.

Grossa e massiccia, dai folti capelli raccolti in una crocchia a cui la tinta dava una tonalità color prugna, Trudy Whiteland era una donna di sani principi, morigerata e timorata di Dio. Per questo si era sposata la seconda volta, perché credeva nel sacro vincolo del matrimonio. E in quel Dio che lei stessa dipingeva

31

come onnisciente, onnipresente, rabbioso e vendicativo. Allo stesso Dio però Trudy si premurava di celare i suoi reali pensieri, i suoi intenti e le sue letture. Oppure giustificava se stessa, ammettendo che in fondo lo faceva "per il bene delle bambine", per sapere come tenerle lontane da ciò che era sporco, depravato, immorale, peccaminoso. Insomma, conoscere il male per poterlo evitare ed estirpare. Ogni azione di Trudy era sempre ispirata da ottimi principi.

A un anno dalla morte di Adam Redwood, Trudy aveva trovato un nuovo fidanzato. Ferdinand Brownhall, appartenente a un'altra famiglia fondatrice benestante. Separati da un contrasto fisico, Ferdinand era alto, dinoccolato e asciutto, erano uniti da un comune interesse, quasi maniacale, nei confronti dei quiz televisivi che seguivano accanitamente sul divano del soggiorno, ingurgitando birra, popcorn e arachidi. Fiona e ancora più spesso Emily venivano impiegate nel cercare le risposte corrette alle domande dei quiz, in modo da riuscire a prendere la linea prima degli altri e vincere i premi in palio.

Ma tutto era piuttosto scadente a Rosencraft, come se fosse stata appositamente dimenticata dal mondo oltre che dalle cartine geografiche. Come se fosse stata dimenticata anche dal tempo, indietro di almeno vent'anni o forse più. Quindi le informazioni che riuscivano a reperire su internet erano tardive a causa di continui sbalzi e guasti, resi ancora più frustranti dalla lentezza nella connessione che saltava di continuo. Anche il giornale locale, il "Rosencraft Gazette", subiva le conseguenze di questo essere fuori dal mondo e dal tempo. In ogni caso, le notizie pubblicate dovevano essere controllate e passare sotto l'approvazione dei Rosencraft o del personale assunto dai Rosencraft appositamente per questa mansione.

Il rigore e il riserbo era quanto di più importante esistesse a Rosencraft. Anche litigi, tradimenti, sofferenze e infedeltà dovevano sempre avvenire nello stesso modo. Con rigore e con riserbo. Voci fuori dal coro, come quelle delle esterne o di chi portava avanti scelte di vita differenti, non erano ammesse.

Il coro della chiesa, diretto dall'attuale pastore Harold Greenshow, era invece fervente e attivo. La chiesa, come spesso accade, era posizionata proprio al centro della cittadina, imponente e con spesse mura bianche che sembravano tendere verso l'infinito. Il pastore Greenshow discendeva da una delle famiglie fondatrici umili, ma era riuscito a ottenere piuttosto facilmente la sua posizione e a rimanerci in modo inossidabile per gli ultimi vent'anni grazie all'appoggio dei Rosencraft, prima del patriarca Alistair e poi di Morris. Perché Harold Greenshow chiudeva un occhio riguardo ai Rosencraft, alle loro manipolazioni e intimidazioni nei confronti degli abitanti della cittadina. Di conseguenza, anche i Rosencraft chiudevano un occhio, anzi tutti e due, riguardo a certe attività del pastore. Del resto, era pur sempre un uomo. E gli uomini sono deboli, proprio come la loro carne. L'importante era che Greenshow rimandasse la giovane "prescelta" a casa, ripulita e rivestita come una dolce e ingenua educanda, senza nessun segno troppo evidente addosso. Non dove si potesse vedere, insomma.

La religione restava qualcosa di "indefinito", a Rosencraft. Anglicana, cattolica, battista… i precetti erano accolti e messi in pratica in base alla convenienza del momento, per lo più, in una buona e decente mescolanza. Gran parte dei cittadini giustificava le proprie azioni secondo una sorta di "illuminazione celeste" derivante da quello che loro chiamavano "il Santo Spirito".

«È il Santo Spirito che me lo dice!» Era l'attenuante standard per i rosencraftiani, una sorta di scudo protettivo da cui erano certi di ottenere approvazione e assoluzione.

Ma "il Santo Spirito", chissà come, agiva sempre in favore loro, mai per il bene di qualcun altro, soprattutto mai contro i desideri di chi lo invocava.

«Questa me la paghi!» La voce tonante di Trudy colpì Emily proprio sull'ingresso, mentre era appena tornata da scuola. «Giuro che me la paghi! Sul Santo Spirito lo giuro!»

Emily era sola perché, come sempre, Fiona si era trattenuta con le amiche. Invece lei si era dovuta allontanare in fretta, per non prendersi la nuova dose di insulti, risatine e minacce di vario tipo che ogni giorno inventavano per intimorirla. Non aveva importanza, detestava il gruppo di amiche di Fiona e il loro continuo parlottare di ragazzi, anzi di uomini, di trucchi e rossetti che resistono abbastanza anche ai baci con la lingua, di gonne troppo lunghe e di tette troppo piccole.

Di fronte all'apparente minaccia di Trudy, Emily voltò lentamente il capo verso la porta, tentata di correre fuori e far finta di non essere nemmeno rientrata. Invece rimase immobile. Trudy l'aveva sentita, ormai. Mosse qualche passo in avanti, un'occhiata verso il soggiorno e un'altra verso la scala che portava al piano superiore e alla sua stanza.

La casa verde pallido a due piani di Trudy era la sua condanna, dopo che la matrigna aveva fatto valere la sua decisione irrevocabile di vendere quella di Adam, proprio quella davanti alla quale il poveretto aveva esalato l'ultimo respiro, e si era intascata i soldi che avrebbero provveduto al mantenimento e all'educazione della figliastra che si era ritrovata sul groppone. Trudy, inoltre, si era intascata un'altra bella fetta dal conto intestato a Emily di cui lei era diventata tutrice.

«Me la paghi, Ferdinand Brownhall, me la paghi bastardo! Giuro che...»

Trudy non giurò nulla. Non aveva fantasia sufficiente per inventarsi un piano diabolico così, su due piedi.

La certezza di non essere al centro del disprezzo e dei pensieri di Trudy non fu consolante, per Emily. Perché ciò avrebbe significato per lei ascoltarla, raccogliere le sue confidenze, i suoi disagi e i suoi maldestri disegni di vendetta. E pensare che lei di idee ne avrebbe avute tante, spaziando dalle rivalse più miti alle ritorsioni più spietate! Ma si guardava bene dal condividerle con Trudy. Comunque, le minacce della donna e le sue parole stridenti erano solo un ripetersi costante di situazioni precedenti. Era già accaduto nei confronti di vicine di casa, amiche trasformate in nemiche, rivali di vario tipo. Trudy viveva nell'ossessione di debellare e sterminare chiunque manifestasse doti migliori delle sue, da ogni punto di vista. Però a parte uccidere, proposito che non poteva portare a buon fine alla leggera senza incorrere in conseguenze per lei nefaste, le mancava la fantasia.

In ogni caso, questa volta si trattava di un uomo. Il che significava che il malumore sarebbe potuto terminare in baci, abbracci e gemiti al rientro di Ferdinand. Sempre che fosse rientrato!

Emily mosse i pochi passi che separavano l'ingresso dal soggiorno e rimase in attesa, in silenzio. Trudy, seduta sulla sua solita poltrona beige posizionata proprio di fronte allo schermo televisivo, era avvolta in un'ampia sciarpa di lana color ciclamino, con una coperta scozzese posata sulle gambe. Il naso rosso riprendeva quasi il colore dei capelli, in netto contrato con il resto del viso. Gli occhi lucidi e sgranati sembravano invece quelli di un bovino.

«Con Minette Pinkfellow, per la miseria! Quella locandiera da strapazzo!» Trudy sbraitò improvvisamente in direzione dello schermo televisivo che rimandava le immagini di un concorrente intento a riflettere sulla risposta esatta su cui premere il pulsante rosso. Ma Emily sapeva bene che si stava rivolgendo a lei, in attesa di conforto e comprensione. «Con Minette Pinkfellow, quella lurida vacca della Pinkfellow! Maledetta troia! Che lo sanno tutti cosa fa con gli uomini, lo sanno tutti!»

Emily non sapeva cosa Minette Pinkfellow facesse con gli uomini. Quello che facevano tutte le altre, immaginava. Quello di cui parlavano Fiona e le sue amiche, che non vedevano l'ora di fare e sperimentare, diventando bravissime. Gli occhi azzurri di Fiona si accendevano sempre di entusiasmo e aspettativa. Perché in quel caso il Santo Spirito se ne stava buono e zitto, mentre a Rosencraft regnava l'incoerenza attraverso gli insulti vari ed eventuali rivolti ad altre donne.

Si avvicinò a Trudy e si sedette sulla poltrona accanto, fissando il televisore e dondolando leggermente i piedi. La camicetta rosa pallido di Emily sembrò risaltare di luce insieme allo schermo televisivo, alla sciarpa ciclamino, ai capelli color prugna, al naso rosso e agli occhi lucidi di Trudy, visto che la matrigna non si era premurata nemmeno di aprire per bene le finestre, quel giorno.

In ogni caso, Emily non sapeva cosa facesse Minette con gli uomini, ma sapeva benissimo cosa avrebbe fatto Trudy a lei se l'avesse ignorata e fosse salita di corsa nella sua stanza senza prestare attenzione ai suoi sfoghi e senza mostrare "empatia". L'empatia era una parola chiave, a Rosencraft. Bisognava mostrare "empatia" nei confronti di chi stava male e soffriva. Bisognava sempre, concordi o meno. Perché era cosa buona e giusta. E a Rosencraft bisognava sempre essere buoni. O almeno sforzarsi di fare finta.

«Mi prepari una tazza di tè, cara? Con tanto miele.» La voce di Trudy si addolcì improvvisamente. Emily non le era poi tanto cara, ma era l'unica che aveva a disposizione, al momento. L'unica che le avrebbe concesso, per compassione o per forza, un minimo di attenzione.

# CAPITOLO 5

Dietro alle apparenze, dietro al decoro, dietro alla falsa morale, Rosencraft era probabilmente una cittadina come tante altre. Le dimensioni medio piccole contribuivano a renderla ciò che era. Una sorta di grande villaggio squallido e ottuso ma brulicante di vitale opportunismo, circondato da scenari discreti ma non mozzafiato. Si trovava qualcosa di bello, comunque. I prati fioriti in primavera erano incantevoli e i boschi profumavano di una brezza selvaggia e delicata allo stesso tempo che si diffondeva intorno. Lontano dai propri simili, dagli esseri umani, si stava bene insomma.

Emily sognava di rifugiarsi proprio lì, un giorno. Una volta cresciuta, se non fosse riuscita ad andarsene davvero. Nei prati e tra i boschi sarebbe stata bene. Magari sarebbe stata in grado di costruirsi una capanna dove vivere. Avrebbe lottato, per la propria salvezza, per la propria sopravvivenza, come gli animali. La casa di suo padre e che era appartenuta ai Redwood era stata venduta da Trudy. La grande residenza di campagna invece era andata in fumo, non ne era rimasto più nulla oltre a un enorme scheletro nero e spettrale che incuteva orrore solo a guardarlo in lontananza. Adam aveva pensato di ristrutturare la tenuta una volta tornato a Rosencraft, ma poi non si era mai deciso a farlo davvero. Aveva continuato a rimandare, fino a quando per lui era stato troppo tardi.

In ogni caso Emily non se ne preoccupava, avrebbe comunque preferito allontanarsi, estraniarsi dagli abitanti di Rosencraft. Magari un giorno l'avrebbero cacciata, ferita e uccisa, proprio come la piccola volpe, e dai boschi si sarebbe trascinata verso il centro cittadino in cerca di soccorso. Ma non si sarebbe arresa senza lottare. E comunque… no, nel centro cittadino non avrebbe ricevuto alcun aiuto. Forse la piccola volpe non ne era al corrente, ma lei sì.

Gli esseri umani erano fatti così, lo aveva imparato a proprie spese. L'empatia e la solidarietà andavano bene, ma ci doveva sempre essere qualcuno nei paraggi a cui mostrarle. Altrimenti sarebbe stato del tutto inutile, fatica sprecata. Le prese in giro e gli insulti, al contrario, calzavano sempre a pennello su di lei. Con un pubblico oppure senza.

Fiona era una dei capibanda, contro Emily Redwood. Poi non si trattava soltanto delle amiche di Fiona e dei compagni di scuola, era l'intera Rosencraft a schierarsi contro Emily, contro chi era, da dove veniva e cosa rappresentava.

L'istigazione contro Emily Redwood era cosa buona e giusta, a Rosencraft. Perché era contro l'esterna che gli abitanti istigavano. Emily era "figlia di esterna, figlia di cagna" e tutto ciò che era appartenuto alla madre si rispecchiava in lei, come se fosse una sorta di controfigura. Il timore era che un altro membro rispettabile di Rosencraft seguisse l'esempio di Adam, scegliendo Emily al posto di una ragazza "del posto". Anche il dolore di Katherine si rispecchiava in Emily ed era stato da lei assorbito, come un rimpianto di qualcosa che non ricordava o che non conosceva ma che invece sua madre aveva vissuto e sperimentato in prima persona.

Katherine Kingstone era il male impersonificato, per Trudy e per tante altre donne di Rosencraft. Perché aveva sedotto Adam Redwood e lo aveva "portato via", rendendolo un reietto per la sua stessa comunità. Portato via, come un oggetto sottratto alla loro attenzione e alle loro doti. Peggio ancora perché Adam apparteneva di nome e di fatto a una delle famiglie fondatrici più potenti, insieme ai Rosencraft, ed era l'ultimo rimasto. Ma a ventidue anni, circa tre dopo la morte dei genitori e del fratello, aveva fatto i bagagli e se n'era andato, con la scusa di voler proseguire gli studi altrove e di farsi un'esperienza all'esterno, invece di proseguire la sua istruzione in città. La verità però era

38

un'altra. Per non rischiare di imbattersi nel destino che Ian aveva rifiutato, quello di essere il nuovo designato a sposare Dana Rosencraft.

Il progetto iniziale era stare lontano almeno fino a quando Dana, che come Ian aveva sette anni più di lui, fosse stata sistemata con qualcun altro. Solo in seguito, durante un breve soggiorno a Ginevra, Adam aveva incontrato l'audacia e la sfrontatezza di Katherine e aveva deciso di restare con lei per sempre. Erano rimasti in Svizzera, poi avevano deciso di studiare a Londra, si erano recati a Stratford-upon-Avon, a Parigi, a Milano, a Madrid, a Lisbona, nuovamente in giro per l'Inghilterra, poi attraverso l'Europa, alla scoperta dei Carpazi e ovunque li conducesse il destino. Prevalentemente in città marittime dove sfruttare le doti e gli studi di Adam come esperto in navigazione e nella ristrutturazione delle navi.

Erano stati anni meravigliosi e inarrestabili, perché loro stessi si sentivano meravigliosi e inarrestabili insieme. Poi tutto quel fulgore all'improvviso era finito. Anche i soldi erano finiti e il lavoro di Adam nel mondo dell'arte, della decorazione e della ristrutturazione delle navi, con l'impresa che aveva avviato carico di entusiasmo e passione, non rendeva più a sufficienza per vivere e mantenere una bambina piccola. Katherine si prodigava come insegnante di disegno e di lingue, ma non riusciva a essere di aiuto al marito, soprattutto in seguito alle crisi di sconforto e desolazione che lo coglievano sempre più spesso.

Costretti a una fase di stallo nei loro sogni di gloria, si erano recati a Rosencraft, dove Adam aveva ancora alcune proprietà e un'eredità di cui si era disinteressato negli anni precedenti, il famigerato tesoro dei Redwood. E a Rosencraft l'audacia e la sfrontatezza di Katherine avevano incontrato la loro fine. Soprattutto perché Katherine, fin da subito, si era mostrata oltremodo ostinata e curiosa. Possedeva la singolare dote di leggere dentro le persone, o così sembrava quando scrutava gli altri negli occhi senza lasciare scampo, senza mai abbassarli per prima. L'ironia con cui sfidava la morale e il decoro della città era inconcepibile. Aveva buttato lì l'ipotesi che il "tragico incidente" dei Redwood nella tenuta di campagna non fosse stato affatto un incidente. Forse l'affascinava l'idea di scovare crimini e sotterfugi, forse ci credeva davvero e aveva convinto il marito a indagare più a fondo tra i segreti dei Rosencraft in cerca, se non di una colpevolezza dichiarata, del loro coinvolgimento nell'accaduto.

Anche i Redwood, come i Blackmirror, erano stati acerrimi nemici dei Rosencraft ai tempi della fondazione. Ma una discreta gestione della loro fortuna li aveva salvaguardati dalla miseria in cui invece erano precipitati i Blackmirror. Di quella fortuna non era rimasto più così tanto, al momento. Oltre al tesoro di cui si erano perse le tracce.

Nessuno aveva la certezza di quanto ammontasse l'eredità di Emily, ma apparentemente si trattava di una cifra davvero cospicua. Si speculava a proposito di denaro, lingotti d'oro, argento, gioielli e pietre preziose. Lei era l'ultima dei Redwood e si vociferava quindi che tutta la fortuna che i suoi predecessori avevano opportunamente accumulato e nascosto sarebbe stata riservata a lei quando il tesoro fosse finalmente apparso. Così, si temeva, Emily Redwood se ne sarebbe andata intascandosi ciò che apparteneva di diritto alla cittadina e agli abitanti di Rosencraft. Perché, nel corso degli ultimi anni, il tesoro dei Redwood si era trasformato nel tesoro di tutta la comunità.

«Tu lo troverai, Emily. Lo troverai.» Erano le ultime parole che Adam continuava a ripetere alla figlia, poco prima di andarsene. «Tu arriverai dove nessuno è mai arrivato, io lo so. Sei come tua madre. Per questo lo troverai.»

Appena ottenuto il tesoro, se ne sarebbe andata all'esterno, si sospettava, proprio come avrebbe fatto sua madre. E come Adam le avrebbe concesso di fare se fosse vissuto abbastanza. Per costruire quel mondo su misura per loro, quel mondo fatto di arte, di musica, di poesia. Senza corruzione, avidità e maldicenza. Quel mondo più umano, più sensibile, più puro, che Katherine e Adam avevano sognato per loro stessi, per i loro figli, per gli spiriti affini. Si sarebbero prodigati, alla ricerca del luogo o dei luoghi adatti. Forse il mondo vero da cui proveniva la stessa Katherine, dove la sua vera vita, la sua vera essenza, aveva avuto origine. Tra le montagne, oltre la collina o sulla riva di un mare, non aveva importanza.

Ma una volta rientrato a Rosencraft e soprattutto dopo la scomparsa di Katherine, Adam si era nuovamente assuefatto all'ambiente lasciandosi in parte corrompere l'anima e il corpo, come da un virus. In parte temeva di far crescere Emily altrove, senza la guida di Katherine. A Rosencraft forse Emily sarebbe stata più al sicuro, era sempre e comunque l'erede e l'ultima discendente dei Redwood. Con un po' di fortuna e di pazienza, prima o poi, avrebbero imparato a rispettarla. Tutto questo Adam raccontava a se stesso, più che altro per trovare una giustificazione al suo operato, alla decisione che aveva preso riguardo al futuro di Emily. Temeva di commettere degli errori e sperava che Trudy potesse occuparsi di lei, vegliare sulla sua vita, quando e se lui non ci fosse più stato. Non la considerava una donna malvagia. Era solo terribilmente indolente, soprattutto se paragonata a Katherine, a volte un po' sguaiata. Ma secondo lo standard di Rosencraft si poteva considerare una persona buona e gentile. Aveva momenti di tenerezza, per lo meno, a differenza di molte altre.

Amore e morte. L'idea che un grande amore non potesse sussistere senza un grande dolore. Questa era la percezione del sentimento di Katherine, la stessa che aveva inculcato in Adam. Tutto quel romanticismo, tutta quella passione devastante che non avrebbe mai ritrovato in un'altra, in creature terrene che non chiedevano altro che una stabilità economica e una vita confortevole con un uomo che si occupasse di loro.

Amore, morte e fedeltà. Adam Redwood avrebbe cercato Katherine ancora e ancora. Fino alla fine del mondo. Perché

41

Katherine non aveva nemmeno avuto il buon gusto di morire come tutti gli altri. Era solo sparita, senza lasciare ad Adam un corpo su cui piangere, su cui affliggersi.

Amore, morte, fedeltà e testardaggine. Anche questo Trudy non poteva perdonare. Le continue mancanze nei suoi confronti, i rifiuti, prima blandi poi sempre più decisi. La continua ricerca di un'altra donna, di un sentimento che lei non era mai riuscita davvero a suscitare in un uomo. E poiché Adam e Katherine non erano più nei paraggi per subire le sue rimostranze, riversava tutta la sua frustrazione su Emily.

L'affinità che Emily, nel frattempo, aveva sviluppato con gli animali della zona, condannati spesso all'uccisione tramite rituali macabri, era passata per lo più inosservata. Emily aveva imparato presto a dissimulare qualsiasi interesse, qualsiasi sentimento, anche di avversione, di fronte agli altri. Appariva sempre la stessa, con tutti. La sua espressione docile, inerme, quasi inconsapevole, non mutava mai, qualunque fosse la circostanza. Quindi avevano preso a considerarla lenta, poco intelligente. Magari anche completamente scema, confermando l'opinione di Trudy.

Era meglio così. Meglio così piuttosto che apparire audace, ostinata e curiosa come sua madre. Soprattutto quando non si trovava nella posizione di farsi valere. Meglio così piuttosto che mostrare di percepire tutto quel dolore. Il dolore degli animali, delle volpi che venivano cacciate e uccise. Tutta quella smania di sapere, di andare lontano, di conoscere e scoprire il mondo. Come una navigante in balia della corrente, con rischi non calcolati ma pur sempre più attraenti della monotonia distruttiva di Rosencraft.

«Quel maledetto bastardo...» bofonchiava ancora Trudy, sorseggiando il suo tè dolcissimo e immergendo la mano per l'ennesima volta in una scatola di biscotti al cioccolato riposta sul tavolino accanto. Poi si rivolgeva a Emily, perché le mostrasse la sua dose di empatia. «Ferdinand Brownhall me la pagherà! Vero, che me la pagherà?»

«Vero.» Emily annuiva, diligente.

«E sai cosa farò io? Non lo perdonerò! Io mi vendicherò e lo lascerò soffrire! Faccio bene, vero?» Un sorrisetto sadico apparve istantaneo sulle labbra di Trudy, macchiate di cioccolato.

«Bene.» Emily rispose, di riflesso, con lo stesso sorrisetto sadico.

Di fronte alla televisione, seduta accanto a Trudy che sorseggiava il suo dolcissimo tè, Emily per abitudine replicava a comando ma in realtà non riusciva a distogliere il pensiero dalla piccola volpe. E ne fu più che mai consapevole. C'era più anima nello sguardo di un animale morente che negli esseri umani che la circondavano. E presto avrebbe dovuto fare qualcosa, inventarsi qualcosa per riscattare se stessa, per curarsi, per proteggersi. Per iniziare a vivere.

# CAPITOLO 6

Senza nessun cambiamento apparente nella sua personalità e nel suo modo di interagire con l'ambiente circostante, Emily aveva raggiunto il quindicesimo anno di vita. I cambiamenti in realtà erano avvenuti nel suo aspetto. Le sue forme si erano leggermente arrotondate e già si intravedeva ciò che ben presto sarebbe diventata. Una giovane donna esile ma slanciata, dai lineamenti delicati e dai profondi occhi scuri. Al momento la sua bellezza era ancora in embrione, ma non passava inosservata.

Però il mutamento più radicale era avvenuto dentro di lei. E in lei continuava a evolvere, a maturare, giorno dopo giorno. Si isolava, indifferente a ciò che le accadeva intorno, alle persone che vivevano a Rosencraft o che l'attraversavano. Ma la sua mente e la sua anima erano in costante fermento. Restando ferma e zitta registrava tutto. Osservava e catalogava, gelida e inafferrabile. E così, gelida e inafferrabile, aveva preso la solenne decisione di aspettare pazientemente il momento giusto.

Anche Fiona era cambiata ed era diventata una delle ragazze più popolari e contese di Rosencraft. Solo qualche mese la separava da Emily, ma il suo sviluppo aveva avuto un decorso più repentino. Fiona Whiteland a sedici anni era già una donna. E da donna si atteggiava, bella, prorompente e audace. Con gli occhi azzurri che si soffermavano in modo provocante per attirare l'attenzione e i capelli castano chiaro sciolti sulle spalle in morbidi ricci che ondeggiando le accarezzavano il seno.

Fiona e le sue amiche perseveravano nel trattare Emily come un'emarginata, un'esclusa. Ed Emily, da esclusa, chinava docile la testa e accettava tutto. Esteriormente gelida e indifferente. Intanto i commenti su di lei, provenienti per lo più da Fiona e dal suo giro di amiche, si sprecavano.

«Secondo me non capisce. Inutile perdere tempo.» Era l'opinione di Sarah Yellowstar, una brunetta esile discendente dalla famiglia media degli Yellowstar, originari di Rosencraft ma per lo più ininfluenti nella gestione della città.

«È una ritardata. Sprechiamo fiato.» La rossa e lentigginosa Christabel Headgards discendeva da un esterno che era entrato a far parte di Rosencraft circa cinquant'anni prima, ma era imparentata con i Whiteland da parte di madre. Christabel non aveva mezzi termini. Mai.

«Del resto, con la madre che si è ritrovata.» Aggiungeva la biondissima Adelia Loneway, figlia di Alfred, un esterno sposato con una Pinkfellow ma che aveva avuto il supporto dei Rosencraft, essendo un esperto contabile, maneggione, procacciatore di affari e quant'altro fosse utile alla famiglia più potente in città. Un ottimo e opportuno contatto con l'esterno, insomma. Nonostante Adelia stessa fosse tutt'altro che una "sangue puro", non mostrava alcuna solidarietà nei confronti di Emily. La sua famiglia, del resto, era approvata dai Rosencraft, Katherine Kingstone e sua figlia invece erano considerate un oltraggio alla comunità. «Una vagabonda, una stracciona. Anzi, una strega con poteri demoniaci, a quanto dicono! Avevo sentito che si circondava di gatti neri… e di altri animali del demonio…»

«È tua sorella, Fiona. Te la devi tenere!» Questo veniva sempre aggiunto con un sogghigno da Christabel, per provocare Fiona. E le parole erano studiate apposta per costringerla a una reazione indignata, se non addirittura violenta.

Il tenore dei loro discorsi, a proposito di Emily, era sempre più o meno lo stesso e si ripeteva giorno dopo giorno, incessantemente.

«Non è mia sorella, maledizione!» Fiona, incapace di trattenere l'ira, avvampava fino alla radice dei capelli mentre la couperose le inondava il viso in modo da rendere la sua carnagione a macchie bianche e rosse. «Non è mia sorella!»

No, non lo era. Emily non era sua sorella, ma era l'ultima discendente di una famiglia fondatrice, di gran lunga più importante e prestigiosa di quella da cui discendevano Fiona e le sue amiche. Solo questo, unito al fatto che Emily non aveva proprio nessuno che potesse difenderla, era sufficiente perché riversassero su di lei tutta la loro rabbia, tutto il loro odio.

Riguardo alle famiglie, soprattutto medie, si erano diffuse idee ben precise e spesso comprovate sulle caratteristiche che accumunavano gli appartenenti. I Whiteland erano comunemente considerati vanitosi e iracondi, i Pinkfellow falsi e bugiardi, gli Yellowstar né carne né pesce, in pratica esseri inutili che sgomitavano un po' seguendo la corrente.

Gary Whiteland, il padre di Fiona, non era mai stato un santo e nemmeno degno di particolare considerazione a Rosencraft. Un ubriacone come tanti altri che durante una battuta di caccia si era sparato per errore, per un difetto nella manutenzione del fucile che impugnava. Questa era la tesi ufficiale, confermata da "accurate indagini interne". In realtà, ciò che tutti sapevano ma tacevano, Gary si era immerso troppo a fondo tra le morbide forme di Sallie Yellowstar, parente alla lontana di Sarah. E il marito cornuto alla fine aveva colto la ghiotta occasione di sbarazzarsi di lui.

Trudy, dopo il matrimonio con Adam, aveva preso la solenne decisione di farsi chiamare Redwood, almeno ufficialmente. Ma ormai da troppi anni tutti la conoscevano come Trudy Whiteland, pensavano a lei come Trudy Whiteland, parlavano di lei come Trudy Whiteland. E non c'era stato verso che riuscisse a inculcare il cambio di nome nella testa delle persone.

Fiona considerava Emily un possibile ostacolo al raggiungimento del suo obbiettivo principale. L'obbiettivo di tutte le adolescenti di Rosencraft, che lo ammettessero o meno, era Lawrence Rosencraft, il figlio di Morris, l'attuale sindaco. La presenza di Emily in casa sua era come una macchia, una mancanza imperdonabile. Tanto che Fiona temeva che avrebbe influito sulla scelta futura di Lawrence. L'idea che l'attenzione del giovane potesse concentrarsi proprio su Emily, considerato anche il fatto che per Dana Rosencraft era stato scelto prima Ian, poi Adam Redwood, era lontanissima da ogni sua considerazione.

In realtà Lawrence era già promesso da tempo a Rowena Brownhall e probabilmente nulla, nemmeno la presenza o l'assenza di Emily, avrebbe potuto modificare la situazione in favore di Fiona o di un'altra. Rowena, figlia di Stuart Brownhall, cugino di quel traditore di Ferdinand su cui Trudy aveva giurato vendetta, era l'opzione migliore per Lawrence. I Brownhall erano gli unici fondatori benestanti rimasti, oltre ai Rosencraft. E fortunatamente a Lawrence era capitata una ragazza Brownhall dell'età giusta.

La carica di sindaco, a Rosencraft, passava sempre tra i membri della stessa famiglia o per lo meno di una delle famiglie fondatrici benestanti, che subivano comunque l'influenza dei Rosencraft. Quindi, essendo i Redwood praticamente quasi estinti e gli uomini Brownhall dei noti ubriaconi facilmente assoggettabili al volere dei Rosencraft, anche il destino di Lawrence era già segnato, essendo l'unico figlio maschio dell'attuale sindaco.

Bisognava comunque ammettere che Lawrence Rosencraft era dotato di un fascino che andava oltre il nome e la posizione della sua famiglia. Oggettivamente bello, biondo e solare ma naturalmente abbronzato, con profondi occhi azzurri, era a tutti gli effetti il "ragazzo d'oro" della scuola e della città, il principe dietro a cui tutte le adolescenti correvano, più o meno apertamente. Eccellente negli studi e nello sport, con il fisico ben proporzionato e scultoreo grazie agli allenamenti costanti a cui si sottoponeva, un sorriso smagliante e seducente che catturava e faceva battere il cuore.

Emily non era immune al fascino esercitato da Lawrence Rosencraft. Ma riscontrava in lui una sorta di inquietante malia, di attrazione quasi demoniaca, perversa. Qualcosa di oscuro dietro a quei profondi occhi color del cielo. Senza aver mai davvero interagito con lui, a parte qualche fuggevole sguardo, senza che lui le avesse mai rivolto le sue attenzioni, percepiva in quel giovane e aitante discendente dei Rosencraft un'intrinseca perfidia e una crudeltà d'animo che non sapeva come interpretare. Era qualcosa di viscerale, come una corrente gelida lungo la schiena. Ma forse si sbagliava, forse era prevenuta. Era contro i Rosencraft e le loro leggi che Emily si accaniva silenziosamente. Contro il destino che le avevano riservato, in quanto figlia di un'esterna. Contro il sospetto, che Katherine era riuscita a instillare in lei fin da bambina, riguardo alle macchinazioni dei Rosencraft. I Redwood, del resto, erano i loro principali rivali. E, prima Ian poi Adam, avevano rifiutato di legarsi in matrimonio con Dana, una Rosencraft, preferendo una donna indegna e un'esterna.

In ogni caso, che Lawrence prendesse in considerazione Emily come possibile alternativa a Rowena Brownwhall o a qualsiasi altra, era impensabile. Perché Emily, nonostante la morbidezza delle sue forme e lo sguardo limpido, era costretta da anni a indossare gli abiti smessi di Fiona, che prima di passarli alla sorellastra li rovinava appositamente allo scopo di renderli meno graziosi o piuttosto li gettava direttamente se questa missione si rivelava impossibile. Quelli che l'avrebbero resa più carina, più attraente, finivano direttamente tra i rifiuti. A Emily toccavano per lo più camice sformate, qualche abito che Fiona riservava per le funzioni in chiesa, pantaloni e gonne sotto al ginocchio che la rendevano invisibile e sgraziata.

Emily non si truccava mai, non indossava gioielli e lasciava i capelli neri sciolti sulle spalle, senza alcun fronzolo. I pochi gioielli che erano appartenuti a Katherine, un anello e una spilla d'oro, una collana di coralli e due braccialetti d'argento, erano "custoditi" da Trudy fino a quando sarebbe arrivato il momento opportuno di passarli a Emily. Probabilmente mai, nella sua mente. Così la giovane esclusa era consapevole di non potersi permettere di sollevare il suo sguardo su Lawrence Rosencraft, senza rischiare di venire derisa e ridicolizzata. Non che cambiasse qualcosa, per lei, ma meglio non attirare ulteriori ire e frustrazioni indesiderate.

«Secondo voi mi ha guardata?» Fiona si consultava quotidianamente con le amiche. «Oggi mi è sembrato proprio che non mi staccasse gli occhi di dosso!»

«Sì, hai ragione!» Christabel l'assecondava in modo subdolo, ma nel suo intimo puntava al medesimo obbiettivo. Lawrence Rosencraft. «È sembrato anche a me.»

«Certo!» Adelia batteva le mani entusiasta. In realtà non ci credeva affatto, mentiva sapendo di mentire. «Vedrai che presto ti chiederà di uscire!»

Sarah, più razionalmente, si limitava ad annuire.

Per Emily, rinchiudersi in se stessa ed estraniarsi era l'unica opzione consentita. Perché c'era quel dolore che le stringeva il petto, da quando sua madre era scomparsa nel nulla e suo padre era morto con la schiena appoggiata all'albero fuori dalla casa dei Redwood, lasciandola sola.

Se le cose erano andate come tutti dicevano, Adam aveva scelto Katherine, incurante di lei e dall'abbandono in cui l'avrebbe costretta. Aveva scelto la morte e si era lasciato morire. In ogni caso, Emily era sempre più consapevole del fatto che a Rosencraft, e probabilmente anche fuori Rosencraft, nessuno avrebbe scelto lei. Tantomeno Lawrence. Quindi non aveva altro che se stessa, al mondo. Non le restava altro da fare che scegliere se stessa, giorno dopo giorno. E attendere di trovare finalmente una strada, la sua strada, oltre a quel dolore.

Un grande amore non può sussistere senza un grande dolore. Ma Emily non avrebbe ripercorso la strada di Katherine. Perché comunque tutto quel cervello, quell'istruzione, tutta quella bellezza e tutto quel fascino non l'avevano portata a nulla di buono. Emily, al contrario della madre, doveva agire con

49

coscienza e con astuzia. Non contare affatto sul suo potere di attrarre. Anche se aveva soltanto quindici anni lo aveva capito. Ingoiare bocconi amari, ignorare, magari anche disprezzare, ma in perfetto silenzio.

"Inappropriata" era la parola che a Rosencraft continuavano a ripetere riferendosi a Katherine. Emily l'aveva ereditata, a sua volta. Era diventata "inappropriata" in qualsiasi situazione e contesto. Poi si vociferava che Katherine fosse anche una prostituta, tra le altre cose, fuggita da Rosencraft con un altro, un esterno ovviamente, abbandonando il marito e la figlia. Qualunque fosse stato il suo destino, compresa la morte, Katherine era e sarebbe rimasta un'esterna inappropriata che si era presa un brav'uomo, ultimo discendente dei Redwood, deviandolo e allontanandolo dalla comunità a cui apparteneva. Lo aveva corrotto, insomma, come il verme corrompe un frutto sano e prelibato.

«Gli esterni non dovrebbero avere diritti, a Rosencraft.» Emily lo aveva sentito ribadire più volte, anche da Trudy. Soprattutto da Trudy. «Se sono qui, devono rispettare le nostre regole, il nostro pensiero, la nostra morale. Diversi uomini lo fanno, come quel buon Alfred Loneway e tanti altri, ma le donne... ah, le donne!»

Le donne no! Le donne erano prostitute ruba mariti, ruba fidanzati, ruba attenzioni... ed era già abbastanza dura competere con quelle nate entro i confini della città, più giovani, più belle, più ricche. Perché poi, per dirla tutta, l'unica cosa che contava per i rosencraftiani era la riproduzione, la prosecuzione e il mantenimento della specie. A questo servivano gli uomini esterni. Anzi, considerata la situazione recente, si stava diffondendo la brillante idea di obbligare gli esterni a prendere il cognome della moglie rosencraftiana, in modo tale che il prestigio delle famiglie fondatrici non venisse annullato dall'eccessiva presenza esterna. Tra i progetti del sindaco Morris

Rosencraft c'era quello di trasformare l'idea in legge, al più presto.

Le amiche e le vicine di Trudy, ovviamente, non aspettavano altro che darle corda ogni volta che visitavano la sua casa e si riunivano in salotto per un tè o una cioccolata calda. Il pettegolezzo e la diffamazione era la linfa che le manteneva in vita. Ultimamente sembravano essersi accanite, di comune accordo, contro una certa Susan Lowitt, un'esterna che aveva commesso l'imperdonabile sacrilegio di prendersi John Rosencraft, il figlio di Charles. Forse così la fine della poveretta era già stata segnata.

«Non si può, non si deve ammettere che ci portino tutta la loro sporcizia, i loro comportamenti immorali e inappropriati.» Era l'opinione di Vera Whiteland, madre di Christabel e cugina di terzo grado di Trudy, oltre che sua vicina di casa. «Chi si credono di essere?»

Le altre amiche e vicine, le sorelle Anita e Paula Yellowstar, le facevano il coro.

«Puttane, ecco cosa sono!»

«Puttane senza ritegno che si credono migliori di noi!»

La conversazione proseguiva incessante e le voci diventavano sempre più furibonde, stridule e sguaiate.

«Chi ti credi di essere?» Ripetevano spesso anche a Emily, che le oltrepassava di corsa per raggiungere la sua stanza oppure posava su di loro il suo sguardo arido, indifferente.

Emily non si credeva di essere granché, oltre alle certezze assolute che possedeva già da tempo, ormai. Era un'esclusa, una prigioniera. Il suo problema però non era chi si credeva di essere. Ma chi aveva intenzione di diventare, al più presto.

# CAPITOLO 7

Mentre il tempo scorreva lento su di lei, Emily Redwood continuava a non credersi granché. Anche perché c'era ben poco in cui credesse, soprattutto se riguardava il suo rapporto con gli altri esseri umani appartenenti alla comunità di Rosencraft. Ma sentiva il sangue pulsare nelle vene. Lo sentiva fisicamente, talvolta lo percepiva a un livello tale da temere di esplodere da un momento all'altro. E quel suo sangue, ostile e ribelle, avrebbe cosparso il pavimento e le pareti della sua stanza, dove Emily correva a rinchiudersi, per poi scendere dalle scale e sommergere l'intera casa verde pallido di Trudy. In seguito, sarebbe uscito, filtrando da sotto la porta, per inondare le strade, le case degli altri abitanti, la scuola, l'ospedale, il cinema, la chiesa, la biblioteca, i negozi, il parco... Il suo sangue sarebbe continuato a scorrere, fino a occupare l'intera città, per poi raggiungere la campagna, i boschi circostanti, incanalarsi verso il piccolo torrente, il Gemstone Creek, frontiera naturale tra città e natura, mischiarsi con le sue acque fino a renderle più spesse, vischiose, davvero rosse, e infine bloccarsi ai confini con il mondo esterno. Tutta Rosencraft sarebbe stata sommersa e inglobata dal suo sangue, raccolta in una bolla, sollevata in aria e fatta scomparire per sempre dalla faccia della terra.

Sì, il suo sangue. Quello stesso sangue che percepiva in modo così intenso e inarrestabile quando si avvicinava troppo a Lawrence Rosencraft. Non ne comprendeva appieno la ragione, ma forse era lo stesso che sentiva anche Fiona, che sentivano le altre ragazze in sua presenza. Attrazione, voglia di essere toccate da lui, pulsioni sessuali che, nonostante la sua fredda razionalità, la mente di Emily non era in grado di placare.

«Io credo di avere più possibilità di chiunque altra.» La fiducia di Fiona era sempre più incrollabile, quando si confidava con le amiche riferendosi a Lawrence. «Lo so perché lo vedo come mi guarda.»

«Credi che ti inviterà al ballo di fine anno?» Christabel cercava spesso di minare la sua sicurezza e lo faceva con una gioia che sconfinava nel puro sadismo.

«Sì, certo che lo credo. Ho sentito che la sua storia con Rowena è al capolinea, ormai.» Fiona abbassava la voce, meglio non farsi sentire troppo. «Per quanto siano stati incoraggiati, se non c'è sentimento…»

Era stata la sua famiglia a costringerlo. O a incoraggiarlo, come diceva Fiona. Un patto tra madri, probabilmente. Ma questo Fiona non avrebbe mai potuto esprimerlo apertamente. Non si poteva parlare contro i Rosencraft o contro qualcosa che coinvolgesse i Rosencraft.

Morris Rosencraft, padre di Lawrence e sindaco della città, governava con lo stesso ferreo rigore di suo padre Alistair Rosencraft. Un mondo fuori dal mondo. Tutti lo sapevano ma nessuno fiatava o si opponeva. Era giusto, anche perché era sempre stato così. Era un Rosencraft. Morris si era sposato, con comune accordo tra le famiglie, con Doreen Pinkfellow, dolce, pacifica e accomodante, di famiglia media da parte di padre ma discendente diretta di una Brownhall. Purtroppo Morris si era trovato in mancanza di alternative valide, ma Doreen era comunque una donna senza troppe domande e pretese, per cui ne era valsa sicuramente la pena. La degna compagna di un Rosencraft, che avrebbe messo al mondo altri Rosencraft, possibilmente di sesso maschile. Dalla loro unione erano nati, forse con qualche anno di ritardo rispetto alle aspettative, i gemelli Lawrence e Grace. Grace era la controparte femminile del fratello e proprio come lui era bionda, bella, solare e corteggiata.

Poi c'era Charles Rosencraft, il fratello minore di Morris, anche se li divideva solo un anno. Charles si era sposato giovanissimo e per amore, cosa rara per un Rosencraft, con la dolce e graziosa Rosanna Blackmirror, scatenando qualche ira nel padre e nel fratello e suscitando dissapori in famiglia. Ma non essendo l'erede, la cosa era stata tollerata. Nessuno aveva mai riposto particolari speranze e aspettative in lui. Era sempre stato timido, riservato, anche a causa di una leggera balbuzie che si era trascinato per tutta l'infanzia. Charles era rimasto vedovo in giovane età e aveva rifiutato accanitamente di risposarsi con l'appartenente a una famiglia più consona. Nonostante l'affetto che lo aveva legato a Rosanna, a differenza di Adam Redwood non era distrutto dalla morte della moglie e non era mai stato attratto dall'esterno. Prediligeva le ricerche che svolgeva per la sede universitaria di Rosencraft, la lettura, la serenità e la pace mentale. Viveva isolato, per lo più tra il suo studio e la biblioteca cittadina. Al suo posto era stato John, il figlio che Charles aveva avuto da Rosanna, a scegliere l'esterno. Di circa dieci anni più grande di Lawrence, John era la macchia scura sulla purezza dei Rosencraft. La macchia insopportabile. Una sorta di pecora nera di cui preferivano non parlare, tanto da negarne l'esistenza. Per forza, era figlio di una Blackmirror! C'era solo Charles, suo padre, a ricordarlo. Ma Charles se ne stava rintanato tra i suoi libri e le sue scartoffie, indebolito da un fisico che non era mai stato attivo e prestante. Come se tutto il fulgore fosse stato prosciugato precedentemente dal fratello Morris. E quando Charles sarebbe passato a miglior vita, la macchia scura sarebbe stata finalmente rimossa e dimenticata per sempre.

John Rosencraft, in un certo senso, aveva percorso lo stesso cammino di Adam Redwood. Se n'era andato. Ma, dopo la visita di circa un anno prima per far conoscere al padre il figlio appena nato e Susan, l'esterna incontrata nello Yorkshire che aveva sposato, si era nuovamente allontanato e, almeno per un po', aveva avuto il buon gusto di non tornare. Poi però si era ricreduto e si era ripresentato in città.

Proprio in quella circostanza Susan era sfortunatamente deceduta, per una strana malattia che la costringeva a mordersi costantemente la lingua e l'interno delle guance. Preceduta da un'artrite e dall'incontrollata crescita delle unghie delle mani che le avevano impedito di scrivere a computer, a macchina e anche a mano. La malattia era già in corso però. E il fatto che la poveretta avesse incontrato la morte proprio a Rosencraft era stata una sfortunata coincidenza. Forse, in fondo, Trudy e le sue amiche avevano ragione. La sua fine era già stata segnata.

Così John si era nuovamente allontanato dalla città. Del piccolo Michael, il figlio che John aveva avuto con Susan, Charles aveva ricevuto solo alcune fotografie che ne testimoniavano la crescita. Le conservava accuratamente in uno scrigno, insieme alle lettere del figlio, tra i libri e le carte disposte sulla sua scrivania.

La decisione di John era irrevocabile. Micheal non avrebbe mai più rivisto Rosencraft. Mai. Nemmeno di passaggio. John era fermo nel suo proposito. Sfortunata coincidenza o meno, Susan era spirata proprio a Rosencraft, tra le sue braccia, con la bocca ridotta a un grumo di sangue e gli occhi spiritati che invocavano pietà. Poco importava che si fosse trattato del naturale decorso della malattia. John era a conoscenza del trattamento riservato alle esterne, anche se sperava di essere risparmiato, in quanto discendente diretto di un Rosencraft. Ciò che aveva scoperto, un inconfessabile segreto che coinvolgeva suo zio Morris, gli aveva fatto commettere il terribile sbaglio di tornare. Susan ne aveva pagate le conseguenze, ma John aveva continuato a indagare. In particolare, era consapevole di ciò che poteva essere capitato ad Adam Redwood e a sua moglie Katherine, l'esterna per eccellenza. E della solitudine in cui avevano lasciato Emily, la loro bambina e ultima dei Redwood, in balia di quell'avida manipolatrice di Trudy Whiteland e di tutti gli altri.

Quindi suo figlio, Michael Rosencraft, sarebbe sempre e per sempre vissuto altrove, ignorando leggi e regole che erano stati i suoi stessi antenati a creare. Il suo destino non sarebbe mai stato quello di Emily Redwood, John avrebbe fatto di tutto per evitarlo. Forse sapeva che non era e mai sarebbe stato perdonato per la sua scelta. Comprendeva bene le logiche e le dinamiche di Rosencraft. Era tutta una farsa, una finta accettazione, dietro alla quale si nascondeva un velo di oscurità, di risentimento, di disprezzo e perversione.

In ogni caso, da alcuni mesi, aveva iniziato a ricevere lettere anche da un altro componente della sua famiglia, oltre a suo padre. Lawrence, suo cugino, gli aveva scritto manifestando una certa curiosità per il "mondo esterno". Si trattava per lo più di qualche accenno fatto senza malizia, senza intenzione. Del resto, nulla vietava a Lawrence di indagare e scoprire da solo cosa nascondesse il mondo fuori da Rosencraft. Niente e nessuno, se non catene psicologiche e morali invisibili, gli avrebbe impedito di uscire e farsene un'idea. Era già accaduto, in ogni caso. I membri della comunità di Rosencraft uscivano per confrontarsi con altre città, altri paesi. La cosa importante era non trattenersi, tornare sempre a casa, non privare Rosencraft della loro presenza, non mischiarsi con gli esterni.

John aveva ignorato la prima e la seconda lettera. Considerata l'insistenza del cugino, aveva risposto alla terza più che altro per cortesia, fornendo a Lawrence informazioni che potessero essergli utili. Sperava che la cosa finisse lì. Solo in seguito, si rese conto che Lawrence non intendeva indagare sul mondo esterno, ma tra i ricordi di John riguardo a Rosencraft, nei suoi dubbi, nei suoi sospetti. John lo aveva intuito ed era più che mai deciso, considerato quello che era accaduto a Susan, a non intromettersi.

«L'importante è che non si metta con un'esterna...» Christabel, riguardo al destino sentimentale di Lawrence, aveva le idee chiare, cristalline anzi. E tirava sempre in ballo la questione quando attorno al loro gruppo si aggirava Anna Pinkfellow. «Dopo aver fatto i suoi comodi con una di noi, soprattutto. Perché poi si sa la fine che fa una ragazza abbandonata. Non la vuole più nessuno!»

Era altrettanto chiaro che Christabel si rifesse a John Rosencraft e alla storia che aveva avuto con Minette Pinkfellow, sorella maggiore di Anna, che in seguito lui aveva lasciato per Susan, l'esterna per cui aveva perso la testa ed era "letteralmente impazzito" a quanto si diceva in giro. In realtà Christabel non sapeva quali comodi avesse fatto John con Minette, ma calcare un po' la mano non le costava nulla.

L'intenzione di Christabel era provocare, sempre. Provocare quella snob altezzosa di Anna Pinkfellow, nello specifico, e farla sentire sciocca, inadeguata, sorella di una donna perduta e senza possibilità di redenzione. Come se la vergogna di Minette potesse contaminare anche lei. Come se la mentalità di Rosencraft si trovasse indietro di almeno un secolo rispetto al resto del mondo. Indubbiamente lo era. In ogni caso si trattava di una sorta di vendetta, da parte sua. Tutto perché, già da un po', Anna aveva disertato il loro gruppo per passare a quello, più esclusivo e raffinato, formato da Grace Rosencraft, Rowena Brownhall e dalle due sorelle Jane a Jada Rosencraft, figlie di Dana Rosencraft e di Ken Brownhall, che Dana alla fine aveva sposato in mancanza di alternative valide. O meglio, in mancanza di altri Redwood disponibili.

Grace, Rowena e le due sorelle trattavano Christabel, Fiona, Sarah e Adelia con sufficienza, con la superiorità dettata dal loro rango, mentre avevano accettato di buon grado la presenza di Anna tra loro. Forse solo perché Anna aveva un'indiscussa eleganza di modi e di gesti che, insieme all'aspetto raffinato e un po' altero, la faceva somigliare a una nobildonna d'altri tempi, con i capelli e gli occhi scuri, il candore della pelle, il collo esile. Ma la questione indisponeva Christabel oltre ogni limite. Anna non poteva essere degna di considerazione, soprattutto se paragonata a lei! Non poteva essere stata la "prescelta" al posto suo!

Fiona, Sarah e Adelia, anche se meno espressamente, la pensavano allo stesso modo. Anna Pinkfellow le aveva abbandonate ma soprattutto, cosa ancora più imperdonabile, non stava facendo nulla per permettere anche a loro di entrare nel regno delle Rosencraft. Anna Pinkfellow andava punita.

***

Queste dispute e ripicche tra adolescenti di certo non avevano nulla a che fare con il mondo di Emily Redwood. Emily non apparteneva a nessun gruppo. Emily era un gruppo a sé e se ne infischiava di tutto ciò che le accadeva intorno. Ed era già abbastanza complicato così.

Ma anche Emily aveva i suoi segreti, i suoi "idoli" nascosti. Nell'intimità della sua stanza tentava invano di imitare il loro look e l'atteggiamento sfrontato. Seguiva, con un po' di vergogna, la splendida e slanciata cantante pop Malesia, inglese di origini tahitiane, dai lunghissimi capelli corvini, gli zigomi pronunciati e lo sguardo audace ma severo, e la bionda attrice americana Tanya Summers che al contrario aveva il viso dolce e perfetto di una bambola e le forme generose.

Nessuna delle due somigliava a Emily, ma sognare non le costava nulla. Quindi, con i risparmi accumulati nel corso dei mesi, aveva acquistato qualche rivista che le ritraeva e ritagliato le loro immagini che teneva nascoste tra le ultime pagine del suo diario. Attori e cantanti maschi, adorati da Fiona e dalle sue amiche, a lei non piacevano. O meglio, non essendo alla sua portata, preferiva ignorarli, proprio come faceva con Lawrence. Con le donne invece sperava di stipulare una sorta di "amicizia",

58

di "sorellanza" che gliele avrebbe rese meno ostili e distanti di quelle reali che la circondavano quotidianamente.

Non riusciva a dare un nome alla rabbia e all'odio che Fiona e le sue amiche le dimostravano, giorno dopo giorno. Era per metà un'esterna, certo. Questa la sua colpa fondamentale. Ma era anche strana, solitaria, anonima nel suo apparire sempre uguale a se stessa, quasi coerente nel suo modo di trascinarsi nella vita e negli anni che si accumulavano su di lei senza scalfirla.

Una volta, solo una, Fiona l'aveva beccata mentre tentava, con scarsi risultati, di imitare la cantante Malesia. Ma il trucco cosparso sul viso di Emily, gli occhi cerchiati di azzurro e di nero, il rossetto che aveva trafugato tra i cosmetici di Trudy, non avevano dato l'effetto desiderato. Aveva approfittato di un'uscita per il tè della matrigna e del fatto che Fiona fosse andata a fare shopping con le amiche.

Così si era decisa a scendere per guardarsi meglio nello specchio alto dell'anticamera. Nonostante l'impegno Emily aveva assunto l'aspetto di una bambola un po' sadica con i lineamenti trasfigurati e lo sguardo crudele. Nulla a che vedere con il trucco raffinato e provocante di Malesia.

«Oh, ma guardatela!» Fiona, rientrando prima del previsto, era scoppiata a riderle in faccia, seguita dalle amiche. «Sembri un film dell'orrore!»

Le altre l'avevano seguita e lo scrosciare delle loro risate erano risuonate in tutta la casa. Emily era salita di corsa, a rintanarsi nella sua camera. Ma le parole e le risa l'avevano seguita e continuavano a risuonare nella sua testa mentre si era buttata sul letto, tappandosi le orecchie. Quindi si era passata entrambe le mani sul viso, per riuscire a cancellare tutto, imbrattandosele di rosso, di azzurro e di nero, come un pittore che diffonde i suoi colori ovunque e non solo sulla sua tela. L'effetto era peggiorato, contaminando anche il collo e la camicetta chiara.

Eppure lei si era piaciuta, alla prima occhiata che aveva dato nel piccolo specchio ovale appeso nella sua camera! Per questo era scesa per guardarsi meglio in quello più grande. Non ci avrebbe mai più riprovato, comunque. Anche perché di certo Fiona non l'avrebbe mai aiutata a imparare a truccarsi, a rendersi più gradevole. Lei era una nemica, un ostacolo da distruggere o da scavalcare. E forse era arrivato il momento, per Emily, di smettere di provarci e di iniziare a considerarla allo stesso modo. Non avrebbe mai avuto la sua solidarietà e il suo affetto, era tutto inutile.

Ma il dolore intanto continuava a crescere in lei. Ed era grande. Ed era troppo. Fin troppo per essere contenuto in una parola di così poche lettere. Perché non mutava mai, con il tempo. O forse sì, mutava ma si intensificava, diventava smisurato, tremendo, occupando uno spazio che andava molto al di là di quello fisico riempito dal suo corpo, dal suo cuore, dalle sue membra.

Era una morsa allo stomaco che non le concedeva tregua e si espandeva in lei, senza pietà. Aveva cercato di descriverla, in qualche modo, sul suo diario.

*"Mi prende e fa male. Non so nemmeno io come né perché, ma fa male e non mi lascia andare. Voglio rimuoverlo, mandarlo via, ma non ci riesco. Mi mangia, anzi no, mi divora. E io non posso fare altro che lasciarmi mangiare, lasciarmi divorare. Pezzo a pezzo, ogni volta di più."*

Divorante, ecco. Il suo dolore stava diventando divorante. E non c'era modo di uscirne, di parlarne, di sfogarlo. Perché Emily sentiva che sarebbe diventato insostenibile, giorno dopo giorno. Tanto da distorcere anche il suo aspetto, i suoi lineamenti. Come le macchie sul viso che si era tracciata con il trucco, stravolgendo tutte le sue buone intenzioni e che poi avevano preso spazio sulle mani, sul collo, sul petto, trasformandosi in una grande macchia unica, generale, onnicomprensiva. Una grande macchia che avrebbe compromesso il suo esterno invadendo poi l'interno. Così anche la sua coscienza, i suoi pensieri, le sue emozioni sarebbero diventati un tutt'uno. Un'immensa, irrefrenabile macchia.

# CAPITOLO 8

La proposta non era di certo nuova. Ma quella di creare un nuovo circolo intorno al giornale scolastico per renderlo più attuale, più maturo e più simile a un giornale vero era invece un'idea scaturita dalla mente del professor Masters. Una mente anticonformista, rispetto agli standard di Rosencraft, ma comunque apprezzata da famiglie fondatrici e cittadini comuni. Solo grazie a lui certi libri e certi film avevano potuto varcare i confini di Rosencraft ed essere proposti agli studenti.

Aaron Masters era degno di considerazione, pur essendo un esterno. Era un uomo, di conseguenza accettato, anche solo per il fatto di aver sottratto una donna di Rosencraft dalla triste e deprecabile condizione di solitudine e dalla miseria che ne conseguiva. Inoltre, aveva sposato Claire Blackmirror, una ragazza bella, vivace e dallo spirito battagliero, togliendola di torno prima che si portasse via un partito più conteso in città. Una Blackmirror in meno non era affatto male, visto che avevano la maledetta abitudine di accalappiarsi i discendenti delle famiglie fondatrici benestanti.

In ogni caso, l'idea di rivalutare il giornale scolastico aveva suscitato l'interesse di molti, solleticandone la mente e le ambizioni. Malauguratamente anche quelle di Emily Redwood.

Ma i suoi sogni sarebbero rimasti tali, questo lo sapeva da sé. Mai sarebbe stata scelta. Mai. Non avrebbe nemmeno chiesto che le fosse consentito provarci. Quindi era inutile illudersi. Anche se sognare non lo costava nulla. Sognare era possibile, nessuno avrebbe potuto strapparle il sogno, la fantasia di essere una grande e prestigiosa giornalista di fama internazionale, una donna libera. Libera di scrivere degli argomenti più controversi e anticonvenzionali. Libera di esplorare il mondo e sondare l'animo umano. Libera di conoscere, di viaggiare, di scoprire. Libera di scrivere sul suo diario, in un tranquillo pomeriggio trascorso come al solito seduta a un tavolo della biblioteca scolastica, una specie di discorso di ringraziamento per i successi ottenuti. Perché nel suo sogno tutto, proprio tutto, diventava possibile e reale.

*"Mi è stato appena conferito un nuovo prestigioso premio per i miei articoli riguardanti l'emancipazione femminile e la scoperta del nostro potere intrinseco di rivalutare noi stesse, per raggiungere qualsiasi traguardo a sostegno del progresso del genere umano e soprattutto della nostra realizzazione personale, la nostra libertà come esseri umani. So che ho fatto del mio meglio, come sempre, ma sono lieta di questo riconoscimento che mi porterà a progredire ulteriormente nella vita e nella carriera. Non posso dimenticare che tutto questo è iniziato tanti anni fa, quando sono diventata capo redattrice del giornale scolastico di..."*

«Capo redattrice?»

Il segno di penna lasciato sul foglio stridette forte, troppo forte nel cuore di Emily, mentre Fiona le strappava il diario dalle mani, proprio mentre lo stava scrivendo. Per poi far scorrere lo sguardo lungo quelle sue ultime frasi.

«Capo redattrice del giornale scolastico!» Fiona passò il diario ad Adelia e poi a Christabel. «Buona questa! Proprio buona! E quando saresti diventata capo redattrice?»

«E chi ti avrebbe eletta, soprattutto?» Christabel sgranò gli occhi chiari sulla scrittura minuta e lineare di Emily.

Emily non rispose. Si inumidì le labbra passandoci sopra la lingua. Non furono tanto le parole a ferirla, ma quello strappo sulla carta, l'idea che il diario color avorio con le violette intagliate a cui teneva tanto si sarebbe potuto rovinare. Fu proprio questo a causare uno strappo anche nel suo cuore, tanto che gli occhi le bruciarono per le lacrime trattenute.

Non si era accorta che poco distante da loro si trovava anche Grace Rosencraft con il suo gruppo. E aveva sentito tutto, proprio tutto, visto che Fiona, ripreso in mano il diario, aveva iniziato a leggerlo ad alta voce, con un tono che tendeva a imitare la voce di Emily ma che risultava provocatorio, sguaiato.

Grace e le sue amiche non avevano reagito. Fiona aveva sperato, inutilmente, di attrarre l'attenzione e la considerazione delle Rosencraft. Del resto, Emily era un'esterna e sua madre Katherine una ladra di fidanzati. Se non ci fosse stata lei Adam Redwood avrebbe potuto sposare Dana Rosencraft, invece…

Invece niente. Grace continuava a ignorare Fiona. I suoi occhi, intensamente azzurri come quelli del fratello Lawrence, si posarono invece su Emily, ancora concentrata sul suo diario nelle mani di Fiona.

«Restituiscile il diario.» La voce di Grace, appena mostrò di degnare Fiona e le altre di considerazione, fu tagliente, dura. «Conosci il significato di "diario segreto"? Forse no, perché non sei in grado di tenerne uno. Comunque, significa che gli altri non dovrebbero avere il diritto di leggerlo.»

Fiona era rimasta immobile, con la bocca semiaperta e gli occhi sgranati su Grace. Totalmente ammutolita e incredula, ma non solo. Anche crudelmente mortificata, ferita. Proprio da Grace Rosencraft! Proprio dalla gemella di Lawrence!

Emily, che intanto si era ripresa, ne approfittò per strapparle il diario dalle mani e correre via, verso la salvezza. Senza nemmeno pensare di dover ringraziare Grace per il suo intervento. Forse non era nemmeno in suo favore, forse lo aveva fatto solo per manifestare la sua presenza, proclamare il suo regno, la sua superiorità. Solo per pugnalare e sminuire Fiona e il suo perfido gruppetto.

Ma una parola era rimasta impressa a Emily, tra quelle pronunciate da Grace: "diritto". Grace, forse inconsapevolmente, di sicuro involontariamente, l'aveva fatta sentire una persona con dei "diritti". Ed Emily, da quel momento in poi, avrebbe tentato del suo meglio. Per lo meno ci avrebbe provato. Avrebbe fatto in modo che i suoi "diritti" venissero rispettati, sempre.

***

Trudy Whiteland si confessava una volta alla settimana. Era imprescindibile, per lei. Il suo confessore, il pastore Greenshow, l'aspettava in chiesa ogni venerdì mattina, giorno di confessione. E Trudy con lui poteva sfogarsi, lasciarsi andare. Erano legati da un lontano legame di parentela, da una sorta di alleanza, e questo le garantiva di poter ottenere l'assoluzione.

Harold Greenshow, pastore della comunità di Rosencraft, apparteneva a una delle famiglie fondatrici umili della città. Il supporto e l'amicizia di Morris Rosencraft avevano elevato notevolmente la sua condizione. Questo gli permetteva di restare dov'era e di vivere nel lusso e negli agi, come protetto dei Rosencraft. In cambio il pastore chiudeva un occhio sulle mancanze di Morris, sui suoi peccati più o meno carnali e veniali, sugli imbrogli, sulle macchinazioni per sottrarre terre e proprietà.

«Devo trovare una soluzione!» La confessione di Trudy spesso, anzi sempre, si spingeva molto più in là, fino a sfociare in un'accorata richiesta di aiuto e consiglio. «Non posso lasciare che Minette Pinkfellow me lo porti via. Quella…» Sgualdrina, Trudy si morse le labbra, trattenendosi appena in tempo.

«Accadrà quello che deve accadere, mia cara Trudy.» Il pastore Greenshow rispondeva sempre allo stesso modo a tutti, accarezzandosi il grosso ventre da dietro il confessionale. «Siamo nelle mani di Dio, ricordatelo.»

Poi sospirava e con il fazzoletto bianco si asciugava il sudore che gli imperlava la fronte e scendeva rapidamente sul viso. Era una lotta costante, la sua, per impedire a quelle malefiche goccioline di raggiungere il collo della camicia. Soffriva il caldo, sempre. Anche in pieno inverno.

Nelle mani di Dio e dei Rosencraft, pensava intanto tra sé mentre il pensiero volava lontano. Avrebbe davvero avuto bisogno di una vacanza, magari in un posto tranquillo e mite, dove il calore sarebbe stato più sopportabile in riva al mare, riverito da capo a piedi, con qualche bella servetta a girargli intorno, a strisciare il bel culo secco contro il suo...

«Io lo so, lo capisco, pastore Greenshow!» La voce di Trudy lo richiamò bruscamente alla realtà. «Ma ho bisogno di fermarla, lo so cosa fa lei con gli uomini!»

"Quello che fate tutte!" Harold Greenshow dovette trattenere la risposta e cacciarsela giù, nella gola. "O che sognate di fare, se siete appiccicose, stupide, brutte e senza speranza come te!"

Sospirò di nuovo, pesantemente. Indurre Trudy Whiteland alla ragionevolezza non sarebbe servito a nulla. Metterla di fronte alla realtà avrebbe soltanto peggiorato le cose. Ferdinand Brownhall era andato, ormai. Evidentemente con lei c'era stato solo in mancanza di alternative migliori o in previsione del ritrovamento del tesoro dei Redwood. Ma frequentare Trudy significava essere dotati di una pazienza infinita e Ferdinand alla fine doveva aver raggiunto il limite di sopportazione. Quindi la loro relazione aveva oltrepassato il capolinea, era chiusa, finita, dimenticata per sempre. Minette era una bella ragazza anche se un po' leggera (del resto tutte lo erano a Rosencraft, altro che storie!) e Ferdinand aveva buon occhio. Poteva però comprendere che perdere un fidanzato appartenente a una famiglia fondatrice benestante dopo aver già perso il marito ultimo dei Redwood doveva essere insostenibile per Trudy Whiteland, che non tollerava l'idea di stare sola. Ciò significava che al più presto si sarebbe messa di nuovo in cerca.

«Capisco, cara Trudy. Vedrai che presto tutto andrà a posto. Affidati al Signore.» Dopo oltre venti minuti trascorsi ad ascoltare sproloqui e propositi di vendette più o meno spietate,

Harold Greeshow aveva bisogno di chiudere. Nel primo pomeriggio sarebbero arrivate le studentesse del liceo, pronte per essere confessate. E lui ne aveva una gran voglia, una gran voglia. «E così ti assolvo…» Allo stesso tempo, Greenshow assolveva sempre anche se stesso, i suoi pensieri e le sue azioni. Essere il pastore di una comunità come quella di Rosencraft non era un'impresa facile. Aveva bisogno di crearsi qualche diversivo, ogni tanto. «Vai in pace, figliola, vai in pace…»

# CAPITOLO 9

Alcuni giorni dopo l'episodio del diario, Emily si rese conto di aver attirato l'attenzione di una persona inaspettata. Anna Pinkfellow aveva iniziato a sedersi accanto a lei in biblioteca, apparentemente immersa nella lettura di libri per una ricerca sulle specie di insetti e forme di vita che popolavano il Gemstone Creek, il torrente che attraversava Rosencraft e che delimitava il confine tra un lato della cittadina e il bosco.

La prima volta era sembrata del tutto casuale. Anna era rimasta concentrata sulla sua ricerca, sollevando appena lo sguardo dai libri e dal quaderno su cui prendeva meticolosamente appunti. La seconda volta però si era avvicinata ancora di più, sistemandosi proprio di fronte e rivolgendo a Emily l'accenno di un sorriso. Emily aveva ricambiato, o almeno così le era parso. Non sorrideva spesso e non aveva mai instaurato un'amicizia. Nemmeno qualcosa di vagamente simile.

«Sto facendo una ricerca...» Dopo il sorriso, Anna le aveva rivolto la parola.

Emily annuì senza replicare. Di questo si era già resa conto il giorno prima.

«Tu cosa leggi?» A quanto pare Anna Pinkfellow aveva proprio voglia di avviare una conversazione.

«*Il ritratto di Dorian Gray.*» Emily sollevò il libro per un attimo, per mostrarle la copertina. Rimase poi in silenzio, non sapendo se proseguire o se riabbassare il capo per tornare a leggere. Anche se, nel primo caso, non avrebbe saputo come.

«Quello del quadro che invecchia mentre il ragazzo rimane bello e giovane?» Anna, con entusiasmo, la sollevò dal dilemma.

«Sì, proprio quello.»

«Oscar Wilde... Io non l'ho ancora letto, anche se dovrei.» Anna sospirò e si morse le labbra. Un lieve rossore si diffuse sulle gote pallide. Aveva caratteristiche fisiche molto simili a quelle di Emily, entrambe brune e minute, ma Anna sapeva come interagire con il resto del mondo e aveva quei modi aggraziati, eleganti, che a Emily mancavano del tutto. «Sai, per il corso del professor Masters...»

Emily annuì ancora. Ma gli occhi di Anna, puntati su di lei, le comunicarono che non sarebbe bastato, questa volta.

«Sì, lo so. È per questo che lo sto leggendo.» Per la terza volta nella sua vita e non solo per il corso di Masters, ma evitò di aggiungerlo, non era il caso di scendere nei dettagli.

«Magari noi...» Il viso di Anna si illuminò di un sorriso tenero, ingenuo. «Ecco, io pensavo... magari noi potremmo confrontarci, una volta che anche io lo avrò letto. Cosa ne pensi? So che sei brava a scuola e io...»

«Va bene.»

Impossibile non provare simpatia per Anna, impossibile negarle qualcosa. Semplicemente non si poteva, era il suo stesso aspetto delicato, quasi infantile, a renderlo impossibile. L'aspetto di Emily non era poi così diverso, ma lei non provocava lo stesso effetto, negli altri.

Questo fu l'inizio di un legame all'apparenza molto simile a un'amicizia che si consumava prevalentemente tra le mura della biblioteca scolastica. Forse perché a Emily non interessavano le dinamiche esterne tra i vari gruppi di adolescenti, le diatribe, le rivalità, le alleanze. Esternamente Anna frequentava la cerchia delle Rosencraft. Al gruppo, oltre a lei, apparteneva anche Rowena Brownhall, ma il nome con cui erano chiamate tutte quante era comunque "le Rosencraft". Emily invece, dopo la scuola, si rifugiava in biblioteca per qualche ora e poi si incamminava lungo il Gemstone Creek, fino a raggiungere il punto in cui il torrente, dopo aver attraversato i campi, si restringeva e si inoltrava verso il bosco, per poi riversarsi in una piccola cascata zampillante. Non le importava che al di fuori della biblioteca Anna fingesse di non conoscerla o non si avvicinasse a lei. Non le importava che non la trascinasse nel suo gruppo di amicizie, che non la inserisse tra di loro.

Emily non era Fiona, non era Christabel. Non sceglieva di aiutare qualcuno per ricevere qualcosa in cambio. Per cui aiutava Anna nei suoi compiti e nelle sue ricerche senza pretendere nulla. Le bastava il suo sorriso, la sua conversazione, quel breve scambio di idee che le rendeva sopportabile lo scorrere dei giorni, delle settimane. Poco importava che la sua "amica" si stesse spudoratamente approfittando di lei e che lei lo avesse capito fin dai primi momenti. Il tempo avrebbe messo a posto tutto. Emily confidava nel tempo.

«Hai sentito la proposta del professor Masters?» Anna, circa due settimane più tardi, buttò lì la domanda, come per caso.

Emily la scrutò incerta, poi scosse la testa. Anche se aveva intuito a cosa Anna si stesse riferendo.

«Quella del giornale scolastico…» Anna ci riprovò e questa volta lasciò la frase in sospeso, in attesa che Emily proseguisse e terminasse.

Ovvio che fosse a conoscenza della proposta! Fiona e la sua banda proprio per quello l'avevano schernita leggendo il suo diario, di fronte ad Anna e alle Rosencraft!

Emily sospirò. Si rese conto che la domanda di Anna non era una vera e propria domanda. Ma una domanda di cui già conosceva la risposta. Una domanda tanto per fare, per dire, che la gente buttava lì solo per introdurre un discorso, qualcosa di cui desiderava parlare.

«Sì, l'ho sentita.»

«E… non ti piacerebbe entrare?»

Era chiaro che Anna fosse davvero bravissima in questo gioco. Nel fare domande di cui già conosceva la risposta. Nel dissimulare.

«Forse... ma io non so...» Emily sospirò di nuovo, ebbe voglia di gridare, di mandarla al diavolo e poi di correre via. Ma prima desiderava chiederle come ci riuscisse a portare le persone esattamente dove voleva. Invece non fece nulla di tutto ciò, si limitò soltanto a stringersi nelle spalle. «No, io no. Non credo.»

Non l'avrebbero mai presa, mai. Quindi inutile ammettere di volere qualcosa che non si poteva avere. Qualcosa o qualcuno. Lawrence Rosencraft, per lei, stava sulla stessa barca del giornale scolastico. Una barca destinata ad affondare e a trascinarla sul fondo.

«Perché no?» Anna Pinkfellow non era abituata a desistere. Non senza una risposta concreta ed esaustiva. Così piccola e delicata, aveva la forza dirompente di un macigno.

Altra scrollata di spalle da parte di Emily.

«Sei brava, potresti farcela.» Il sorriso incoraggiante di Anna, mentre le accarezzava piano il dorso della mano, era un balsamo sulle ferite di Emily. Ferite che non avevano mai avuto il tempo di cicatrizzarsi perché perennemente riaperte da altre, più recenti e spesso anche più profonde. «Anzi, sei la migliore, secondo me.»

«Grazie, Anna. Ma io davvero...» Emily arrossì, sentì le guance scottare. Non era abituata al contatto umano da tanti, troppi anni. E soprattutto non era abituata ai complimenti.

«Lo sanno tutti, anche se non lo ammettono. Sei la migliore in quasi tutte le materie. In quelle di Masters, letteratura e storia, sicuramente.» La mano delicata di Anna, i suoi polpastrelli morbidi, premettero ancora di più su quella di Emily. «Ecco, io volevo dirti che se deciderai di candidarti per entrare nel giornale, io voterò per te. Farò del mio meglio perché quel posto sia tuo.»

\*\*\*

71

Cosa significava "farò del mio meglio"? Anna avrebbe usato la sua influenza coinvolgendo le Rosencraft? Emily non aveva voglia di chiederselo. Se si fosse trattato solo di Anna non ci sarebbero stati problemi. Ormai si era abituata a lei. Ma le Rosencraft e tutti gli altri... No, non sarebbe riuscita a sopportare. Per questo il suo sogno di entrare nel giornale della scuola sarebbe rimasto solo un sogno. Era nato solo come un sogno, inattuabile per lei quanto quello di diventare una cantante o un'attrice famosa.

Intanto però Emily aveva iniziato ad avere a che fare con altri tipi di sogni. E ogni mattina si risvegliava in uno stato che non riusciva a definire. Come se stesse diventando sempre più estranea a se stessa, al suo corpo, ma allo stesso tempo più forte, rinvigorita da una nuova energia che le scorreva nel sangue e raggiungeva le sue estremità rendendole vibranti di una strana luce.

Emily aveva sognato la piccola volpe. La prima volta per caso, solo di sfuggita, aveva ripercorso l'incontro mentre si incamminava lungo il viale alberato che portava verso la scuola. La volpe era stesa, esanime, con quegli occhi lucidi in cui la fiamma di vita era in procinto di spegnersi. La seconda volta lo sguardo azzurro verde della volpe era diventato più vivo, più intenso. La terza si era alzata sulle zampe, anche se faticava ancora a reggersi. Fissava Emily negli occhi, senza abbassare i suoi. Nei sogni successivi le dimensioni della volpe erano aumentate. Era diventata adulta, forte, piena di vigore, il pelo rosso folto e brillante. Con il muso aveva indicato Emily, come a farle cenno di seguirla, poi era corsa via.

Era dotata di una forza soprannaturale, di questo Emily si era resa conto. I suoi occhi, il suo sguardo, erano animati da una scintilla che non aveva nulla di umano e nemmeno di animale. Proveniva da altrove. E su questo "altrove" Emily avrebbe desiderato indagare pur non sapendo da dove iniziare.

Avrebbe potuto fare una ricerca in biblioteca. Forze magiche in azione... energie di luce... forme animali soprannaturali... Ma non ci sarebbe riuscita senza insospettire la bibliotecaria. La signora Cunnings, una buona donna sposata da anni con un esterno docile e mite, gestiva i prestiti e la consultazione della biblioteca scolastica. Avviare una ricerca informatica sarebbe stato lo stesso, se non peggio. Recarsi alla "Rosencraft Library", la biblioteca cittadina più ampia e rifornita, non avrebbe fatto differenza.

Con la reputazione che si trascinava dietro a causa di Katherine, Emily sarebbe stata facilmente accusata di stregoneria o di voler sovvertire l'ordinamento della città. Quindi poteva solo aspettare e affidarsi ad altri sogni. Forse la volpe, ormai ridotta nella sua mente a un'entità soprannaturale, sarebbe riapparsa e le avrebbe chiarito le idee.

Emily era comunque certa di aver iniziato a sentirla dentro di sé, nei momenti peggiori. E di norma erano quelli con Fiona e le sue amiche, con Trudy, con il pastore Greenshow e con quelli che la consideravano la degna erede, non in senso positivo, di sua madre Katherine.

La volpe le infondeva un'energia che si espandeva nelle sue membra, fino a quel brillare intenso che Emily aveva imparato a riconoscere sulla punta delle dita pallide. Quando le sfregava tra loro sembrava intensificarsi. Forse era soltanto una sua idea, una sua sensazione. Meglio che nessuno la vedesse, però. Nemmeno Anna. Pur essendo sua amica sarebbe stato troppo, anche per lei.

Forse non era vero niente. Forse stava solo impazzendo. E presto l'avrebbero portata via per chiuderla in un manicomio. A Rosencraft però non c'era un manicomio, non ufficialmente che lei sapesse. No, non l'avrebbero lasciata uscire dalla città. Sarebbe stata una vergogna per loro. L'avrebbero rinchiusa lì, da qualche parte. Non le avrebbero più permesso di frequentare la scuola e la biblioteca. E avrebbero smorzato e ucciso in lei tutte le aspirazioni, anche quelle solamente sognate.

Appena giunta la primavera, il suo rifugio, oltre alla biblioteca, era diventato sempre più spesso il Gemstone Creek. Lì sarebbe stata al sicuro da tutti. Almeno lo sperò, fino a quando non si rese conto di non essere la sola a frequentarlo.

Fu così che Emily fece il suo incontro ufficiale con l'uomo col cappello. Così lo aveva sentito chiamare da bambina, da sua madre e da suo padre, e non lo aveva dimenticato. Ted Blackmirror, l'uomo col cappello, vagava spesso da quelle parti per poi inoltrarsi nei boschi. Ma quello non sarebbe stato un problema. Non aveva importanza. Emily era disposta a condividere un luogo, uno spazio, a condizione di essere lasciata in pace. Si era accorta che lui aveva iniziato a seguirla tempo prima, più o meno dal suo incontro con la piccola volpe. Ma anche questo non aveva importanza. Emily non si sentiva davvero in pericolo, però c'era qualcosa, nell'alone di mistero che lo circondava, che la faceva sentire inquieta.

Ted Blackmirror, il povero derelitto, uno degli ultimi tristi residui di una nobiltà caduta in disgrazia, vagava per la città, si trascinava con quella sua aria emaciata e stanca. Triste e grigio nell'aspetto, come negli abiti che gli penzolavano sul corpo troppo magro. Il poveraccio somigliava a uno spaventapasseri a cui avevano messo addosso vestiti troppo grandi, pantaloni in cui rischiava di inciampare costantemente mentre girava per le strade, in centro a Rosencraft come in periferia. Ma sembrava che nessuno lo notasse, che nessuno lo vedesse. Ormai gli abitanti di Rosencraft non provavano più alcun gusto nei suoi confronti, nemmeno quello di insultarlo, maltrattarlo e prendersi gioco di lui. Sarebbe stato come insultare un pupazzo, un essere senza vita.

Ultimo uomo appartenente alla famiglia Blackmirror, da quanto Emily aveva sentito, aveva deciso di trattenersi nonostante fosse stato ridotto in miseria dai Rosencraft. Adam Redwood se n'era andato, invece. Prima che la sua fine diventasse simile a quella di Ted Blackmirror. O forse lo era stata, in un certo senso. Perché in quel povero vagabondo di Ted non era rimasto più nulla. La sensazione che l'uomo suscitava in lei aveva permesso a Emily di comprendere fino a che punto si espandesse la devastazione che i Rosencraft erano in grado di provocare, soprattutto nei confronti di chi consideravano un rivale o un nemico. Potevano distruggere un'anima, non soltanto una vita. E nessuno li avrebbe fermati, sarebbero andati avanti così imperterriti, per sempre, generazione dopo generazione.

Di una cosa Emily era certa. Nonostante non avesse fisicamente paura di lui, qualcosa in quell'uomo le metteva i brividi. Tanto che preferiva fingere di non vederlo per poi allontanarsi, fuggire via, quando lo incrociava nei pressi del Gemstone Creek. Ted si trascinava con la sua andatura lenta, stremata. Di tanto in tanto si accarezzava la barba chiara con la mano, puntando lo sguardo, come se si stesse concentrando su qualcosa o su qualcuno. Poi sfiorava il bordo del cappello a cilindro grigio, in cenno di saluto. Emily era certa che le sarebbe bastato allungare il passo per lasciarlo indietro, non era il caso di correre a perdifiato. Ma Ted Blackmirror, l'uomo col cappello, le incuteva un'angoscia irragionevole, a cui non sapeva resistere. Doveva correre, scappare via, per non vedere ciò che era diventato, ciò in cui l'avidità e la perfidia avevano trasformato un uomo.

Emily, nel corso delle sue ricerche riguardanti la storia della fondazione di Rosencraft, aveva scoperto che Ted e i Blackmirror erano legati ai Darksee, altra famiglia fondatrice apparentemente estinta di cui non erano rimasti superstiti. Invece i Redwood erano legati ai Lightstorm. Anche se non aveva ancora compreso bene che tipo di legame li unisse.

Una voce, intanto, sempre più insistente, aveva iniziato a risuonare in lei, implacabile quando Ted Blackmirror le stava intorno. La cosa più sorprendente era però che non si trattava di una voce esterna, ma interna. Proveniva da dentro, dal suo corpo, dal suo sangue o forse da un'altra dimensione.

Ciò che la voce continuava a ripetere, in una costante cantilena quasi infantile, erano poche parole, apparentemente senza senso. Ma che avevano il potere di turbare Emily nel profondo e indurla a fuggire, a mettersi al sicuro, incerta del loro significato.

*"L'uomo col cappello.*

*La donna con lo scialle.*

*La Macchia.*

*La Gioia.*

*Le Solitudini."*

Sempre che fosse riuscita a trovare un posto sicuro, a Rosencraft.

# CAPITOLO 10

Fu proprio nel tentativo di allontanarsi da Ted Blackmirror che Emily si imbatté in qualcuno di inaspettato. Dopo Anna, stava diventando una strana consuetudine.

Sul momento si ritrasse, spaventata, e si guardò intorno prima di tornare a posare lo sguardo su chi le stava di fronte. Ma, a differenza di Ted, il giovane che aveva davanti non sembrava proveniente da un altro mondo, da un'altra dimensione. Era umano, fin troppo umano. Però Emily, sul momento, non riuscì a impedirsi di sgranare gli occhi su di lui con espressione atterrita.

«Tranquilla, non voglio farti del male.» Nemmeno la voce pacata del giovane, che la tratteneva per le spalle per impedirle di scivolare sul terreno fangoso della boscaglia intorno al torrente, riuscì a placare il suo stato d'animo. «Sono Curtis. Curtis Greyhammer... siamo nella stessa scuola, Emily.»

Emily strinse leggermente gli occhi su di lui e annuì automaticamente. Tutto intorno risultò più chiaro, più delineato, come se i contorni delle cose e anche della persona che aveva di fronte tornassero a focalizzarsi nella sua mente. Così lo riconobbe. Curtis Greyhammer era un ragazzo dai capelli castano chiaro, lisci e composti, con gli occhi castani più o meno dello stesso colore che nascondeva in parte dietro agli occhiali da vista. Piuttosto timido e riservato, aveva qualche amico con cui si intratteneva fuori dalla scuola e nei corridoi ma stava per lo più sulle sue. Di certo non si poteva definire pericoloso o infido, il suo sguardo non emanava la crudeltà che aveva riscontrato in altri, compreso Lawrence, ma non destava in Emily particolare simpatia.

«Capiti anche tu da queste parti?» Curtis forse si stava solo sforzando di fare conversazione, di certo non poteva essere sinceramente interessato alle sue abitudini. «Io vengo qui a pescare. Ci provo, almeno. Non sono mai molto fortunato.»

Emily annuì ancora, poi si rese conto che forse era meglio non confermare le voci che giravano su di lei. Che fosse una povera scema incapace di intendere e di interagire con gli altri. Anche perché aveva bisogno di allontanarsi, l'uomo col cappello quel giorno non le aveva ispirato eccessiva fiducia. Non si sentiva sicura.

«Sì, qualche volta.» La voce le uscì arida, distaccata, anche un po' infastidita. In realtà non aveva intenzione di dare a Curtis quell'impressione.

«Se ti va possiamo vederci ogni tanto, passeggiare insieme qui intorno.»

La proposta del ragazzo la colse alla sprovvista.

Passeggiare insieme lì intorno? Perché? Era sul punto di chiederglielo, ma riuscì appena in tempo a trattenersi, mordendosi le labbra.

Le andava? Non ne aveva idea. A che scopo avrebbero dovuto passeggiare insieme?

«Va bene.» Rispose, prima di sembrare troppo strana con il suo silenzio ostinato e l'espressione ancora più incredula e cupa di quando si era quasi scontrata con lui.

«Bene!» Il volto tranquillo di Curtis si illuminò di un sorriso, mentre si passava una mano tra i cappelli. Anche lui sembrava a disagio. «Così magari possiamo parlare un po'… magari leggere qualcosa insieme. So che ti piace leggere.»

«Sì.» Emily doveva trovare qualcos'altro da dire, doveva per forza. Si schiarì la voce, come pronta a fare chissà quale discorso, ma tutto ciò che le uscì fu un altro: «Va bene.»

Intanto però mille domande sfioravano la sua mente. Ma poi rammentò che Curtis Greyhammer faceva parte di una famiglia fondatrice umile e forse non aveva nessun motivo particolare per voler trascorrere del tempo con lei. Nessun losco e subdolo piano nei suoi confronti. Semplicemente non aveva nulla di meglio da fare e nessuno che amasse passeggiare lungo il torrente insieme a lui alla ricerca di un buon luogo dove pescare.

Così, per Emily, iniziò una nuova pseudo amicizia, dopo quella stretta con Anna Pinkfellow. Lei era l'amica della biblioteca, Curtis l'amico del torrente. Al di fuori di quei due ambienti, con entrambi scambiava a mala pena un saluto. Almeno fino a quando Curtis Greyhammer iniziò a mostrare un altro tipo di interesse nei suoi confronti.

***

Curtis non suscitava Emily quel calore, quella fitta allo stomaco che provava sempre in presenza di Lawrence Rosencraft. Non era attratta da lui, non allo stesso modo. Per quanto fosse ingenua, non era tanto sciocca da non capirlo.

Nonostante avessero preso a vedersi costantemente, quasi ogni giorno quando non pioveva, Curtis non si era mai spinto in là con lei, non aveva mai dimostrato o tentato nulla di più di ciò che le aveva chiesto nel corso del loro primo incontro. Parlare un po', leggere qualcosa insieme, scambiarsi qualche idea sui libri. Per Emily non era affatto male, anzi sembrava intendersene molto più di Anna. Così, quando lui la invitò a prendere un tè a casa sua, non ci trovò nulla di strano, nulla di sbagliato.

La casa dove Curtis viveva con i genitori e il fratello minore si trovava nella periferia est di Rosencraft, era piccola ma accogliente. Oltre l'ingresso, si arrivava subito in soggiorno. I mobili erano di legno scuro, essenziali e rustici, ma denotavano buon gusto e una scelta precisa nel modo in cui erano disposti nel poco spazio di quelle quattro mura. Il ragazzo la fece accomodare sul piccolo divano, mentre si occupava di preparare il tè e di disporre una scatola di biscotti sul tavolino. Il fatto che i genitori e il fratello non fossero presenti non preoccupò Emily.

79

Quando si trovavano lungo il Gemstone Creek erano sempre soli, comunque. A parte qualche rara apparizione dell'uomo col cappello, di cui però solo lei sembrava accorgersi.

«I miei genitori lavorano nell'impresa tessile dei Rosencraft» le spiegò Trevis. «Mio fratello Hans resta quasi sempre a scuola per il pomeridiano, ha solo sei anni.»

«Certo, capisco.» Emily annuì tranquilla.

Capiva che Curtis, forse, era più suo amico di Anna. Anna non l'aveva mai invitata, nonostante sua sorella Minette organizzasse spesso il club del libro e ritrovi vari nella sala da tè annessa all'albergo. Capiva anche che la posizione di Anna, nella cerchia delle Rosencraft, sarebbe stata messa in discussione dalla sua presenza, dalla frequentazione con lei. Parlavano spesso del giornale che il professor Masters avrebbe voluto avviare e far progredire, con gli studenti più meritevoli. Emily aiutava Anna nelle ricerche e nella comprensione dei libri che il professore assegnava. Ma tutto finiva lì. Il loro rapporto non oltrepassava davvero mai i confini della biblioteca.

In Curtis Greyhammer, invece, Emily trovava comprensione, stima e una specie di solidarietà nei confronti di ciò che entrambi erano costretti ad affrontare. Curtis di sicuro non era un escluso, non era come lei. Quando stava con i suoi amici Emily non osava avvicinarsi per non metterlo a disagio. Ma con lui intorno, anche a distanza, Emily si sentiva meno sola. Le Solitudini che sentiva nascere nel petto per gli sguardi scettici che "gli altri" le rivolgevano erano meno opprimenti, meno subdole, meno dolorose. Meno schiaccianti.

Emily si illudeva se sperava che "gli altri" non si accorgessero del rapporto affettuoso nato tra lei e Curtis. E il vociare dei commenti e dei giudizi aveva iniziato a risuonare dentro lei, fino a rimbombare nell'insulto che le avevano rivolto fin da bambina, anche quando non si era resa nemmeno conto che fosse un insulto.

«Figlia di esterna, figlia di cagna!»

Cagna lei stessa, ora. Sgualdrina, poco di buono, troia, ladra di uomini, adescatrice di ragazzi…

Che si alternava a quello che le suggeriva la voce che sentiva esplodere dentro.

*"L'uomo col cappello.*

*La donna con lo scialle.*

*La Macchia.*

*La Gioia.*

*Le Solitudini."*

Emily ignorava. Ignorava tutto, sempre. Ignorava tutti e ingoiava quel nodo che le stringeva la gola. Aveva compreso, finalmente, che non si trattava affatto di saluti e men che meno di complimenti. Ma non aveva importanza. Lei taceva e ignorava, con la grazia sottile della sua pazienza. Avrebbero pagato, un giorno. Avrebbero pagato tutti. Sarebbe arrivato il momento del suo riscatto. Anche se non sapeva ancora come, perché razionalmente era consapevole che non ci sarebbe stato modo per lei di averla vinta su una città intera. Men che meno su una città come Rosencraft. Con una famiglia predominante, onnipotente e onnipresente come i Rosencraft e cittadini succubi e crudeli pronti a piegarsi, a sottomettersi, maestri nell'adulazione del potente.

Anche Trudy non si risparmiava e aveva fatto in modo di palesare la sua opinione in proposito una volta che Curtis aveva accompagnato a casa Emily con l'ombrello, per evitare che si bagnasse sotto la pioggia.

«Troia, come tua madre. Sempre pronta ad attirare gli uomini.» Trudy aveva alzato a tal punto la voce che non solo Curtis, che stava sulla porta, l'aveva sentita. Ma gran parte del vicinato. «Poi con un Greyhammer, maledizione! Uno straccione! Non è degno di essere preso in considerazione, anche se fa parte di una famiglia fondatrice. A questo punto era meglio uno dei non fondatori, ma rispettabile membro della comunità di

81

Rosencraft. Tuo padre si vergognerebbe! Quindi, oltre ad essere troia sei anche stupida!»

Emily era costernata. Non tanto per se stessa, ormai era abituata agli insulti, ma per il suo amico. Perché era chiaro che tutto il monologo di Trudy era rivolto direttamente a lui, non a Emily. Intendeva allontanarlo, estirpare in Curtis ogni interesse a frequentarla, ogni speranza.

«Non ti preoccupare. Non ha detto nulla di non vero. Lo sanno tutti che discendo da una famiglia umile e i miei genitori devono lavorare tutto il giorno in una delle tante fabbriche dei Rosencraft. Presto dovrò farlo anch'io.»

Emily annuì accennando appena un sorriso mentre Curtis le sfiorava piano la guancia per salutarla, prima di ritirarsi. Lei restò sulla porta a guardarlo andare via. Se avesse potuto lo avrebbe seguito o se ne sarebbe andata, anche per conto suo, pur di non entrare e affrontare Trudy. Fu in quel momento che fece un tacito giuramento a se stessa, al suo cuore, al suo spirito. Trudy era una donna crudele. Trudy avrebbe pagato il male che le stava facendo. Trudy avrebbe scontato ogni parola cattiva pronunciata per ferire il suo unico amico.

# CAPITOLO 11

Le angherie di Fiona e del suo giro nei confronti di Emily non si erano fermate. Emily, nel suo ostinato silenzio, aveva cominciato a maledirle. E sperava, nel profondo del cuore, che alcune delle sue maledizioni iniziassero ad andare a segno, prima o poi.

Nella mente, imperturbabile, la solita filastrocca.

*"L'uomo col cappello.*

*La donna con lo scialle.*

*La Macchia.*

*La Gioia.*

*Le Solitudini."*

Che non era proprio una maledizione, ma una sorta di insensata invocazione di cui nemmeno lei conosceva il significato e il potere. Forse non ne aveva alcuno, ma in qualche modo le dava la forza di mantenere i nervi saldi e di andare avanti. Fiona e le sue amiche avrebbero pagato il male che le stavano facendo.

Intanto, nell'indifferenza generale, Emily aveva compiuto diciassette anni. I suoi capelli si erano allungati e le sue forme arrotondate ancora di più, ma in modo lieve. Era chiaro che la sua costituzione sarebbe rimasta esile, non prosperosa e sfacciata come quella di Fiona e di Christabel. Ma la sua femminilità stava comunque sbocciando ed Emily aveva iniziato ad attrarre altri sguardi maschili, oltre a quello di Curtis Greyhammer.

Era diventato ancora più chiaro, per Emily, di non poter provare altri sentimenti per Curtis oltre all'amicizia. Ma era grata della sua presenza, del suo sostegno. Soprattutto era grata per le ingiurie che subiva, da parte di Trudy e di altri, a causa sua. Eppure continuava a starle accanto.

«Se sei un poveraccio nulla ha importanza.» Sorrideva sereno, stringendosi nelle spalle. «Hai ben poco da perdere. Da questo punto di vista io sono molto più libero di tutti loro, anche dei Rosencraft.»

Era qualcosa di molto audace, da dire. Soprattutto se proveniva da un appartenente a una famiglia fondatrice umile. Ma a Curtis non importava. Emily aveva compreso che il suo amico, a differenza di tutti gli altri, anche dei suoi stessi genitori forse, era stanco. Tremendamente stanco. Di essere prigioniero delle sue origini, di essere succube, di essere legato anima e corpo a quella città che in tempi moderni restava così antica, così tradizionalista e retrograda, così corrotta nelle sue viscere ma moralista in apparenza, in superficie.

Curtis, proprio come lei, voleva liberarsi dal giogo della perfidia e della maldicenza che stagnava nelle viscere di Rosencraft. Ma non sapeva come. Forse in Emily, più che una compagna, più che una ragazza con cui uscire, aveva riconosciuto un'anima affine. Forse si illudeva che lei, "figlia di esterna, figlia di cagna", figlia di una donna così affascinante e ribelle come Katherine, figlia di un uomo determinato come Adam Redwood, avrebbe trovato il modo di liberarsi, di liberare entrambi. E lui l'avrebbe seguita.

Ma intanto era prigioniero. Decisamente prigioniero, di Rosencraft e delle sue tradizioni.

«Devo partecipare alla prossima caccia alla volpe» aveva confessato a Emily.

Lei non aveva risposto. Ma il suo sguardo corrucciato era di per sé una risposta.

«Ho compiuto diciotto anni, Emily.» Si giustificò immediatamente il ragazzo con un sospiro, increspando la fronte. «Non è più vivamente consigliato, è un obbligo. Non posso evitarlo, lo sai. È la mia introduzione nell'età adulta, un requisito essenziale. La caccia non è solo uno sport, a Rosencraft. Io provengo da una famiglia fondatrice, anche se...»

«Lo so.» Emily lo interruppe e annuì sbuffando, sedendosi lungo il Gemstone Creek e stringendo nella mano alcuni fili dell'erba che nasceva spontanea a ridosso dell'acqua. La caccia a Rosencraft era una ragione di vita, una dimostrazione di forza, di coraggio, di volontà.

Curtis rimase in piedi per un po', poi si sedette accanto a lei, con le gambe piegate e i gomiti appoggiati alle ginocchia.

«Io vorrei che tu mi accompagnassi. Anche tu sei parte di una famiglia fondatrice, una delle più importanti, oltretutto. Che ti piaccia o no... sei l'ultima discendente dei Redwood, non dimenticarlo.»

La richiesta dell'amico la colse ancora più impreparata. La precisazione riguardo ai suoi obblighi la ferì. Curtis sapeva bene come la pensava in proposito. Una volta gli aveva addirittura accennato all'incontro con la piccola volpe morente, che non l'aveva mai abbandonata nel corso degli ultimi sei anni.

«Io non credo...» Emily si morse le labbra, mantenendo lo sguardo fisso al torrente di fronte a lei. Le dispiaceva deluderlo. Curtis Greyhammer era l'unico vero amico che aveva e gli era grata per questo. «Io non credo nella caccia.»

E non credeva nemmeno in Rosencraft, nelle sue tradizioni, nel suo stile di vita e nel modo in cui i suoi abitanti intrecciavano le relazioni tra loro. Non c'era nulla di reale e di spontaneo. Ma non poteva dirlo, non poteva esprimerlo così palesemente senza rischiare di compromettere anche Curtis.

«Emily...»

Curtis si voltò verso di lei, sfiorandole appena la pelle del braccio. Bastò questo semplice gesto per indurla a ritrarsi stizzita, pur senza volerlo. L'immagine della piccola volpe morente tornò alla ribalta nella sua memoria, fu di nuovo davanti a lei, tanto che sgranò gli occhi su Curtis, atterrita. Una sensazione di morte si impossessò di lei. Lui ne avrebbe causate ancora. Lui sarebbe diventato uguale a tutti gli altri. Proprio per diventare come loro, per non essere un escluso, aveva acconsentito a partecipare.

«Va bene, non ci dobbiamo pensare adesso. Mancano ancora due settimane!» Curtis si alzò di scatto e le tese la mano. «Cosa ne dici di fare qualcosa di diverso? Potremmo andare al cinema, per esempio? Ho visto che oggi danno quel film di cui mi avevi parlato. Il professor Masters è riuscito a farlo arrivare anche qui, nonostante sia uscito già da un po'.»

Da quando il professor Masters aveva iniziato a selezionare i film per le proiezioni, forse sarebbero riusciti a vedere qualcosa di meglio, senza le solite censure inflitte dal vecchio Edward Yellowstar, che si occupava della scelta cinematografica prima di lui. Nulla di troppo anticonformista però, i Rosencraft si fidavano di Masters e sicuramente lui avrebbe ripagato la loro fiducia.

Emily annuì, afferrò la mano di Curtis e si alzò. Era stata al cinema pochissime volte, nella sua vita. Tre per alcuni spettacoli organizzati dalla scuola e altrettante con suo padre, quando era ancora vivo. In una di quelle occasioni c'era anche sua madre, ma Emily conservava ricordi frammentari di quei momenti.

Ormai, a Rosencraft, avevano classificato Curtis Greyhammer come il suo ragazzo e lui non sembrava dare peso alle conseguenze, alle offese con cui era stato preso di mira a causa della sua vicinanza a Emily. Era convinto che, con il tempo, anche a Rosencraft la gente avrebbe rimosso la questione e sarebbe andata avanti, occupandosi delle faccende di qualcun altro appena un nuovo "scandalo" avrebbe occupato i loro pensieri. In realtà non era proprio così, perché ciò che riguardava Emily Redwood era costantemente "alla ribalta" per buona parte degli abitanti di Rosencraft. Non tanto per lei, ma per la leggenda riguardante il tesoro nascosto dai suoi avi, per la questione delle stregonerie legate a Katherine, per il mistero che Adam aveva portato con sé nella tomba.

Emily si sforzò di ignorare la sensazione di minaccia incombente che percepiva intorno a loro, nell'aria. Come se fossero osservati da mille occhi perfidi, maligni. Comprese che si trattava della sua paura, della sua coscienza che si ribellava alla devastazione e alla morte di cui anche Curtis si sarebbe macchiato, come tutti gli altri. Fino a trasformarsi e a diventare come loro. Dimenticandola, lasciandola indietro, come era sempre successo e continuava a succedere. Ma ormai il processo sarebbe stato inarrestabile ed Emily era costretta a farsene una ragione.

Da due occhi, in particolare, Emily si sentiva osservata mentre attraversava il centro cittadino insieme a Curtis. Quelli azzurri, intensi e provocanti, di Lawrence Rosencraft. Malauguratamente quel sabato lui e Rowena avevano avuto la stessa idea, così si ritrovarono all'interno del cinema di Rosencraft. Ancora più malauguratamente, anche a loro era venuto in mente di vedere *"Le ali della libertà"*, per cui li avevano raggiunti nella stessa sala.

Vedendoli entrare Emily iniziò a sperare che i due si sedessero il più distante possibile. Invece Lawrence scelse proprio la fila dietro alla loro, in modo da sistemarsi alle spalle di Emily. Non una parola a lei, un breve cenno a Curtis, ma i suoi occhi azzurri puntati addosso, come una maledizione che le serrava il cuore in una morsa, costringendolo ad accelerare i battiti.

Quando Emily cominciò a pensare che la situazione non potesse di certo peggiorare, vide entrare Fiona, insieme a Christabel, Adelia e Sarah. Subito dopo due amici, ma forse sarebbe stato meglio definirli sudditi, di Lawrence: Anthony Yellowstar, fratello di Sarah, e Tim Kearnes, figlio del direttore amministrativo di una delle fabbriche di Morris Rosencraft.

Emily sospirò e strinse i pugni, sentendosi accerchiata, minacciata. Ovviamente gli altri si disposero intorno a Lawrence e a Rowena. Sembrava una strana e spietata congiura contro di lei, ma non poteva credere che anche Curtis ne fosse parte.

Quando il film iniziò, le immagini cominciarono a scorrere sullo schermo, di fronte a lei. Emily fece del suo meglio per concentrarsi e seguirlo, ma la presenza di Lawrence, alle sue spalle, la costringeva in uno stato di tensione e di ansia di cui non riusciva a liberarsi. Come se la sua mente fosse assoggettata a lui, alla sua presenza.

Non poteva essere quello il potere dei Rosencraft. Non poteva, non su di lei. Emily non lo avrebbe permesso, doveva liberarsi di lui, del suo influsso che ora la spingeva in uno stato di abbandono molto simile all'estasi.

Si lasciò andare per qualche istante sulla poltrona del cinema, poi si risollevò, stringendo i pugni, imponendosi di prestare attenzione alle scene che le scorrevano davanti, ai dialoghi. Attirò l'attenzione di Curtis, seduto al suo fianco, che le lanciò un'occhiata perplessa, come a chiederle se andasse tutto bene. Emily annuì impercettibilmente, dandosi della stupida e imponendo a se stessa di controllarsi.

Poco prima dei titoli di coda schizzò fuori e Curtis la seguì.

«Non sapevo che ci sarebbero stati, te lo giuro!»

«Non ti preoccupare.»

Emily continuò a camminare verso l'uscita. Aveva bisogno di respirare. Desiderava allontanarsi da tutti, anche da lui. Ma sapeva che Curtis l'avrebbe seguita, non poteva chiedergli di lasciarla sola senza offenderlo. A casa avrebbe trovato Trudy ed era un'opzione insopportabile per lei, in quel momento. Si sarebbe liberata anche di lei, un giorno. Si sarebbe liberata. Non aveva importanza quanta merda avrebbe dovuto attraversare e subire. Si sarebbe ripulita di tutto, una volta libera.

«Tu lo capisci che non ho scelta?» La domanda di Curtis fu accompagnata da un sospiro profondo.

Emily comprese che la questione della caccia era stata solo rimandata e ora, forse anche a causa del recente incontro, era riemersa con più urgenza di prima.

«No, non lo capisco. Perché tu hai una scelta, Curtis.» Non aveva voglia di discutere, soprattutto quando aveva la certezza di non essere ascoltata. Comunque non si arrese e continuò ad esprimere le sue ragioni. «È uno sport macabro e crudele, praticato qui con un rituale orribile e tu, come tutti gli altri, puoi semplicemente rifiutarti.»

«Invece non posso. Deluderei i miei genitori, Emily. Non posso esimermi, che tu ci creda o no.»

Non gli importava di deludere lei, Emily comprese. Ma non poteva fargliene una colpa. Annuì e si guardò intorno. Lawrence Rosencraft e gli altri, intanto, erano appena usciti e, dalla gradinata del cinema, li avrebbero presto raggiunti. Lo sguardo del giovane, infatti, puntava dritto verso di loro.

«Io… vorrei stare un po' da sola…» Voleva scappare da lì, subito.

«Emily, ascolta…» Curtis sollevò il braccio, come per trattenerla.

«Io credo che…» Pochi passi e Lawrence Rosencraft sarebbe stato lì, di fronte a lei. Emily si sentì scivolare sempre più verso un abisso da dove non era certa di poter uscire indenne, se non si fosse allontanata subito. «Non abbiamo più nulla da dirci, Curtis. Mi dispiace.»

***

Una settimana alla caccia alla volpe. Emily aveva fatto del suo meglio per evitare Curtis. Si sentiva in colpa, ma allo stesso tempo era certa che lui non avrebbe cambiato idea. Nemmeno lei lo avrebbe fatto, del resto. Quindi, anche se in modo brutale, ciò che gli aveva detto corrispondeva alla verità. Non avevano più nulla da dirsi.

Sebbene appartenesse a una famiglia umile, sebbene tentasse di negarlo in sua presenza, Curtis Greyhammer era orgoglioso di discendere dai fondatori. Lei invece la subiva come una condanna. La condanna che aveva ucciso i suoi genitori e che adesso gravava su di lei. La odiava. Odiava Rosencraft, odiava le loro stupide usanze e tradizioni, odiava le famiglie fondatrici. Anche quella da cui lei stessa discendeva, nessuna esclusa. Erano morti tutti e l'avevano lasciata sola a soffrire.

Ora forse odiava anche Curtis. Gli aveva dato troppo di se stessa. Lui, in svariate occasioni, le aveva raccontato di volersene andare, di voler frequentare l'università all'esterno e lasciare Rosencraft per sempre. Il luogo dove, nonostante i suoi sforzi, nonostante il suo impegno, sarebbe stato considerato per sempre un miserabile. Ora qualcosa era cambiato. Era stata l'influenza di Lawrence Rosencraft a influire sulle scelte di Curtis? Emily non lo sapeva, ma lo sospettava.

Aveva sognato di entrare nella redazione del giornale scolastico, di diventare una giornalista in futuro. Un futuro lontano da Rosencraft. Curtis le aveva lasciato intendere che l'avrebbe aiutata, una volta fuori. All'esterno tutto sarebbe stato possibile per loro, tutto sarebbe stato realizzabile. Ma forse Emily aveva inteso male. Era bastata la lusinga, da parte di Lawrence, di concedere a Curtis il suo appoggio e la sua amicizia, perché tutto cambiasse.

Lawrence Rosencraft era riuscito nell'intento di isolare Emily, di nuovo. Qualunque fosse il suo obbiettivo finale lo aveva raggiunto. Era rimasta sola come prima, costantemente in balia di Trudy e delle sue pretese, di Fiona e delle sue angherie. Si divertivano e infierivano ancora di più ora che si erano convinte che quello che avevano ritenuto il suo ragazzo l'avesse abbandonata.

Emily, allo stesso modo, infierì contro se stessa. Era stata una sciocca, un'ingenua. Non avrebbe dovuto farsi illusioni con

90

Curtis, come non se n'era fatte con Anna. Ma ci aveva sperato, era umana.

Era umana, ma il più delle volte avrebbe preferito non esserlo. Forse avrebbe dovuto imparare a non esserlo.

Il giorno della caccia, la prima domenica di primavera, Emily si era rintanata in casa, nella sua camera, approfittando dell'assenza di Trudy e di Fiona. Era una giornata di festa per Rosencraft. Per tutti forse, ma non per lei. Come altre volte, restava stesa con le mani premute sopra le orecchie per non sentire il rumore degli spari che in lontananza risuonavano fino a lì. Non avrebbe dovuto, ma quella volta li percepiva stranamente amplificati, come un rimbombo che le straziava il cuore. Così, sempre con le orecchie tappate, si chiuse in se stessa come un bozzolo. Non voleva udirli nemmeno all'interno della sua testa, della sua memoria di quando li aveva sentiti per la prima volta.

«Maledetto Curtis!» Rannicchiata sul letto, teneva gli occhi chiusi, per non vedere le scene che sembravano manifestarsi sopra di lei, ombre sul soffitto che erano solo frutto della sua immaginazione. «Io spero che lo spirito della piccola volpe ti punisca. Io spero che...»

Si trattenne e sospirò. No, non doveva sperare proprio niente. Curtis aveva fatto la sua scelta, anche se le aveva fatto male doveva accettarla. Non aveva scelto lei e, in tutta onestà, Emily sapeva che prima o poi sarebbe accaduto. Forse aveva solo sperato che il suo amico sarebbe andato per la sua strada una volta fuori da Rosencraft, non mentre erano ancora imprigionati lì.

Come avrebbe fatto, adesso, a fuggire da Rosencraft? Trudy centellinava i soldi che le passava, anche se prelevati dal conto che le aveva lasciato suo padre e dalla vendita della sua casa. Poi c'era il famigerato tesoro dei Redwood e la matrigna le stava col fiato sul collo, contando i giorni in attesa del suo diciottesimo compleanno.

Insieme a Curtis Greyhammer aveva solo assaporato un'idea di libertà che invece ora aveva perduto per sempre. E la sensazione era diventata ancora più devastante. Tanto che avrebbe preferito non averla mai avuta, non essersi mai nutrita di quella speranza. Forse Curtis l'aveva presa in giro fin dal principio, forse era stato solo una spia dei Rosencraft. Eppure non aveva mai accennato al tesoro, non le aveva mai chiesto se sapesse dov'era o come fare a recuperarlo.

O magari si era mostrato così onesto e sincero solo per guadagnarsi la sua fiducia, magari era una trappola per indurla a sbilanciarsi e poi raccontare tutto agli altri, magari…

Emily sobbalzò sul letto. Le ombre sul soffitto parvero infittirsi. Cos'era accaduto? Stava sognando? No, ne era certa, non si era addormentata.

In ogni caso, appena recuperata la consapevolezza di se stessa, udì un gran frastuono al piano inferiore. Poi un vociare indistinto. Tra le voci riconobbe quelle di Trudy e di Fiona. Ovvio, potevano essere solo loro! E si erano portate dietro le amiche. Ma perché erano tornate? La caccia era già finita?

Emily si alzò in piedi e restò immobile per qualche istante. Indecisa tra ributtarsi sul letto e ignorare le voci, sempre più concitate, oppure cercare di comprendere il motivo del loro anticipato rientro.

Si avviò verso la porta e rimase con la mano sulla maniglia. Sospirò profondamente ma non riuscì e concludere il respiro, come se qualcosa all'interno del suo petto lo spezzasse. Poi finalmente un filo di fiato le fuoriuscì dalle labbra.

Uscì dalla stanza, percorse qualche passo e rimase sul pianerottolo, chinando il capo verso la rampa di scale. Non voleva scendere e si sarebbe ritirata se non avesse incrociato lo sguardo di Christabel Headgards, sulla porta di casa. Forse era appena entrata e stava per raggiugere le altre amiche. Un brivido freddo attraversò la schiena di Emily. Christabel strinse gli occhi chiari su di lei, in uno sguardo cinico, quasi di scherno.

«Hai già saputo, immagino.»

«Saputo cosa?»

«Curtis Greyhammer è morto.»

# CAPITOLO 12

Curtis Greyhammer era morto in un incidente di caccia ed era tutta colpa sua. Emily non poteva raccontarlo agli altri ma continuava a ripeterlo a se stessa. Al suo cuore, alla sua mente. Lei lo aveva maledetto, lei aveva invocato lo spirito della volpe contro di lui. E lui era morto.

Perché proprio lui? Emily malediceva anche Trudy, Fiona, Christabel e tanti altri, ma erano ancora tutti vivi e vegeti! Fin troppo! Anche con Lawrence Rosencraft si era azzardata e, ovviamente, a lui non era accaduto proprio nulla.

Era la prima caccia di Curtis e lei lo aveva lasciato solo. Sapeva che si sentiva forzato, sapeva che in fondo anche lui detestava uccidere gli animali rinchiusi nella "Riserva dei Fondatori". Non lo avrebbe fatto se avesse avuto libertà di scelta.

Perché non era andata con lui? Perché non lo aveva capito?

Era colpa sua. Era stato il suo disprezzo a ucciderlo. Ora restare per sempre imprigionata a Rosencraft sarebbe stato il suo castigo, la sua condanna.

Non aveva voluto conoscere i dettagli, nemmeno qualche giorno dopo, quando Fiona e le amiche ne parlavano tra loro, con dovizia di particolari. Curtis non aveva mai imparato a maneggiare bene l'arma e si era sparato da solo.

«Povero idiota!» Fiona alzò la voce, mentre con le amiche in salotto sorseggiava una cioccolata calda. «Come abbia fatto non si sa! Aveva la volpe sotto tiro.»

Fiona si era premurata che anche Emily la sentisse, tornando sul discorso proprio quando si aggirava davanti alla porta di casa, pronta per uscire. I genitori di Curtis avevano deciso di celebrare una cerimonia privata e lei non era stata invitata.

*"Un tragico errore"* titolava il quotidiano locale "Rosencraft Gazette". L'articolo era scritto da Manfred Yellowstar, padre di Sarah e Anthony. Con un contributo del professor Aaron Masters, di alcuni amici di Curtis e anche di altri studenti, tra cui Anna Pinkfellow. A Emily non era stato chiesto nulla. Meglio così, non avrebbe saputo cosa scrivere e rischiava di avvicinarsi troppo alla verità.

*"Mi dispiace, Curtis. Mi dispiace. Sono stata io."*

Tutto ciò che era stata in grado di scrivere era contenuto in quelle poche parole, sul suo diario. Le aveva poi cancellate con un tratto di penna. Per poi riscriverle premendo ancora di più sul foglio, fino a lasciare l'impronta sulle pagine successive.

Intanto erano trascorse due settimane. Un paio di volte si era avvicinata al cimitero, dislocato nella periferia ovest della città, ma dopo aver vagato intorno per un po', non aveva osato entrare. Quella non sarebbe stata diversa. Scrutava la cancellata scura con diffidenza mescolata a terrore. Nei suoi incubi a occhi aperti vedeva il suo amico, ormai divorato dai vermi e con il corpo in putrefazione, uscire dalla tomba, afferrarla per una mano, come aveva fatto alcune volte in vita, e trascinarla con sé sul fondo.

L'unica consolazione era che Curtis fosse libero, adesso. Libero da Rosencraft, libero dalla caccia, libero dall'oppressione. Invece lei era ancora prigioniera.

"L'ho ucciso io" le comunicava la mente.

"No, io non volevo!" le ribadiva il cuore.

"Io non ho di certo questo potere..." aggiungeva la razionalità.

«Ne sei proprio sicura?» La voce la fece sobbalzare ma la riconobbe all'istante, ancora prima di voltarsi. Quando lo fece, Emily vide Lawrence Rosencraft alle sue spalle, che la fissava con le braccia incrociate.

«Cosa?»

Le tremò la voce e deglutì. Il rampollo dei Rosencraft era più seducente che mai, con i jeans scuri, la giacca di pelle e la camicia azzurra semiaperta sul petto che contribuiva a mettere ancora più in risalto il colore degli occhi.

«Dicevo… sei proprio sicura di non voler entrare a trovare Curtis? Capisco che per te è difficile…»

Emily scosse leggermente la testa. Avrebbe voluto fuggire via, nascondersi. Anzi, meglio, sparire direttamente senza nemmeno fare lo sforzo di muoversi.

Tornando in sé le sembrò strano che lui le avesse rivolto la parola. Nei giorni successivi alla morte di Curtis, fatta eccezione di qualche episodio di esplicito scherno da parte di Fiona, Emily aveva iniziato a subire un altro tipo di violenza, forse più distaccata ma allo stesso modo dannosa come quella denigratoria e offensiva che le scatenavano addosso da anni. La violenza del silenzio con cui veniva completamente ignorata stava diventando un sopruso quasi intollerabile.

Le faceva male, anche se non voleva ammetterlo. Era devastante. Le faceva male accettare che il suo dolore non avesse alcuna importanza per gli altri, che meritasse solo il silenzio. Ne era consapevole, ormai, da anni. Ma le faceva male comunque.

Anche da parte di Anna Pinkfellow e del professor Masters, che le avevano mostrato un minimo di comprensione in più degli altri, subiva lo stesso trattamento. Soprattutto quando si rese conto che il posto che aveva desiderato per sé, all'interno della redazione del nuovo giornale scolastico, il "Rosencraft High Journal", era stato preso proprio da Anna dopo il suo toccante articolo sul tragico incidente del povero Curtis Greyhammer.

Era stata lei a insegnare ad Anna a leggere buoni libri, ad analizzare un testo e infine a scrivere articoli che catturassero l'attenzione dei lettori. Anna aveva colto il momento perfetto per mettere a frutto i suoi insegnamenti e proporre la sua candidatura al professor Masters.

Inutile recriminare. Anna ora poteva cavarsela anche senza di lei, senza le sue idee, il suo stile, il suo modo di mettere in luce avvenimenti e sensazioni.

«Emily…?» La voce suadente e un po' roca di Lawrence la richiamò alla realtà.

«No… io no…» Emily scosse la testa e fece un passo indietro.

Lawrence scatenava in lei un'attrazione irrefrenabile, quella morsa allo stomaco che si stava ora muovendo verso il ventre e poi verso l'inguine. Emily avvampò e si morse le labbra.

«Non sei pronta, capisco.» Lawrence annuì poi socchiuse gli occhi azzurri su di lei. E fu come se tutto l'azzurro del mondo fosse rinchiuso nel suo sguardo. «Ma quando vorrai, io ti accompagnerò. Non sei sola.»

Non sei sola.

Non sei sola.

Non sei sola.

Nemmeno Curtis, in tutto il tempo trascorso insieme, l'aveva mai fatta sentire così.

Non sei sola.

Emily rimase immobile a fissarlo. Forse per troppo tempo, ne aveva smarrita del tutto la cognizione. I capelli biondi mossi dalla brezza sottile, gli occhi azzurri puntati sul suo volto avevano un effetto quasi ipnotico su di lei. Si sforzò di pronunciare una parola, una sola, prima di correre via.

«Grazie.»

***

Il professor Masters non era contro di lei. Emily lo aveva compreso. Non era come gli altri insegnanti, quasi obbligati ad assegnarle valutazioni positive ma sempre pronti a metterla in difficoltà, se necessario. Aaron Masters era una brava persona, un uomo buono e gentile. Con tutti, anche con lei. Faceva del suo meglio. Ma non aveva avuto scelta.

Nonostante il talento e gli ottimi voti di Emily, la sua preferenza era andata ad Anna Pinkfellow. Perché Anna apparteneva alla cerchia delle Rosencraft. E la cerchia delle Rosencraft tutto voleva e tutto poteva.

Il professor Masters tentava di farglielo capire, con gli sguardi se non con le parole. Ed Emily, nel profondo del suo cuore, lo aveva perdonato. Perché se lo avesse odiato e maledetto, forse avrebbe fatto la stessa fine di Curtis. E non voleva perdere anche lui. Era l'unica persona rimasta ad essere gentile con lei.

A parte Lawrence Rosencraft, in quello strano episodio di qualche giorno prima davanti al cimitero. Ma, a un certo punto, Emily si convinse che non fosse reale, di esserselo sognato o di aver avuto un'allucinazione. Lawrence non era mai gentile con nessuno, nemmeno con i suoi amici. Aveva sempre quell'atteggiamento un po' ostile, prepotente e prevaricatore, anche con Rowena.

Aaron Masters era un uomo affascinante sulla quarantina, anche se non attraente nel vero senso del termine. Alto, magro, con un ciuffo di capelli scuri che spesso gli ricadeva sugli occhi e che lui continuava a respingere con la mano, un gesto ormai diventato abituale. Godeva di un'invidiabile libertà, a Rosencraft. Era stato promosso all'educazione dei ragazzi ed era diventato una sorta di guida, per loro. Forniva consigli appassionati di letteratura e cinema. Ma doveva fare attenzione a non sbilanciarsi.

«Spero che tu voglia continuare a scrivere» aveva detto a Emily appena erano stati scelti tutti gli elementi che avrebbero costituito la redazione del giornale scolastico, da cui lei era stata esclusa.

«Non ha più importanza.» Emily accolse la proposta con una scrollata di spalle. Voleva solo dimenticare tutto quanto, comprese le sue sciocche e precarie illusioni. Non l'avrebbero mai accettata o forse non era brava abbastanza.

«Sì, invece. Facciamo così, Emily…» Masters accennò un sorriso. Era proprio quando sorrideva e mostrava i suoi denti bianchi e regolari che diventava affascinante. Più di una studentessa aveva un debole per lui, nonostante fosse felicemente sposato. «Tu mi porti qualcosa da leggere, qualunque cosa tu voglia scrivere. Io leggo e ti dico cosa ne penso.»

«Mmh…» Emily non ne comprendeva il motivo, ma non poteva rifiutare in modo esplicito.

«Io penso che tu potresti…» Aaron Masters si passò furtivo una mano tra i capelli. «Penso che tu meriti di più della redazione di un giornale scolastico gestito da persone che sanno a mala pena mettere insieme qualche frase.»

La rivelazione la lasciò spiazzata. E ancora una volta Emily fu presa dal dubbio, dall'affanno di cadere in una trappola che l'avrebbe costretta a rivelare le sue intenzioni, le sue aspirazioni. Cosa stava cercando di farle dire Masters? Che voleva andarsene da Rosencraft? Che fuggire e non tornare mai più era il suo desiderio più grande da quando ne aveva memoria? Che avrebbe dato qualunque cosa, davvero qualunque cosa, per poter dimenticare tutto e tutti e iniziare a ricostruire la sua vita da zero? Che odiava tutto di Rosencraft, anche l'aria che respirava?

Emily restò in silenzio. Non una parola, nemmeno l'accenno di un sorriso. Si morse leggermente le labbra e si allontanò, oltrepassando il professore che l'aveva trattenuta sulla porta dell'aula alla fine della lezione. Masters si voltò, a guardare la ragazza che se ne andava. Emily Redwood era una creatura strana, doveva accettarlo. Ma per lui rappresentava una sfida. Una sfida che, presto o tardi, avrebbe voluto vincere.

\*\*\*

*"Ho paura e mi sento smarrita. Ho paura e non so cosa fare. Sono sola. Voglio che il tempo trascorra in fretta, in un istante. Vorrei essere già fuori, lontana da qui. Non tornerò mai indietro, non mi riprenderanno più."*

Solo allora percepì, nella mente, il suono lontano della voce di sua madre, che ormai aveva quasi del tutto scordato, rimosso.

"A Rosencraft tutto torna."

Emily, seduta alla scrivania della sua stanza, scosse la testa.

No. No, lei non sarebbe tornata. Mai.

Ormai non aveva più nessuno. Solo il suo diario, che portava sempre con sé e a cui si aggrappava con tenacia, con vigore. Solo se stessa.

Un'altra cosa aveva, però. Le sue domande, idee che le balenavano nella testa e non le davano pace. Cos'era successo davvero a Curtis? Nessuno lo aveva spiegato o espresso chiaramente, nemmeno gli articoli pubblicati sui giornali che circolavano in città, oltre al "Rosencraft Gazette". E lei, chiusa nella biblioteca cittadina, li aveva letti proprio tutti, uno dopo l'altro, centellinandoli in cerca di notizie, ammissioni, discordanze.

Una certezza aveva. Curtis voleva andarsene, proprio come lei. Studiare altrove, vivere altrove. Perché lì sarebbe stato considerato un miserabile, come tutta la sua famiglia, per il resto della sua vita. Anzi, era stato proprio lui a infondere e radicare quell'idea ancora di più nella mente di Emily. A convincerla che insieme ce l'avrebbero fatta. Poi cos'era successo? La storia della caccia si era insinuata in lui e non lo aveva più lasciato andare? L'orgoglio di essere comunque parte delle famiglie fondatrici lo avrebbe trattenuto a Rosencraft?

Emily si spostò sul suo letto, si stese e si portò le mani al viso. Avrebbe pianto, se ci fosse riuscita. Per Curtis e anche per se stessa.

Perché? Perché Curtis all'improvviso aveva cambiato idea? Perché si era staccato da lei? Forse era proprio questo il suo piano, fin dal principio. Forse non era mai stato sincero.

Gli atteggiamenti delle persone intorno a lei stavano cambiando, diventando mutevoli, incoerenti. Quasi li preferiva quando la insultavano e la prendevano in giro apertamente, almeno sapeva cosa aspettarsi. Emily doveva prestare attenzione. Ne fu ancora più convinta quando venne contattata da Rowena Brownhall, colonna portante della cerchia delle Rosencraft, attraverso un biglietto lasciato sul suo banco durante la ricreazione.

*"Ciao Emily, ti aspetto fuori dalla scuola alla fine delle lezioni. Sulla panchina del parco, vicino alla palestra. Ho bisogno di parlarti. Grazie, Rowena Brownhall."*

Rowena non era soltanto la ragazza ufficiale di Lawrence Rosencraft, ma anche la migliore amica di Grace, Jane e Jada, studentessa e atleta modello, componente fondamentale del direttivo del giornale scolastico, probabilmente futura presidentessa. Ma per Emily era come se portasse scritto, sulla sua candida fronte, il segnale "pericolo". Almeno per lei.

Perché una come Rowena Brownhall non cercava una come lei senza motivo.

«Mi dispiace per quello che ti è successo.»

Emily, nelle due ultime ore, aveva sperato in uno scherzo. Invece Rowena, con i capelli sciolti sulle spalle e l'abito color pesca che le segnava dolcemente le forme che stavano diventando sempre più morbide e femminili, la stava davvero aspettando sulla panchina del parco dove aveva stabilito di incontrarla. Seduta languidamente, con le gambe accavallate, sollevò lo sguardo su di lei.

Emily annuì senza rispondere, non capiva a cosa si riferisse.

«Intendo Curtis Greyhammer… so che vi frequentavate.»

Certo, tutti lo sapevano e i più si erano convinti che Curtis fosse il suo ragazzo.

«Grazie.» Non aveva voglia di spiegare che non era così. Tanto ormai...

Tanto ormai Curtis era morto. E la verità sul loro rapporto poteva restare sepolta insieme a lui.

Per un istante regnò il silenzio tra loro. Rowena manteneva gli occhi cerulei fissi su di lei. Aveva un'espressione compassionevole dipinta nello sguardo. All'improvviso sembrava comprensiva nei confronti di Emily, umana.

«Volevo solo dirti che puoi confidarti con me, se vuoi.» Pronunciò la frase in modo talmente rapido che Emily faticò a registrare le parole nella mente e a interpretarne il senso.

Ma questa volta non le parve un sogno o un'allucinazione, com'era accaduto con Lawrence. Questa volta era reale. Cosa le stava proponendo Rowena? Di confidarsi con lei? Perché? Forse provava davvero compassione, forse la pietà nei suoi confronti si era risvegliata dopo la morte di Curtis, in una sorta di solidarietà femminile. Rowena si era convinta che fosse il suo ragazzo e quindi, in teoria, Emily avrebbe dovuto essere distrutta, annientata dal dolore.

«Grazie.» Emily annuì, sembrava incapace di dire altro. Ci pensò un attimo ma poi decise di rinunciare. Davvero non le veniva in mente altro da dire. Non era abituata a parlare, a confidarsi, ad avere amiche. Con Anna ci aveva provato, invano. Quindi non era nemmeno del tutto certa di aver voglia di cominciare proprio adesso, da Rowena.

«Di nulla, Emily. Volevo solo dirti che se hai bisogno, io sono qui.»

Il sorriso incoraggiante di Rowena non la convinse del tutto, ma forse Emily aveva troppi pregiudizi nei confronti dei suoi concittadini, soprattutto se appartenenti alla cerchia dei Rosencraft. Magari poteva sforzarsi e concedere a Rowena il beneficio del dubbio.

«Ve bene…»

«So anche che sei molto brava nella scrittura e che avresti voluto entrare nella redazione del giornale scolastico…» Rowena lasciò la frase in sospeso, ma poi riprese prima che Emily potesse replicare. Anche perché, considerata la sua reticenza, probabilmente avrebbe atteso a lungo. «Anche se ormai la redazione è al completo, potremmo parlarne, se vuoi. Trovare il modo.»

«Davvero?» Emily si sentiva frastornata, inebetita. La testa le girava vorticosamente, dopo le frasi pronunciate da Rowena in suo favore, come se la mente le si fosse offuscata.

«Sì, certo.»

Il sorriso dolce e benevolo di Rowena spuntò di nuovo. Stava sorridendo a lei, proprio a lei. A Emily non sembrava vero. E restò ferma lì, in stato confusionale, per un po'. Anche dopo che Rowena l'ebbe salutata, Emily rimase a fissare la sua figura alta e slanciata che si allontanava dirigendosi verso l'edificio scolastico principale. Bella, morbida, con il sedere sodo fasciato nell'abito color pesca e i capelli ondulati che le danzavano morbidi sulle spalle. Profumava di miele e vaniglia. Voleva aiutarla, farla stare meglio. Proprio lei, da sempre esclusa, da sempre emarginata.

Emily non decise di arrendersi e nemmeno di concedere a quella splendida ragazza il beneficio del dubbio. Semplicemente accadde, fu più forte di lei e della sua propensione al dubbio, al sospetto. Rowena Brownhall voleva aiutarla, le chiedeva di confidarsi con lei. Ed Emily non riuscì a negarsi, accettò l'aiuto. Dove non si era mai piegata con la rabbia, con gli insulti, le intimidazioni, si piegò con la dolcezza.

\*\*\*

Forse, almeno in parte, la vita di Emily stava cambiando. Con un po' d'esperienza in più, aveva iniziato a vestirsi in modo più simile alle ragazze normali, adattando in modo artistico gli abiti smessi di Fiona, truccando gli occhi e occasionalmente le labbra. Intanto novembre si stava avvicinando, insieme al suo diciottesimo compleanno.

Trudy Whiteland aspettava ansiosamente proprio quella data, mentre i giorni rotolavano uno dietro all'altro, a una velocità sempre più vorticosa. Era chiaro che non avesse alcuna intenzione di preparare una grande festa per Emily, ma che si preparasse a tutt'altro. Al momento in cui si sarebbe finalmente impossessata del tesoro dei Redwood che Adam probabilmente aveva nascosto prima che passasse alla figlia al compimento del suo diciottesimo compleanno.

Nel frattempo Rowena aveva mantenuto la sua promessa e aveva ammesso Emily nel giornale scolastico, come cronista delle attività culturali. Una carica che, a dispetto dell'opinione del resto del direttivo, si era inventata apposta per lei. Emily si era impegnata a consegnare al "Rosencraft High Journal" almeno un articolo generico a settimana riguardante la cronaca cittadina, incentrandosi però sulle attività culturali. Tutti avvenimenti abbastanza leggeri, ricorrenze e al limite piccole e innocenti disavventure. Ovviamente nessuno a Rosencraft poteva parlare di ciò di cui non si poteva parlare, andava ammorbidito oppure occultato. Nemmeno Emily. E di questo era consapevole, fin dal principio.

Non aveva rinunciato all'idea di andarsene. Si era lasciata convincere da Rowena e aveva accettato la sua solidarietà. Sua e delle altre, dell'intera cerchia delle Rosencraft. Ma Emily Redwood era sempre Emily Redwood. La figlia dell'esterna Katherine Kingstone. Dopo un primo sbandamento, dovuto più che altro all'incredulità e in parte anche alle lusinghe, era tornata rapidamente in sé. E lo sbandamento in lei era durato il tempo di una sbornia. Una volta sobria, Emily era di nuovo se stessa. Vigile, attenta e diffidente.

Essere diventata cronista del giornale scolastico aveva risvegliato in lei la voglia di indagare. Ma, pur cercando di girare intorno alla questione e avvicinandosi a persone informate sui fatti, non c'era modo di sapere qualcosa di più sull'incidente di caccia di Curtis senza creare sospetti. Tutti in città lo avevano registrato e accettato come una tragica fatalità, inclusa la sua stessa famiglia.

Non c'era nemmeno modo, per lei, di instaurare qualche collegamento con l'esterno, con il resto del mondo fuori da Rosencraft. Nonostante avesse tentato alcuni vaghi accenni con il professor Masters, neanche lui sembrava propenso ad aiutarla.

Emily Redwood, poco alla volta e lavorando a fondo su se stessa e sul suo atteggiamento ritroso, si stava inserendo nella comunità di Rosencraft. Ma restava una prigioniera, come prima, più di prima. Aveva solo cambiato tipo di prigionia, diventandone quasi complice. Necessitava ancora dei suoi momenti di solitudine, lungo il Gemstone Creek. Nel punto esatto dove spesso si era ritrovata insieme a Curtis, con il torrente che scorreva lento e imperturbabile.

«Mi dispiace, Curtis» sospirò sedendosi a terra e socchiudendo gli occhi, per poi lasciarsi scivolare indietro fino a distendersi. Non era mai andata al cimitero, gli parlava da lì. «Non so cosa fare, ma io vorrei trovare qualcosa, qualcuno…»

Spalancò gli occhi all'improvviso e percepì un'ombra fugace sulla sua testa. Un'ombra ben definita e riconoscibile.

Emily si sollevò di scatto a sedere e si voltò. L'uomo col cappello! Da quanto tempo non lo aveva più visto? Presa da tutto il resto, aveva perso il conto. Comunque, era ricomparso. Si alzò in piedi e si guardò intorno. Di una cosa era certa. Non si trattava soltanto del frutto della sua immaginazione, della sua paura, dei suoi incubi più o meno ricorrenti. Lui c'era davvero, anche se si era nascosto appena lei lo aveva visto e riconosciuto. Se era arrivato lì, forse significava che aveva ripreso a seguirla.

*«L'uomo col cappello.*

*La donna con lo scialle.*

*La Macchia.*

*La Gioia.*

*Le Solitudini.*»

Dopo tanto tempo, quella strana filastrocca era tornata a farsi strada in lei, come un varco di luce che si riapriva repentino in mezzo all'oscurità. Per la prima volta l'aveva recitata ad alta voce.

Emily chiuse gli occhi, come in uno stato di trance. Quando li riaprì, Lawrence Rosencraft era di fronte a lei, a pochi passi di distanza. Ma questa volta non si sorprese. La sorprese, al contrario, la sua domanda.

«Riesci a vederlo anche tu?»

Sebbene avesse intuito subito il soggetto, Emily non volle rispondere direttamente.

«Chi?»

«L'uomo col cappello.» Era evidente che Lawrence non avesse intenzione di perdere tempo con i giochi di parole.

Emily si strinse nelle spalle, senza sbilanciarsi. Lawrence, al contrario, sembrava determinato a portare avanti la questione.

«È pericoloso e potrebbe farti del male, fai attenzione. Se ha iniziato a seguirti…»

«Non ha iniziato a seguirmi» lo interruppe Emily, prima di riuscire a fermarsi. Poi si rese conto di aver parlato troppo e tacque.

L'uomo col cappello non aveva iniziato a seguirla, la seguiva già da prima. L'aveva sempre seguita. Era solo sparito per un po', ora era tornato. E la sua presenza intorno non la turbava più. Al contrario, le era di conforto. Ma questo a Lawrence non volle dirlo. Per fortuna lui non era in grado di leggerle dentro, perché non lo intuì.

«In ogni caso, ci sarò io a proteggerti. So bene di chi si tratta.»

Emily aggrottò la fronte, scettica.

«È Ted Blackmirror.» La risposta di Lawrence, il suo tono sicuro, non lasciava adito a dubbi. «Non credo sia cattivo, ma è un povero reietto che potrebbe diventare pericoloso per le ragazze sole. E tu… tu sei spesso sola, Emily. Soprattutto ora che non c'è più…»

Non c'è più Curtis. Lawrence lasciò la frase in sospeso, forse volutamente per rendere più incisivo il soggetto. Emily, nella mente, lo anticipò. Perché battevano tutti su quel tasto? Perché si erano convinti che l'assenza di Curtis l'avesse resa debole, vulnerabile? In realtà debole e vulnerabile lo era sempre stata, con o senza Curtis. Comunque non aveva importanza, a questo punto tanto valeva approfittarne per scoprire cosa Lawrence Rosencraft volesse da lei.

Emily tornò a sedersi sulla riva del torrente. Lawrence si avvicinò di qualche passo e le si sedette accanto.

«Mi dispiace per quello che ti è successo, Emily.» Il giovane posò la mano sulla sua. Emily, a causa del lieve contatto percepì un calore intenso che si espandeva da quella zona limitata per tutto il suo corpo, rendendolo fremente, vibrante. Come una corda di violino appena sfiorata.

«Grazie, Lawrence.» Anche la voce le tremava e le uscì come un sussurro.

«Non solo per Curtis, anche per i tuoi genitori.» Il tocco di Lawrence divenne più forte, più deciso. Tanto da costringerla a guardarlo. «Mi dispiace, Emily. Mi dispiace non essere mai riuscito a dirtelo.»

«Non ha importanza. Non ricordo granché, comunque.» Emily tentò di minimizzare la questione, proprio mentre la sensazione dentro di lei, l'emozione che lui le ispirava stava aumentando sempre più d'intensità. Temette che il desiderio diventasse troppo evidente, si voltò verso il torrente e abbassò il viso sull'acqua che continuava a scorrere di fronte a loro, sulle piccole pietre che ricoprivano il greto.

«Capisco, ti fa male parlarne.» Lawrence annuì, seguendo la direzione del suo sguardo. Emily lo percepì ancora di più, come se il giovane intendesse scavare sempre più a fondo, dentro di lei. «Però sei rimasta con le Whiteland e so che loro sono... molto particolari, ecco.»

«Molto particolari?» Emily si girò nuovamente verso di lui, trattenendo un sorriso.

«Okay...» Lawrence rise e sollevò le mani. «Se vuoi provo a trovare una definizione migliore!»

«No, lascia stare!»

Per la prima volta insieme a lui, anzi una delle rarissime volte nella sua vita, Emily rise. E Lawrence non si lasciò sfuggire l'occasione.

«È bello vederti ridere.» Si morse le labbra carnose, avvicinandosi ancora di più, fino a sfiorarle il volto con le dita. Ma a quel punto Emily tornò seria e si ritrasse. «Scusami, non dovevo. So che stai ancora pensando a lui, a Curtis.»

«No, io...» Emily sospirò e socchiuse gli occhi. Doveva dire la verità. Perché ora le cose stavano cambiando, stavano cambiando davvero. «Cioè, ci sto pensando. Ma non nel modo in cui credono tutti... in cui credi tu.»

«Eravate tanto legati. Pensavo fosse il tuo ragazzo...»

«Sì, eravamo legati. Ma io e Curtis eravamo soltanto amici. Lui era gentile con me, solo questo. Non era il mio ragazzo.»

Per un attimo le dispiacque liquidare il povero Curtis in quel modo distaccato e un po' subdolo. Ma non aveva alternativa e l'attrazione che provava per Lawrence non conosceva ragioni. Doveva mostrarsi, esprimersi e prendere ciò di cui aveva bisogno. Nemmeno il fatto che avesse sempre detestato i Rosencraft dal profondo dell'anima aveva più importanza, ormai. Perché era evidente che anche lui provava lo stesso, nei suoi confronti. Nonostante lei fosse la figlia di un'esterna, dell'esterna più pericolosa e odiata mai apparsa a Rosencraft.

L'attrazione tra loro stava crescendo e divampando sempre più, in modo irrefrenabile.

«Anche io vorrei essere gentile con te.» Lawrence si agganciò con malizia all'appiglio che Emily gli aveva fornito. «Anzi, no… non solo questo, in realtà.»

Emily avvampò e sgranò gli occhi scuri su di lui. Aveva capito bene? O il suo era un altro sogno, un'altra allucinazione. A parte che ora non era più certa che l'incontro nei dintorni del cimitero fosse stato frutto della sua immaginazione.

«Al cimitero…» Inconsapevolmente pronunciò quelle due parole, posandosi poi le dita sulle labbra.

«Come ti ho già detto, Emily. Se non te la senti di andarci da sola, io ti accompagno volentieri. Quando vuoi.»

La conferma di Lawrence era giunta istantanea, togliendole ogni dubbio. Era successo davvero, quindi. Lui la seguiva da un po'. Lui desiderava proteggerla, non solo dall'uomo col cappello, anche da se stessa, dalle sue tristezze, dalla sua solitudine, dalle sue paure. Lui voleva curare tutto il suo dolore.

«Va bene.» Emily acconsentì con un leggero cenno del capo. «Così potrò lasciare andare Curtis. Lasciarlo riposare in pace.»

Era inutile che si ostinasse, che si accanisse con i suoi dubbi e i suoi sospetti. Quello che era accaduto al povero Curtis era stato solo un incidente di caccia. Funesto, tremendo, ma solo un incidente. Emily non aveva alternativa, doveva accettarlo. Doveva lasciare andare dalla sua mente il suo amico Curtis Greyhammer. E aprire il suo cuore a Lawrence Rosencraft.

# LIBRO SECONDO

## DOLCEMENTE AMA - UMILIAZIONE

### (Susan)

# CAPITOLO 0

Non essendo più in grado di scrivere, a causa di una tremenda artrite che le impediva l'uso delle mani, poi peggiorata dalle unghie che avevano preso a crescere a dismisura, Susan Lowitt, moglie di John Rosencraft, aveva preso a registrare le sue memorie tramite un registratore e anche alcuni video. Era l'unico modo che le era rimasto per raccontare la sua storia, tutto ciò di cui era venuta a conoscenza.

Le registrazioni audio e video di Susan risalgono al periodo della sua permanenza a Rosencraft. Le ultime sono di difficile ascolto e inguardabili, perché il viso della donna era quasi completamente corroso dai morsi che lei stessa si infliggeva. Incomprensibili, perché non era più in grado di pronunciare parole in modo chiaro. Ma sono un'evidente testimonianza di quanto Susan debba aver sofferto, di quanto desiderasse ancora esprimere il suo dolore, raccontare la sua storia, la sua esperienza.

*"So che forse tu non mi crederai. Anche io non crederei a me stessa, se non stessi vivendo questa esperienza in prima persona. Per questo io ti prego di ascoltarmi, Lauren.*

*La mia prima visita a Rosencraft è stata decisamente positiva. Si trattava di un breve passaggio e io ero entusiasta di conoscere la città dov'è nato e cresciuto mio marito John. La città fondata dai suoi avi e che da loro ha preso il nome. Quello stesso nome che ora portiamo anche io e Michael, nostro figlio.*

*Siamo stati accolti molto bene dai Rosencraft al completo, soprattutto da Charles, il padre di John. Tutta la cittadinanza si è dimostrata ospitale nei nostri confronti. E questo mi è piaciuto, mentirei dicendo il contrario. Forse per la prima volta nella mia vita mi sono sentita importante. E la città, così pacifica e accogliente, mi piaceva davvero.*

*Sono sempre stata una persona positiva ed entusiasta, tu lo sai. Non ho mai avuto molto, però mi sono accontentata. Sapevo essere felice con poco. La scuola, alcuni amici, il mio lavoro come commessa in un negozio di articoli sportivi. Ma forse non conoscevo la vera felicità prima di incontrare John Rosencraft, l'amore della mia vita. Con lui mi sono sentita completa. Con la nascita di Michael ho capito di non avere più nulla da pretendere nella mia vita, tutti i conti, tutti i debiti erano stati saldati.*

*In seguito, ho chiesto a John di tornare a Rosencraft. Mi piaceva l'idea che Michael crescesse in mezzo ai suoi parenti, alle tradizioni dei suoi avi, visto che io non potevo offrirgli altrettanto. John era restio all'inizio, ma alla fine mi ha accontentata.*

*Però dalla nostra seconda visita che si sarebbe dovuta trasformare in una permanenza stabile, tutto è cambiato. Tutto è orribilmente cambiato. E io non so nemmeno da che parte iniziare per raccontarti fino a che punto la mia vita è stata stravolta a Rosencraft. Ci proverò. Solo una cosa ti chiedo ancora una volta, ti supplico. Credimi, Lauren. Ti prego, credimi.*

*Le persone che, nel corso della nostra prima visita, sono state tanto gentili con me improvvisamente mi odiano. Mi scherniscono. Mi chiamano "esterna" con un tono ostile, sprezzante. Come se io le avessi derubate di qualcosa che non era mio, ma loro.*

*Io non ho fatto nulla contro di loro. Ho sposato l'uomo che amo.*

*Perché mi vogliono distruggere? Cosa ho fatto di male? Cosa c'è di male nell'amore?"*

Oltre a questa, ci sono altre registrazioni che riguardano il periodo precedente il suo trasferimento definitivo a Rosencraft. La malattia alle mani era agli inizi e non le destava particolari preoccupazioni, Susan si era convinta che si trattasse di un problema temporaneo dovuto allo stress postparto e curabile con un po' di riposo. Dopo la gravidanza le sue mani avevano iniziato un lento ma inesorabile processo di deformazione che le precludeva la possibilità di dedicarsi al ricamo, uno dei suoi passatempi preferiti. Poi le unghie che continuavano a crescere a dismisura, nonostante si premurasse di tagliarle immediatamente, le provocavano tagli pruriginosi e sanguinolenti su tutto il corpo, compreso il viso. Anzi, più le tagliava più la sua situazione peggiorava perché sembrava solo amplificare il processo di ricrescita.

In base alle informazioni raccolte, sappiamo che Susan Lowitt è deceduta a Rosencraft in seguito a una sindrome ancora più grave, a quanto pare incurabile quanto strana, che le ha tolto ogni forza costringendola a mordersi continuamente la lingua e l'interno delle guance mentre i suoi denti erano diventati incredibilmente lunghi e affilati. Questa terribile e devastante sindrome l'ha costretta a porre fine anche alle registrazioni in cui narrava le sue memorie e la sua esperienza a Rosencraft. Non potendo nemmeno scrivere, la poveretta è rimasta sola nella sua sofferenza, nella sua disperazione, senza possibilità di sfogarsi, con tutti i ricordi rinchiusi per sempre nella sua memoria.

E della splendida donna che aveva ammaliato e conquistato il giovane John Rosencraft in breve tempo non è rimasto più nulla.

Non si conoscono le cause scatenanti della sua duplice malattia. Avvelenamento? Malocchio? Destino avverso? Semplice sfortuna? Oppure la sua ostinazione nel voler conoscere Rosencraft, la cittadina natale del marito?

Ciò che si sa di lei è che il luogo dove sperava di essere felice e di far crescere la sua famiglia si è trasformato invece nella sua tomba.

John Rosencraft, rimasto vedovo, contro tutto e contro tutti ha deciso di accogliere l'ultimo desiderio che la povera moglie è riuscita a comunicargli in punto di morte. Prendere il loro bambino e andarsene da Rosencraft, per non tornare mai più. Crescere il piccolo Michael lontano da lì. Mantenere intatta la memoria di Susan, lontano dalla città che aveva segnato la loro fine.

# CAPITOLO 1

L'intenzione di Katherine Kingstone sarebbe stata quella di restare. Forse non per sempre, ma di restare. Perché Rosencraft, di primo acchito, faceva una buona impressione. La faceva sempre, a tutti. Una cittadina ridente, gente pacifica, amichevole, con tradizioni sane.

Ma Katherine era un'esterna. Segretamente l'avevano chiamata "cagna", le donne di Rosencraft soprattutto, già dalla sua prima comparsa. Anche se lei non lo sapeva ancora.

Sempre le buone donne di Rosencraft si erano riunite in un circolo per scatenare su di lei le "febbri ataviche" che si impegnavano a lanciare in maledizione alle esterne. Avrebbero colpito, in modo progressivo e inarrestabile, il sistema immunitario di Katherine, le sue difese, l'apparato digerente e riproduttivo... qualunque cosa per scatenare nel suo corpo una malattia degenerativa che l'avrebbe poi condotta alla morte. Ma, per loro sfortuna, Katherine Kingstone, a differenza di altre prima e dopo di lei, si era dimostrata immune ai loro sortilegi.

Allora oltre a "cagna" avevano iniziato a chiamarla "strega", "maledetta", "puttana" "figlia del demonio" e in altri modi pittoreschi che si inventavano giorno per giorno. La sua colpa era, sostanzialmente, quella di riuscire a resistere e non cadere vittima dei loro malefici. Oltre a quella di essere un'esterna. E tutto questo l'aveva resa un'esclusa.

Ciò che, qualche anno dopo, era accaduto a Susan, sarebbe dovuto succedere anche a lei. Ma Katherine un giorno era scomparsa senza lasciare traccia. Sparita oppure fatta sparire.

La maledizione delle febbri ataviche, ovviamente, non avrebbe colpito nemmeno Emily, la figlia di Katherine e Adam.

Tanto più che era figlia di un Redwood, per metà appartenente a Rosencraft.

Sulla povera Susan Lowitt, invece, aveva avuto un effetto devastante, dirompente. Eppure, a differenza di Katherine che era da sempre pervasa di sospetto e scetticismo, Susan era un'anima pura, fiduciosa. La sua intenzione era davvero quella di far parte dei Rosencraft, di portare qualcosa di buono in quella famiglia, visto che aveva perso la sua in tenera età. Di integrarsi al meglio nella comunità e di stringere legami e amicizie solide. Di crearsi una vita intensa e soddisfacente. Invece aveva perso tutto. La sua famiglia, le sue speranze, infine la vita.

Il suo bene non era stato ricambiato. Anzi, era stato ricambiato, ma con l'odio. Lo stesso odio che veniva scatenato contro chi, pur non essendo un'esterna o un esterno, si dimostrava restio a ubbidire agli ordini, a seguire le regole, a rispettare assiduamente il volere della dinastia Rosencraft. In mancanza d'altro, tutto il livore si era addensato contro la famiglia Blackmirror e i loro discendenti. Erano ancora tanti, erano ancora troppi. I Redwood, almeno, erano stati ridimensionati. Decisamente ridimensionati, considerato il fatto che era rimasta solo Emily e non era nemmeno una "sangue puro".

Ciò che i Rosencraft avevano sempre odiato e ancora odiavano, neanche troppo velatamente, dei Blackmirror e dei Redwood, era la loro ascendenza nobile oltre al legame con i Darksee e i Lightstorm. Ascendenza che i Rosencraft, purtroppo per loro, non potevano vantare. Erano stati semplici vassalli di nobili, commercianti. Poi avevano preso il potere ed erano diventati ricchissimi e spietati, soprattutto negli ultimi decenni, grazie alle loro fabbriche e all'influenza raggiunta con il denaro accumulato. Ricchissimi, spietati ma non nobili. Cosa che preferivano celare nei manuali di studio di storia della fondazione. Avevano tentato di acquistarla, la nobiltà, ed era stata loro concessa. Ma la nobiltà acquistata non era la nobiltà di sangue dei Redwood e soprattutto dei Blackmirror. E loro lo sapevano. Tutti lo sapevano. O quasi.

Emily Redwood non lo sapeva. Anche se lo avesse saputo, non le sarebbe importato mentre il suo legame con Lawrence Rosencraft si intensificava, si approfondiva, trasformandosi da una passione adolescente in qualcosa di più simile a un primo amore.

Non lo sapeva e non si era mai interessata alle varie questioni di Rosencraft. Aveva circa sedici anni quando Susan Lowitt era arrivata in città con l'intenzione e la speranza di stabilirvisi per sempre insieme al marito e al figlio. Ma tra l'isolamento di Emily e il repentino degenerarsi della malattia che aveva portato Susan a una fine rapida e dolorosa, le due non avevano avuto occasione di conoscersi, meno che mai di interagire.

Di Susan in seguito si era parlato, più o meno diffusamente, ma la vicenda non aveva suscitato in Emily alcuna curiosità né aveva scalfito il suo cuore, muovendolo a pietà nei confronti della povera donna. L'interesse e il successivo approfondimento della sua storia erano sorti in Emily dopo la morte di Curtis, quando aveva iniziato a indagare sull'incidente e su altri episodi strani che erano stati fatti passare per tragedie, disgrazie, tremende malattie.

Susan era morta per una sindrome terribile e inquietante. Il marito, un Rosencraft, aveva reagito abbandonando nuovamente la città e portandosi dietro il figlio di appena un anno. Questo aveva scatenato in Emily una sorta di invidia che l'aveva spinta a chiedersi perché suo padre non avesse fatto lo stesso dopo la scomparsa di sua madre, perché avesse preferito risposarsi con una donna meschina come Trudy e poi lasciarsi morire. Ma ormai era consapevole che non avrebbe ricevuto risposta alle sue domande. Era andata così. Non sarebbe mai stata in grado di modificare il passato ma avrebbe potuto lavorare sul presente e sul futuro, continuando a studiare, a impegnarsi, a indagare.

Rosencraft nascondeva ancora troppi misteri, per lei. E ormai era abbastanza allenata alla sopportazione di tutto il male contenuto al suo interno, di tutto il male che le avevano fatto e che probabilmente avrebbero continuato a farle.

Ora che stava crescendo, in un certo senso poteva comprendere la povera Susan Lowitt, le sue speranze. Vista dall'esterno, secondo il giudizio di numerosi visitatori che avevano lasciato la loro testimonianza, Rosencraft poteva apparire una specie di paradiso, un'oasi di tranquillità e di buoni sentimenti, con gente pacifica e accogliente. Vissuta dall'interno si trasformava in un inferno. Sì, inferno era la parola più adatta per definirla.

*"L'inferno per chi resta."*

Aveva scritto più volte Emily sul suo diario, senza più nemmeno il timore di essere scoperta. I visitatori non erano mai propensi a trattenersi oltre a un giorno o due, come aveva fatto precedentemente Susan. Per questo apprezzavano Rosencraft. Ma dopo un paio di giorni non restava proprio nulla da vedere, quindi si spostavano altrove.

Dal centro cittadino, che si percorreva rapidamente a piedi, ci si ritrovava facilmente in periferia, poi in aperta campagna oppure in prossimità dei boschi che almeno offrivano un panorama più affascinante e meno comune.

Il Gemstone Creek, con il fondale ricoperto da tanti sassi e pietre colorate che gli avevano dato il nome, scorrendo tagliava quasi in due la parte della città che portava verso il bosco. L'angolo più isolato e oscuro del torrente, prima della piccola cascata, era il rifugio che Emily aveva scelto tante volte nel corso dell'infanzia e dell'adolescenza. Un luogo che aveva condiviso con Curtis e dove ora aveva iniziato a incontrare Lawrence Rosencraft.

Il luogo dove qualcuno continuava a seguirla, a tenerla d'occhio. L'uomo col cappello, Ted Blackmirror o chiunque fosse. Ma non solo. Un'altra figura stava cominciando a diventare reale, oltre all'immaginazione di Emily, oltre a quello strano insieme di parole che aveva iniziato a recitare nella mente alcuni anni prima.

La donna con lo scialle.

# CAPITOLO 2

Lawrence Rosencraft poteva anche essere genuinamente attratto da Emily, ma sospettava che tutto l'interesse autentico manifestato nei suoi confronti non sarebbe bastato a conquistarla definitivamente. Nonostante la seguisse ormai ovunque o quasi, nonostante le attenzioni costanti che le rivolgeva, Emily era lontana da lui e continuava a tenerlo a distanza, come un mondo a sé. Non era come le altre. Spesso non era nemmeno come se stessa nei momenti buoni, in cui gli era apparsa fragile e arrendevole.

Emily si costruiva una sorta di muraglia intorno e lì si rinchiudeva, trincerata dietro ai suoi silenzi, agli sguardi che lui si impegnava per interpretare senza essere certo di riuscire a carpirne i misteri.

I Rosencraft erano al corrente della presenza in città di quello che Emily aveva chiamato "uomo col cappello". Ma si trattava di diversi anni prima. Avevano fatto in modo che sparisse. Che Emily Redwood ancora riuscisse a vederlo rappresentava un problema. Perché non poteva essere, davvero. A meno che qualcuno le avesse raccontato di lui e lei, inconsapevolmente, ne avesse conservata la memoria in qualche angolo remoto del cervello.

A Lawrence era stato assegnato il compito di scoprire il più possibile. Su di lei, sulle sue intenzioni. Aveva così cercato di avvicinare Curtis Greyhammer e di carpire da lui qualche informazione. Ma si era dimostrato inutile. Curtis ignorava i progetti di Emily, oppure le era troppo fedele per tradirla. Anche la collaborazione di Rowena nel tentativo di stringere amicizia con Emily non aveva ottenuto l'esito sperato, anzi aveva rischiato solo di insospettirla ulteriormente.

Emily non era come Fiona e le sue amiche. Lawrence lo aveva compreso fin dai primi approcci. Non le importava proprio nulla di entrare a far parte della cerchia delle Rosencraft. Non era interessata alla considerazione degli altri, al suo status sociale. Forse perché ormai con lei si erano spinti troppo oltre, tutti quanti. Talmente oltre che sarebbe stato impossibile tornare indietro e recuperare.

No, Emily Redwood non era recuperabile. In ogni caso, le ricerche in cui si stava impegnando in un modo fin troppo assiduo non potevano portarla lontano. Soprattutto non potevano condurla all'esterno, dove avrebbe rischiato di mettere insieme i pezzi di un passato che doveva essere soltanto sepolto e cancellato per sempre. Tutto ciò che era stato catalogato come "sfortunata coincidenza" doveva rimanere tale. Correre dei rischi non era ammissibile.

L'uomo col cappello non era affatto chi diceva di essere. Anzi, chi non diceva di essere, ma tutti supponevano che fosse. I Rosencraft non avevano comunque prove certe che non fosse quel miserabile di Ted Blackmirror, chissà come tornato dall'aldilà, ma un certo Stephen O'Connell, altrettanto miserabile amante di Ted, che a un certo punto si era sostituito a lui allo scopo di infastidirli. Quindi, a rendere le cose ancora peggiori, si trattava di un esterno oltre che di un depravato!

Ted, in un certo senso, si era scelto la sua fine. E quell'ombra scarna e macilenta di Stephen O'Connell era girata per un po', per le strade di Rosencraft, allo scopo di terrorizzare, di vendicare... Quindi, gira un giorno, gira due, la stessa fine di Ted se l'era scelta anche lui!

A Lawrence Rosencraft però non bastavano le "leggende metropolitane". Non si accontentava dei "forse" e dei "magari". Non lasciava correre e non stendeva un velo di oblio e dimenticanza, come spesso avevano fatto suo padre e suo nonno. Per loro era sempre stato più che sufficiente averla vinta, con le buone o con le cattive, e smettere di preoccuparsi. Invece

Lawrence sapeva che pagare qualcuno perché dimenticasse, oscurasse, negasse non sarebbe più bastato. I tempi erano cambiati e stavano cambiando, giorno dopo giorno, sempre più freneticamente. La tecnologia moderna non li avrebbe aiutati. Inoltre, ciò che suo nonno e suo padre non erano mai riusciti a comprendere, ad ammettere, al mondo esistevano anche persone che non si lasciavano corrompere e manipolare. Persone che pretendevano di più, molto di più. Qualcosa di fuorimoda come la verità, magari.

In tutto questo, Emily Redwood era la persona più fuorimoda che lui avesse mai incontrato in vita sua. Forse somigliava a Katherine, sua madre. Forse a quel testardo di Stephen O'Connell, che avrebbe potuto dimenticare e fuggire, invece di ostinarsi e continuare a girare intorno dopo la fine di Ted Blackmirror.

Sebbene avesse ammesso che il legame con Curtis Greyhammer non era mai andato oltre l'amicizia (e non aveva motivi per mentirgli), Emily non voleva arrendersi. Quindi era molto probabile che non si sarebbe arresa nemmeno riguardo a tutto il resto. Così, passo dopo passo, sarebbe arrivata alla malaugurata vicenda di Susan e John, poi alla verità riguardante l'uomo col cappello che l'avrebbe condotta direttamente alla spregevole accoppiata formata da Ted e Stephen.

Era tutta colpa di Katherine Kingstone e della sua testardaggine! La donna con lo scialle, probabilmente, nella mente ostinata e confusa di Emily. Comunque, la sua immaginazione era davvero troppo variabile e suscettibile per riuscire a starle dietro, per distinguere finzione e realtà.

Lawrence doveva accelerare i tempi, di questo ne era certo. Scoprire di più. La donna con lo scialle, nominata da Emily in quell'assurda filastrocca che le aveva sentito recitare, destava in lui troppi sospetti e preoccupazioni. Era davvero frutto della sua immaginazione o di un ricordo frammentario, come l'uomo col cappello?

Forse Katherine aveva ingannato davvero tutti. Forse era ancora in giro. Ma lui era un bambino a quei tempi, proprio come Emily.

C'era troppo di mezzo. C'era il tesoro dei Redwood. E se Katherine Kingstone era ancora tra loro, in qualsiasi forma, gli sarebbe stata addosso, per salvaguardare la figlia e i propri interessi. Il diciottesimo compleanno di Emily si stava avvicinando.

Lawrence aveva un'ipotesi tutta sua riguardo all'incidente di Curtis Greyhammer. Non era stato poi così difficile arrivarci e si chiedeva se anche Emily, pur senza dichiararlo pubblicamente e nemmeno privatamente a qualcuno, fosse giunta alle stesse conclusioni.

Se Emily non provava per Curtis sentimenti che andavano oltre l'amicizia, non si poteva affermare lo stesso per quanto riguardava i sentimenti di Curtis per lei. Osservandoli, da vicino ma anche da lontano, Lawrence lo avevo compreso subito. Forse Emily era troppo ingenua e inesperta per rendersene conto. Poi, del fatto che si trattasse di sentimenti autentici o meno, non aveva certezza. Di sicuro il tesoro dei Redwood era un ottimo incentivo. Restava il fatto che Curtis avrebbe potuto convincere Emily a lasciare Rosencraft insieme a lui, dopo essere entrata in possesso del tesoro, per andarsene e costruirsi una nuova vita all'esterno, ovunque avessero voluto.

Quindi, solo un ingenuo avrebbe potuto credere all'incidente di caccia, alla disgrazia non calcolata. Lawrence non lo era e, almeno da quel punto di vista, nemmeno Emily. Così bisognava prendere in considerazione chi, più di chiunque altro, avrebbe avuto da perdere nel caso Emily fosse fuggita insieme a Curtis dopo essersi intascata il tesoro. E il nome poteva essere solo uno. Trudy Whiteland.

Senza contare il fatto che Emily, con le sue doti naturali e soprannaturali e con il potere aggiuntivo che le sarebbe derivato dal tesoro dei Redwood, avrebbe potuto sovvertire l'ordine prestabilito della città. Cosa che, per un poveraccio come Curtis Greyhammer, avrebbe significato un ribaltamento totale delle aspettative, anche se avessero deciso di restare a Rosencraft. Prendendo in considerazione anche questa opzione, chi ci avrebbe perso? A questo punto a Lawrence veniva in mente un altro nome. Il suo. O meglio, quello della sua famiglia. I Rosencraft.

***

Emily pensava a Lawrence. Fin troppo spesso. Più del dovuto, anzi. Invece non doveva. Non doveva perché pensare a lui, crogiolarsi nella sensazione dei suoi occhi su di lei, delle sue mani, del suo respiro, la distoglieva dalla sua missione principale. Scoprire cosa fosse accaduto a Curtis e poi andarsene, appena possibile. Magari a cercare proprio John Rosencraft e chiedergli aiuto per fare chiarezza.

C'era però da considerare il fatto che John era pur sempre un Rosencraft. Se non era stato in grado di lottare e cercare giustizia per sua moglie, difficilmente avrebbe acconsentito ad aiutare una sconosciuta.

«Stai bene, Emily?» Lawrence l'aveva quasi braccata quel giorno, fuori dalla scuola.

Per un po' era riuscita a sfuggirgli, ma poi era stata costretta ad arrendersi.

«Sì, certo» annuì senza eccessiva enfasi. «Grazie, Lawrence.»

Pensava a lui davvero troppo spesso, in modo quasi febbrile. E sapeva che non andava bene, per lei. Sapeva che doveva evitarlo. Perché i Rosencraft mettevano sempre loro stessi al primo posto. Oppure altri Rosencraft. Lo aveva fatto anche John, del resto. E, nonostante non fosse un Rosencraft, lo aveva fatto anche Adam, suo padre.

«Posso accompagnarti?» Il tono di Lawrence si fece dolce, la voce roca mentre i suoi occhi assumevano una venatura d'azzurro seducente, ammaliante.

«Ti ringrazio, ma non sto andando da nessuna parte.» Comunque fosse, Emily aveva appena deciso di mentirgli. Accennò con lo sguardo all'edificio al di là del giardino. «Solo in biblioteca.»

Lawrence detestava quando Emily era così vaga e lo fissava come senza vederlo, con lo sguardo assente. La detestava ma allo stesso tempo ne era attratto, stimolava tutto il suo interesse e il suo orgoglio maschile per qualcosa che non poteva avere e andava oltre la sua volontà. E non si trattava tanto del corpo di Emily e nemmeno del suo cuore. Era la sua mente ad affascinarlo. Quel suo modo macchinoso e sfuggente di elaborare le situazioni e il più delle volte anche le persone.

Così lo aveva lasciato lì ed era andata via, incamminandosi lenta verso la biblioteca. Non l'avrebbe seguita. Non tanto per farsi desiderare, ma perché era consapevole che lei non se lo aspettasse. Era soltanto una perdita di tempo, al momento. Doveva avere pazienza o rischiava che Emily lo catalogasse nella categoria degli amici, come aveva fatto con quello sfigato di Curtis. Non si trattava nemmeno di una strategia, da parte sua. Era così e basta.

Emily, intanto, aveva raggiunto la biblioteca scolastica e si era seduta a uno dei banconi di legno disposti nella sala lettura, quello dove si sistemava di solito, con i libri di fronte a sé. Anna Pinkfellow aveva smesso di trascorrere del tempo insieme a lei, già da un po'. Curtis aveva preso il suo posto, ma poi anche lui se n'era andato. In un modo diverso, certo. Ora, inaspettatamente, era arrivato Lawrence e la sua presenza era ingombrante, più ingombrante di quella di tutti gli altri messi insieme. Di tutte le persone che Emily conosceva a Rosencraft. Perché permaneva nella sua mente, tra i suoi pensieri, anche quando non era presente.

Ma Emily non poteva e non doveva dimenticare un fattore essenziale. Sua madre era un'esterna e anche lei lo era. Che lo fosse solo per metà non contava nulla, a Rosencraft. L'avevano sempre trattata da esterna. Lawrence era un Rosencraft e non avrebbe fatto eccezione. Quindi doveva lasciarlo scivolare via, fuori dalla mente e fuori dall'anima. Concentrarsi sul suo obbiettivo, sulla sua missione. Raccogliere informazioni e non perdersi nel procedimento che aveva messo in atto.

Ciò che conosceva di Katherine Kingstone era la sua provenienza, Stratford-upon-Avon, che aveva descritto nel suo diario come SUA, per non tradirsi. Fiona aveva sempre avuto la maledetta abitudine di spiarla e di approfittare di ogni occasione per tentare di sbirciare nel suo diario. Una parte degli antenati di Katherine arrivava però da una misteriosa cittadina chiamata Strawberry Hill, di cui Emily non aveva trovato un reale riscontro su nessuna mappa che aveva analizzato, nemmeno in quelle più antiche. L'aveva scoperta in alcune lettere di sua madre che suo padre aveva conservato per lei e le aveva consegnato prima di andarsene per sempre. Quindi doveva esserci per forza. Iniziava a sospettare che qualcuno si fosse messo d'impegno per ostacolare le sue ricerche e filtrasse le informazioni che stava cercando attraverso internet e i giornali provenienti dall'esterno.

Altri suoi antenati materni, invece, provenivano da paesi europei che Emily non era ancora riuscita a identificare. Un mix di culture e popoli di cui lei possedeva scarsa conoscenza ma che un giorno avrebbe desiderato vedere, esplorare.

Questo era il progetto che aveva sognato di portare avanti, con l'aiuto di Curtis. Ora si trovava bloccata lì, ma il suo sogno era solo rimandato. Anche se quel sogno si scontrava con il suo cuore che avrebbe voluto concedere a Lawrence libero accesso nella sua vita. Però lui l'avrebbe fermata, indubbiamente. Ed Emily non poteva permetterlo.

Sforzandosi per scavare più a fondo nella memoria, Emily aveva rammentato che per un breve periodo suo padre era stato intenzionato a lasciare Rosencraft, proprio come aveva fatto John Rosencraft dopo la morte della moglie.

"Fuori da qui potresti essere libera, Emily. Come tua madre. Potresti realizzare i tuoi sogni…"

Ma poi aveva temuto di farla crescere altrove, sotto un altro tipo di minacce. Era stato troppo incerto, insicuro. Così l'aveva condannata.

"A Rosencraft tutto torna."

Emily si ripeté mentalmente le parole di sua madre. Forse aveva ragione. Ciò che apparteneva a Rosencraft sarebbe stato inevitabilmente richiamato a Rosencraft, in un modo o nell'altro. Quindi anche Adam e lei lo sarebbero stati, se suo padre avesse preso la decisione di andarsene. Era questo che temeva. Contro questo aveva combattuto sperando di liberarsi, prima o poi. Contro quel legame inscindibile, malefico, malato, con la sua città d'origine e i suoi abitanti. Rosencraft attirava sempre indietro chi decideva di andarsene, oppure produceva in loro una sofferenza tale che li costringeva a tornare. Era come un catalizzatore, un fulcro di attrazione che non si poteva spegnere o ignorare.

Tutto questo aveva compreso Emily, fin troppo chiaramente. Rosencraft era una maledizione. Rosencraft era una condanna.

# CAPITOLO 3

Rosencraft era una maledizione. Rosencraft era una condanna. Ma Emily non aveva intenzione di piegarsi e portava avanti imperterrita le sue ricerche, le sue indagini. Soprattutto non aveva intenzione di soccombere alla sua debolezza nei confronti di Lawrence Rosencraft.

Il professor Masters e sua moglie Claire avevano deciso di supportarla, nel limite del possibile. Che significava cercare di non farsi scoprire. Claire era una Blackmirror ed Emily aveva cercato di scoprire qualcosa da lei a proposito di Ted Blackmirror. Con i capelli di un luminoso biondo ramato e gli occhi verdi, Claire era davvero una bellezza. Per questo le altre donne erano state così contente che si fosse sistemata con un esterno. Anche se, a dirla tutta, buona parte di loro invidiava il suo rapporto idilliaco con un uomo affascinante e intelligente come Aaron Masters.

«Ted era un emarginato» le aveva spiegato la donna. Si erano incontrate con la scusa di alcuni articoli che Emily avrebbe dovuto consegnare al professore nel suo studio. Ma lui aveva fatto in modo che anche Claire fosse presente. «Questo lo ricordo bene. In realtà la sua storia è emersa anni dopo, nel periodo in cui io mi trovavo fuori Rosencraft.»

Il periodo in cui Claire aveva frequentato il suo master in storia contemporanea a Londra e conosciuto suo marito. Il motivo per cui due persone così brillanti fossero poi tornate e rimaste in un posto retrogrado e maligno come Rosencraft era avvolto nel mistero. Ma accadeva a tanti, se non proprio a tutti. Aaron e Claire non erano i primi e di sicuro non sarebbero stati gli ultimi.

«Sì, questo lo avevo capito.» Emily annuì convinta. «Ma mi chiedevo se dopo la sua scomparsa ufficiale fosse stato visto ancora in giro, da qualcuno.»

«Sì, è accaduto.» Claire rispose in modo schietto, senza nemmeno prendere tempo per pensare a una risposta. «Ma questo, come puoi ben capire, significa che Ted non era scomparso affatto. Oppure che non si trattava di lui. È accaduto molto tempo fa, credo siano trascorsi almeno quindici anni...»

«Perché ti stai interessando a questa storia?» Aaron Masters si intromise nella discussione, appoggiandosi con entrambe le mani alla sua scrivania. «Cosa stai cercando di dirci, Emily?»

«Niente, io sto solo cercando di capire.» Emily si strinse nelle spalle. Rimase in dubbio sul da farsi. Allora non fece proprio nulla. «Mi piacerebbe scoprire qualcosa di più riguardo alla storia recente di Rosencraft, alle famiglie fondatrici...»

Se fosse stata più onesta e meno egoista avrebbe detto al professore e a sua moglie tre cose.

La prima era che lei quello strano individuo lo vedeva ancora in giro, forse non vivo e vegeto, forse non Ted Blackmirror, ma lo vedeva. Che lo si chiamasse uomo col cappello o in altro modo, era pur sempre lui. Lo sapeva e lo sentiva da tanto. Era sempre lui e continuava a tentare di comunicarle qualcosa. Di aiutarla, di vendicarsi, di carpire informazioni da lei, non ne era certa. Ma non se ne sarebbe andato fino a quando non avrebbe raggiunto il suo scopo.

La seconda era che altri erano al corrente della questione, Lawrence Rosencraft per esempio, e la cosa non la rendeva affatto tranquilla. Anche lui lo vedeva. Anche lui sapeva. Ma lei era troppo debole e vulnerabile nei suoi confronti per sapere cosa fare. Forse in parte aveva bisogno di lui e non voleva perderlo del tutto, almeno per un altro po' di tempo.

La terza... ecco, per quanto riguardava la terza si trattava di un suggerimento, più che altro. Quello di raccogliere le loro cose e andarsene da Rosencraft, al più presto. Almeno tentare. Perché aiutare lei o starle troppo intorno rischiava di metterli in una posizione di pericolo o comunque molto scomoda. Quando avevano iniziato a stare dalla sua parte e a offrirle sostegno, avevano al contempo smesso di essere al sicuro. Erano entrambi intelligenti e accorti. Possibile che non lo intuissero? Possibile che non avessero compreso la realtà dietro alla maschera della città in cui vivevano?

Ecco, se Emily fosse stata più onesta e meno egoista avrebbe cercato di raccontare tutto ciò che sapeva e di proteggere chi la stava aiutando. Ma per Emily ciò che stava iniziando a scoprire non era ancora sufficiente. E soprattutto non poteva sopportare l'idea di restare sola, in balia di tutti gli altri. Aaron e Claire non si potevano definire suoi amici, ma erano ciò che di più vicino aveva trovato, dopo Curtis.

Dopo Curtis. Un brivido le attraversò la schiena ed Emily si morse le labbra. Magari la prossima volta. Magari la prossima volta avrebbe raccontato qualcosa in più. Tanto nessuno sospettava nulla riguardo al suo rapporto con il professore e sua moglie. La natura delle loro conversazioni era rimasta privata. Ufficialmente Emily era passata a portare il suo articolo per il giornale scolastico che Aaron raccoglieva e correggeva per la redazione del "Rosencraft High Journal". Niente di più.

Doveva togliersi sciocchi dubbi dalla testa. Del resto, non poteva fermarsi. Non voleva. Lo doveva a sua madre, a Susan, a Curtis. Lo doveva anche a Ted Blackmirror. Perché, qualsiasi cosa avesse fatto, la sua scelta era stata una condanna per lui. Rosencraft lo aveva condannato. Lo aveva escluso. Ed Emily avrebbe fatto del suo meglio per rendere giustizia a tutti, anche a lui.

*\*\**

Le ricerche di Emily proseguivano e l'impegno con la redazione del giornale scolastico era un'ottima scusa per non destare eccessivi sospetti. L'unico vero ostacolo, per lei, era Lawrence. Il desiderio costante della sua vicinanza, della sua presenza, che doveva sforzarsi di combattere. Lui la teneva d'occhio. E, mentre le sue difese rischiavano di cadere da un momento all'altro, lei si impegnava a tenerlo a bada.

Con l'odio e la rabbia che scatenava in Fiona e nelle sue amiche, Emily aveva imparato a fare i conti da anni, ormai. Non le temeva più. Non erano più in grado di indebolirla, di farla soffrire. Nemmeno Anna Pinkfellow lo era. Sebbene il suo "tradimento" le avesse fatto male, al momento. L'aveva usata per imparare in fretta ciò che non conosceva e che le sarebbe stato utile. Poi Rowena Brownhall l'aveva avvicinata, con la scusa della solidarietà nei suoi confronti dopo la morte di Curtis, ma chissà per quale reale motivo. Grazie a lei era entrata nel giornale della scuola, ma la facciata solare e amichevole della cerchia delle Rosencraft nascondeva risvolti aridi, crudeli. Una maschera dietro l'altra e presto o tardi sarebbero cadute tutte quante.

La stavano controllando, sfruttando la sua debolezza, la sua solitudine. Forse avevano già iniziato con Anna e adesso erano alla fase conclusiva con Lawrence. Senza sapere che Emily di debolezza e di solitudine si era nutrita per tutta la vita. Tanto che quelle maledette Solitudini che l'avevano tanto ferita e umiliata nel corso della sua infanzia e prima adolescenza ora erano entrate a far parte di lei, proprio come lo spirito della piccola volpe che, dopo tanti anni, non l'aveva mai abbandonata, non l'aveva più lasciata davvero sola. Le Solitudini, in ogni caso, avevano più vita delle persone vere, a Rosencraft.

Le attenzioni che Lawrence le riservava non erano comunque passate inosservate. Però da quando lui le stava intorno, anche Trudy e Fiona Whiteland avevano iniziato a darle meno fastidio, anzi a lasciarla quasi in pace, come se fossero intimorite da lui. Emily era rimasta sorpresa. Fiona si era fatta una certa idea su Lawrence. Possibile che si fosse arresa così facilmente? Di certo

133

non lo aveva fatto a causa sua. Perché comunque Lawrence non aveva mai smentito la sua relazione con Rowena.

Quindi Emily doveva placare quella fiamma che sentiva ardere dentro al petto. Lo doveva a se stessa, soprattutto, o avrebbe rischiato di compromettere tutto. I suoi progetti, le sue ricerche. E questo era indipendente dalla relazione tra Lawrence e Rowena. Fosse anche stato libero, non sarebbe cambiato nulla. Legarsi a Lawrence avrebbe significato per lei non andarsene mai da Rosencraft. Ed Emily si sentiva male alla sola idea, si sentiva crollare fino a distruggersi, non sarebbe mai stata in grado di accettarlo. La speranza di riuscire ad andarsene appena possibile era l'unica cosa che la mantenesse in vita. Non poteva rinunciare per niente e nessuno al mondo. Nemmeno per lui.

# CAPITOLO 4

Convincere la ragione era possibile. Non era mai stato necessario eccessivo impegno da parte di Emily. Convincere il cuore, invece, era tutt'altra cosa. Anche perché Lawrence Rosencraft non sembrava propenso ad aiutarla, a facilitarle il compito.

Sempre più audace e affascinante, le girava intorno con quello sguardo azzurro che scatenava in lei sensazioni inopportune. Quello sguardo carico di promesse che Emily avrebbe preferito ignorare per sempre. Spesso Lawrence somigliava a una specie di guardia del corpo. O meglio, di controllore. Come se intendesse assicurarsi che a nessuno venisse in mente di avvicinarsi a Emily e prendere il suo posto.

A un certo punto, mentre il tempo correva sempre più veloce, anche Emily aveva iniziato a contare i giorni. I suoi diciotto anni erano prossimi, ormai mancavano meno di due mesi. E lei alternava momenti di grande forza, in cui era certa che avrebbe affrontato qualsiasi sfida, ad altri di eccessiva fragilità, in cui si sentiva in trappola, stretta in un vortice da cui non sapeva come liberarsi.

Buona parte di quel vortice era rappresentato da Lawrence. Soprattutto quando la raggiungeva sulla riva del Gemstone Creek, il suo luogo "segreto" o quasi, e si sedeva accanto a lei osservando attento quelle acque limpide, le pietre colorate che rilucevano come gemme dal fondo e sul greto. Poi piegava la testa per tentare di incrociare il suo sguardo, con quell'espressione sensuale e provocante.

«Ci stiamo preparando per la nuova battuta di caccia.» Aveva buttato lì la frase senza eccessiva enfasi, come se si trattasse di un argomento preso a caso.

Emily annuì senza replicare ma, allo stesso tempo, senza scomporsi. Non aveva mai ammesso con Lawrence di disprezzare la caccia. Non aveva potuto. Avrebbe dovuto rivelargli una parte troppo importante di se stessa. Troppo intima.

«Io vorrei chiederti di accompagnarmi, Emily.» La voce suadente sembrava studiata apposta per provocarle un brivido lungo la spina dorsale. Così avvenne. Ma Emily, anche se a fatica, riuscì a controllarsi.

«Non posso.» Aveva risposto impulsivamente, senza riflettere. Se lo avesse fatto, forse, avrebbe trovato il modo di risultare meno brusca.

Non aveva importanza. Ormai era fatta e l'esito sarebbe stato comunque lo stesso. Non c'era possibilità che accettasse o che si ammorbidisse riguardo a quel discorso.

«Scusami, non ci avevo pensato.» Lawrence trattenne per un attimo l'aria nei polmoni, poi rilasciò un sospiro profondo e si passò entrambe le mani tra i capelli biondi che si erano leggermente allungati negli ultimi tempi.

Emily lo fissò perplessa per un attimo. Poi, mentre lei iniziava a capire, lui proseguì.

«Ho sbagliato. Per un attimo avevo dimenticato che Curtis è morto proprio a causa di un incidente di caccia.»

«Sì, ma non si tratta solo di questo.» Ancora una volta, Emily parlò senza riflettere. Sembrava quasi che tutti i freni inibitori che l'avevano precedentemente spinta a trattenersi, stessero cadendo. Però non avrebbe dovuto spingersi oltre nella manifestazione del proprio pensiero.

«Troppo compromettente?» suggerì Lawrence. «È a questo che ti riferisci?»

«No, io...» Emily scosse la testa. Non voleva accettare, non poteva. Ma dentro sapeva che una parte di sé non sarebbe stata in grado di trattenersi, di resistere. Doveva andarsene. Si alzò in piedi, quasi di scatto. «È meglio che io vada...»

Se non se ne fosse andata immediatamente sarebbe caduta in tentazione. E la tentazione l'avrebbe condotta oltre i suoi sogni, oltre le sue speranze.

«Non sei l'unica, Emily.»

Lawrence sollevò lo sguardo su di lei ma rimase seduto al suo posto, con aria placida e tranquilla. Anzi, si distese quasi, appoggiandosi sui gomiti.

Emily invece di andarsene rimase ferma a guardarlo. Quasi ammaliata da lui, al punto da non chiedergli nemmeno cosa intendesse. I suoi occhi azzurri l'avevano catturata e ora si sentiva in sua balia, prigioniera. Ma forse Lawrence interpretò il suo silenzio come un invito a proseguire.

«Non sei l'unica che sta pensando di andarsene.» La rivelazione di Lawrence la colse ancora più impreparata. «Anche io ci sto pensando, da tanto. E conoscevo le intenzioni di Curtis. Per questo ti eri così legata a lui, vero?»

Nella mente di Emily le parole di Lawrence risuonarono come un campanello d'allarme. Una trappola. Poteva essere una trappola, il fatto stesso di mettere di mezzo Curtis e abbattere le sue difese per indurla a cedere, a confidarsi. Ma gli occhi di Lawrence le parvero troppo dolci, troppo sinceri e allo stesso tempo troppo tristi. C'era qualcosa in lui. Qualcosa che andava oltre la natura di Rosencraft in generale e della sua famiglia in particolare. Lawrence si mostrava così diverso a volte, quando era staccato da tutto il resto, così solo e spaventato. Come se temesse di perdere qualcosa o di perdersi.

Solo come lo era lei. Perso in quel mondo a cui quasi non sembrava nemmeno appartenere. Ed Emily si chiedeva perché. Perché si erano dovuti incontrare proprio lì? Perché non ci sarebbe stato mai modo, per loro, di avere una possibilità?

O forse c'era. Ma lei non riusciva ancora a individuarla, a concedere a se stessa un periodo di tregua per provare a fidarsi di qualcuno. No, non di qualcuno. Di lui, di Lawrence Rosencraft.

«Io e Curtis eravamo amici, però...» Non rispose direttamente alla domanda, non se la sentì. Non poteva, davvero non poteva.

«Scusami, non volevo tornare sul discorso.» All'improvviso Lawrence parve leggerle nel pensiero. Forse non era poi così difficile, in fondo. Si alzò in piedi e la raggiunse, mettendosi proprio di fronte a lei. La dominava quasi, essendo più alto di lei di tutta la testa. «Puoi fidarti, Emily. Anche per me è difficile vivere qui, più di quanto tu creda. Queste tradizioni, questa divisione tra le persone... Ma ci sono nato, sono un Rosencraft, e non è colpa mia. Mi sono dovuto adattare. Come te. Mi capisci, vero?»

Così dicendo Lawrence le prese la mano. Piano, con dolcezza, sfiorandole appena le dita.

«Sì...» sussurrò Emily. Ogni parola del ragazzo stava aprendo un profondo varco dentro di lei. Un varco che non sapeva dove l'avrebbe condotta.

«Io sto cercando di... trovare il modo di andarmene.» Lawrence socchiuse gli occhi su di lei, in uno strano modo, a metà tra carezzevole e appassionato. «Anche mio cugino John se n'è andato, poi è tornato però non ha resistito. Non intendo più sottostare a tutte le regole di questa città, alla sua falsa morale. Voglio essere libero di decidere della mia vita, di scegliere dove stare e con chi stare.»

L'enfasi di Lawrence era autentica, tanto che il suo bel viso si illuminò di entusiasmo e le sue guance avvamparono. Emily gli strinse la mano e Lawrence intrecciò le dita con le sue. Lui voleva essere libero, come lei. Libero di scegliere dove stare e con chi stare.

«Anche io» sospirò Emily, lasciandosi andare. «Io voglio una vita fuori da qui. Non tornare mai più.»

Si lasciò andare perché era stanca, davvero tanto stanca di trattenersi. Perché era stata sola, costretta, arroccata nel suo silenzio per la paura di far trapelare la sua verità, una verità che

138

rischiava di stritolarla, di distruggerla. Si lasciò andare perché aveva bisogno di qualcuno, finalmente, di lui. Si lasciò andare perché comprese che se non si fosse fidata di lui in quel momento non si sarebbe fidata mai più di nessuno per tutto il resto della sua vita.

«È quello che vorrei anche io.» Lawrence annuì con il sorriso entusiasta, soddisfatto di chi aveva appena raggiunto il suo scopo. «Mi piacerebbe studiare medicina, appena terminato il liceo. Vorrei vivere a Londra oppure anche in un altro paese, fuori dall'Inghilterra. Francia, Germania... non so ancora. Comunque vorrei viaggiare, visitare il mondo.»

Emily quasi non volle crederci. Possibile che avesse trovato in Lawrence Rosencraft un'anima affine? Si morse le labbra quando lui si avvicinò ancora di più a lei, accarezzandole piano le spalle e poi lasciando scivolare le mani lungo le sue braccia.

Fu proprio in quel momento che Emily sentì una corrente gelida attraversarla da capo a piedi, poi qualcosa o qualcuno che l'afferrava da dietro per la vita e che tentava, con uno strattone, di trascinarla via, di staccarla da Lawrence. Tanto che lui non riuscì a trattenerla e fu costretto a lasciarla andare.

Emily non impiegò molto tempo a riconoscerlo. Comprese immediatamente di chi si trattava. L'uomo col cappello. Ted Blackmirror oppure colui che si celava dietro a Ted Blackmirror. La sua voce, come un fruscio sommesso, si insinuò dentro di lei, nelle vene, nelle ossa.

"Fai attenzione." Poi ancora: "Fai attenzione."

Le aveva parlato nella mente. Emily se ne rese conto perché comprese fin da subito che Lawrence non aveva sentito le parole che Ted aveva pronunciato. Anche se, apparentemente, riusciva a vederlo. Sgranava gli occhi azzurri e increduli proprio nel punto in cui lei li aveva posati, sull'uomo col cappello.

«È lui...» Lawrence pronunciò le due parole ed Emily annuì.

«L'uomo col cappello...» proseguì Lawrence. Emily annuì di nuovo. «Non ti preoccupare, ci sono qui io. Ted Blackmirror non ti farà più niente.»

Emily sospirò e si aggrappò fiduciosa al suo braccio mentre Lawrence la cingeva per la vita. Sollevò lo sguardo su di lui e chiuse per un attimo gli occhi. Quando li riaprì l'uomo col cappello era svanito.

«Se n'è andato» disse Lawrence, leggendo il mutamento istantaneo negli occhi di Emily. «Stai tranquilla ora.»

Emily annuì. Non gli disse che, nonostante non fosse in grado di vedere l'uomo col cappello in quel momento, ne percepiva ancora l'essenza lì intorno. La sua era una presenza schiacciante, proprio come quella delle Solitudini dentro di lei. Le Solitudini intorno a Rosencraft, nell'aria. Forse Ted non era più lì, fisicamente. Ma di una cosa Emily si rese improvvisamente conto. Non era più lì da tanto tempo. Però non se n'era mai andato.

# CAPITOLO 5

Ciò che stava vivendo con Lawrence non era una vera e propria relazione, ma l'esperienza più intensa che Emily avesse mai vissuto con un'altra persona. E stranamente nessuno aveva qualcosa da ridire, in proposito. Forse avevano troppo timore di lui. Nonostante le sue idee, che gli altri compresa la sua famiglia ignoravano, Lawrence era comunque un Rosencraft. Era stimato e temuto. Magari continuavano a odiare lei, ma avevano troppa paura di lui per manifestarlo apertamente.

Lawrence le aveva proposto di portare avanti insieme le ricerche su quella che sarebbe stata la loro vita all'esterno. Aveva riconosciuto in lei delle doti, delle capacità che nessun altro era stato disposto a riconoscere. Forse soltanto il professor Masters, almeno in parte. Ma mentre Aaron Masters si limitava ad ammetterle, Lawrence Rosencraft le esaltava, le portava in luce. Emily stava iniziando a splendere, insieme a lui.

L'obbiettivo di Lawrence, tra gli altri, era quello di fermare una volta per tutte l'uomo col cappello che angosciava Emily, allontanarlo e indurlo a non tornare mai più. Emily si era dimostrata d'accordo per non contraddirlo apertamente, ma in realtà la sua mente era occupata da altro. In ogni caso presto quel misterioso individuo sarebbe stato solo un ricordo. Insieme alla donna con lo scialle e tutti gli sconclusionati elementi di quella sua strana visione. Insieme anche alle persone che avevano contribuito a rovinarle l'esistenza a Rosencraft.

Intanto per lei era arrivato il momento di sbilanciarsi un po' di più. O almeno di provarci, sperando di conoscere dettagli di cui era ancora all'oscuro.

Seduti su una panchina del "Rosenpark" in centro città, sfidavano gli sguardi dei passanti. Emily non si era mai aggirata intorno al parco cittadino, normalmente frequentato dagli altri studenti per raduni e picnic. Aveva sempre preferito isolarsi lungo la riva del torrente.

«Mi hai parlato di tuo cugino John...» Non sapeva come affrontare il discorso allora fu diretta, agganciandosi alle parole di Lawrence ma lasciando la frase in sospeso. Non era mai stata brava a parlare, tanto meno a rivolgere domande dirette alle persone per carpire informazioni. «Non ha più resistito qui...»

«Sì, sua moglie Susan è morta di cancro, una tipologia piuttosto rara, e John se è n'è andato con suo figlio Michael.» La grande rivelazione di Lawrence fu molto concisa e non aggiunse nulla rispetto a ciò che Emily aveva già scoperto nel corso delle sue indagini dopo la morte di Curtis.

Forse Lawrence non sapeva molto di più, in proposito. Oppure non c'era altro da sapere. Ma Emily avrebbe voluto chiedergli dove si trovasse John, magari tentare di entrare in contatto con lui, conoscere le sue motivazioni. Perché era tornato a Rosencraft dopo essersene allontanato? Perché aveva portato sua moglie e suo figlio con sé? Cos'era successo davvero a sua moglie? Quando si era ammalata? Dov'era andato a rifugiarsi in seguito con suo figlio? Nella sua immaginazione, forse sbagliando, Emily percepiva una certa similitudine tra John e suo padre. Ma John era riuscito dove Adam aveva fallito. Invidiava Michael, figlio di un'esterna come lo era lei, che era stato portato via, allontanato da lì. Non sarebbe stato costretto a lottare come lei. Forse avrebbe dovuto affrontare altri problemi, altre battaglie, ma non quella di sopravvivere a Rosencraft, solo contro tutti.

Emily annuì e si morse le labbra. Non avrebbe rivolto quelle domande a Lawrence. Era troppo presto. Non era nemmeno del tutto certa che sarebbe mai arrivato il tempo di lasciarsi andare del tutto, di smettere di trattenersi e parlare apertamente con lui. Era troppo abituata a resistere, a nascondersi, a celare qualsiasi emozione le attraversasse il cuore e la mente.

Però Lawrence si dimostrava sicuro, convinto. Voleva abbandonare Rosencraft, dove avrebbe avuto un futuro brillante e assicurato grazie al suo nome e alla sua famiglia, per andare incontro a un destino magari più eccitante, più avventuroso, ma del tutto ignoto.

Il loro punto di partenza era molto diverso. Emily si chiese cosa avrebbe fatto se fosse stata al suo posto. Non lo sapeva e non lo avrebbe mai saputo. Forse non aveva nemmeno importanza, perché si era resa conto che c'era qualcosa che entrambi desideravano al di sopra di tutto e di tutti, anche più dell'attrazione che provavano l'uno per l'altra e del desiderio di stare insieme. La libertà.

# CAPITOLO 6

Emily non era un'esperta in relazioni sentimentali. Quel poco che sapeva l'aveva sentito da Fiona, Christabel e le altre. L'aveva visto dalle compagne di scuola e dal modo in cui parlavano dei ragazzi, da come dicevano che avrebbero voluto essere toccate o baciate. Emily era sempre stata esclusa da tutto questo, dai loro discorsi. Ma spesso, in totale silenzio, era rimasta ad ascoltare.

Lawrence non si era mai spinto troppo in là con lei, non aveva mai tentato un approccio più diretto. Non ci aveva provato nemmeno Curtis, non in modo troppo palese almeno, ma Emily era consapevole che le sensazioni che lei provava per Lawrence erano molto diverse da quelle che aveva provato nei confronti di Curtis. E lui lo sapeva, di sicuro se n'era accorto. Però non osava, o forse non voleva, spingersi oltre.

Per Emily era molto meglio così. Perché non aveva idea di come avrebbe reagito. O meglio, non aveva idea di cosa avrebbe dovuto fare. Trudy Whiteland non era mai stata una vera guida per lei. Ciò che aveva saputo sulla sua natura femminile, sul suo corpo e la sua evoluzione, lo aveva imparato di riflesso, da Fiona. Ascoltando, sbirciando e il più delle volte intuendo.

Quello che non riusciva a comprendere da loro o a farsi dire lo aveva cercato sui libri. In teoria aveva capito bene cosa succede tra un uomo e una donna, almeno dal punto di vista pratico. Solo che non riusciva ancora a identificare se stessa come donna. Magari poteva pensare a Lawrence, certo. Con Rowena, forse? No, non le piaceva. Sentiva una fastidiosa morsa allo stomaco alla sola idea, chiedendosi cosa avesse fatto con lei e magari anche con altre.

Per cancellare quella visione fastidiosa dalla mente, aveva iniziato a immaginare Aaron Masters con la moglie Claire. Ma la questione diventava troppo imbarazzante, visto che li incontrava spesso. Quindi si impegnava a rimuovere quelle fantasie dal cervello e cercava di immaginare altre persone con cui non avrebbe mai dovuto interagire o stringere rapporti personali. Attori di cinema, magari. Ma, con il tempo, aveva iniziato a cercarli più somiglianti possibile a Lawrence e a se stessa. E così la sua fantasia aveva un guizzo, un fremito d'eccitazione, quando provava a intuire il corpo nudo di Lawrence sotto i vestiti, poi subito dopo addosso a lei, dentro di lei.

Lawrence che la toccava ovunque, che l'accarezzava. E lei che lo voleva, che desiderava che la baciasse in modo appassionato e quasi furioso, che la prendesse e la guidasse verso i territori ancora inesplorati della sua femminilità, del sesso.

Era questo tutto quello che Emily provava per lui. No, non era una domanda. Non quella, almeno. Ma la successiva, che le sfiorava la mente, lo era. Possibile che non provasse altro per lui? Solo desiderio di esperienza, di carnalità?

Emily increspò le labbra e arricciò il naso. Forse non era come le altre ragazze, da quel punto di vista. Come Fiona, Christabel, Sarah, Adelia… Nemmeno come Rowena e la cerchia delle Rosencraft. Forse c'era qualcosa di profondamente sbagliato in lei. Come uno scudo, un blocco ai sentimenti, visto che per Lawrence provava intense sensazioni fisiche ma non emotive. Non voleva vederlo con Rowena e con altre perché lo voleva per sé. Ma oltre a quello?

Di una cosa era certa. Non poteva parlarne con nessuno. Tanto meno con lui. Meglio continuare a nascondersi, meglio proseguire con le sue indagini, meno apertamente possibile. Non poteva attirare troppo l'attenzione a Rosencraft. Di ciò che sarebbe accaduto dopo Emily non si occupava. L'unico momento che contava era quello che stava vivendo e che l'avrebbe poi condotta lontana da lì.

Fiona intanto aveva iniziato a frequentare assiduamente Anthony Yellowstar e la relazione stava diventando sempre più seria. Tanto che Fiona non sembrava pensare e vedere altro. Per Emily era una fortuna, almeno Fiona aveva distolto lo sguardo e le attenzioni da Lawrence e di conseguenza anche da lei. Forse non si era accorta di nulla, forse era talmente presa dal suo ragazzo che, per la prima volta da quando erano state costrette a convivere, aveva deciso di ignorarla, di lasciarla in pace. Più probabilmente non aveva voglia di sprecare il suo tempo prezioso con lei, oppure non sopportava l'idea di ammettere che tra Emily e Lawrence ci fosse qualcosa. Qualcosa di strano, di indefinibile, di assurdo… ma qualcosa.

Di questo "qualcosa" sembrava invece essersi accorta fin troppo bene Grace Rosencraft, la gemella di Lawrence. E mostrava tutto il suo disappunto e la sua contrarietà nelle occhiate sdegnate che rivolgeva a Emily, ogni volta che si incrociavano a scuola, in palestra, in biblioteca. Ovunque capitasse, anche in centro città.

Per Emily non era nulla di nuovo. Ci aveva convissuto tutta la vita. L'ostilità di Grace Rosencraft non la turbava, non la offendeva. Tanto meno la feriva. Semplicemente l'accettava come aveva sempre fatto. Forse ci aveva sofferto, un tempo. Ormai non le importava più. O forse sì, in piccolissima parte. Una parte minuscola, quasi invisibile ma ancora presente in un luogo indefinito della sua anima. Aveva però ripercussioni fisiche sul suo corpo, nello spazio, che Emily non era in grado di indentificare, che si trovava tra la gola, la trachea e lo sterno, per poi arrivare allo stomaco. Ecco, quel piccolissimo frammento di dolore si spostava nel suo corpo e le dava la sensazione di una puntura di spillo, che pungeva, pungeva ripetutamente, pungeva ancora. Spariva ma poi tornava a pungere. Non faceva davvero male ma dava fastidio manifestando la sua costante e irrevocabile presenza.

La vera bomba scoppiò una domenica mattina. Ma non coinvolse direttamente Emily che era saltata sul letto dallo spavento a causa del tremendo frastuono che era risuonato dal soggiorno.

Corse verso il pianerottolo, poi si precipitò giù dalle scale, dove fu investita dalla voce tonante di Trudy che urlava a tal punto da rischiare di farsi scoppiare i polmoni. Emily l'avrebbe anche ignorata se non avesse temuto di essere in pericolo, che la casa stesse crollando o andando a fuoco.

«Non è possibile! Non può avermi fatto questo! Non a me!»

Non c'era nessuno. Trudy, in piedi al centro del soggiorno, urlava a vuoto. Con le braccia spalancate verso l'alto, come se stesse chiedendo una grazia o lanciando una maledizione al cielo. Emily la osservò in silenzio, mantenendosi a distanza di sicurezza. Il volto paonazzo e i capelli arruffati e ispidi della matrigna facevano quasi impressione. Goccioline di sudore le imperlavano la fronte, scendendo poi lateralmente per raggiungerle il collo e scivolare giù fino a immergersi nella scollatura. Emily si chiese se dovesse chiedere aiuto oppure semplicemente scappare.

Fiona non era rientrata dalla sera precedente. Probabilmente era rimasta da qualche parte con Anthony, anche se poi avrebbe detto alla madre che si era fermata da Christabel. Non era la prima volta che accadeva. Altrimenti sarebbe scesa, nemmeno il sonno più pesante l'avrebbe salvata dalle urla furibonde di Trudy.

Mentre Emily era più che mai tentata di scappare, lo sguardo di Trudy si spostò su di lei, che restava ferma vicino all'ingresso del soggiorno. Non si mosse, ebbe quasi l'impressione che gli occhi della matrigna avessero il potere di inchiodarla nel punto in cui si trovava.

«Quel disgraziato!» Trudy sputò fuori la sua sentenza, perdendo anche schizzi di saliva che Emily notò, come una fontana zampillante che usciva a spruzzi dalle labbra della donna. «Quel verme! Quel maledetto! Deve bruciare all'inferno!»

Così dicendo le voltò le spalle e andò a recuperare sulla poltrona la sua copia domenicale del "Rosencraft Gazette" che era rimasta abbandonata lì, aperta e stropicciata. La gettò tra le mani di Emily che, solo per un attimo, temette di essere la protagonista della rabbia di Trudy, oppure direttamente coinvolta.

Invece no. Anche perché altrimenti la matrigna si sarebbe sfogata direttamente su di lei. Sul giornale della domenica, nel riquadro che Trudy aveva maldestramente piegato e strapazzato, Emily vide poche parole a caratteri cubitali, sotto un breve articolo e la fotografia di una coppia sorridente. Le parole che aveva letto riportavano:

*"Annuncio del prossimo matrimonio tra Minette Pinkfellow e Ferdinand Brownhall. I migliori auguri alla felice coppia!"*

# CAPITOLO 7

L'amore è una disgrazia.

Questo era il pensiero ricorrente di Emily negli ultimi giorni, quelli successivi alla crisi di nervi di Trudy dopo l'annuncio del prossimo matrimonio tra Minette e Ferdinand.

L'amore è una disgrazia, sì.

Trudy, a causa dell'amore, aveva distrutto buona parte delle porcellane di casa, quasi tutto un servizio di piatti, i bicchieri di cristallo risalenti al suo primo matrimonio e il vetro della finestra della cucina.

«Non mancava molto! Doveva sposare me! Me! Non quella vacca schifosa!»

Un barlume di raziocinio, unito alla necessità, l'aveva indotta a risparmiare lo schermo televisivo.

L'amore è una disgrazia.

Emily promise a se stessa di tenerne conto, prima di arrivare a ridursi in uno stato così pietoso e imbarazzante per amore.

Ma almeno a Trudy sarebbe passata, probabilmente nel giro di qualche giorno, settimana o mese. Appena si fosse interessata a un altro.

A Susan Lowitt invece non era andata così bene, visto che lei per amore era morta. Anche di questo Emily doveva tenere conto, per evitare che le accadesse, per evitare di caderci e poi rendersene conto quando era ormai troppo tardi. O di non rendersene conto affatto, com'era stato per povera Susan.

Per quanto Lawrence le avesse raccontato che la moglie di suo cugino John era morta di cancro, una tragica fatalità purtroppo, Emily non riusciva a crederci. Si era convinta che Lawrence fosse in buonafede, non voleva mettere in dubbio la sua parola. Però non era stato il destino a uccidere Susan, non erano state cause naturali. Era stata Rosencraft, l'intera cittadina, accanita in fronte comune contro di lei.

L'unica nota positiva nell'attuale situazione era che l'amore aveva attenuato notevolmente la pressione continua che da sempre Emily subiva da parte di Fiona. L'odio della sorellastra sussisteva ancora, l'amore per Anthony non le aveva cambiato il carattere, ma almeno la teneva a distanza, la rendeva troppo impegnata per occuparsi di lei. Da un certo punto di vista Emily sperava che l'amore di Fiona durasse per sempre, da un altro... ecco, da un altro non era certa di volerle augurare tanta felicità. Ma non aveva importanza, tutto sommato. L'unica cosa che le importava davvero era non avere più a che fare con lei. Sperava con tutto il cuore di riuscirci, che Trudy e Fiona Whiterland uscissero dalla sua vita in modo da potersi dimenticare di loro. Estirparle dalla sua mente, dai suoi ricordi in modo definitivo. Per sempre.

*** 

Intanto il diciottesimo compleanno di Emily si stava avvicinando. Anche se aveva rinunciato all'idea che lei lo accompagnasse alla battuta di caccia, Lawrence le stava intorno costantemente. Sembrava in attesa di qualcosa. Era in attesa di qualcosa. Emily non era così stupida da non capirlo e aveva imparato molto presto a non illudersi.

Però c'era sempre quella minuscola, e in parte fastidiosa, parte di lei che non riusciva a chiudere del tutto con la speranza di un affetto sincero. Funzionava un po' come il dolore, ancora annidato in minima parte tra la gola, la trachea e lo sterno. Ed era anche della stessa dimensione, davvero minima, come una puntura di spillo che ancora voleva credere nella possibilità di un amore. Non era l'eventualità che si trattasse di Lawrence Rosencraft a costringerla a dubitarne, ma il fatto che si sentisse inadeguata, inadatta all'amore. Con lui e con chiunque altro.

150

«Hai deciso cosa farai?»

Lawrence l'aveva raggiunta nella "Rosencraft Library", la biblioteca cittadina, mentre si stava impegnando nella stesura di un articolo sulle prossime proiezioni cinematografiche selezionate dal professor Masters. Dopo essersi mostrato interessato all'opinione di Emily in proposito, le aveva buttato lì la domanda, come per caso. Lo faceva sempre. Non sembrava mai accanirsi troppo sulle questioni, come se temesse di risultare improvvisamente inopportuno. Restava sul vago. Aveva imparato che Emily poteva essere imprevedibile. Ed era quella sua dose di imprevedibilità a preoccuparlo.

«No, non ancora.»

Emily rispose in un sussurro, scosse la testa con un sospiro e sollevò lo sguardo dall'articolo che stava correggendo, prima di sottoporlo a Masters. Puntò gli occhi scuri su di lui, come se volesse leggergli dentro, interpretare le sue intenzioni. E quel suo sguardo così attento e imperscrutabile al tempo stesso, per un attimo lo fece sentire fragile. Più fragile di quanto apparentemente sembrava lei stessa.

Lo stava evitando, Lawrence lo aveva capito. E per riuscirci meglio aveva iniziato a rinchiudersi, quasi ogni giorno e con una scusa qualsiasi, nella "Rosencraft Library". Dove, a differenza della biblioteca scolastica, vigevano regole più ferree per non disturbare gli altri frequentatori. Lawrence poteva seguirla e sedersi di fronte a lei a studiare, o fingere di studiare. Ma essere condannato al silenzio era noioso e frustrante.

Emily aveva smesso di andare al solito posto, quello che era stato suo e che poi era diventato anche di Curtis e infine di Lawrence. Non si incontravano più lungo il Gemstone Creek. Il freddo incombente era solo una scusa, lui lo sapeva. E lei non si era curata di trovarne una migliore. Semplicemente non le importava.

Lawrence riscontrava qualche difficoltà ad avere a che fare con la noncuranza di quella ragazzina distaccata e ostile. E anche ad accettare il fatto che non fosse come le altre. Dalla sua esperienza con le ragazze che aveva frequentato e con le donne in generale, comprese sua madre e sua sorella, sapeva che bisognava premere dei tasti per ottenere qualcosa. Ogni tasto corrispondeva a un bisogno che gli esseri umani di sesso femminile desideravano, anzi spesso supplicavano, che venisse soddisfatto. L'uomo doveva interpretarli e poi premere il tasto giusto, imparando con l'esperienza a non fare confusione, cosa che purtroppo non era tanto facile come sembrava. La nota positiva era che una volta diventato esperto poteva facilmente riscuotere la sua ricompensa.

Le donne imploravano attenzioni, sempre e comunque. E Lawrence aveva fatto parecchia pratica, imparando a concederle con generosità, fino a quando arrivava il momento di riscuotere, di farle cadere nella sua trappola. Ma con Emily non funzionava così, non sempre almeno. A volte aveva l'impressione che lei non aspettasse altro, che lo desiderasse con un impeto che andava oltre il suo fisico minuto e il suo aspetto innocente. Ma poi un'occhiata un po' più fredda da parte di quella ragazzina imperturbabile cancellava tutto in un istante, rompeva l'incanto che Lawrence si era creato nella sua mente. Allora si convinceva che fosse troppo presto. Anzi, che fosse proprio caduto del tutto in errore. E arrivava a chiedersi, con perplessità mescolata a una frustrazione che sfociava nel risentimento, chi dei due fosse caduto nella trappola dell'altro.

Emily, con i capelli scuri che nel vento le soffiavano sul viso quando lui l'accompagnava a casa dopo il pomeriggio trascorso a studiare, le sembrava simile a un piccolo ragno che nel buio tesseva la sua tela. Pronto a imprigionare la sua vittima per poi stringere, stringere sempre di più, fino a strangolarla. Così, la frustrazione di Lawrence Rosencraft cresceva a dismisura. Lui non sarebbe stato la vittima di Emily Redwood. Non poteva, non l'avrebbe permesso. Non si sarebbe fatto imprigionare dalla sua imprevedibilità. L'avrebbe presa. Il momento si avvicinava. Doveva solo fare in modo che lei lo volesse, che lei lo accettasse.

# CAPITOLO 8

In un mondo perfetto uno come Lawrence Rosencraft l'avrebbe amata davvero.

In un mondo perfetto uno come Lawrence Rosencraft non avrebbe mai tentato di approfittarsi di lei.

In un mondo perfetto uno come Lawrence Rosencraft non le sarebbe girato intorno come un serpente a sonagli pronto a divorare la sua preda.

In un mondo perfetto uno come Lawrence Rosencraft sarebbe cambiato per amore.

Ma il mondo non era perfetto. E lei non era la protagonista di uno dei romanzi sentimentali di Trudy o di un film romantico. Emily lo sapeva. C'era quella minuscola parte di lei che la implorava accanitamente, disperatamente di sbagliarsi. Emily tentava di distruggerla, di farla a pezzi con tutte le forze che aveva. Ma spesso le sue facoltà normali (e anche quelle paranormali) unite alla razionalità non riuscivano ad averla vinta.

Perché poi si ripeteva, tra le altre cose, che in un mondo più giusto (non perfetto in questo caso), lei si sarebbe innamorata di un bravo ragazzo come forse lo era stato Curtis Greyhammer. Non avrebbe coltivato questa insana passione, che sempre più difficilmente riusciva a controllare, a contenere, per Lawrence Rosencraft.

In un mondo più giusto Curtis non sarebbe morto. E nemmeno Susan. E suo padre. E un sacco di altra gente che non meritava una fine orribile e prematura. Non includeva Katherine, sua madre, nella lista, perché nei suoi confronti aveva perso ogni certezza. Forse era stata troppo furba per morire. Troppo furba anche per continuare a vivere. Forse si era semplicemente creata una dimensione tutta sua, una sorta di esilio volontario. Il suo lato cinico l'aveva ereditato da lei, ormai non aveva dubbi. Ed era proprio quello che l'avrebbe salvata.

Certe questioni doveva scoprirle da sola, risolverle da sola. Intanto l'uomo col cappello era tornato a presentarsi, a farle visita. Ma Emily aveva imparato a stare attenta, a usare l'accortezza di non farsi scoprire da Lawrence. Perché aveva capito che lui non lo vedeva affatto, non come lei. Forse sapeva della sua esistenza, l'aveva letto o sentito da qualche parte. Ma dipendeva interamente da lei, l'aveva studiata per bene. In modo tale che quando Emily alterava l'espressione facciale o sgranava leggermente gli occhi verso un punto indefinito, Lawrence intuiva che lei vedeva qualcosa. O qualcuno.

«È qui.» Le aveva detto una volta, alcuni giorni prima, quando Emily aveva iniziato a comprendere.

Emily aveva annuito convinta, con l'espressione che da tesa diventava sgomenta.

«Lo so, lo vedo.» Guardando nella stessa direzione, Lawrence aveva socchiuso gli occhi, poi l'aveva afferrata per la spalla, cingendola a sé.

Non c'era niente, invece. Nessuno. Emily lo sapeva ma lui no. Lo aveva ingannato e lui ci era cascato.

Faceva male. L'imbroglio faceva male. Ecco, in un mondo perfetto Lawrence non l'avrebbe ingannata. Invece in questo mondo l'aveva costretta a mentire, a restituire ciò che lui le stava dando. Imbroglio per imbroglio. Manipolazione per manipolazione.

Un po' come occhio per occhio, dente per dente. Emily rammentò il passo della Bibbia che aveva sentito recitare con fervore dal pastore Greenshow.

*"Se uno farà una lesione al suo prossimo, si farà a lui come egli ha fatto all'altro: frattura per frattura, occhio per occhio, dente per dente; gli si farà la stessa lesione che egli ha fatto all'altro."*

Quindi, occhio per occhio, dente per dente... Uomo col cappello per uomo col cappello. Proprio lui le aveva raccomandato di fare attenzione a Lawrence Rosencraft.

*"L'uomo col cappello.*

*La donna con lo scialle.*

*La Macchia.*

*La Gioia.*

*Le Solitudini."*

Emily non aveva dimenticato. E aveva fatto attenzione.

***

Emily non aveva dimenticato, ma avrebbe preferito restare quella che era qualche anno prima. Una ragazzina innocente, spaventata, triste. Sola. Esclusa, soprattutto. Invece la situazione si era evoluta diversamente. Forse non aveva dei poteri, ma soltanto delle percezioni. Le aveva sentite crescere dentro di sé dall'incontro con la piccola volpe di diversi anni prima. L'energia aveva iniziato a espandersi in lei, nelle sue membra, con quel brillare intenso sulla punta delle dita. Da quel momento la sua vita aveva iniziato a cambiare. Magari sarebbe cambiata comunque, non poteva saperlo. Ma le stringeva ancora il cuore in una morsa, tutto quel dolore, tutta quella disperazione. Quel luccichio nello sguardo in un ultimo addio.

Chi poteva capirlo? A chi poteva raccontarlo? Lawrence non lo avrebbe compreso, oppure lo avrebbe interpretato a modo suo. Forse non era nemmeno colpa sua. Quello era il mondo che gli avevano dato, i mezzi che gli avevano fornito i Rosencraft per crescere, per vivere, per gestire se stesso e il prossimo. Per gestire anche lei, quindi. Ciò che necessitava ottenere da lei.

Cosa poteva volere Lawrence Rosencraft? Ciò a cui aspirava anche Trudy, che aveva atteso giorno dopo giorno, anche se con scarsa pazienza, per quasi dieci anni. E l'aveva indotta a sopportare la presenza di Emily nella sua casa. Ciò che forse aveva sognato anche Curtis per potersene andare, prima o poi, insieme a lei. E poi c'erano tutti gli altri, che la osservavano guardinghi, timorosi, con quella strana smania negli occhi. Una smania di potere, di benessere, di ricchezza di cui lei poteva essere la fonte. Emily leggeva l'avidità nei loro sguardi e non sapeva come proteggersi. Cercava di costringersi a reagire, di farsi forza, ma si sentiva tremare fin nel profondo delle viscere, delle ossa, per la paura. Perché era lei l'ostacolo tra ciò che volevano e ciò che avrebbero potuto ottenere una volta che il tesoro dei Redwood fosse stato portato alla luce e reso manifesto. Anche se non lo dichiaravano espressamente.

Sarebbe stato suo. Lei lo sapeva, tutti lo sapevano. Quindi era lei il mezzo che avrebbe condotto al fine. Lei l'intralcio da rimuovere. Cosa le avrebbero fatto per riuscirci?

Le notti di Emily stavano diventando insonni. Li sentiva respirare vicini, a una sola parete di distanza. Non soltanto Trudy e Fiona, tutti quanti. Come se tutta Rosencraft le fosse addosso, in spasmodica attesa.

Nel sonno si sentiva soffocare, nella veglia le sembrava di impazzire. Aveva iniziato a piangere di angoscia, di terrore, nel silenzio della sua stanza, con la sensazione orribile di punture di spilli che le perforavano gli occhi. Si rannicchiava nel letto, stringendosi forte le ginocchia al petto. Come se, stringendosi così, fosse in grado di difendersi. Come se il suo stesso corpo potesse fornire una corazza alla sua anima, in modo tale che non venisse distrutta, annientata.

Era accerchiata dall'intera Rosencraft, che la opprimeva in una morsa crudele. Avevano atteso fin troppo a lungo ed era proprio come se lei, in tutto quel tempo, non si fosse mai decisa a cadere, a crollare, a permettere loro di averla vinta.

Non voleva soccombere. Non voleva morire.

Perché c'era l'uomo col cappello, intorno a lei. Chiunque fosse, Ted Blackmirror o un altro, non aveva importanza. Era stato comunque un reietto, per loro. Un rifiuto umano. Come lei.

157

Come sua madre. Come Susan. Come tutti coloro che non solo a Rosencraft ma nel mondo intero mostravano la loro diversità, la loro non appartenenza.

Chiunque lui fosse, l'uomo col cappello l'aveva protetta da loro. Emily aveva capito che lo temevano anche se non ne comprendeva il motivo. Era solo un'ombra fuggevole, una presenza inconsistente. Forse l'aveva intimorita, ma non l'aveva mai realmente spaventata. Mai, nemmeno da bambina. Non aveva mai pensato che potesse davvero farle del male o nuocerle. Eppure, anche Lawrence ne aveva paura. Quando fingeva di vederlo, per illuderla di comprenderla, per assecondarla, il suo sguardo era spaventato. Come se avessero qualcosa di tremendo da temere da quel povero miserabile. Come se lo avessero spezzato, rotto e si aspettassero ripercussioni o vendette.

Per Emily, al contrario, la sua presenza era diventata un sollievo, un appiglio a cui aggrapparsi. Le sembrava di percepire costantemente la sua voce stanca, dalla cadenza un po' strascicata.

"Fai attenzione" le aveva detto. "Fai attenzione". A quelle parole, ne aveva recentemente aggiunte altre. "Continua, non ti arrendere."

Emily si era attenuta alla raccomandazione al meglio delle sue possibilità. A tal punto da capire di non potersi fidare di nessuno. Però non le bastava più, aveva bisogno della verità. Aveva bisogno di sapere. Forse solo la verità l'avrebbe protetta, donandole il coraggio che ancora le mancava. Forse solo con la verità sarebbe riuscita a salvarsi, a fuggire. A costruirsi una vita nuova e sicura altrove.

# CAPITOLO 9

Il tesoro dei Redwood, purtroppo per lei, si stava trasformando nella sua condanna. Nell'ostacolo, quasi insormontabile, alla sua libertà.

Con il passare dei giorni, ma anche delle ore, gli abitanti di Rosencraft stavano diventando sempre più accaniti nei suoi confronti. Scrutavano ogni suo movimento, addirittura sembravano seguire scrupolosamente ogni suo sguardo. Come se si aspettassero che lei sapesse già dove il tesoro era nascosto e fosse suo compito portarlo alla luce.

Ormai attendeva il giorno del suo diciottesimo compleanno con orrore.

Dentro di sé sapeva che non doveva essere così. Non per una ragazza normale, dentro e fuori Rosencraft. Fiona, Christabel e le altre avevano avuto una grande festa. Ma lei non era una ragazza normale, lei era Emily Redwood e la sua storia era diversa da quella delle altre.

Nonostante tutto, Emily non cessava di porsi delle domande.

A chi dobbiamo il nostro destino? Cosa ho fatto di male?

Nulla che lei ricordasse. Allora disprezzava il mondo, detestava tutto e tutti. Presente, passato e futuro. Detestava anche se stessa. A volte si detestava a tal punto da volersi vedere morta. Non voleva morire. Voleva essere già morta senza fare la fatica di uccidersi.

Poi scuoteva la testa. Non lo avrebbe fatto. E nemmeno avrebbe concesso ad altri questo privilegio. C'era troppo di Katherine Kingstone in lei per farlo. Troppo poco di Adam Redwood per lasciarsi uccidere o morire senza lottare. Senza farla pagare a chi le aveva o le avrebbe fatto del male.

Le sue ricerche proseguivano incessanti, sebbene ormai temesse che fosse rimasto ben poco da scoprire restando a Rosencraft. Il resto lo avrebbe dovuto intuire o cercare all'esterno. Le tracce di Katherine si perdevano, restando lì. Quelle di Ted Blackmirror la portavano a girare intorno al nulla.

Katherine era una cagna ruba fidanzati, forse anche ruba mariti. Quello che in fondo ora pensavano di lei, Emily leggeva nei loro occhi l'accusa che da esplicita era diventata silenziosa nel timore che lei potesse fuggire con il tesoro corrompendo uno o più dei preziosi uomini di Rosencraft. Dopo aver già corrotto Lawrence, ovviamente.

Ted oltre ad essere un miserabile e un reietto, era un peccatore immondo per la comunità di Rosencraft. Emily aveva impiegato un po' di tempo, ma alla fine aveva compreso di cosa lo accusavano. Il professor Masters le aveva dato l'appiglio per comprendere. Sua moglie Claire era una Blackmirror, anche se alla lontana era parente di Ted. E quel segreto, in fondo, non era mai stato un segreto per nessuno.

L'unica su cui c'era ancora qualcosa da scoprire e su cui Emily aveva intenzione di concentrare le proprie indagini era Susan Lowitt. Soprattutto perché si era convinta che avesse lasciato materiale disponibile, da qualche parte. Infatti nella biblioteca cittadina, una volta passata in rassegna buona parte di quella scolastica senza trovare riscontri, Emily sperava di scovare qualche segno del suo passaggio.

Aveva scoperto di avere qualcosa in comune con Susan che da ragazzina aveva sognato di diventare giornalista. Così, dopo il liceo, si era iscritta a una scuola di giornalismo ma era stata costretta a lasciarla e a interrompere gli studi a causa della mancanza di mezzi economici per poter proseguire. Su alcuni vecchi giornali Emily era riuscita a trovare qualche suo articolo, dove raccontava anche qualcosa di sé. Aveva fatto svariati lavori e infine era diventata commessa in un negozio di articoli sportivi. Poi aveva incontrato John Rosencraft.

Evidentemente la passione per l'indagine, forse anche per la verità, non l'aveva mai abbandonata. Per questo aveva fatto del suo meglio, nonostante le condizioni precarie in cui si era ritrovata soprattutto alla fine della sua vita, per lasciare la sua testimonianza. Magari sperava che qualcuno prima o poi si accanisse al punto da portare alla luce la sua storia. E così era accaduto. Tanto che, Emily aveva iniziato a prometterlo dal profondo del cuore, la povera Susan Lowitt avrebbe avuto giustizia.

Emily aveva compreso qualcosa di essenziale. Per quanto amasse John Rosencraft, Susan amava la verità. Forse con pari intensità, forse anche di più. Questo la portava a stimarla e a tentare di essere come lei, a prendere parte di Susan su di sé. Non sapeva se sarebbe mai riuscita ad amare un uomo come Susan aveva amato John. Ma per quanto riguardava la verità non aveva dubbi.

Purtroppo però le ricerche di Emily si erano ben presto arenate, tra qualche indizio che aveva raccolto, qualche racconto frammentario che aveva udito anni prima e ciò che Lawrence le aveva rivelato.

Aggirandosi per la "Rosencraft Library", non era riuscita a venirne a capo. Quindi, nonostante la buona volontà, anche con Susan sarebbe stata costretta ad arrendersi. Se solo fosse riuscita a rintracciare John Rosencraft oppure qualcuno all'esterno che l'aveva conosciuta…

A corto di alternative si era dedicata a qualche ricerca sul tipo di malattia che poteva averla colpita, ma non era arrivata a nulla di concreto. Nemmeno le cure a cui si era affidata erano note.

Tentò di leggere un po' per distrarsi, per non rischiare di impazzire. Frugò nella borsa ed estrasse la sua copia, ormai piuttosto consumata, di *Cime tempestose*. L'amore tra Heathcliff e Cathy l'aveva tenuta avvinta a quelle pagine per anni. Ma adesso aveva iniziato a causarle un'ondata di fastidio mescolata a rimpianto. Lawrence non era di certo Heathcliff. E nemmeno

John lo era stato per Susan. Heathcliff, per quanto crudele e spietato, era guidato dall'amore. Lawrence era un bugiardo e John, molto probabilmente, un vigliacco che aveva abbandonato Susan al suo destino. Lei, invece, era bloccata dalle circostanze. Non aveva abbastanza immaginazione per riuscire a proseguire.

«Mi dispiace, Susan...» bisbigliò tra sé e scosse la testa. «Mi dispiace davvero.»

Si doveva rassegnare. Non aveva scelta. Emily si alzò dalla sedia e si guardò intorno. La biblioteca era quasi deserta, ormai. Presto avrebbero chiuso e lei sarebbe stata costretta a tornare a casa. A casa di Trudy Whiteland, a subirsi le sue lamentele continue, le sue urla, i malumori di cui infestava l'ambiente circostante.

Trudy si era trasformata ormai in una grossa vacca indolente e spesso anche ubriaca che trascorreva l'intera giornata seduta sulla sua poltrona o stesa sul divano a guardare la televisione. Mangiando, bevendo, russando. Pur restando chiusa nella sua stanza Emily era costretta a subirne l'influenza. Si sentiva ammalare l'anima, solo trattenendosi in sua vicinanza.

Sospirò e si portò entrambe le mani alle tempie. In quel momento sarebbe andata ovunque, ma non a casa. Per un attimo rifletté sul fatto di prendere la strada del Gemstone Creek per poi inoltrarsi nel bosco. Non le sarebbe importato, anzi... sarebbe stata molto meglio, ne era certa. Se solo non avesse fatto così freddo!

Raccolse il quaderno e il libro, sistemò la sua borsa, ci posò sopra la giacca, poi si avviò sconsolata verso l'uscita dell'edificio. Procedeva lentamente, a testa bassa. Le sue domande non avrebbero mai ricevuto una risposta. Lei stessa non avrebbe mai ricevuto una risposta. Si sentiva braccata. In quella casa, in quella città. Lo sarebbe stata finché non le avrebbero tolto tutto, l'avrebbero ridotta a brandelli.

Emily si portò una mano al petto. Faceva male, l'anima le doleva terribilmente. Non solo per se stessa. Per coloro che

162

avrebbe dovuto lasciare andare. Ted, Susan e anche Curtis. Lasciarli andare senza una spiegazione, senza che ottenessero giustizia. Anche una giustizia povera e sommaria, derivante esclusivamente dalla diffusione della verità. Non sarebbe bastata, ma era pur sempre qualcosa contro il nulla in cui il loro nome e il loro ricordo rischiava di venire affossato e dissolto.

«Emily…»

Quando si sentì chiamare dal bancone accanto alla porta d'uscita sollevò la testa. Era Claire Blackmirror, la moglie del professor Masters. A volte prestava servizio alla "Rosencraft Library", con la scusa di supportare il marito in qualche studio o ricerca. Emily forzò un sorriso di circostanza e annuì in cenno di saluto, senza nemmeno pensare di fermarsi.

«Emily, aspetta…» Claire sollevò la mano verso di lei. Poi sospirò, si guardò intorno, abbandonò il bancone e la raggiunse.

Rimase ferma accanto a lei, in silenzio. Erano all'incirca della stessa altezza e anche la loro figura era simile. Ciò che creava in loro uno strano contrasto erano i colori, ma non solo. Claire aveva i capelli chiari, Emily scuri. Claire li teneva raccolti sulla nuca in un'acconciatura morbida ma elegante, Emily sciolti sulle spalle, senza particolare cura. Claire indossava gonna e casacca blu, Emily jeans smunti e camicetta bianca.

«So che stai continuando con le tue ricerche, Emily…» Claire riprese la parola. «E che vieni qui in biblioteca tutti i giorni.»

Certo, lo sapeva. Lo sapeva da tempo ma non aveva mai potuto aiutarla. Ed Emily sapeva che lei sapeva. Quindi?

«Sì…» rispose soltanto. Era stanca e sfibrata, troppo per tentare di essere più cortese. Per tentare di proseguire una conversazione che non avrebbe portato a nulla.

«Ecco… c'è qualcosa che io…» Claire corrucciò la fronte e sgranò leggermente gli occhi verdi. «Credo sia arrivato il momento.»

Il silenzio ostinato di Emily non era di certo incoraggiante. Claire lo interpretava come la malcelata ostilità di qualcuno che non aveva né pazienza né tempo da perdere. Doveva prendere una decisione rapida. Parlare o tacere per sempre. In entrambi i casi, non ci sarebbe stato più ritorno, per lei. Non con Emily Redwood.

Claire chiuse per un attimo gli occhi e fu come se tutto il suo mondo, tutta la sua vita le passasse di fronte. Tutto in un istante e poi la fine.

Un sospiro e la decisione fu presa. Claire parlò.

***

Claire Blackmirror aveva deciso di rischiare. Rischiare di cadere e farsi male, molto male. Rischiare di distruggere la propria vita e quella di suo marito, il professor Aaron Masters, per sempre.

Emily non era nemmeno certa che lui fosse d'accordo, che Claire gli avesse chiesto il suo parere o il suo consenso. Forse aveva preso la sua decisione da sola, forse no. Ma ormai lo aveva fatto e basta. Rammentò le sue parole.

"Credo sia arrivato il momento."

Evidentemente lo aveva ritenuto giusto ed era preparata a subirne le conseguenze. Aveva deciso di aiutare Emily perché si era resa conto che da sola non ci sarebbe mai arrivata e avrebbe continuato a brancolare, a soffrire in attesa di una soluzione che non sarebbe mai riuscita a trovare.

Così Emily si era ritrovata tra le mani il pacchetto che Claire aveva preparato per lei. Incluso un registratore dove ascoltare le cassette che Susan aveva registrato e un paio di cuffiette.

«Le ha consegnate a me... prima che fosse troppo tardi...» le aveva spiegato Claire, con un sospiro. «Ascoltale, Emily. Poi potrai decidere cosa fare.»

Emily aveva sbirciato dentro il pacchetto, si era stretta l'involucro al petto ed era uscita dalla biblioteca. Era rimasta immobile per qualche istante, appena fuori dalla porta a vetri e varcato il portoncino d'ingresso. Sul ciglio della strada, indecisa su dove andare.

Avrebbe preferito evitare di tornare a casa, aveva bisogno di tranquillità. Sarebbe andata lungo il Gemstone Creek, ma aveva troppo timore di essere seguita. Se fosse arrivato Lawrence non avrebbe potuto nascondergli ciò che stava ascoltando. Fortunatamente nel corso dell'ultima settimana era stato impegnato con gli allenamenti pomeridiani di rugby, che gli avevano impedito di seguirla in biblioteca e altrove.

Non avendo un'alternativa migliore, Emily si era avviata verso casa. Con un po' di fortuna avrebbe trovato Trudy addormentata sul divano e Fiona ancora fuori con Anthony o con le amiche.

Per una volta la buona sorte fu dalla sua parte ed Emily, una volta oltrepassata la porta principale, riuscì a salire le scale con il passo felpato dell'abitudine e a raggiungere indenne la sua camera.

Seduta sul letto, aveva appoggiato accanto il pacchetto contenente il registratore e le cassette che le aveva consegnato Claire. Quando si decise ad aprirlo del tutto, a disfare completamente la carta color ocra che lo avvolgeva, all'interno trovò anche un biglietto.

*"Copia delle registrazioni che Susan Lowitt ha mandato alla sua amica Lauren Atkinson."*

Lauren Atkinson. Emily non aveva idea di chi fosse. Evidentemente si trattava di un'amica di Susan, esterna a Rosencraft. Un'amica appartenuta alla sua vita precedente a cui Susan aveva lasciato la sua testimonianza. Quindi qualcuno, all'esterno, sapeva o aveva saputo. Sempre che questa Lauren avesse ricevuto il materiale che le aveva mandato Susan.

Emily fece un respiro profondo, aprì il registratore portatile e inserì le cuffiette. Poi controllò le quattro cassette per capire da quale cominciare. Trovò facilmente la prima, indicata con un "1" ben in evidenza.

Si tirò con le gambe sul letto e si appoggiò allo schienale. Una voce, sottile e tremante, le arrivò dalle cuffie.

*"Sono Susan Lowitt, moglie di John Rosencraft e madre di Michael Rosencraft. Queste registrazioni sono per la mia amica Lauren Atkinson. Una persona fidata, che ne ha trattenuta una copia, le ha spedite per me. Mi trovo a Rosencraft, in questo momento, la città fondata dagli avi di mio marito. Non so se riuscirò ad arrivare alla fine del mio racconto, non so se le mie condizioni me lo permetteranno. Ma voglio provarci, devo provarci. Devo farlo per me stessa e soprattutto per Michael, mio figlio. Perché sappia dove non deve tornare. Spero che la mia testimonianza possa essere utile a qualcuno, un giorno. Spero che tu la riceva, Lauren, che tu riesca a diffonderla oltre queste mura invisibili ma invalicabili. Questa è la mia storia..."*

# CAPITOLO 10

Quattro ore. E altre quattro ne mancavano. Si trovava a metà strada verso l'inferno. Ma Emily aveva compreso che, oltre a quelle otto ore c'era dell'altro che probabilmente Claire non possedeva oppure aveva preferito evitare di consegnarle. Magari ne avrebbero parlato in seguito.

Proseguendo di nascosto la registrazione di quelle otto ore nel corso dei giorni successivi, la voce della povera Susan Lowitt era ormai ridotta a un sibilo quasi indistinguibile. Per colpa della terribile malattia che l'aveva colpita e che a breve le avrebbe negato del tutto la possibilità di esprimersi, di farsi capire. Emily si rese conto di quanta fatica doveva aver fatto per portare a termine la sua missione.

Susan aveva iniziato a nutrirsi di se stessa, delle sue stesse guance, della sua lingua, della sua carne. Emily scosse la testa e venne percorsa da un brivido violento, si portò le mani alla gola, in preda alla nausea, come se all'improvviso percepisse le stesse sensazioni della poveretta.

Rosencraft le aveva distrutto la vita. Questo lo aveva compreso ancora prima di ascoltarla. Rosencraft non aveva avuto pietà del dolore perpetrato su un'anima sensibile e innocente come quella di Susan.

Emily comprese di essere più forte di lei, si esserlo sempre stata, anche da bambina. Anche Katherine e Ted lo erano. Ma Susan no. Susan era destinata a soccombere, la vittima sacrificale per eccellenza. Loro lo sapevano e avevano infierito, senza pietà.

Perché Claire e Aaron non avevano portato alla luce la verità di Susan? Perché avevano aspettato?

Emily fermò per un attimo la riproduzione e scosse la testa. Avevano paura, ovvio. Temevano ripercussioni. O forse attendevano che fosse quella Lauren Atkinson, a cui Susan si era rivolta, a fare qualcosa, dall'esterno. Oppure a presentarsi a Rosencraft per aiutare la sua amica. Ma per quanto Emily ne sapeva, Lauren non aveva fatto proprio nulla. Forse avrebbero dovuto lasciare la città, andare a cercarla...

«E io cosa devo fare, adesso?»

Emily non lo chiese a se stessa. O meglio, lo chiese alla sua coscienza ma anche a qualcosa, a qualcuno che le era ancora estraneo, lontano. L'universo oppure un Dio che non era mai stato davvero presente nella sua vita. Non lo era stato nemmeno per Susan, del resto. Eppure Susan aveva dimostrato di possedere più fede di quanta ne avesse lei.

Estrasse la terza cassetta dal registratore e inserì la quarta. Poi si sarebbe preparata a riascoltare tutto, dal principio. Non percepiva più nemmeno la stanchezza, né la fame o la sete. Voleva solo sapere cosa fare, provare a far emergere qualche dettaglio che forse le era sfuggito.

Alcune parti le riascoltò più volte, tanto da sentirsi addosso l'esperienza traumatica e il disagio di Susan, rimasta inascoltata. Se solo lei avesse saputo, qualche anno prima. Se solo avesse potuto aiutarla... Soprattutto all'inizio, quando aveva ancora speranza, fiducia di essere salvata.

*"Confido in Dio, sempre. Confido che mi salvi, che non mi abbandoni in questo luogo senza amore, senza speranza... Mi sono confessata con il pastore Greenshow e lui mi ha detto di avere fede e rassegnazione. Dovrò lasciare che il mio destino si compia. Mi devo fidare di lui, è un pastore di nostro Signore. Che altro dovrei fare?"*

Susan si era illusa. Nemmeno Dio l'aveva aiutata. Figuriamoci quel verme del pastore Greenshow! Manipolatore, corrotto e sempre pronto a farsi una delle ragazzine che confessava, seduceva e plasmava a sua volontà. Ma all'inizio Susan si era rivolta a lui, confidando nel suo aiuto, nella pietà di un servo di Dio.

Emily sentì un conato di nausea risalirle dalla bocca dello stomaco. Fu costretta a lasciare tutto e a correre in bagno.

Anche Susan, pur nella sofferenza, aveva svolto le sue indagini. Indagini piuttosto accurate sulla devota cittadinanza di Rosencraft. A metà della seconda cassetta registrata aveva iniziato a capire che non avrebbe ricevuto alcun aiuto, alcuna pietà. Aveva a che fare con una forza più grande di lei. Non si sarebbe salvata perché la sua sentenza era già stata emessa e lei sarebbe stata condannata. Oltre alla delusione, allo sconforto, al dolore, aveva iniziato a raccontare la sua esperienza.

Verità sconvolgenti sugli abitanti di Rosencraft, che Susan aveva meticolosamente raccolto attraverso studi e ricerche effettuate mentre veniva isolata, esclusa. Abbandonata a se stessa anche da John, l'uomo che aveva promesso di amarla e proteggerla. Perché anche John a Rosencraft sembrava cambiato, assente. Sotto l'effetto di una malia che lo aveva allontanato da lei rendendolo quasi ostile nei suoi confronti.

A questo punto Emily si chiedeva dove fosse finito e perché fosse fuggito. Forse gli unici in grado di dirle qualcosa in proposito erano Claire e Aaron. Si sarebbe recata da loro, l'indomani, in cerca di risposte. E insieme avrebbero deciso cosa fare.

Andarsene all'esterno e denunciare i misfatti di Rosencraft le sembrava l'unica soluzione possibile. Emily non aveva alcuna esperienza, ma avrebbero trovato qualcuno disposto a credere alla testimonianza di Susan, alle prove che aveva raccolto... O forse no?

I nomi dei maggiori esponenti di Rosencraft ricorrevano spesso nelle registrazioni di Susan. Tra le donne, particolarmente ostili nei suoi riguardi erano state Doreen e Dana Rosencraft, moglie e sorella di Morris. Ovviamente tutte le altre, come pecore, avevano fatto da corteo alle maggiori esponenti della cittadinanza rosencraftiana. Oltre alle Brownhall, le appartenenti alle famiglie fondatrici medie: Whiteland, Yellowstar e Pinkfellow. Minette Pinkfellow, in particolare, si era accanita contro Susan. Emily rammentò l'accenno, da parte di Christabel, alla passata relazione tra John e Minette. Forse per questo Anna Pinkfellow era stata accolta favorevolmente nella cerchia delle Rosencraft? La sorella le aveva aiutate a perpetrare i loro soprusi contro Susan?

Emily sospirò e scosse la testa. Susan sarebbe dovuta scappare, appena l'accanimento contro di lei aveva oltrepassato i limiti. Perché non lo aveva fatto? Perché era rimasta? Cosa l'aveva trattenuta? Emily lo sospettava ma non ne aveva mai avuta la certezza, che invece ora aveva raggiunto grazie a Susan.

L'amore per un uomo, per quanto intenso, non poteva essere sufficiente a giustificare un sacrificio così grande. L'alternativa, quindi, era che Susan fosse stata trattenuta con la forza, con incantesimi, malocchi, messe nere e altre nefandezze di cui aveva iniziato ad accennare nella seconda parte delle sue registrazioni. Forse gli stessi malefici erano stati utilizzati anche per trattenere altre persone o per riportarle indietro.

Gli odori e i suoni che Susan aveva iniziato a percepire portavano in quella direzione. Tutto questo non aveva fatto altro che confermare i sospetti che Emily si era trascinata per anni, da quando le brave donne di Rosencraft avevano iniziato a chiamare Katherine "strega", "maledetta", "figlia del demonio" e con un'altra lunga serie di appellativi vari.

Altra abitudine malsana degli abitanti di Rosencraft, secondo la testimonianza di Susan, era quella di far ubriacare o di sedurre gli esterni di passaggio, per poi derubarli e perpetrare su di loro nefandezze varie, senza che i poveri malcapitati se ne accorgessero.

Anche il pastore Greenshow nascondeva un lato oscuro. Anzi, più di uno in realtà. Emily già lo sospettava, ma non avrebbe mai immaginato che fosse arrivato a tanto. Aveva proposto a Susan di intrattenere una tresca con lui. In cambio avrebbe tentato di fare qualcosa per "esorcizzare" la sua malattia, per scacciare il diavolo da lei.

Emily si passò una mano sulla fronte e la trovò madida. Più andava avanti più si sentiva male, però non voleva smettere. I segreti del pastore Greenshow l'avevano sconvolta più di quanto sarebbe stata in grado di ammettere, anche con se stessa.

Crescendo a Rosencraft, sola, isolata, esclusa, era stata costretta a sviluppare un lato cinico e anche un po' indifferente, noncurante. Per salvarsi, per proteggere se stessa, per sopravvivere. Ma il suo cuore si ribellava, ora. L'anima le bruciava, le doleva. Per Susan e per tutte le vittime che erano state distrutte senza possibilità di salvezza, di speranza.

L'amicizia con Morris Rosencraft aveva protetto il pastore Greenshow e le sue malefatte. Susan aveva raccolto informazioni su alcune ragazze di passaggio, forse straniere in viaggio o in vacanza studio, coinvolte nei giochi perversi di Greenshow e di Morris Rosencraft e poi fatte sparire. Forse avevano la certezza che nessuno le avrebbe cercate. Magari erano riusciti a far perdere le loro tracce altrove, lontano da lì.

Tra le malefatte di Greenshow c'era anche quella di aver messo incinta una ragazza. Non una di passaggio, ma appartenente alla comunità di Rosencraft. Però essendo una discendente dei Greyhammer, povera e senza risorse, era stata messa facilmente a tacere, facendola sposare con un certo Doug Yellowstar ed elevando la sua condizione. Anche Morris Rosencraft e la moglie Doreen erano implicati perché i loro figli, Lawrence e Grace, erano direttamente coinvolti nella squallida vicenda. Susan affermava che John era a conoscenza della situazione ma aveva deciso di rinunciare al suo ruolo come legittimo erede.

Intanto Susan si era spinta oltre, nelle sue ricerche a proposito dei "casi irrisolti" di Rosencraft. C'era la questione di Ted Blackmirror, a cui sembrava tenere in modo particolare. Susan era certa che fosse stato eliminato a causa delle sue preferenze sessuali. Qualche tempo dopo un certo Stephen O'Connell era arrivato a cercarlo a Rosenncraft, ma poi anche lui era sparito e non si era saputo più nulla.

Infine, manifestava i suoi sospetti su Adam Redwood. Era morto davvero di morte naturale per il dolore causato dalla scomparsa della moglie Katherine? O si stava preparando a lasciare Rosencraft con la figlia, dopo aver trovato il modo di impossessarsi del tesoro dei Redwood? Il questo modo l'avrebbe sottratta per sempre al dominio dei Rosencraft e alle mire che si erano fatti su ciò di cui Adam sarebbe venuto in possesso. Magari, in seguito, Adam Redwood avrebbe acquisito il controllo della città, soppiantando i Rosencraft...

Emily si morse forte le labbra. Lanciò un'occhiata verso la finestra e si accorse, dalla luce che penetrava dalle persiane, che era già mattina. Non aveva idea di che ora fosse, sapeva solo che aveva trascorso la notte ad ascoltare e riascoltare ciò che Susan Lowitt aveva registrato e raccontato. Si percepiva la tensione dalla sua voce, la paura oltre alla certezza, soprattutto sul finale, che non sarebbe sopravvissuta.

Altri dettagli sulla vita di Susan erano emersi. Era dedita al ricamo e al lavoro a maglia, nella sua vita prima di Rosencraft. E stranamente era stata colpita dalla malattia alle mani dopo l'incontro con John. Anzi, dopo la loro prima fugace visita a Rosencraft. Certo, poteva essere una coincidenza, però...

Emily si passò di nuovo una mano sulla fronte e questa volta si sentì scottare. Decise di non preoccuparsene. Non voleva avere la febbre, non ne aveva bisogno.

L'idea di Susan intenta a ricamare fece riemergere in lei la questione dei ragni e l'impegno impiegato nel tessere le loro tele. Quel lavoro meticoloso, inarrestabile. Chiuse gli occhi per un

172

istante. Li stava invidiando. I ragni, non Susan. Loro procedevano con disciplina, in un modo preciso e costante, lei invece stava andando avanti a tentoni, senza sapere cosa fare, a chi aggrapparsi. Un po' come la povera Susan.

Se avesse avuto la possibilità di conoscerla prima che morisse forse sarebbe stata in grado di aiutarla. No, molto probabilmente non avrebbe potuto fare nulla, come non avevano fatto nulla Claire e Aaron. Però avrebbe raccolto più informazioni utili, grazie a lei.

Emily si alzò dal letto e si aggirò per la stanza. Doveva studiare un piano, capire cosa fare. Raccontare tutto a Lawrence era fuori questione, ormai. La sua famiglia era troppo coinvolta, lui stesso veniva nominato nel nastro registrato da Susan anche se quella rivelazione le sembrava troppo incredibile per essere vera. Forse l'avrebbe aiutata, si era sempre dimostrato contrario al loro modo di gestire i problemi della città. Ma Lawrence era pur sempre un Rosencraft! Suo padre, suo cugino, Susan… Non aveva idea di come avrebbe reagito ascoltando quelle registrazioni. Però di una cosa era certa, non poteva fidarsi di lui.

Quindi Emily non aveva scelta. Doveva cercare altrove, tagliando fuori Lawrence e qualsiasi emozione provasse o avesse mai provato nei suoi confronti.

***

Era venerdì mattina ed Emily sapeva che il professor Masters non aveva lezione quel giorno. Spesso riceveva gli studenti nel suo studio, ma era comunque troppo presto, la scuola non era ancora aperta. Però, stranamente, né lui né Claire erano in casa.

Emily si guardò intorno. Non vide nemmeno la loro auto parcheggiata davanti all'ingresso. Forse aveva un guasto e l'avevano portata a riparare. Forse stavano ancora dormendo, erano solo le sette del mattino e di certo non si aspettavano visite.

Abbassò il viso e scosse leggermente la testa. Claire Blackmirror aveva fatto una scelta. Una scelta che implicava delle conseguenze ben precise.

"Se ne sono andati" disse Emily, tra sé.

Avrebbe voluto che non fosse così, ma non aveva dubbi in proposito. Le ultime parole di Claire erano state un addio. Lo aveva già compreso in quel preciso istante in cui le aveva consegnato il pacchetto con le registrazioni di Susan. L'aveva custodito per anni per poi darlo a lei.

Non aveva idea se il professor Masters fosse stato d'accordo con la scelta della moglie oppure no. In ogni caso aveva dovuto prendere atto della situazione e andare via. Forse alla fine avevano fatto ciò che progettavano da tanto tempo. Andarsene. Magari con un'altra copia delle registrazioni di Susan, determinati a denunciare finalmente all'esterno le malefatte di Rosencraft.

Un brivido percorse Emily, improvviso e sgradevole. Così si ritrovò a sperare che la loro partenza fosse stata volontaria. Se l'intenzione era quella di andarsene, perché si erano fermati così a lungo? Forse erano stati costretti, forzati…

Si scostò dall'ingresso dell'abitazione dei Masters e attraversò la strada, pur trattenendosi lì di fronte. Da quella posizione aveva una visuale completa della villetta bianca con le persiane azzurre. Le fece uno strano effetto, come se qualcosa le stringesse forte il cuore, ed ebbe ancora più chiara la sensazione di abbandono, di allontanamento.

Comprese che Claire e Aaron avevano fatto una scelta ben precisa. La stessa compiuta da John Rosencraft e forse anche quella che avrebbe voluto suo padre, per se stesso e per lei. Andarsene.

Emily guardò da entrambi i lati della strada, poi si voltò. Si sentì osservata da mille occhi ma non c'era proprio nessuno nei dintorni. Mancavano solo tre giorni al suo compleanno. Cosa avrebbe fatto poi? Le sue risorse erano limitate, Trudy

174

controllava il conto che suo padre le aveva intestato. Se le avesse chiesto dei soldi avrebbe intuito la sua intenzione di andarsene. Avrebbe pensato che volesse impossessarsi del tesoro dei Redwood, escludendola una volta che l'avesse raggiunto. In effetti era proprio ciò che avrebbe fatto, ma lo scopo principale di Emily era lasciare Rosencraft, con o senza tesoro. Anche perché, già da tempo, aveva iniziato a dubitare seriamente della sua esistenza.

I Redwood, proprio come i Rosencraft e tutti gli altri fondatori della città, si erano aggrappati a tradizioni e leggende che non avevano più motivo di esistere, di essere protratte nel tempo e tramandate. Avevano causato soltanto dolore, disperazione, morte. Non solo tra gli umani, gli animali erano quelli che avevano subìto e patito maggiormente per la loro crudeltà. Era arrivato il momento che tutto smettesse, che tutto finisse.

Senza riflettere, Emily si avviò lungo la strada che dalla casa dei Masters conduceva verso il centro cittadino. Era stanca, avvilita. Quando varcò il portone della chiesa di Rosencraft, restò per un attimo ferma a scrutare l'oscurità interna, in netto contrasto con la luce tenue ma abbagliante dell'esterno. Poi, poco alla volta, i contorni presero forma ed Emily fu in grado di definire gli oggetti che la circondavano.

Le panche di legno, i dipinti appesi lungo le pareti laterali, la navata centrale e le colonne separate da piccoli archi bianchi, il crocefisso posto di fronte. L'atmosfera cupa, tetra, sembrava intensificarsi mentre lei procedeva verso l'interno.

Nonostante le insistenze di Trudy, Emily non era entrata spesso in chiesa. Non credeva in Dio. In ogni caso, credente o meno, quell'ambiente non l'aveva mai fatta sentire a suo agio. Al contrario, si sentiva in difetto, sbagliata. Tutto ciò che gli abitanti di Rosencraft avevano riversato contro di lei non aveva sicuramente accresciuto la sua fede, ma era piuttosto servito a convincerla a mantenere le distanze.

Il suo scopo, in quel momento, era un altro. Aveva ricordato che era giorno di confessione e che il pastore Greenshow svolgeva quell'incombenza proprio il venerdì mattina, oppure il primo pomeriggio.

Emily chinò il capo e si sedette su una delle panche di legno. Restò lontana dalle tre donne che, sentendola avvicinarsi, le avevano rivolto un'occhiata scettica. Anzi, molto più disgustata che scettica. Come se avessero appena visto il demonio invadere il campo e prendere possesso di un terreno consacrato. Non avevano tutti i torti, in effetti. Un demonio era davvero presente tra loro. Ma non si trattava di lei.

Aspettò pazientemente il suo turno. Per un po' si guardò intorno, poi abbassò la testa. Non provava nulla, lì dentro. Né comprensione né conforto. Nemmeno paura, in realtà. Proprio nulla. Forse soltanto un vago senso di preoccupazione per la consapevolezza di non avere un piano. Si era recata lì a sfidare il pastore Greenshow spinta da un impulso. Susan si era confidata con lui, aveva chiesto il suo supporto e la sua protezione, e quel maledetto non l'aveva aiutata. Con lei non sarebbe stato diverso, lo sapeva. Con lei sarebbe stato peggio.

Le tre donne finirono le loro sante confidenze al pastore e si ritirarono, una dopo l'altra. Passando per uscire si sforzarono di mantenersi il più possibile alla larga da lei, ma di nuovo le lanciarono un'occhiata ostile. Tra loro riconobbe Vera Whiteland, la madre di Christabel e vicina di casa di Trudy, che la fissava come se fosse l'origine di tutti i mali.

Emily fece un sospiro profondo, si alzò e si avviò decisa verso Greenshow, sul lato destro della navata centrale. Non si inginocchiò, rimase in piedi di fronte al pastore, seduto placidamente dietro al piccolo altare che usava come confessionale.

«Oh, sei tu figliola.» Greenshow chiamava tutte "figliola". Ma Emily ebbe l'impressione che per lei avesse usato un tono subdolo, viscido. Forse anche più del solito. «Cosa vuoi confessarmi, Emily Redwood?»

Il pastore si leccò le labbra, come se fosse avido di assaporarla più che di confessarla. Emily sentì un urto di vomito risalirle dallo stomaco e colpirla proprio in centro al petto.

«Non ho nulla da confessare» rispose secca, restando immobile.

«Non lo fai da troppo tempo. Lo sai che andrai all'inferno?» la istigò Greenshow, provando piacere nel farla sentire sola, esposta. Lo stesso piacere che sentiva scorrergli dentro quando si impuntava su una ragazzina e decideva di farla sua. Che questa volta si trattasse di Emily Redwood non lo sconvolgeva, anzi lo eccitava.

«Lo so e non mi importa. L'inferno per me sarà un paradiso in confronto a Rosencraft.»

«Non scherzare con me, ragazzina!» Harold Greenshow si irritò. Quella stupida osava sfidarlo impunemente, senza vergogna. «So cosa fai con Lawrence Rosencraft, quando vi isolate lungo il Gemstone Creek.»

«Faccio un sacco di cose con Lawrence Rosencraft.» Emily restava impassibile, gli occhi scuri puntati sul volto grasso e placido del pastore. Li sollevò leggermente verso la testa pelata e sudaticcia per poi tornare a fissarlo, mantenendosi fredda e calma, mentre aggiungeva: «Non solo lungo il Gemstone Creek.»

Mentiva e lo stava provocando. Doveva restare immobile, impassibile. Se avesse potuto lo avrebbe ucciso. Lo confessò a se stessa senza remore, senza rimorso. Ma non poteva. Erano le conseguenze a fermarla, non l'azione in sé.

«Bene.» La nota d'eccitazione nel tono del pastore la lasciò interdetta. Eppure già sapeva cosa aspettarsi da lui. «Ora sei costretta a confessarti, con me. Raccontami tutti i dettagli, i più intimi soprattutto. Sai bene che sono peccato. Andrai all'inferno se non lo farai.»

Emily si morse con forza le labbra e strinse i pugni per trattenere lo schifo. La mano del pastore Greenshow intanto era scesa lungo l'inguine ed Emily serrò gli occhi per non vedere cosa stava facendo. Per evitare anche di immaginarlo.

«Allora?» Greenshow la incoraggiò, impaziente.

Quando Emily riaprì gli occhi vide il suo faccione sudato. L'altra mano del pastore si sollevò verso di lei, per sfiorarle il seno. Emily non si mosse, ma all'ultimo momento fece un passo indietro.

«Cosa aspetti? Il Signore ti guarda e ti giudica, Emily. Non potrai passarla liscia.»

«Lo so. Il Signore può guardare quanto vuole, ma non vedrà molto per quanto mi riguarda. Lei può dire altrettanto? Non soltanto in questo momento, anche qualche anno fa quando ha lasciato morire chi supplicava il suo aiuto, la sua pietà. Crede davvero che non sarà giudicato?»

«Ma come osi?» Greenshow avvampò sempre di più. Nonostante la semi oscurità della chiesa Emily lo vide arrossire violentemente, tanto che il faccione del pastore somigliò in modo impressionante a una grossa e rotonda lampada illuminata. Poi prese a balbettare. «Tu... tu... figlia di esterna...»

«Figlia di esterna, figlia di cagna» annuì Emily, con una tranquillità che spiazzò Greenshow. «Lo so, me lo ripetete da anni. Forse è vero, andrò all'inferno. Ma sai una cosa, lurido porco schifoso? Farò in modo che ne sia valsa la pena.»

# CAPITOLO 11

Non era servito a nulla, ne era consapevole. Lo sfogo contro Harold Greeshow era stato del tutto inutile, Emily lo sapeva fin dal principio. Quando dalla casa dei Masters si era diretta con passo deciso verso la chiesa. Forse era servito esclusivamente al suo coraggio, alla sua coscienza. O meglio, alla sua incoscienza.

Si era sentita forte, in quel momento. Imbattibile. Del resto, quando lo aveva lasciato a bofonchiare parole, ingiurie e minacce, Emily sapeva che quel verme di Greenshow, non avrebbe fatto nulla contro di lei.

Cosa poteva fare, del resto? Lagnarsi con il suo amico Morris Rosencraft, quando proprio il figlio Lawrence era coinvolto? Quando tutti sapevano, Morris compreso, che Emily non aveva detto altro che la verità?

Harold Greenshow era un lurido porco e aveva messo nei guai più di una povera sventurata, soprattutto esterne o appartenenti alle famiglie più modeste. E, pur tenendo ben celati i suoi misfatti, tutti lo sapevano.

Intanto il gran giorno era arrivato. Il lunedì successivo Emily aveva compiuto diciotto anni. Facendo finta di niente, senza nemmeno parlarne. Sperando che anche gli altri lo dimenticassero e facessero finta di niente. Supplicando il cielo, Dio, l'universo e qualsiasi cosa o persona vegliasse su di lei, sempre che esistesse, che a nessuno, nemmeno a Lawrence, venisse in mente di organizzare qualcosa in suo onore. Gli aveva chiesto espressamente di non farlo, qualche tempo prima, per non attirare l'attenzione. Lawrence alla fine aveva acconsentito, anche se con qualche rimostranza.

Emily però, dentro di sé, era consapevole che non avrebbe avuto una tale fortuna. Gli abitanti di Rosencraft, a partire da

Trudy Whiteland, non lo avrebbero dimenticato. Soprattutto non avrebbero dimenticato che il suo diciottesimo compleanno sarebbe coinciso con la data in cui, ufficialmente, il tesoro dei Redwood sarebbe entrato in suo possesso.

In ogni caso, almeno per il momento, avevano fatto finta di niente. Il tesoro non era apparso per magia. La scrutavano con sospetto, questo sì. Come se fossero convinti che lei lo aveva nascosto da qualche parte e che prima o poi lo avrebbe usato contro di loro.

E su questo avevano ragione. Solo su questo, però. Lo avrebbe usato contro di loro se il tesoro fosse comparso. Ma non era accaduto ed Emily non lo stava nascondendo, purtroppo. Tutto proseguiva come sempre, un giorno dopo l'altro. Nulla di concreto era cambiato nella vita di Emily Redwood. Non ancora.

*** 

Emily non aveva mai partecipato al ballo di fine anno organizzato dal liceo. Anche quell'anno lo avrebbe evitato volentieri.

A scuola, l'improvvisa sparizione del professor Masters aveva destato qualche malumore. Nessuno sapeva dove Aaron e Claire fossero andati e nemmeno perché. Tutti si aspettavano che tornassero, prima o poi. Invece erano trascorsi mesi e non era successo. La casa era rimasta così come l'avevano lasciata, abbandonata con tutti i loro effetti personali ancora al suo interno. In attesa di un improbabile ritorno.

Il senso di colpa aveva provocato in Emily un malessere generale che si era protratto nel tempo e si manifestava sottoforma di una corrente gelida lungo la schiena seguita da sudore freddo ogni volta che passava davanti alla loro casa. Era stata Claire a consegnarle quelle registrazioni, Emily ignorava la loro esistenza. Eppure si sentiva responsabile. Soprattutto iniziò a sperare che l'allontanamento fosse stato una loro decisione, una scelta volontaria, e che stessero bene, ovunque si trovassero.

L'eccitazione per il ballo di fine anno si stava intanto amplificando ogni giorno di più. Considerata la vicinanza di Emily a Lawrence, tutti ormai davano per scontato che sarebbe stato lui ad accompagnarla. Anche perché, legandosi sempre di più a lei, Lawrence aveva definitivamente rotto con Rowena Brownhall, che comunque faceva ancora attivamente parte della cerchia delle Rosencraft e non si era dimostrata eccessivamente sconvolta o distrutta per la fine della sua storia con Lawrence.

«Io non andrò al ballo. Non ci sono mai andata gli altri anni, non vedo perché dovrei cambiare.» Questa fu la risposta di Emily a Lawrence, quando lui provò a sollevare il discorso.

«Non è detto che le cose debbano sempre restare uguali, Emily. Possono cambiare.»

«Lo so, ma io…» Emily si strinse nelle spalle e scosse la testa. «Non sono abituata, non saprei nemmeno come comportarmi…»

Il suo ideale di cambiamento non era partecipare al ballo scolastico per la prima volta nella vita. Il suo ideale di cambiamento era allontanarsi per sempre da quella città, portando con sé le prove dei misfatti di Rosencraft. Con o senza il tesoro dei Redwood. Ma intanto era ancora bloccata lì, a tempo indeterminato.

Forse il ballo finale avrebbe davvero segnato una svolta, per lei. In un modo o nell'altro ne sarebbe uscita. Doveva solo capire come.

Emily puntò lo sguardo su Lawrence e lo fissò seria. Le aveva detto, più di una volta, che anche lui era intenzionato ad andarsene da Rosencraft. Il fatto che lei non ci credesse del tutto non significava che non fosse vero.

«Non ti devi preoccupare, Emily. Penserò a tutto io. Tu devi solo dire di sì.»

Almeno su questo poteva fidarsi, Lawrence sapeva cosa fare. Bastava lasciarsi guidare da lui. Per il resto, invece, era tutta un'incognita. Anche cosa Lawrence volesse veramente da lei era un'incognita, Emily era costretta a riconoscerlo. Non era mai stata tanto ingenua da illudersi e l'attrazione che provava nei suoi confronti non le aveva del tutto annebbiato la mente e il cuore. In fondo, anche se doveva ammettere che in parte pungeva e faceva male, non aveva mai creduto in un suo reale coinvolgimento. Avrebbe voluto essere sciocca e ingenua, come le eroine dei romanzi che leggeva Trudy o come buona parte delle altre ragazze. Purtroppo però non lo era. Purtroppo perché di certo se lo fosse stata avrebbe vissuto meglio, indipendentemente dal finale.

Sì, tutto sommato avrebbe davvero preferito illudersi, con Lawrence Rosencraft. Non sarebbe stato poi tanto male, almeno per una volta nella vita. Illudersi di piacergli davvero, non per subdola manipolazione. Credere in un lieto fine, solo per una volta. Essere come le altre. Cosa avrebbe avuto da perderci?

«Una volta, una sola.»

Pronunciò le poche parole quasi senza rendersene conto. Se ne accorse solo perché Lawrence la stava fissando un po' perplesso, come se avesse perso il filo del discorso. Però si riprese subito e sul suo volto si aprì un sorriso dolce, incoraggiante. A Emily diede l'impressione che il sole fosse spuntato all'improvviso tra l'azzurro intenso dei suoi occhi. Un sole che l'avrebbe stregata, ammaliata, indotta a sperare che fosse nato qualcosa di reale tra loro. Un sole che avrebbe anche potuto convincerla della sincerità di Lawrence, delle sue intenzioni.

«Certo, una volta sola.» Indipendentemente dal fatto che avesse compreso o meno, interpretando il pensiero di Emily, Lawrence annuì incoraggiante.

«Va bene…»

Emily chiuse per un attimo gli occhi. Forse era vero, tutto sommato. Lui riusciva davvero ad ammaliarla, a convincerla. Si sentì presa da un vortice che le annebbiò la vista, barcollò e tese

182

le mani verso di lui che fu rapido ad afferrarla. Ma appena si riprese, Emily si staccò e ristabilì una certa distanza tra loro.

Si guardò intorno, per un istante aveva perso la cognizione del tempo e dello spazio. Si trovavano ancora fermi di fronte alla biblioteca, mentre a Emily era parso che si fossero mossi, che avessero viaggiato spostandosi da tutt'altra parte. Ma fu una sensazione solo sua, perché Lawrence sembrava perfettamente tranquillo e ora le aveva preso le mani nelle sue.

Emily sorrise, o almeno fece del suo meglio per provarci, poi respirò profondamente e si sciolse dalla sua presa.

«Quindi verrai al ballo con me?» Lawrence ne approfittò per tornare alla carica e riprendere il discorso.

«Sì» rispose semplicemente Emily, senza aggiungere altro.

«Perfetto!» Lawrence, preso dall'entusiasmo, le cinse le spalle con un braccio.

Fu proprio in quel momento che Emily la sentì, come non l'aveva mai sentita prima. La sentì ardere dentro di sé, poi inondarla, come un fiume in piena che la travolgeva trascinandola con sé. Infine la vide. Lawrence, intanto, la fissava soddisfatto e convinto. Perché lui non poteva né sentire né vedere la donna con lo scialle, il suo richiamo potente e quasi selvaggio che risvegliava l'anima di Emily. Soprattutto Lawrence non poteva udire l'avvertimento che le rivolgeva, mentre si stringeva intorno uno scialle scuro che somigliava sempre più, e in modo impressionante, a una ragnatela avvolgente. Solo in quell'istante Emily se ne rese conto e ne ebbe la certezza assoluta. Katherine. La donna con lo scialle era Katherine Kingstone, sua madre. E stava parlando direttamente al suo cuore, alla sua mente.

"Un lupo non diventa un principe. Un lupo resta un lupo. Ed è pronto a sbranarti. Non abbassare la guardia. Non crollare. Mai."

Emily Redwood aveva giocato con Lawrence Rosencraft. Non aveva abbassato la guardia e non era crollata. Ma non si era tirata indietro e aveva accettato di partecipare al ballo, insieme lui.

Forse stavano giocando entrambi. La differenza era che Lawrence non se n'era accorto e si era lanciato con entusiasmo nella prospettiva di portarla al suo primo ballo.

Ma Emily, mentre gli altri studenti fremevano per l'entusiasmo dei preparativi, aveva altro in mente e si sforzava di tenere a bada le sue reali intenzioni. Aveva acconsentito solo per fare in modo che Lawrence si rilassasse nella convinzione di aver raggiunto il suo scopo. Intanto, da quando aveva ricevuto le cassette da Claire, aveva riascoltato le registrazioni di Susan più volte. E il dubbio si era trasformato in certezza.

Inoltre l'immagine e le parole della donna con lo scialle tornavano costantemente alla ribalta tra i suoi pensieri e davanti ai suoi occhi, per indurla a non abbassare la guardia.

"Un lupo non diventa un principe. Un lupo resta un lupo. Ed è pronto a sbranarti. Non abbassare la guardia. Non crollare. Mai."

Emily era consapevole dei suoi errori. Aveva sbagliato e non poteva fare altro che prendersela con se stessa. Non sarebbe dovuta andare a sfogare tutta la sua rabbia, la sua furia sul pastore Greenshow. Ma quello che aveva fatto a Susan aveva acceso in lei una miccia che non era riuscita a placare, a tenere a bada. Poi la sparizione improvvisa e repentina dei Masters l'aveva lasciata sola, senza nessuno con cui confrontarsi. Emily si era illusa che prima o poi Aaron e Claire trovassero il modo di mettersi in contatto, di comunicare con lei. Forse stavano aspettando anche loro il momento giusto.

Sperava solo che quel verme schifoso di Greenshow avesse tenuto l'episodio della sua visita in chiesa per sé, si augurava che si vergognasse troppo per andare a confidare l'accaduto a Morris Rosencraft, se non addirittura a Lawrence. Del resto, erano passati mesi, era passato anche il suo compleanno e nulla era cambiato.

Però uno come Greenshow non conosceva vergogna. Ed Emily era consapevole di essersi messa scioccamente in pericolo. Avrebbe dovuto trattenersi ed essere più scaltra, più cauta. Così, da diverso tempo ma soprattutto nelle ultime settimane, giorno dopo giorno, aveva iniziato a mettere da parte qualcosa. Non era stato facile, considerando che Trudy non le passava quasi nulla e non le aveva concesso di accedere liberamente al conto lasciatole da suo padre, di cui comunque non era rimasto molto. Nessuno a Rosencraft era disposto a darle un lavoro vero e proprio, ma svolgendo qualche piccola commissione e aiutando nella riorganizzazione della biblioteca era riuscita ad accumulare una piccola somma. Piccola ma sufficiente per fuggire. Di questo doveva ringraziare Charles Rosencraft, a cui il padre di Emily aveva affidato le sue ultime volontà, che aveva supportato la sua candidatura per il lavoro part-time alla "Rosencraft Library".

Una volta fuori avrebbe deciso cosa fare. Però era preoccupata, non avrebbe mai accettato di essere costretta a tornare indietro. Non aveva un piano ma sarebbe stata costretta a escogitare qualcosa, il prima possibile.

Dopo il suo diciottesimo anno, non essendoci stati cambiamenti, aveva deciso di attendere la fine della scuola per ottenere il diploma. Così finalmente con Rosencraft e quel piccolo mondo ostile e perverso avrebbe davvero chiuso per sempre. Il tesoro dei Redwood non era apparso, forse nemmeno esisteva, ma una nuova vita l'aspettava, fuori da lì.

Intanto era sempre più consapevole che qualcosa dentro di lei stava cambiando, stava esplodendo. Non era in grado di definire cosa fosse di preciso. Forse era solo una rabbia contenuta per troppo tempo, la sua vera natura che non vedeva l'ora di manifestarsi, di avere via libera. Non l'avrebbero fermata.

Nessuno l'avrebbe fermata. Era il momento di ricominciare, il momento di rinascere.

Emily non aveva ancora un piano preciso perché le mancavano i mezzi per organizzarne uno sufficientemente brillante e inattaccabile. Aveva atteso per mesi, se non per anni, un segno, qualcosa o qualcuno che le mostrasse una traccia, che le indicasse il percorso da seguire.

Inaspettatamente, a tre giorni dal ballo, quel segno arrivò. Emily, che si alzava sempre prima di Trudy e di Fiona, trovò tra la posta un biglietto a lei indirizzato. La busta era stampata e dal timbro proveniva da Londra. Appena la aprì le parve di riconoscere immediatamente quella calligrafia minuta e precisa, con le lettere ben delineate e comprensibili. Gli occhi di Emily si inumidirono di lacrime. Cercò di frenarsi, ma non riuscì a trattenerle. Per la prima volta nella sua vita non si sentì sola, abbandonata, dimenticata. Per la prima volta riusciva a intravedere una via d'uscita, di salvezza.

*"Cara Emily,*
*la sera del ballo scolastico, 11 giugno, ti aspettiamo alle sette in punto al confine tra il Gemstone Creek, il bosco e l'esterno. È l'occasione perfetta. Ti porteremo via da Rosencraft, al sicuro.*

*Aaron e Claire Masters"*

# CAPITOLO 12

Nessuno l'avrebbe fermata. Nemmeno Lawrence Rosencraft che, per l'ennesima volta, si era dichiarato completamente dalla sua parte. Nemmeno quel ballo scolastico di cui non le importava…

No, mentiva a se stessa. Le importava. O meglio, in altre circostanze le sarebbe importato. Nella vita normale di una ragazza normale le sarebbe importato. Ma le circostanze erano state contro di lei e quella vita non le era stata concessa. Quindi Emily doveva arrangiarsi con ciò che le era rimasto.

Ormai se n'era fatta una ragione. Una vita normale se la sarebbe costruita, perché ora aveva un piano. Aaron e Claire non si erano dimenticati di lei. Erano a conoscenza dei suoi progetti fuori da Rosencraft, anche se non li aveva mai palesati direttamente. Così si sarebbe potuta trovare un lavoro, magari anche continuare a studiare una volta che si fosse sistemata. Il ballo era l'occasione ideale per sparire. L'occasione perfetta, come le avevano scritto i Masters.

Emily si era mostrata molto più sicura e convinta riguardo al ballo, ma aveva pregato Lawrence di non passarla a prendere a casa. Si sarebbero visti direttamente nel giardino della scuola, per poi entrare insieme. Trudy era sempre di pessimo umore ultimamente ed Emily voleva evitare di essere insultata e offesa. Almeno di quella sera preferiva conservare un ricordo piacevole. Era il suo primo ballo scolastico e sarebbe stato anche l'ultimo. Lawrence le aveva creduto e aveva acconsentito opponendo però una lieve resistenza. Alla fine aveva accettato l'idea, ma le aveva proposto di aspettarla oltre l'angolo della casa di Trudy, se era lei il problema.

A quel punto Emily era stata costretta ad accettare per non insospettirlo. E in realtà le dispiaceva mentirgli, ingannarlo. Era stata addirittura tentata di raccontargli la verità, di svelargli le sue intenzioni. In alcuni istanti di follia l'aveva sfiorata anche l'idea di condividere il suo piano e magari andarsene con lui. Si era legata a Lawrence più di quanto avrebbe voluto. Magari in un'altra storia, in un'altra vita sarebbe stato possibile, tra loro.

In un'altra, appunto. Non in questa. In questa Emily Redwood non poteva amare Lawrence Rosencraft.

Il fatto che lui le andasse incontro l'aveva costretta ad alterare il piano. Non voleva rischiare di incontrarlo mentre si recava al luogo dell'appuntamento con Aaron e Claire. Nonostante si sentisse oppressa dal senso di colpa, non poteva perdere l'occasione che le era stata offerta. Non ne avrebbe avuta un'altra.

Una volta fuori, Lawrence avrebbe potuto raggiungerla se avesse voluto. Poi, con l'aiuto di Aaron e di Claire, si sarebbe messa alla ricerca di notizie su sua madre, su Lauren Atkinson, anche su John Rosencraft e suo figlio se necessario. Forse il professore e sua moglie avevano già ottenuto qualche informazione utile.

Emily raccolse la borsa e una piccola sacca. Se qualcuno l'avesse interrogata o fermata, avrebbe raccontato che intendeva prepararsi per il ballo direttamente a scuola. Ma non sarebbe accaduto, ne era certa. Forse l'avrebbero guardata, come sempre, senza chiederle nulla, fingendo di non vederla nemmeno.

Anche Trudy aveva preso a ignorarla negli ultimi tempi. Il fatto che proprio lei frequentasse Lawrence Rosencraft l'aveva indispettita oltre misura. Fiona invece era quasi sempre fuori casa e quel giorno non aveva fatto eccezione, probabilmente si sarebbe preparata a casa di Christabel, la sua migliore amica.

Emily aveva preso con sé lo stretto necessario. Oltre agli effetti personali, qualche indumento, qualche libro e il suo diario. Prima di lasciare la sua stanza per sempre, si girò per un'ultima rapida occhiata. Il suo letto nell'angolo, con la trapunta color ciclamino. L'armadio accostato al muro, la piccola scrivania al lato della finestra che dava sul retro della casa. Con un sospiro profondo chiuse la porta. Non le sarebbe mancata, non aveva rimpianti.

Scese le scale lentamente, cercando di non fare rumore, e mantenne lo sguardo fisso di fronte a sé. Non voleva ricordare, non voleva trattenere nulla. Riuscì a uscire dalla porta principale e se la richiuse alle spalle senza intoppi. Dal soggiorno provenivano delle voci, ma si trattava, come sempre, della televisione accesa.

Probabilmente Trudy giaceva addormentata di fronte al divano, oppure era troppo concentrata a seguire qualche programma. In quei casi, il più delle volte, non incrociava nemmeno lo sguardo con lei quando le passava davanti per andare in cucina.

Iniziò a percorrere la strada in cui si trovava la casa delle Whiteland. Anche quella sarebbe stata un'ultima volta. Non le sarebbe mancata. Per un attimo aveva pensato di recarsi verso la casa che era appartenuta a suo padre, ai Redwood. Dove Adam era stato trovato morto, seduto a terra con la schiena appoggiata a quel tronco d'albero. Ma così avrebbe soltanto rischiato di creare un intoppo sul suo cammino verso la libertà. In ogni caso era meglio dimenticare, rimuovere tutto.

Attraversò Rosencraft, per l'ultima volta, con il cuore in gola. Sembrava una giornata come tante altre. Nonostante il rischio, Emily aveva deciso di andarsene due ore prima dell'appuntamento che aveva fissato con Lawrence per le otto di sera, sperando di non incrociarlo. Non aveva alternativa, comunque. Così anche per l'incontro con Aaron e Claire sarebbe stata in anticipo. Ma il fermento intorno alla scuola in previsione del ballo aveva concentrato tutto l'interesse nella direzione opposta a quella presa da Emily. Non avrebbe potuto trovare giorno migliore per sparire. Anche Aaron Masters, conoscendo bene le dinamiche di Rosencraft, aveva avuto la stessa idea.

Il pensiero della vita sventurata di Ted Blackmirror l'attraversò e l'accompagnò verso la sua destinazione. L'uomo col cappello, lei lo chiamava. Ma non era il vero Ted Blackmirror, da quanto aveva scoperto. Stephen O'Connell era venuto a cercarlo a Rosencraft e in seguito anche di lui non si era saputo più nulla. Il fatto che lei lo vedesse ancora, che ne percepisse l'essenza, era dovuto a una sua percezione, alla presenza di quell'uomo ancora lì intorno, nell'atmosfera di Rosencraft. Tutto ciò che Emily sentiva, tutto ciò che era convinta di vedere, di ascoltare, di comprendere, apparteneva solo a lei, non a quella città ostinata e crudele. Anche l'uomo col cappello e la donna con lo scialle, chiunque fossero o fossero stati, appartenevano solo a lei.

Così Emily raggiunse il Gemstone Creek, quello che aveva sempre considerato il suo luogo, sul confine con il bosco. Dove si appartava per leggere, per pensare, per stare sola e distante da tutte le presenze sgradevoli che si aggiravano per Rosencraft e che da sempre l'avevano maltrattata, insultata, esclusa. Anche tra lei e quella piccola oasi di pace sarebbe stata la fine, l'addio definitivo.

Si guardò intorno, il silenzio assoluto l'avvolse. Era ancora presto, poteva attendere un po' prima di incamminarsi verso il limite tra il bosco di Rosencraft e quello che veniva considerato "esterno". Come un confine naturale che avrebbe segnato però la sua rinascita, la sua seconda vita.

Decise di sedersi, solo per qualche minuto. Il torrente, l'albero a cui era solita appoggiarsi, le piccole pietre colorate depositate sul fondo del Gemstone Creek... Quella sarebbe stata la parte di Rosencraft che le sarebbe mancata di più. E per un attimo quasi si pentì di averla condivisa prima con Curtis e poi con Lawrence. Ma Curtis era morto e forse la sua unica colpa era stata quella di essere troppo ingenuo, troppo succube, suo malgrado, di Rosencraft, delle sue tradizioni, del sentirsi ancora parte di quel mondo e delle sue radici.

Lawrence, invece...

All'improvviso un rumore la fece sobbalzare. Poi di nuovo silenzio, tanto che si convinse di esserselo immaginato. Era la tensione, di sicuro. Forse avrebbe fatto meglio a muoversi da lì e ad avviarsi verso il luogo dell'incontro. Emily, da seduta, fece forza sulle braccia per alzarsi. Ma non ci riuscì. Perché qualcosa le piombò addosso, costringendola a ricadere all'indietro, ancorandola al terreno.

Chiudendo gli occhi per lo spavento, vide tutto buio. Per cui non si accorse subito di cosa fosse stato. Di chi, subito dopo, l'avesse afferrata per le braccia, trascinandola lungo il torrente. Quando li riaprì lo riconobbe, ma non riuscì a crederci. Non riuscì a credere che stesse accadendo davvero.

Allo stesso modo, non riuscì a dire nulla, ad articolare una sola parola. Fu lui a parlare, per primo.

«E così hai cercato di prendermi in giro! Di fregarmi!» La sua voce era aspra, graffiante. Quasi irriconoscibile. «Cosa credevi di fare, stupida? Davvero pensavi di fottermi così facilmente?»

Non poteva rispondere. Non perché non volesse ma perché non fu in grado. Era come se la terra le fosse entrata nella bocca e nel naso, compromettendo la sua capacità di parlare e di respirare.

Quindi fu condannata a subire. Non aveva mai provato la sensazione di essere così vicina a spezzarsi, non solo moralmente, anche fisicamente questa volta. Lui la strattonò ancora per le braccia ed Emily si sentì come una bambola, trascinata per terra, inerme e senza forze per reagire, nemmeno per tentare di opporre resistenza.

Per un attimo chiuse gli occhi, sperando di riuscire a ritrovare un po' di lucidità per capire cosa fare per ribellarsi, per salvarsi. Lui era molto più grosso e più forte di lei quindi dal punto di vista fisico non aveva possibilità, era spacciata.

Poi, inaspettatamente, lui si fermò. Emily si rese conto che non la stava più strattonando, tentò allora di muovere prima le spalle, poi le braccia. Il dolore alle articolazioni non le permise di stenderle o di abbassarle. Il timore di avere qualcosa di rotto e di peggiorare la situazione la indusse a non riprovarci. Riuscì solo a sputare fuori la terra e a respirare più regolarmente, ma il terrore la colse immediatamente, appena lui si lanciò sopra di lei, avvicinando il viso al suo.

«Perché? Vuoi spiegarmi perché cazzo te ne saresti andata senza dirmelo?» Alla rabbia ora si stava mescolando una sorta di strana tristezza, di malinconia. «Mi sono comportato bene con te... maledetta stronza! Non ti ho mai sfiorata... ho rispettato i tuoi tempi! Ho ingoiato anche l'orgoglio, cazzo!»

Non solo le sue parole non avevano più nulla a che fare con quelle che le aveva sempre rivolto nel corso della loro frequentazione, anche la sua voce non era più la sua voce. Emily non la riconobbe. Prima era roca e sensuale ma con una nota dolce, armoniosa. Ora sembrava grossa, aspra, quasi strozzata. Incespicava nelle parole, come se non riuscisse a pronunciarle correttamente e fosse costretto a fare ripetute pause.

Quando percepì il suo alito sul viso, Emily comprese. Lawrence Rosencraft aveva bevuto. E aveva bevuto davvero tanto.

Chiuse gli occhi, percepì le sue labbra dapprima sul viso, poi ovunque. Emily tentò di raccogliere le forze per muoversi, non poteva abbandonarsi e cedere al suo destino, non voleva. Lawrence le aprì la giacca e mosse le mani su di lei, percorrendola. Emily ebbe di nuovo la sensazione che lui fosse ovunque, che non fosse rimasto un angolo del suo corpo che non avesse toccato, contaminato. Però, a un certo punto, concentrò l'attenzione e le mani sul suo collo sottile come intenzionato a strangolarla. Emily sgranò gli occhi e incontrò lo sguardo azzurro e selvaggio di Lawrence. Allora, inaspettatamente, lui abbandonò la presa e fece passare le braccia sotto al suo corpo, sollevandola.

«Non posso più perdere tempo con te, maledetta cagna! Non posso!»

***

A Lawrence Rosencraft restava una sola scelta. Una sola. Altre opzioni non erano contemplate. Doveva farla finita. E farla finita in fretta. Oppure quella troia l'avrebbe corrotto, manipolato. Come del resto era riuscita a fare negli ultimi mesi. E lui per un po' era stato al gioco, aveva pensato che fosse il modo più giusto per arrivare dove voleva.

Così era stato costretto ad aspettare. Pazientare e aspettare. Senza mai esagerare, però, senza mai sfiorarla per non rischiare che si ritraesse sconvolta, che si allontanasse. Corteggiarla, girarle intorno, consolarla, raccontarle un sacco di stronzate per convincerla a credergli. Fingere di essere come lei! Addirittura convincerla di vedere quello che vedeva lei, quelle assurde apparizioni presenti solo all'interno della sua mente malata! Avere i suoi stessi sogni idioti, le sue stesse illusioni di merda! Quella cazzo di libertà che nemmeno esisteva! Incoraggiarla nelle sue ricerche, nelle sue ossessioni. Perché lei era l'ultima dei Redwood e c'era quel tesoro ad attenderla. Così aveva dovuto aspettare i suoi dannatissimi diciotto anni. Poi che finisse la scuola, il ballo scolastico…

Solo perché lei era l'ultima dei Redwood, invece lui non era un cazzo di nessuno!

Ma lei, la stronza, aveva deciso di fotterlo! Non si era innamorata come le altre! Voleva solo fregarlo, la lurida puttana con quei modi da santarellina e la faccina angelica! A questo punto doveva averlo capito, anche se faceva finta di niente. Doveva aver scoperto che lui non era un cazzo di nessuno, di sicuro non un Rosencraft.

Se quella stronza di Claire Blackmirror non si fosse messa in mezzo!

«Lawrence...»

La sua voce, tanto flebile da essere appena percettibile, lo indusse a fermarsi. Così rimase in piedi, con lei in braccio, tra il Gemstone Creek da cui l'aveva trascinata e la sua auto, anzi l'auto di suo padre, parcheggiata lungo il sentiero che portava all'altro lato del bosco.

Non aveva idea di cosa le passasse per la testa. E non solo a lei, ad essere sincero. Avrebbe dovuto ammazzarla e basta. Il piano era questo. Per questo aveva bevuto, per annebbiare i sensi e riuscirci senza remore, senza ripensamenti. Ammazzarla e buttarla lungo il torrente, poi la corrente l'avrebbe trascinata lontano. Però qualcosa gli si era mosso dentro. Aveva sprecato troppo tempo, con lei. Davvero troppo.

Ora la sua voce che pronunciava il suo nome in quel modo, i suoi grandi occhi scuri sgranati su di lui, le guance pallide, le membra delicate... Avrebbe buttato via altro tempo prezioso, ma oltre a quello non aveva più nient'altro da perdere.

Lawrence distolse lo sguardo e riprese a camminare. Emily cercò di ribellarsi ma i suoi sforzi risultarono inutili. Stava subendo una sorta di paralisi da cui non sapeva liberarsi. Dentro urlava, si divincolava, combatteva. Ma era solo un'immagine mentale che non riusciva a spostare sul piano della realtà.

"Dio mio, aiutami..."

Era la prima volta che si rivolgeva attivamente a qualcosa, a qualcuno, a un piano ultraterreno che aveva sempre percepito lontano, distante, assente soprattutto. Assente quando si era trattato e si trattava di lei.

"Dio mio, salvami..."

Implorava salvezza, ma intanto non sentiva nulla. Forse non c'era proprio nessuno. O magari quel Dio che la stava lasciando sola, la stava lasciando andare, era proprio come il pastore Greenshow, quell'uomo di chiesa esemplare, stimato in tutta la comunità. Oppure come i Rosencraft stessi, compreso Lawrence. Dio per loro c'era, c'era sempre stato… ma non per lei.

"Dio mio, proteggimi…"

Tentò nuovamente. Forse non era del tutto inutile, forse poteva confidare che un essere ultraterreno avesse pietà per una delle sue creature. Ma in fondo, perché proprio per lei? Quando non aveva avuto pietà nemmeno di altri che possedevano più fiducia, più purezza di cuore di quanta ne aveva lei.

"Dio mio, uccidimi…"

Proprio in quel momento, in quella frazione di secondo, Emily comprese. Non ci sarebbe stato un Dio, per lei. Come non c'era mai stato in tutto il corso della sua vita, fino a quel momento. Non ci sarebbe stato un Dio ad aiutarla, un Dio a salvarla, un Dio a proteggerla… Nemmeno a ucciderla, ci sarebbe stato un Dio. A darle il colpo di grazia per evitarle di soffrire, di ammalare il corpo e l'anima. Nulla di nuovo, non c'era mai stato.

Era sola. Era sempre stata sola e solo su se stessa poteva contare. Anche i Masters l'avevano abbandonata e non sarebbero arrivati in tempo. Lei non sarebbe riuscita a raggiungerli, comunque.

Era sola con il suo carnefice, che ora la caricava in macchina come una furia, indifferente alle botte che prendeva, ai colpi inferti al suo corpo.

Emily si ritrovò distesa sui sedili posteriori e guardò in alto. Non poté vedere il cielo, ma il tettuccio scuro dell'automobile. Nel frattempo Lawrence Rosencraft, il ragazzo d'oro della città, le lacerava con foga la camicetta, tuffandosi poi sui suoi seni mentre distruggeva con un semplice gesto il reggiseno bianco e semplice. Poi tornò con il viso sopra il suo e le strappò un bacio dapprima umido, poi bagnato, aprendole a forza la bocca e inserendo la lingua nella sua, fino in gola. Il suo fiato pesante sapeva di alcool. Emily si sentì prima strozzare, poi un urto di vomito l'assalì appena si staccò da lei.

Intanto aveva smesso di pregare o di provarci. Sarebbe stato inutile, lo aveva capito. Chiuse gli occhi, ma non tentò più di pregare. Tentò di maledire.

Perché poi avvenne tutto in fretta, troppo in fredda. Le sue mani erano dappertutto, ma non come prima. Prima almeno c'era lo strato dei vestiti a separarli. Ora invece lui li stava spazzando via con accanimento, uno dopo l'altro. Non solo quelli di Emily, anche i propri, mentre si agitava sopra di lei sudato, accaldato. Quelle mani avide, impazienti, erano scese dal suo petto, allo stomaco, alla pancia e avevano iniziato ad accanirsi sui suoi pantaloni, allo scopo di farglieli scivolare giù lungo le cosce senza nemmeno slacciarli.

Ci riuscì ed Emily si trovò nuda, con jeans e mutande calati fino alle ginocchia. Tentò di scalciare ma i suoi movimenti erano bloccati, compromessi dagli indumenti e dal corpo di Lawrence che la sovrastava. Infine decise di rimanere ferma e di spalancare gli occhi su di lui. Per un attimo incrociò il suo sguardo e Lawrence sembrò trattenersi, ma non fu sfiorato da un ripensamento o dal rimorso per quello che stava per farle. Fu altro e durò solo un attimo, prima che lui proseguisse in modo ancora più feroce e selvaggio di prima. Era di questo che parlavano Fiona, Christabel e le loro amiche?

Con le gambe aperte sotto di lui che si faceva strada in lei, Emily non aveva più nemmeno la protezione dei pantaloni che le erano stati calati fino alle caviglie e poi gettati via. Il corpo di Lawrence era come un pezzo di marmo premuto sopra di lei. Con una mano le tratteneva i polsi, con l'altra l'aveva costretta a spalancare le cosce. Poi si era calato i pantaloni. Emily, pur tenendo gli occhi aperti, non riusciva a vedere. Era come al cinema, quelle poche volte in cui ci era stata da piccola, quando la testa di chi le stava seduto sulla fila davanti le impediva di vedere completamente lo schermo e godersi lo spettacolo.

Perché lei, a questo punto, voleva vedere. Voleva ricordare. Invece sentì solo un dolore intenso, lacerante, inaspettato. Urlò, anche se non avrebbe voluto. Urlò perché l'aveva colta alla sprovvista. Avrebbe continuato a urlare mentre qualcosa di duro e pesante continuava a entrare e a uscire dal suo corpo, obbligandola a credere che alla spinta successiva si sarebbe rotta del tutto. Lo aveva sentito nella pancia, nello stomaco, nella gola addirittura, mentre la voce roca di Lawrence rantolava monosillabi senza significato alternati a qualcosa che somigliava a "sì", "sì, cazzo" e a volgarità che sconfinavano con la bestemmia. Poi quello che Emily udì fu un ultimo e più intenso rantolo selvaggio. E lui che restava fermo, immobile sopra di lei.

Alla fine lo vide. Vide la testa bionda di Lawrence riversata su di lei, il corpo chiaro e muscoloso che non si staccava dal suo. Come se, dopo tanto movimento, fosse stato colto da un sonno profondo e si fosse appisolato di colpo.

Allora Emily credette di morire. Anzi, no. Di essere già morta. Era morta e tutto era concluso. Per questo osservava tutto dall'alto. Era morta. E forse, a questo punto, dovette ammetterlo. Dopo tante suppliche e invocazioni un Dio l'aveva davvero ascoltata.

Non l'aveva salvata, aiutata o protetta.

L'aveva uccisa.

# LIBRO TERZO

## DOLCEMENTE ATTENDE - PAURA

### (Lauren)

# CAPITOLO 0

Lauren Atkinson aveva fatto del suo meglio. Era il suo stile, nel lavoro e nella vita, il suo modus operandi. Fare sempre del suo meglio, come le avevano insegnato. Scavare a fondo nelle questioni e portare alla luce la verità.

Così, aveva cercato e raccolto tutto il materiale disponibile. Da quando aveva ricevuto quella stranissima telefonata da Susan Lowitt non si era data pace. Aveva iniziato a indagare su quell'assurda cittadina "fuori dal mondo", con regole e tradizioni "fuori dal mondo", in cui i fondatori governavano e gestivano tutto e tutti in un modo che, ancora una volta, definire "fuori dal mondo" sarebbe stato un eufemismo. Anzi no, era solo una famiglia che spadroneggiava, quella che aveva vinto la lotta per la supremazia e che aveva quindi dato il nome alla città. I Rosencraft. Da quanto aveva capito anche la religione e soprattutto i rapporti interpersonali erano sotto il loro controllo. Sicuramente agivano in modo illegale o quanto meno irragionevole, visto che si sposavano tutti, preferibilmente, tra di loro. Gli altri poveri disgraziati venivano definiti "esterni" e subivano quella classificazione per chissà quante generazioni.

Come diamine una ragazza sveglia come Susan Lowitt fosse finita in mezzo a gente simile, Lauren non riusciva a spiegarselo. Un posto dove, se non aveva frainteso, dominava ancora il patriarcato più ostinato e irriducibile e le donne erano ridotte a oggetti decorativi o ad animali da riproduzione.

Poi però Susan era sparita. Probabile che le avessero sottratto il telefono, impedendole di richiamare. Oppure le avevano, con le buone o con le cattive, fatto cambiare idea, suggestionandola e manipolandola.

Ma Lauren non l'aveva lasciata sola. La situazione la incuriosiva troppo. Inoltre, era testarda, caparbia, volitiva e odiava con tutte le sue forze qualsiasi tipo di manipolazione, fisica, psicologica e morale. Sarebbe arrivata in fondo alla situazione per aiutare Susan.

Così aveva iniziato a cercare e a crearsi dei contatti. Biblioteca, scuola, persone disposte ad avere rapporti con l'esterno. Persone che, a loro volta, erano state "esterni". Dal giorno in cui Susan aveva cercato di contattarla e poi non si era più fatta sentire risultando irrintracciabile, Lauren si era data da fare e si era messa al lavoro. La sua ricerca alla fine aveva dato buoni frutti. Uno solo, in realtà. Un certo professore che insegnava letteratura al liceo di Rosencraft, Aaron Masters. Lauren aveva scoperto che era stato un esterno e aveva sposato una donna del posto, Claire Blackmirror.

Da lì le sue ricerche l'avevano condotta all'origine dei cognomi della popolazione di Rosencraft. I nomi derivanti dai colori o dalle tonalità, qualunque fosse il loro status sociale, erano per lo più quelli dei primi fondatori della città. Alcuni avevano origine nobile, come i Blackmirror e i Redwood, altri erano stati commercianti, contadini oppure accattoni che si erano arricchiti a spese di tutti gli altri. I Rosencraft, da ciò che Lauren aveva scoperto, facevano parte della schiera degli accattoni e si erano arricchiti derubando, frodando e manipolando chiunque capitasse a tiro.

Lauren però a un certo punto si era arenata. Non sapeva come procedere e temeva che non fosse ancora arrivato il momento di coinvolgere altre persone. Era il suo caso, la sua storia, non se la sarebbe lasciata sfuggire e non l'avrebbe ceduta per nulla al mondo. Non si trattava solo di scoprire cosa fosse accaduto a Susan. Ancora non sapeva fino a che punto il professor Masters e la moglie sarebbero stati disposti a spingersi, a collaborare con lei, ma ben presto lo avrebbe scoperto.

Parte di un articolo scritto e pubblicato sulla rivista "Awkward Worlds and Beyond" da Lauren Atkinson. Inizio della storia raccolta e prime testimonianze. Numerosi lettori hanno però creduto che quello della Atkinson fosse l'idea per un racconto, una storia inventata dalla sua penna di giornalista un po' troppo fantasiosa. Non la realtà.

Invece lo era. La realtà.

*"C'era una volta e purtroppo c'è ancora...*

*Esiste un posto fuori dal mondo e dal tempo. Il nome di questo posto è Rosencraft. Il modo di vivere e di gestire questa cittadina desta in me, e dovrebbe destare anche in voi lettori, molte preoccupazioni. Bisogna portare alla luce la verità. Certe storie devono essere raccontate, certi inganni scoperti, certi crimini denunciati."*

Il professor Masters e la moglie erano stati disposti a spingersi più in là di quanto Lauren avrebbe creduto e sperato. Ma questo, purtroppo, era coinciso con la fine delle speranze di Lauren di trovare la sua amica Susan ancora in vita e di poterla condurre fuori da Rosencraft sana e salva.

Il materiale che Aaron Masters le aveva fatto recapitare la colpì come una pugnalata al cuore e la rese consapevole della sua inadeguatezza. Non aveva realmente compreso la gravità della situazione, l'aveva sottovalutata. Era stata inutile per Susan Lowitt. Non sarebbe arrivata in tempo a salvarla. Ma sarebbe arrivata.

Aveva così iniziato a raccontare la sua esperienza più nello specifico, in un articolo successivo. Però, disgraziatamente, anche se l'intenzione sarebbe stata quella di pubblicarlo, l'articolo era rimasto abbandonato tra i file del suo computer e quello del direttore del suo giornale. Soppiantato dall'ennesimo pezzo sulla crisi finanziaria, il previsto aumento delle tasse e dei beni di prima necessità, l'emergenza sanitaria in atto.

Così Rosencraft, i suoi misteri, la scomparsa di Susan Lowitt e infine della stessa Lauren Atkinson, la solerte giornalista che si era occupata del caso, erano stati archiviati e dimenticati.

*"Amore e morte a Rosencraft.*

*Mi reco a Rosencraft, di persona. Troppo tardi, purtroppo, per sperare di salvare Susan Lowitt. La mia colpa è stata quella di aver sottovalutato le sue parole, di non averle davvero creduto. Mi sono incuriosita fin da subito, ma ero convinta che si trattasse soltanto di un luogo bizzarro e in buona parte antiquato, popolato da gente tradizionalista, bigotta e un po' maligna. Invece siamo di fronte a molto peggio. Farò in modo di aggiornavi presto su questa avventura che non so ancora dove mi condurrà.*

*Il materiale che ho ricevuto, l'insieme delle registrazioni della mia povera amica Susan, mi ha sconvolta. Masters se n'è tenuta una copia e con ciò che sono venuta a sapere dai miei scambi di informazioni con il professore, ho in mano l'arma per soppiantare i Rosencraft attualmente al potere. La loro tradizione, fondata sulla discendenza, finirebbe per sempre. Questo perché i figli dell'attuale sindaco e padrone della città, i gemelli Lawrence e Grace, sono in realtà figli di sua moglie Doreen e del pastore Greenshow che si è gentilmente prestato a coprire la sterilità di Morris Rosencraft. Se si scoprisse la verità, ovviamente, scoppierebbe uno scandalo inimmaginabile. Mi sono chiesta perché mai Morris non abbia mai pensato di eliminare il buon pastore... A quanto pare il furbacchione ha lasciato da qualche parte uno scritto in cui attesta che i gemelli sono figli suoi e che verrebbe alla luce nel caso gli capitasse qualcosa. Quindi al sindaco non è rimasto altro che assecondare tutte le sue costanti e pressanti richieste.*

Anche per questo Susan ha temuto per se stessa, per suo marito e soprattutto per suo figlio Michael, che a questo punto sarebbero i veri eredi dei Rosencraft. La sua colpa è stata quella di amare la sua famiglia e di volerla proteggere a ogni costo. Non so cosa ne sia stato di loro. Aaron Masters dice che se ne sono andati, ma non ha idea di dove si siano rifugiati. Cosa che a breve faranno anche lui e sua moglie Claire. Stanno solo aspettando il momento giusto.

Io so solo che questa storia, ciò che è avvenuto e sta avvenendo in quella cittadina dimenticata da Dio e dagli uomini, fuori dal senso comune di umanità e anche di legalità, non può più essere taciuta.

Susan Lowitt merita giustizia. È non è l'unica, a Rosencraft."

# CAPITOLO 1

Tutto torna. A Rosencraft tutto torna. Anche loro erano tornati. O forse non se n'erano mai andati.

Le speranze di Emily Redwood erano state vane. Il luogo dell'appuntamento con Aaron e Claire non era stato scelto a caso. Loro c'erano davvero in quel punto che segnava il confine tra il bosco di Rosencraft e l'esterno. C'erano da sette mesi circa. E adesso c'era anche lei.

In qualche modo il professore e la moglie si erano mantenuti intatti o quasi. I loro resti, riposti maldestramente sotto le sterpaglie, si erano aggrovigliati in una posizione che poteva sembrare romantica, commovente. Di certo non era stato fatto apposta, Lawrence Rosencraft non avrebbe mai avuto tanta cura. Ma era come se, oltrepassata la soglia di questa esistenza terrena, Aaron e Claire si fossero cercati ancora, fino a ritrovarsi. Non solo in cielo, anche nelle loro spoglie terrene.

I due poveretti avevano sbagliato tutto. Nel raccogliere la confidenza e la testimonianza di Susan Lowitt. Nel cercare e incoraggiare il contatto con Lauren Atkinson. Infine, il loro errore più grande, che era stato giudicato peccato mortale, nella funesta decisione di raccontare tutto a Emily Redwood. Anzi, nel fare in modo che la trapassata Susan Lowitt, che ormai riposava in pace da anni, raccontasse tutto a Emily.

Forse avevano ritenuto che l'anima straziata e disperata di Susan non riposasse affatto in pace. Peggio per loro, avevano deliberatamente scelto di raggiungerla. Così la questione era conclusa e risolta una volta per tutte perché allo stesso modo avevano segnato anche la fine della loro protetta, Emily Redwood.

Il tesoro non era comparso. Il cazzo di tesoro dei Redwood non era mai comparso allo scoccare del cazzo di diciottesimo compleanno di quella cazzo di esclusa di Rosencraft.

«Esclusa di Rosencraft» Lawrence Rosencraft scosse la testa mentre guidava verso casa. «Poteva andare, poteva funzionare... maledetta Emily Redwood... perché hai dovuto fare la stronza? Perché hai dovuto rovinare tutto? Perché? Perché volevi scappare via da me?»

Così aveva dovuto eliminare anche lei. Se la sarebbe tenuta, se fosse stato possibile. Se la sarebbe tenuta per scoparsela di tanto in tanto, per affondare il cazzo in quelle carni morbide. Forse non glielo avrebbero permesso, forse avrebbero fatto storie. Già i mesi trascorsi a starle dietro, a fingere di corteggiarla, a passeggiare e a farsi vedere con lei erano stati fin troppi e soprattutto logoranti. Però non erano stati completamente spiacevoli come aveva creduto all'inizio, quando i Rosencraft avevano fatto fronte comune nell'imporgli di frequentare la piccola e macilenta Redwood.

Ma quella che aveva considerato una facile preda, una creatura docile e sensibile, si era dimostrata una tigre scatenata, una stronza di prima categoria. In un modo o nell'altro, con quell'aria superiore e altera, lo aveva sempre respinto, non gli aveva mai permesso di sfiorarla. Era diventata, nel suo immaginario, l'intoccabile Emily Redwood. Senza rendersi conto, in questo modo, di accendere ancora di più il suo desiderio ogni volta che i suoi occhi scuri si posavano su di lui. Senza sapere che lo faceva sentire un miserabile in attesa di addentare un frutto proibito. Lui era un falso Rosencraft e lei una vera Redwood. Per cui, alla fine, dopo essersi trattenuto per tutto quel tempo, una soddisfazione doveva pur prendersela!

Lawrence si passò entrambi i palmi delle mani sugli occhi. Li sentiva iniettati di sangue, come se mille spilli li stessero perforando contemporaneamente.

Perché cazzo stava piangendo?

Non ne aveva motivo! Non aveva avuto scelta! Ed era stata lei, lei, a non concedergli altra scelta! Così alla fine anche l'istinto era stato più forte della ragione.

Eppure… eppure forse sarebbe stato bello fuggire davvero insieme, lasciare andare tutto, iniziare una nuova vita… baciarla, stringerla, fare sesso in tanti modi diversi che lei non avrebbe mai nemmeno immaginato. Dimenticare chi erano e chi non erano, entrambi. Dimenticare di essere figlio di quel coglione pervertito, del pastore Greenshow. Dimenticare come lo aveva scoperto. Dimenticare che i veri eredi dei Rosencraft erano altri, non lui.

Invece aveva dovuto ingannarla, sedurla, senza nemmeno riuscirci oltretutto, solo per mostrarsi degno di essere chi non era, un Rosencraft. Come se, non avendo il sangue dei Rosencraft nelle vene, se lo fosse potuto comprare o guadagnare di diritto, distruggendo l'ultima dei Redwood.

Uccidendo l'ultima dei Redwood.

Lawrence non aveva avuto scelta. Aveva dovuto uccidere Emily Redwood, stringere forte le mani intorno al suo collo delicato, subito dopo averla fatta sua, e gettarla nel bosco, insieme agli altri due, ai suoi alleati.

Però una consolazione l'aveva. Era stata sua, solo sua. E non sarebbe stata mai più di nessun altro! Forse, in fondo, le aveva fatto un regalo.

\*\*\*

Sì, forse, in fondo, le aveva davvero fatto un regalo. Le aveva insegnato, tra tutte le altre cose, che il sesso non era poi una gran cosa. Dolore, sangue e fastidio. Voglia di morire o di essere già morta. No, questo non era solo il sesso. Questo era lui, per lo più. Lawrence Rosencraft, il ragazzo d'oro che alla fine si era dimostrato una farsa, un imbroglio. Un dannato idiota, maldestro e inconcludente, visto che non era stato nemmeno capace di ucciderla. Mentre lei era stata capace di lasciarsi andare e convincerlo di essere morta. Non era stato poi così complicato, lei stessa ci aveva creduto!

Non aveva idea di come fosse l'aldilà, ma Emily riusciva a vedere il cielo blu notte sopra la sua testa, tra le fronde degli alberi. E una brezza leggera che soffiandole i capelli sul viso le faceva il solletico.

Se non fosse stata tutta un dolore, con qualcosa di liquido che le colava tra le cosce, con la gola arsa, le labbra secche e impossibilitata a muoversi, l'avrebbe considerato un luogo piacevole in cui trascorrere il suo tempo.

Invece doveva muoversi. E in fretta! Da quanto tempo era lì? Non aveva idea di dove si trovasse, ma Aaron e Claire la stavano aspettando. Non poteva perderli!

Cosa avrebbero fatto se non si fosse presentata? Se ne sarebbero andati senza di lei, magari pensando che avesse cambiato idea, che non fosse così interessata a fuggire! Forse avrebbero atteso, forse l'avrebbero cercata. O forse no, presi dal timore si sarebbero allontanati per sempre.

Non poteva! Non poteva! Doveva fermarli!

Emily aprì e chiuse gli occhi. Una volta, poi due. Riusciva a vedere bene. Al momento le parve che gli occhi fossero l'unica cosa ancora funzionante nel suo corpo.

Gli occhi. Un'immagine, a cui non era tornata da tempo, si ripresentò nella sua memoria, più vivida che mai. La piccola volpe morente. La luce nei suoi occhi mentre la vita la stava abbandonando.

Stava accadendo anche a lei?

"No, no Emily."

Emily sobbalzò internamente. Esternamente non si mosse. La sensazione che la piccola volpe le stesse parlando, con una voce delicata e quasi materna, le procurò un battito innaturale che le pulsò nelle orecchie come un fragore irresistibile. Tutto aveva avuto inizio da lì, da quell'incontro. E adesso era come se il suo cuore avesse occupato tutto lo spazio disponibile nel suo corpo. Come se tutto, dentro di lei, stesse diventando troppo. Troppo potente, troppo amplificato.

Percezioni, vista, udito... non sapeva nemmeno descriverli, descriversi.

I casi erano due: o era morta o era troppo viva.

Comunque fosse, Emily riuscì a muovere una mano, poi l'altra e anche le braccia. I piedi, le gambe, il torace. E tutto l'insieme le diede la spinta necessaria per sollevarsi e mettersi seduta.

Non era viva e non era morta. Forse non aveva ancora compreso cosa fosse, ma si stava trasformando in qualcosa di diverso. In qualcosa d'altro da sé, da ciò che era sempre stata. Ma in un certo senso riuscì a definirsi meglio. Non era del tutto viva e non era ancora morta. Però vibrava di una nuova energia. L'energia dei sopravvissuti.

Intanto una pioggia sottile si era scatenata su di lei, scivolandole lungo la testa e le spalle, bagnando e ripulendo i lunghi capelli scuri.

Emily si passò la lingua sulle labbra aride, sollevò la testa e aprì la bocca. La sua lingua e la sua gola ne ebbero un beneficio immediato e insperato.

Poi tutti i ricordi riemersero. Tutti insieme, quasi all'improvviso. E allora arrivò il dolore. Il dolore vero. Il dolore puro. Quello che non le avrebbe lasciato scampo. La definitiva trasformazione di Emily Redwood.

Dal centro dello stomaco, il dolore di Emily iniziò a diffondersi per tutto il suo corpo e anche oltre il suo corpo, nell'ambiente circostante, nel bosco che la circondava, nel terreno ora umido, tra i cespugli, fino a raggiungere i tronchi degli alberi e le loro fronde.

Era come un essere soprannaturale, un demone implacabile che non conosceva limiti, non conosceva frontiere, ma desiderava solo inghiottire, inglobare tutto in sé per renderlo forte, vigoroso, feroce.

Emily sollevò il viso e lo vide, proprio come quando era uscita dal suo corpo e aveva assistito a ciò che Lawrence le aveva fatto mentre si era quasi convinta di essere morta. Il demone del dolore era proprio lì, sopra di lei, quella luce che ora, partendo dal suo baricentro, dal suo fulcro vitale, avvolgeva tutto ciò che la circondava immergendolo nel potere che irradiava intorno.

Anche le sensazioni, in diretta corrispondenza al suo dolore allo stomaco, erano diventate più intense, come le sue percezioni uditive e visive.

Percezioni di morte. Emily si sentì assalire da un'ondata di calore e poi di gelo. Era consapevole di trovarsi in una zona confinante con una parte della "Riserva dei Fondatori". Quindi le sensazioni che provava, le presenze che sentiva, dovevano essere suscitate in lei dagli animali che i cacciatori avevano sterminato nel corso del tempo. La piccola volpe che si era trascinata fino al centro cittadino, lungo il viale alberato che portava verso la scuola. Poi tutti gli altri.

Inaspettatamente il ricordo di Emily scivolò come in un vortice indietro nel tempo, a sua madre. Katherine Kingstone. Si ritrovò in una condizione molto simile alla sua, a ciò che aveva registrato di lei, nella mente. Alle sue convinzioni. Non era viva e non era morta. Vagava in mezzo al nulla, nella memoria, ma mai fino a quel momento l'aveva sentita così chiaramente dentro di sé. Come se fosse davvero ancora viva, pronta a tessere la sua tela, incessantemente.

Altre visioni si susseguirono nella mente di Emily. La tela di un ragno implacabilmente dedito al suo lavoro. La donna con lo scialle. La povera sventurata Susan Lowitt, abbandonata al suo crudele destino. Non si trattava più solo di sua madre, ma di altre donne che avevano combattuto, avevano lottato per la verità ed erano state umiliate, ferite, tradite. E ora, ovunque si trovassero realmente i loro resti, erano dentro di lei. Per nascita, per inclusione, per destino, per disperazione. Non aveva importanza.

«Io non avrò mai più paura. Mai più.»

Emily parlò ad alta voce, nonostante non ci fosse proprio nessuno lì intorno ad ascoltarla. Aveva bisogno di dirlo, di dichiararlo, forte e chiaro. Il suo processo di trasformazione non si era ancora concluso.

Cercò di muoversi ancora, di capire se le restava qualche possibilità di fuga. Anche se dentro di sé aveva già compreso che nulla sarebbe andato come aveva sperato. Il suo piano era fallito miseramente, quindi poteva solo superare in fretta la delusione e passare ad altro, alla tappa successiva di ciò che di lei era rimasto intatto.

Emily si stese del tutto con un respiro profondo, poi si risollevò e si tastò con le mani le braccia e le spalle, scendendo in seguito alla pancia e alle gambe. Sgranò gli occhi sulla sua nudità e sulla scia di sangue che le percorreva l'interno delle cosce. Si morse le labbra per trattenere un singhiozzo, poi si ricompose.

A poca distanza vide ciò che era rimasto dei suoi indumenti, sparsi nell'ambiente circostante. Si mosse per recuperarli, arrancando sulla terra resa sempre più umida dalla pioggia leggera che ancora scendeva su di lei. Arrivò alla camicia che un tempo era stata azzurro chiaro e che ora era umida e macchiata di fango. A poca distanza c'era il suo reggiseno, le mutandine stappate, i pantaloni... Emily raccolse un indumento dopo l'altro e si strinse tutto al petto. Delle scarpe non c'era segno, ma il viso si illuminò quando scorse la sacca rovesciata e poi la sua borsa, accanto a una strana radice che fuoriusciva dal terreno e che doveva appartenere all'albero più vicino.

Si mosse a gattoni per raggiungerla e l'afferrò d'istinto, con un gesto repentino, come se la stesse strappando via da quella radice che aveva una forma davvero strana, insolita. Somigliava quasi alle dita di una mano.

Emily chiuse gli occhi una volta, poi due. Sbatté le palpebre, ripetutamente.

No. La radice non somigliava affatto alle dita di una mano umana.

Ciò che Emily aveva scambiato per una radice era stata, a tutti gli effetti, una mano umana. A cui era, a tutti gli effetti, attaccato un polso, un braccio, un corpo. A quel corpo ne era agganciato un altro, come se stessero abbracciati, uniti nella vita e nella morte.

Emily deglutì quando, facendosi forza, tirando e cercando di scavare per rimuovere il terreno, riconobbe quei resti. Dai capelli, soprattutto... i capelli scuri di Aaron, la luce del biondo ramato di Claire. Allora comprese che non era stata la sola a mancare all'appuntamento. O comunque ci era arrivata con troppo ritardo.

Si sentì prima strozzare, poi inondare lo stomaco, la gola e infine la bocca e le narici. Piegandosi su un fianco si perse in un miscuglio di vomito, fango e lacrime che sembrarono non avere mai una fine. A tal punto da indurla a credere che si sarebbe disidrata fino a trovare la morte lì, insieme a loro.

Invece no. Il fulcro del suo dolore la costrinse a risollevarsi di scatto, come una molla. Come se avessero tirato i fili di un burattino per obbligarlo a tornare in scena, a continuare lo spettacolo. Spalancò gli occhi notando che lo strano bagliore sulla punta delle sue dita, che aveva già percepito tanto tempo prima, era ricomparso.

Era sola. Davvero sola, sia all'interno sia all'esterno di Rosencraft. E da sola avrebbe dovuto prendere le sue decisioni. Consapevole che le sue scelte avrebbero segnato l'inizio della fine di Rosencraft.

# CAPITOLO 2

Era sola ma il demone del dolore non l'aveva abbandonata. Forse sarebbe stato con lei, suo compagno a vita. Per sempre. L'unico compagno che non l'avrebbe mai lasciata.

La strada da percorrere era lunga. Ma ciò che la rendeva quasi impraticabile per Emily erano le sue condizioni. Intanto aveva ripreso a piovere a pieno ritmo. Una pioggia di giugno, tiepida e rinfrescante, che in fondo non le era di ostacolo lungo il cammino ma lavava via tutta la sporcizia in cui era stata immersa, tutto il fango di cui erano stati cosparsi il suo corpo e la sua mente.

Quando arrivò di fronte alla grande villa bianca, quasi non si rese conto di come fosse giunta fino a lì, senza intralci, senza crollare e senza essere fermata da nessuno mentre si avventurava per le strade della città. Poteva essere notte fonda, ormai. Oppure tarda sera. Per sicurezza aveva preso stradine parallele e periferiche, allungando il tragitto di proposito ma senza distogliersi dalla meta, senza nemmeno incespicare nei suoi passi.

Non era cosciente delle condizioni dei suoi piedi, visto che non era riuscita a ritrovare le scarpe, ma eventuali tagli e graffi non le causavano alcun male. L'adrenalina, ormai, era di gran lunga più forte del dolore fisico. Anche perché era il dolore interiore, quel demone che sarebbe stato suo compagno per sempre, a dominare il tutto dentro di lei, compresa la volontà.

Si ritrovò oltre il cancello di ferro nero senza nemmeno rendersi conto di averlo scavalcato e oltrepassato. Eppure lo aveva fatto. Così si avviò lungo il sentiero che dal parco della villa dei Rosencraft portava alla veranda e poi all'interno della casa.

Silenzio assoluto. Emily continuò a procedere con sicurezza, con l'incrollabile fiducia che avrebbe raggiunto la sua meta. Lui si trovava lì, lo sentiva.

Il guaire di un cane in lontananza la trattenne per un attimo. Ma fu questione di qualche secondo. Il cane da caccia si avvicinò e digrignò i denti contro di lei. Emily, impassibile, proseguì. Voltò lo sguardo sul cane che prese a scodinzolarle intorno e dopo un paio di giri si allontanò trotterellando verso la direzione da cui era arrivato, nel giardino che conduceva sul retro della casa. Seguendolo con la coda dell'occhio Emily scorse la macchina su cui Lawrence l'aveva caricata e poi scaricata nel bosco. In un sospiro le immagini tornarono vivide in lei.

Qualche altro passo e l'immensa villa bianca, nella sua maestosità, fu di fronte a lei. Emily la sentì sua, più che mai. In suo potere. La villa e chi la abitava. Intanto il demone del dolore si agitava in lei, come una fiamma implacabile che chiedeva, anzi implorava, la sua soddisfazione.

Emily raggiunse la veranda, poi una porta a vetri che l'avrebbe condotta all'interno della casa. Non la conosceva, non ci era mai stata. Non osando avvicinarsi prima, l'aveva sempre vista solo dall'esterno, in lontananza.

Oltrepassò un piccolo vivaio sulla sinistra e poi un corridoio che portava direttamente verso l'ampio soggiorno. Tutto l'ambiente era avvolto dall'oscurità e dal silenzio. Emily rimase immobile, in attesa. Non poteva fare altro che sfruttare l'occasione e la certezza che avrebbe trovato ciò che stava cercando.

Il suono di alcune voci la risvegliò. Emily si incamminò decisa verso quelle voci. Attraversò il soggiorno, poi una porta e un altro corridoio che portava verso altre stanze. Le voci provenivano da una di queste. Accostandosi comprese che non si trattava di persone presenti in casa, ma della televisione che proponeva uno dei reality show tanto amati da Trudy e che lei aveva imparato a riconoscere.

Emily spiò dal piccolo spiraglio della porta socchiusa e riuscì a scorgere Lawrence seduto su un'ampia poltrona in pelle scura, con un bicchiere di vetro posato sul tavolino accanto ma stretto nella mano. Sembrava concentrato a guardare il programma, ma non lo vedeva. Gli occhi sgranati erano intenti a seguire altro, immagini interiori che si costruivano nella sua mente, si perdevano per poi riemergere, una dopo l'altra.

Non si era accorto di lei. Probabilmente non l'avrebbe vista nemmeno se avesse spalancato la porta. Emily lo fece e ne ebbe la prova. Lawrence non la vide, almeno fino a quando lei non si spostò e si mise proprio davanti, frapponendosi tra lui e il grande schermo televisivo.

Nonostante tutto lui non si scompose. Rimase immobile a fissarla, poi scosse la testa e si sfregò gli occhi con i palmi frementi di tensione e rabbia. Tanto forte che sembrò quasi volerseli strappare. Quando allontanò le mani, Emily vide che i suoi occhi erano più arrossati che mai, lucidi e sconvolti.

«Vai via, cazzo...» bofonchiò Lawrence, rivolgendosi però a se stesso, non a lei.

Invece di ubbidire, Emily mosse un passo verso di lui. Lawrence, questa volta, sollevò davvero i grandi occhi azzurri su di lei e sembrò studiare i suoi lineamenti, i dettagli del suo viso. Però, ancora una volta, non si rivolse davvero a lei.

«Tu non sei qui... non sei reale...»

«Sono qui, Lawrence.» Un altro passo, Emily inclinò il viso. Forse lui aveva ragione, dopotutto. Lei non era lì, non era reale. «Sono quello che di me tu hai lasciato.»

Il giovane Lawrence Rosencraft serrò gli occhi, si tappò le orecchie con le mani e prese a scuotere la testa, con furia, con una violenza tale che parve intenzionato a staccarsela dal collo.

In pochi passi Emily gli fu addosso. Posò entrambe le mani sul suo petto, lasciato in parte nudo dalla camicia blu semiaperta. Solo in quel momento Lawrence si fermò e spalancò gli occhi su di lei. I suoi splendidi occhi azzurri come il cielo che avevano ammaliato e sedotto tante giovani donne, a Rosencraft. I suoi splendidi occhi azzurri, ora pieni di lacrime che Lawrence piangeva senza ritegno, senza vergogna.

«Emily... perché?»

«Forse dovrei chiedertelo io. Lawrence... perché?»

Lui tentò di divincolarsi come un ossesso, in modo forsennato ma totalmente scoordinato. A un certo punto sembrò che il suo corpo avesse perso forza e spessore, si muoveva come un invertebrato, come un pesce che cercava di non morire fuori dal suo ambiente naturale. I suoi occhi, intanto, diventarono sempre più alienati mentre si aggrappava al collo di Emily. Per un attimo parve intenzionato a stringere fino a strangolarla e completare l'opera, il lavoro che aveva lasciato incompiuto.

«Dovevi essere morta... Perché non sei morta?»

Emily riuscì a liberarsi senza eccessiva fatica, lo respinse indietro lasciandolo ricadere sulla poltrona, come un sacco vuoto. Ma, a differenza di un sacco vuoto, Lawrence aveva iniziato a produrre dei rumori, dei lamenti, un piagnisteo che si elevava fino a coprire le voci del reality show.

«Lasciami andare, Emily... lasciami andare, ti prego...»

«Non posso, Lawrence... non posso proprio, mi dispiace...»

Emily imitò il tono di voce e la cadenza, come a voler scimmiottare l'angoscia del giovane facendone una cinica parodia. Intanto le sue unghie, più lunghe e affilate di quanto ricordasse, percorsero il torace nudo. Prima in modo leggero, quasi seducente, poi intensificando i graffi e producendo dieci segni rossi sulla pelle chiara.

«Il biglietto del professor Masters che ho ricevuto... sei stato tu? Loro erano già morti...»

«Non ho avuto scelta, Emily cara... Ma sono stato bravo, vero? Ho imitato bene la calligrafia... ci sei cascata...» Lawrence emise una risatina subdola che risuonò nell'ambiente. Intanto era ormai consapevole di avere a che fare con la persona che aveva abbandonato nel bosco credendola morta e non con un'allucinazione. Così posò le mani suoi fianchi di Emily, con un abbandono simile alla tenerezza. «Ho dovuto farlo, quei due ci stavano studiando, stavano analizzando Rosencraft da anni, come se fossimo tutti le loro cavie… Ma intanto io studiavo loro. Sapevano di me, chi sono e chi non sono… ti avrebbero portata via… quelle maledette spie!»

«Lo capisco, Lawrence caro…» Emily annuì con un sorriso dolce, comprensivo. «Per cui confido nel fatto che tu comprenda che anche io non ho scelta, adesso. Devo farlo…»

Da Lawrence non provenne una risposta, ma solo un mugolio soffocato. Emily intensificò la stretta, quando lui a un certo punto si agitò, lottando per liberarsi. Ma le unghie di Emily erano diventate artigli che arpionandolo non gli concessero tregua né possibilità di fuga. Si avventarono sul suo corpo, sul suo viso, ovunque.

Lo sfregiarono, lo scalfirono, deturpando per sempre il suo bel volto, rovinando irrimediabilmente il sorriso e quegli occhi che troppi cuori avevano sedotto e stregato. Compreso il suo.

Quando ebbe finito Emily si staccò da lui, indietreggiò di qualche passo e contemplò il suo operato. Gli occhi di Lawrence erano usciti dalle orbite, il collo squartato e il viso ridotto a una maschera di sangue.

«Tu mi piacevi.»

Scosse il capo e si voltò verso lo schermo. Due ragazze, prese dall'emozione causata da un ignoto evento nel corso della loro partecipazione al programma, si abbracciavano e piangevano a dirotto, commosse. Emily sospirò e si portò una mano al petto, stretta a pugno, poi l'aprì e la osservò con attenzione. Le sue unghie erano tornate le stesse, corte e lievemente arrotondate sulla punta.

Per lei era tutto diverso. Ciò che aveva contribuito a provocare l'inizio della distruzione di Susan Lowitt, le unghie che avevano preso a crescerle in modo sproporzionato causandole dolore e impossibilità di movimento, in Emily stavano seguendo un percorso distinto, alternativo.

Così aveva segnato la fine di Lawrence Rosencraft, il ragazzo d'oro della città, il discendente ufficiale della dinastia Rosencraft. Di lui, a breve, sarebbe rimasto solo un ammasso di carne in putrefazione e ciuffi di capelli biondi che avrebbero ben presto perduto per sempre il loro splendore.

Lawrence non era riuscito a eliminarla, ma l'aveva uccisa. L'aveva uccisa davvero, più di chiunque altro. Emily lo guardò ancora, per l'ultima volta. Sarebbe stata quella l'ultima immagine che avrebbe avuto di lui, l'ultimo ricordo. Tra rimpianto e rimorso per ciò che sarebbe potuto essere e non era stato, un'unica consolazione si impossessò del suo cuore. Lawrence Rosencraft l'aveva uccisa davvero, più di chiunque altro. Ma nessuno poteva morire due volte. Nemmeno lei, Emily Redwood.

***

Rosencraft era popolata da vigliacchi, da scaltri manipolatori e opportunisti. Emily lo aveva sempre saputo. Si trattava di una legge universalmente riconosciuta. Chi si discostava da questa caratteristica fondamentale veniva escluso, annientato, distrutto. Aaron Masters e Claire Blackmirror ci avevano provato e ora Emily non faceva altro che chiedersi perché fossero rimasti, perché non fossero fuggiti all'esterno prima che fosse troppo tardi. La loro esistenza terrena si era conclusa sul confine, dove Lawrence Rosencraft li aveva sepolti mesi prima, dopo averli ammazzati.

Cosa o chi li aveva trattenuti? Cosa stavano cercando a Rosencraft? Di certo non la realizzazione personale o la felicità! Forse erano stati frenati, controllati da una morsa infernale che non li lasciava andare, che non permetteva loro di allontanarsi.

Oppure avevano sperato di denunciare i misfatti di Rosencraft e riuscire comunque a cavarsela.

Rammentò le ultime parole di Lawrence.

"Quei due ci stavano studiando, stavano analizzando Rosencraft da anni, come se fossimo tutti le loro cavie…"

Studiare e analizzare Rosencraft da anni… Come se fosse la loro personale missione, anche a costo della vita?

A Emily parve di udire la voce di sua madre.

"A Rosencraft tutto torna."

Chi se ne andava poi tornava indietro. Oppure restava bloccato, in qualche modo subdolo e perverso. Così era stato anche per Susan, per Ted Blackmirror, per Katherine… e chissà per quanti altri di cui lei non era ancora a conoscenza!

Qualunque cosa avesse trattenuto Aaron e Claire, qualunque fosse il loro progetto di studio nei confronti di Rosencraft, Emily promise a se stessa che non avrebbe lasciato la loro missione incompiuta.

All'improvviso una luce di speranza le illuminò il cuore e la mente. Lauren Atkinson poteva mancare all'appello. Lauren Atkinson, l'amica giornalista che Susan nominava ripetutamente nel corso delle sue registrazioni. Se si era rivolta a lei, in modo così accorato, significava che riponeva in Lauren la sua totale fiducia.

Emily non aveva idea di cosa ne fosse stato di Lauren, ma doveva scoprirlo. Ormai non sarebbe più tornata indietro, questo era chiaro. Aveva oltrepassato la barricata.

Lawrence l'aveva uccisa. E lei aveva ricambiato il favore. Ciò significava che non aveva davvero più via d'uscita. Avrebbe debellato la piaga di Rosencraft dal resto del creato, tutto il marcio e il putrido che perseverava da anni, da generazioni di infami. Avrebbe restituito la vita alle sue vittime. Avrebbe riconsegnato agli animali, alle anime pure che avevano abitato i boschi di Rosencraft, un luogo bello in cui vivere.

# CAPITOLO 3

Lawrence Rosencraft era morto. Ormai la tragica notizia era di dominio pubblico e aveva creato uno sconvolgimento generale a Rosencraft. Il giovane e affascinante rampollo della famiglia fondatrice per eccellenza, un ragazzo bello, elegante e dal futuro radioso, non c'era più.

In qualche modo un animale selvaggio e sicuramente feroce (dalle ferite riscontrate sul corpo della vittima non poteva essere altro) si era introdotto nella villa dei Rosencraft e aveva dilaniato il corpo del povero Lawrence, mentre stava riposando sulla poltrona nella saletta dove solitamente si appartava per seguire qualche programma televisivo. La belva doveva aver approfittato del suo sonno, per questo Lawrence non aveva avuto la prontezza di riflessi per reagire e salvarsi. I genitori erano assenti per una serata di beneficenza organizzata dalla "Rosencraft Library" con il supporto di Charles Rosencraft, che per l'occasione aveva lasciato la dépendance attigua alla villa principale, dove trascorreva buona parte delle sue giornate. La sorella Grace si trovava al ballo della scuola, dove avrebbe dovuto trovarsi anche Lawrence in effetti. Ai domestici era stata concessa la serata libera, proprio perché i proprietari sarebbero stati assenti fino a tardi. L'animale aveva così sorpreso il giovane completamente solo, indifeso. Anche il cane da caccia dei Rosencraft, stranamente, non era intervenuto, ed era rimasto tranquillamente assopito sul retro del giardino.

I giorni successivi al ritrovamento sull'intera cittadina di Rosencraft era calato un silenzio tombale. Un silenzio fatto di sguardi increduli, impauriti, devastati. Come se gli abitanti all'improvviso avessero assunto la consapevolezza del fatto che nessuno, da quel momento in poi, sarebbe stato più al sicuro.

Come se la luce si fosse spenta per sempre, insieme al bel sorriso, agli occhi azzurri e allo sguardo audace di Lawrence Rosencraft.

***

Emily Redwood non aveva idea di cosa fosse accaduto. Tra l'abbozzo di qualche lacrima e sospiri angosciati, aveva dichiarato che Lawrence non si era mai presentato all'appuntamento per andare insieme al ballo della scuola. Quindi, sconcertata e un po' delusa, aveva creduto che lui avesse cambiato idea o che avesse scelto un'altra accompagnatrice. Così era tornata a casa ed era salita immediatamente nella sua stanza.

Trudy si era addormentata sul divano davanti alla televisione e non l'aveva sentita rientrare, Fiona si trovava al ballo con tutti gli altri. Emily si era cambiata, infilata sotto le coperte e addormentata quasi subito.

Nonostante la scarsa considerazione nei confronti di Emily, nessuno mise in dubbio l'attendibilità della sua testimonianza. Che Lawrence avesse compreso il suo errore portando al ballo quell'esterna era sensato. Che scegliesse una compagna più degna era giusto. Frequentando quella strana creatura senza arte né parte per mesi aveva dato segni di irragionevolezza.

Quindi Emily venne lasciata in pace, il suo legame con Lawrence ricadde quasi subito nell'oblio e in seguito rimosso, come un episodio fastidioso e inopportuno nella vita scintillante del giovane Rosencraft. Dopo la disgrazia di cui era stato vittima non si poteva condannarlo una seconda volta, ricordandolo per un errore così trascurabile.

Quella Redwood non suscitava più alcun interesse. Era pallida, scarna, con l'espressione perennemente stralunata. Figlia di quel dissennato di Adam Redwood e della cagna esterna che si era intestardito a sposare. Nemmeno il tesoro dei Redwood si era manifestato per lei. Quindi Emily era davvero come sembrava, del tutto inutile.

Non si era presentata né alla veglia né al funerale di Lawrence, che il pastore Greenshow aveva infarcito di parole appassionate e toccanti. Tutto il paese aveva assistito e tanti degli amici di Lawrence avevano parlato durante la cerimonia, ricordandolo tra le lacrime, nella commozione generale. Rowena Brownhall, disperata e sconvolta dal dolore, era svenuta.

Emily non era stata invitata e la famiglia Rosencraft non l'avrebbe comunque voluta. Quindi molto meglio così. Se n'era rimasta stesa sul letto a guardare il soffitto. Sentimenti contrastanti, intanto, le ardevano nel cuore e le confondevano la mente. L'illusione le faceva male. Si era illusa di riuscire ad andarsene, se tutto fosse andato bene sarebbe stata già altrove. Invece era di nuovo lì. Tutta colpa di Lawrence. Anzi colpa sua, che per un certo periodo di tempo, anche se trascurabile, aveva voluto fidarsi di lui. Sospirò, scuotendo la testa. Non sarebbe dovuto più succedere. Mai più.

Nessuno aveva collegato la sventura del giovane Rosencraft a quella già accaduta, circa un anno prima, a Curtis Greyhammer. Forse perché Curtis contava davvero poco in confronto, forse perché in molti non l'avevano nemmeno considerato degno di attenzione. Che i due ragazzi frequentati da Emily Redwood avessero subito lo stesso tragico destino non venne in mente proprio a nessuno.

A nessuno oltre a lei, per lo meno.

L'atmosfera di tristezza e desolazione si trascinò, giorno dopo giorno. Per Emily non fu poi così difficile fingere, isolarsi e chiudersi in se stessa. Perché, in effetti, non doveva nemmeno faticare a mostrare cambiamenti rispetto a prima.

Poteva solo aspettare. E se c'era una cosa in cui Emily aveva affinato il suo talento era proprio questa. Aspettare.

# CAPITOLO 4

Aspettare che la vita facesse il suo corso e che la piaga di desolazione, smarrimento e devastazione si abbattesse su Rosencraft. I giorni si accumulavano e con l'esplosione dell'estate più calda che si fosse mai registrata in città, tutto iniziò a degenerare.

La morte di Lawrence Rosencraft aveva segnato una sorta di spartiacque tra il prima e il dopo. Però nessuno si rese conto di quale fosse stata l'effettiva miccia che aveva scatenato quel fatidico "dopo" e quale sarebbe stata l'entità del danno.

Era accaduto e basta. Come una catastrofe naturale, una concatenazione di disgrazie a cui non sarebbe mai stato possibile porre rimedio.

L'apparenza esteriore di Emily Redwood restava sempre la stessa, intangibile. Dentro invece la fragile ragazzina sola, l'esclusa di Rosencraft, non esisteva più. Il demone del dolore aveva preso sempre più possesso della sua mente, del suo corpo e anche della sua volontà. Emily lo accoglieva come sua unica fonte di energia, di sostentamento. Così avrebbe lasciato che accadesse qualunque cosa dovesse accadere. Scivolando piano nella voragine della sua ombra sottile, evanescente. Perché il dolore di Emily era più forte di tutto il resto, anche della sua determinazione, dei buoni propositi, degli ideali di giustizia per cui si stava impegnando a combattere.

Una parte del suo cuore aveva voluto credere a Lawrence, anche contro la sua stessa ragione che la metteva in guardia. Ma l'altra parte le imponeva la nuda e cruda realtà, sbattendogliela in faccia senza pietà. Lui voleva sottrarle tutto ciò che aveva o che si era convinto avesse e poi ucciderla. Ogni volta che ci pensava, Emily doveva sforzarsi per trattenere una mano sul cuore, temendo il rischio che diventasse qualcosa di fin troppo visibile, vivo e pulsante anche esteriormente.

Fu esattamente un mese dopo la disgrazia accaduta a Lawrence, che tra gli abitanti di Rosencraft iniziò a diffondersi dapprima un'inconsueta spossatezza, poi una misteriosa epidemia di cui sembrava impossibile spiegare l'origine. Arrossamenti improvvisi e violenti, croste pruriginose, attacchi di nausea costanti, intossicazioni, infezioni, offuscamenti della vista che causavano allucinazioni. Venne accusato il caldo eccessivo di quell'estate. La tristezza diffusa e il trauma per la disgrazia accorsa a Lawrence. Il successivo clima di tensione e paura che si era addensato sugli abitanti come una nube tossica, oscura.

Inaspettatamente gli animali di Rosencraft, confinati nella "Riserva dei Fondatori", avevano iniziato a scavalcare e oltrepassare i confini imposti spingendosi sempre più verso il centro, attaccando gli inermi e innocenti abitanti che non sembravano più in grado di difendersi nemmeno con le armi, mancando continuamente il bersaglio a causa della debolezza e della vista offuscata. In alcuni casi, disgraziatamente, le vittime erano state proprio loro, sparandosi addosso l'un l'altro per errore. Un insieme di malaugurate circostanze che non sembrava propenso a concedere tregua alla devastata comunità di Rosencraft.

L'anima della piccola volpe, intanto, vibrava all'unisono con quella delle altre vittime di Rosencraft, nel cuore di Emily Redwood. Forse erano le tante Solitudini, che finalmente avevano trovato il modo e lo spazio di esprimersi.

«Il nostro momento è giunto.»

I crimini di quella cittadina ridente e solare all'esterno, maligna e crudele nel suo fulcro, non si sarebbero più trascinati nelle generazioni a venire, non sarebbero rimasti impuniti.

\*\*\*

225

«Emily...»

Emily non si era resa conto della presenza dell'uomo col cappello finché non lo sentì invocare il suo nome, dopo tanto tempo.

Era andata a cercare sollievo dal caldo lungo il Gemstone Creek, come suo solito. La maggior parte degli abitanti di Rosencraft restava fermamente blindata in casa per paura degli attacchi di animali, soprattutto volpi eccessivamente aggressive e cani selvatici che avevano sviluppato una rabbia inconsueta contro gli umani, azzannandoli e stritolandoli con i loro morsi. Quindi la città era quasi sempre deserta.

Emily non aveva mai temuto gli animali. Non li temeva nemmeno ora.

«Emily...»

La voce dell'uomo col cappello la chiamò una seconda volta. Emily voltò la testa e sollevò lo sguardo su di lui, in attesa.

«Non ti sembra sufficiente ciò che hai fatto, Emily?»

«No.»

Emily rispose semplicemente, senza proseguire. Senza nemmeno chiedere a cosa lui si riferisse. Lo sapeva.

«Devi placare la tua ira.» L'uomo col cappello non si arrese. «Tutta questa furia distruttrice porterà solo male.»

«Non posso.»

Non poteva. E soprattutto non voleva. Non aveva importanza. Il suo odio aveva radici troppo profonde per poterlo placare. La sua rabbia contro chi giorno dopo giorno, anno dopo anno le aveva fatto del male, non avrebbe avuto mai fine.

L'uomo col cappello rimase in silenzio, a guardarla. Emily riprese la parola.

«Quello che hanno fatto a te... Ted Blackmirror oppure Stephen O'Connell...» Emily sospirò, stringendosi nelle spalle e lasciando la frase in sospeso. Ma qualunque fosse il suo tentativo di rigirare la questione, lui non lo raccolse.

«Ciò che è stato è stato. Non si può né si potrà mai cambiare.»

«Non è vero.»

Emily non avrebbe lasciato andare. Né per lui né per gli altri. Non le importava più cosa ne sarebbe stato di lei. Nemmeno di essere condannata all'inferno. Anzi, forse l'inferno sarebbe stato un luogo piacevole in confronto a Rosencraft.

«Non possiamo tornare indietro.» L'uomo col cappello si mosse verso di lei e quando le fu abbastanza vicino le si sedette accanto. Un sorriso gentile, umano si aprì sul suo volto scarno. Ed era rivolto a lei, nonostante tutto. Nonostante la consapevolezza di ciò che lei aveva fatto e continuato a fare. Nonostante non avesse intenzione di smettere. «Cerca di placare il tormento della tua anima, Emily. Per tornare indietro, dovresti distruggere completamente Rosencraft e ricostruirla dal principio. Ma sai cosa accadrebbe? La storia si ripeterebbe.»

«No, non accadrà.» Emily corrucciò la fronte, meditò per qualche istante, poi scosse il capo. «La storia non si ripeterà. Non è mia intenzione distruggere Rosencraft, ma impossessarmene e cambiarla. Preservarla ed eliminare le regole atroci che l'hanno resa ciò che è diventata.»

Il resto Emily non lo disse, si limitò a pensarlo. Rosencraft era sua. Lo era sempre stata, le spettava di diritto. Aveva combattuto contro l'erede e lo aveva ucciso. Lui l'aveva violata, massacrata, distrutta, ma lei era sopravvissuta. Poi lo aveva cercato per ricambiargli il favore, ma Lawrence Rosencraft non aveva avuto altrettanta fortuna. Aveva tentato ancora una volta di ucciderla, ma era troppo debole e ubriaco per riuscire ad affrontarla, per vincerla.

Quindi ora l'intera Rosencraft era diventata sua, era in suo potere. Per tutti coloro che non avevano avuto giustizia e magari avevano commesso l'ingenuità di crederci. Come Katherine, che si era ribellata a ogni tipo di costrizione, fisica e morale. Come Susan, che sentiva ardere dentro di sé la fiamma della verità e la implorava di non cedere, di renderle giustizia. Come Lauren, che forse dall'esterno stava indagando per smascherare i crimini di Rosencraft e non si sarebbe arresa.

Emily chiuse gli occhi e scosse di nuovo il capo. Aveva oltrepassato il limite, il punto di non ritorno. Il demone del dolore che le bruciava dentro non si sarebbe placato, non l'avrebbe lasciata andare. Non ancora.

«È solo l'inizio» disse a se stessa, perché nel frattempo l'uomo col cappello se n'era andato. Una volta riaperti gli occhi, lui non c'era più. «Non si può annientare un'anima senza subirne le conseguenze. Questo è solo l'inizio, Rosencraft. Pagherai per i tuoi crimini.»

# CAPITOLO 5

Era davvero solo l'inizio. E l'intera Rosencraft aveva cominciato a subire le conseguenze. Dalla morte di Lawrence era entrata in un ciclo ininterrotto di eventi che l'avrebbe portata alla distruzione, alla catastrofe.

Trudy e Fiona Whiteland, come altri abitanti di Rosencraft, si rifiutavano di mettere piede fuori di casa, soprattutto di sera, nel timore di venire aggredite e uccise. Non solo dagli animali rabbiosi, ma anche da esseri maligni o spiriti dannati che, a detta loro, si aggiravano per la città con lo scopo di impossessarsi della loro mente e del loro corpo. Comunque, fuori e dentro casa, avevano paura di tutto, anche della loro stessa ombra. Quindi, dandosi per malate, erano costrette a dipendere in tutto e per tutto da Emily, l'unica che entrava e usciva con invidiabile tranquillità, e ad affidare a lei ciò che possedevano.

Emily Redwood stava fiorendo, a vista d'occhio. Le sue guance, sempre pallide, avevano preso un salutare colore rosato, i lunghi capelli scuri erano più morbidi, con una lucentezza di seta, lo sguardo emanava calore e gioia di vivere. Sempre a vista d'occhio, se non si fossero chiuse in casa per il terrore, Trudy e Fiona stavano progressivamente invecchiando, come se avessero iniziato a marcire dall'interno per poi estendere gli effetti della loro degenerazione anche verso l'esterno. La cosa più strabiliante fu che tutto accadde nel giro di un mese o poco più.

«Perché? Perché?» Le lacrime copiose di Fiona, di fronte allo specchio, non facevano altro che peggiorare la situazione. «Perché altre rughe? Cosa mi sta succedendo? Perché sto invecchiando? Perché sono così brutta? La mia pelle è diventata arida e smorta… Anthony non mi vuole più!»

«Perché è la vita, Fiona cara.» Emily, appoggiata allo stipite della sua porta, la osservava con espressione seria, compita. «Si nasce, si cresce, si invecchia e si muore. Sei brutta perché non vuoi accettarlo. Anthony ha trovato di meglio, questo è sicuro.»

Fiona lanciò a Emily uno sguardo infuocato, ma fu costretta a trattenersi. Scagliarsi contro di lei avrebbe soltanto peggiorato la sua situazione. Era già accaduto, nei giorni precedenti. Come se Emily avesse il potere di farla invecchiare e imbruttire! A ogni sguardo, a ogni parola.

Restava comunque il fatto che Fiona, a diciannove anni, ne dimostrava ora quasi il triplo. Le rughe avevano preso a diffondersi sul suo viso giovane e fresco, in una curiosa ramificazione che progressivamente si stava intensificando e ben presto non avrebbe lasciato libero nemmeno uno spazio della sua pelle. Macchie rossastre e violacee facevano la concorrenza alle rughe, in quanto a intensità e diffusione. I capelli castano chiaro erano diventati quasi completamente grigi e stopposi. Il corpo prosperoso era sempre più flaccido e i seni avevano perso consistenza.

Trudy, dal canto suo, oltre ad essere ridotta a una sorta di larva umana, appesantita e dolorante, emanava flatulenze insopportabili dalla sua abituale postazione, sopra il divano. Continuava a fissare le schermo senza però vedere nulla, solo per abitudine.

Ma le Whiteland non erano state le uniche vittime della sventura che si era improvvisamente abbattuta sulla città nel corso delle ultime settimane, dalla morte di Lawrence. La famosa e osannata cerchia delle Rosencraft era stata presa di mira da una malasorte che le aveva costrette a un forzato isolamento.

La più colpita era stata sicuramente Grace Rosencraft, la sorella gemella di Lawrence. Il suo corpo aveva iniziato a riempirsi di dolorose piaghe, pruriginose e sanguinolente. Ovunque andasse lasciava tracce di pus e di sangue. Se fosse stata una sciocca, Grace avrebbe accusato la sfortuna o l'epidemia ormai diffusa nella cittadina. Non si sarebbe rassegnata ma l'avrebbe accettato.

Ma Grace non era una sciocca. Grace aveva capito tutto, prima e più degli altri. Perché, nonostante la degenerazione che stava subendo, il suo cervello funzionava ancora benissimo. E il suo cervello ricordava soprattutto, purtroppo per lei. Quell'ultima conversazione con suo fratello Lawrence la tormentava, giorno e notte, costantemente, senza darle un attimo di pace, di tregua. La sua mente la ripercorreva, come se fosse condannata a rivivere la stessa scena in eterno. Incessantemente parte del suo presente, non del suo passato.

*«Devi eliminarla, non puoi fare altro. Devi approfittare del ballo e sbarazzarti di lei.» Grace non avrebbe accettato alternative o compromessi. «Lo sapevi fin dall'inizio, perché ora vuoi tirarti indietro?»*

*«Perché io non credo sia necessario, Grace!» Lawrence si ribellava, anche se debolmente. Non lo avrebbe fatto perché non voleva, però si vergognava troppo ad ammetterlo. «Ho già fatto il mio dovere con il professore e la moglie…»*

*«Invece lo è, tu lo sai! È necessario! Lei ha capito, sa di noi!» Grace si sentiva avvampare dall'ira. Come poteva suo fratello essere così debole con quell'esterna? Con quella cagna? «Abbiamo eliminato i Masters, ma non è stato sufficiente. Quella serpe velenosa di Claire Blackmirror le ha consegnato le registrazioni di Susan. Le stesse che noi abbiamo preso a quella giornalista impicciona… e sai bene cos'è saltato fuori! Anche se John non sembra interessato a far valere i suoi diritti, non possiamo lasciare che la cosa si diffonda!»*

*«Ma io… non credo che Emily abbia capito che noi… Non ha mai accennato a nulla che potesse…»*

*«Certo che ha capito! Non è così ingenua come ti ha fatto credere. Stava solo aspettando la fine della scuola! Se quella*

231

*stupida inizierà ad andare in giro dicendo che non siamo figli di Morris Rosencraft ma di quel miserabile del pastore Greenshow, hai idea di cosa potrebbe accadere? Di cosa ne sarebbe di noi?»*

*«Emily non lo farà!» Lawrence incrociò le braccia e scosse la testa. «Emily e io...»*

*«E da quando esiste un "Emily e io"?» Grace si sentì sempre più frustrata e delusa, oltre che infuriata. La rabbia ormai le aveva fatto perdere il controllo. «Prima di tutto questo, non avevamo comunque deciso di portarle via il tesoro dei Redwood? Quindi la fine sarebbe comunque stata la stessa!»*

*«No, la fine non sarebbe stata la stessa!» Lawrence stava alzando la voce. Quando diventava così testardo e risoluto era intrattabile. Soprattutto se si fissava su qualcosa. E ora la sua nuova fissazione era Emily Redwood. «Sottrarle il tesoro andava bene, spodestarla dalle sue possibili rivendicazioni su Rosencraft... ma ucciderla no. Anche se avesse scoperto o scoprisse la verità, Emily non mi tradirebbe.»*

*«Sei un povero ingenuo...» Grace scosse la testa, disgustata. «Ti sei lasciato prendere da quella troia schifosa...»*

*«Non è vero e te lo dimostrerò!» Lawrence sospirò, passandosi entrambe le mani tra i capelli. «Le manderò un biglietto da parte del professor Masters. Sai che sono bravo a imitare le calligrafie e quella di Masters la conosco bene... Un appuntamento dove lui e la moglie le proporranno di fuggire, insieme a loro. Emily non accetterà, non si presenterà. Lei verrà al ballo, non se ne andrebbe mai senza di me.»*

*«Non mi importa dei tuoi sentimenti per lei, Lawrence.» Grace non avrebbe ascoltato ragioni. Più Lawrence si infervorava in difesa di Emily, più il suo odio cresceva, nei confronti di entrambi. Lui stava palesemente scegliendo di proteggere quell'esterna e non lei. «Non mi importa nemmeno delle sue intenzioni. Forse non ti tradirà, ma a questo punto sarò io a farlo, a raccontare tutto, a dire che sei il figlio bastardo del pastore Greenshow. Io riuscirò sempre a risollevarmi, in*

*qualche modo. Tu invece no, tu sei l'erede designato dei Rosencraft. Ti rimane una sola scelta, Lawrence. Uccidere Emily Redwood o subirne le conseguenze.»*

\*\*\*

Emily, giorno dopo giorno, stava guadagnando il suo posto. Non perché riconosciuta e acclamata da parte degli abitanti di Rosencraft, ma per mancanza di alternative. Nonostante i tentativi di ripresa, nonostante le riunioni di consiglio di Morris Rosencraft con i suoi seguaci e collaboratori per tentare di arginare i problemi che insorgevano, sempre più drammatici e incessanti, l'intero regime su cui era fondata la città si stava inesorabilmente sgretolando, stava crollando, cadendo a pezzi. Emily Redwood, nel frattempo, diventava sempre più vivace, allegra e in salute. Il fiore della sua energia e bellezza era in pieno rigoglio.

Sul finire dell'estate, alcuni dei cittadini più eminenti avevano iniziato a soffrire di uno strano virus intestinale che li riduceva allo stremo delle forze e li costringeva a passare la maggior parte del tempo chiusi in bagno, in una degenerazione tale da non lasciare scampo. Erano ridotti al punto che la morte sarebbe stata una consolazione. Ma nemmeno la morte aveva pietà del loro stato, perché non veniva loro concessa. Per Morris Rosencraft, il pastore Greenshow, Alfred Loneway e altri, la disgrazia più grande era continuare a vivere. Vivere e osservare gli animali che avevano sempre cacciato e ucciso prendere possesso della loro amata città.

Emily intanto stava ancora attendendo notizie, la questione fondamentale non abbandonava la sua mente. Aveva iniziato a chiedersi, con crescente impazienza, che fine avesse fatto Lauren Atkinson. Le sue ricerche su Rosencraft avrebbero dovuto condurla da qualche parte. Nello specifico avrebbero dovuto portarla dal professor Masters e poi fino a lei. Invece non era ancora accaduto. Quindi Emily stava cominciando a temere che Lauren si fosse persa lungo il cammino per Rosencraft. O che si fosse imbattuta in qualcuno disposto a tutto pur di fermarla.

Il suo compito era quindi cercare di scoprire cosa fosse accaduto alla solerte giornalista. Non solo cosa le fosse accaduto. In chi fosse incappata.

«Una strada senza uscita...» sospirò tra sé, mentre le sue speranze erano ormai talmente fievoli da lasciarla demoralizzata e afflitta.

La perdita di Lauren, pur senza averla mai incontrata, le faceva male. Perché, in fondo, l'aveva persa davvero. Lauren rappresentava tutto ciò che lei stessa avrebbe desiderato essere, un giorno. Il fatto che non ci fosse o non ci fosse più le bruciava nel profondo, amplificava la sua solitudine fino a renderla intollerabile. Il demone del dolore le pulsava dentro e la feriva, per il dispiacere di non aver mai conosciuto la persona che, dopo la cantante e l'attrice di alcuni anni prima, aveva identificato come suo ideale, sua guida.

Proseguiva comunque nelle sue indagini anche se si stava convincendo sempre più di girare intorno al nulla. La "Rosencraft Library" era diventata un luogo semideserto, anche a causa della chiusura della scuola e della calura anomala di quell'estate che non concedeva respiro agli abitanti già stremati da altre calamità, non tutte di origine naturale.

Nonostante tutto, Emily non si arrendeva. Continuava a cercare, quasi per inerzia ormai, senza sapere esattamente cosa. Un giorno si era introdotta in quella che era stata la casa di Aaron e Claire, senza venire a capo di nulla. Ovviamente qualunque prova potesse esserci era stata fatta sparire.

Emily sbuffò e allontanò il libro che stava consultando. Un'altra versione della storia delle origini di Rosencraft di certo non l'avrebbe aiutata. Aveva la certezza quasi assoluta che Lauren fosse partita da Londra per raggiungere Rosencraft. Attirata dalle registrazioni di Susan, si doveva essere messa in contatto con Aaron Masters, ma poi... Non era mai arrivata a Rosencraft? Oppure era stata risucchiata da qualcosa o da qualcuno mentre percorreva la strada che l'avrebbe condotta alla sua meta?

L'unica certezza, al momento, era il fatto che Lauren Atkinson risultava irrintracciabile, sia all'esterno sia all'interno di Rosencraft. Era una giornalista indipendente, quindi non destava alcun sospetto il fatto che si fosse presa una pausa per svolgere alcune ricerche personali. Collaborava con alcune riviste e pubblicava articoli online sul suo blog, principalmente di storia, di attualità e talvolta anche di cronaca nera. Però anche quel lavoro era rimasto in sospeso. L'ultima pubblicazione sul blog risaliva a diversi mesi prima e delineava un nuovo percorso di studi che intendeva intraprendere. Esplicito il suo riferimento a Rosencraft, di cui aveva già accennato sulla rivista "Awkward Worlds and Beyond". Poi salutava i suoi lettori, promettendo di tornare al più presto con un articolo dettagliato sulla stessa rivista, a cui aveva concesso l'esclusiva. Una storia sensazionale che avrebbe scosso gli animi. Ma su "Awkward Worlds and Beyond" non era più apparso nulla firmato da Lauren Atkinson. Alcuni lettori, interagendo sul suo blog, avevano chiesto dove si trovasse e che fine avesse fatto. Nessuno però aveva ottenuto risposta.

Emily sospirò, estrasse alcuni fogli ripiegati dal suo quaderno e rilesse alcune righe dell'ultimo post di Lauren sul blog, che aveva stampato.

*"Mi allontanerò per un po' dalla pubblicazione di nuovi articoli sulle riviste e anche qui, sul mio blog. Devo partire al più presto. La vicenda che sto seguendo non mi lascerà spazio per altro. Non posso anticiparvi nulla, ma si tratta di una storia sensazionale, sconvolgente, che scuoterà gli animi e il comune senso di integrità e decenza. Avrete presto aggiornamenti e un articolo dettagliato su "Awkward Worlds and Beyond", a cui ho*

*concesso l'esclusiva. Certe situazioni non possono più restare nascoste, certe offese meritano giustizia."*

Un improvviso strascicare di passi, tra gli scaffali alle sue spalle, rivelò a Emily di non essere sola. Non si voltò del tutto ma girò solo il viso lateralmente, in attesa che chiunque fosse si manifestasse. Ma ciò non avvenne, non subito.

Intanto però i passi si trascinarono e furono ancora più vicini, più pesanti. Quando Emily lo intravide non si sorprese. L'unica cosa che la stupì fu la tenacia dell'uomo, considerate le sue condizioni.

Alla fine, Charles Rosencraft, più avvizzito che mai e con l'espressione stravolta, si ritrovò proprio di fronte a lei. La tonalità della sua carnagione aveva assunto un colore grigiastro quasi uniforme e il suo viso era talmente smunto e smagrito da somigliare a un teschio con attaccato un sottile strato di pelle. I capelli scuri, ormai radi, sembravano essere spuntati per puro caso sulla sua testa, non seguendo un taglio ben delineato o una forma. Più nulla sembrava mantenerlo in vita se non, probabilmente, un'assurda e ostinata forza di volontà. Lawrence una volta le aveva raccontato che suo zio Charles viveva quasi completamente rinchiuso nel suo studio. Saltuariamente bazzicava in biblioteca. Per lui non esisteva altro.

«Emily Redwood...»

L'uomo pronunciò il suo nome con uno sforzo quasi sovrumano ed Emily si rese conto che l'unica parte del corpo in cui si intravedeva un'ombra di vita in lui erano rimasti gli occhi, verdi, sgranati e quasi sproporzionati rispetto al resto.

«Buongiorno, signor Rosencraft» Emily annuì e rispose.

Non odiava Charles Rosencraft. Non le aveva mai fatto alcun male. Si aggirava per la "Rosencraft Library" e lo aveva già incrociato, forse era stato l'unico a Rosencraft a mostrarle qualche cortesia che sfociava nella compassione, come quando non si era opposto al suo lavoro part-time in biblioteca e aveva

236

sostenuto la sua candidatura. O forse era semplicemente educato, solo perché era nella sua natura. Nulla di personale.

«Sei stata tu, Emily Redwood, io lo so.» Charles si appoggiò al tavolo con entrambe le mani. Si sosteneva a fatica ed Emily ebbe l'impressione che sarebbe potuto cadere a terra come uno straccio, da un momento all'altro. Ma aveva trovato la forza di parlare. «Sei stata tu a farci questo, l'ho capito.»

«Non so di cosa stia parlando, signor Rosencraft.» Emily rispose senza lasciarsi scalfire dall'accusa dell'uomo.

«Sì che lo sai, sì che lo sai…» Charles non si scompose, annuì placido. «Ed era inevitabile che accadesse, io l'ho sempre saputo.»

Emily rimase in silenzio e si morse leggermente il labbro inferiore. Inutile mentire o dissimulare, qualunque cosa Charles Rosencraft fosse convinto di sapere o di capire, lei non gli avrebbe fatto cambiare idea. Anche perché lui davvero aveva capito. Lo leggeva nei suoi occhi. E non riuscì a evitare di pensare che se fosse stato lui a governare Rosencraft le cose sarebbero andate molto diversamente, almeno negli ultimi anni. Forse avrebbe alterato il corso della storia.

«Quando ci lascerai andare, piccola Redwood?»

Nemmeno la domanda di Charles la colse alla sprovvista.

«Non lo farò. Perché dovrei?»

«Perché è crudele mantenerci in vita così, in queste condizioni. E tu non sei crudele.» Charles socchiuse gli occhi per un istante. Poi tornò a fissarli su di lei.

«Non lo ero.» Emily sospirò profondamente. «Mi dispiace, signor Rosencraft.»

E davvero le dispiaceva. Per lui più che per chiunque fosse rimasto a Rosencraft. Perché l'unica vera colpa di Charles Rosencraft era quella di essersi isolato con i suoi libri e i suoi studi, di non voler rendersi partecipe di ciò che avveniva nella città che portava il suo nome, di essere completamente assente, forse anche ignaro e comunque indifferente. Che l'avesse fatto per apatia nei confronti di chiunque lo circondasse, noncuranza, autoconservazione o spirito di sopravvivenza, non aveva importanza. Charles era stato un inetto, mentre suo padre Alistair e suo fratello Morris avevano contribuito a distruggere i Redwood, a costringere e sterminare gli animali del bosco nella "Riserva dei Fondatori".

«Non ci concederai nulla. Nemmeno di morire.»

Emily socchiuse gli occhi e scosse la testa. Il demone del dolore vibrò dentro di lei, ma riuscì a frenarsi, per tenerlo a bada. Provava compassione per quell'uomo, nonostante tutto. E non doveva. Non voleva.

«So cosa stai cercando...» Charles inaspettatamente scostò la sedia e si sedette di fronte a lei. «Quella giornalista... tutta la storia... Non ti dai pace.»

«Non cambierò idea, in ogni caso.» Emily non voleva cadere nella sua trappola. Lo aveva già fatto, con un Rosencraft. Con Lawrence. Ucciderlo era stato un errore, ma aveva agito d'impulso ed era stata troppo rapida. La sofferenza prolungata sarebbe stata una punizione più adeguata. Avrebbe voluto tornare indietro per potergliela infliggere.

«Lo so, non ti sto chiedendo questo, piccola Redwood.» Charles mosse leggermente le labbra in qualcosa che poteva somigliare a un sorriso.

«Non sono io, comunque.» Emily desiderava trattenersi, ma non ci riusciva. «Non sono più io, non sono sola.»

Dovette mordersi le labbra e serrare i pugni, per non raccontargli ciò che serbava nel petto, nel cuore. Lei era diventata solo un mezzo, ormai. Il suo corpo, la sua rabbia, la sua umiliazione, la sua paura soggiacevano al servizio del demone del dolore che la animava, di tutte le vittime che chiedevano a gran voce una giustizia dettata però dalla necessità di rivalsa, di rivincita. Ed erano dentro di lei, continuavano a vivere in lei.

«Quello che ti domina non ti concederà tregua. Sarai dannata dalle tenebre, non avrai pace. Ho studiato tanto questa storia, la storia di Rosencraft. Troppo a lungo è andata avanti, sapevo che sarebbe dovuta finire, prima o poi. Sapevo che saresti comparsa e io speravo, io pregavo di essere qui per vederti arrivare. Ti aspettavo, Emily Redwood, io ti aspettavo. E ora ti racconterò ciò che vuoi sapere.»

# CAPITOLO 6

Charles Rosencraft sapeva di Lauren Atkinson. E non aveva fatto niente. Sapeva di Susan, la moglie di suo figlio. E non aveva fatto niente, nemmeno per lei. Sapeva di Katherine Kingstone, chi era e da dove veniva. Ne aveva seguite le vicissitudini per anni, dopo il suo incontro con Adam Redwood. E aveva lasciato andare. Sapeva cosa n'era stato dei Redwood, come erano stati eliminati. Conosceva la storia appassionata e dolorosa di Ted Blackmirror e Stephen O'Connell, l'uomo col cappello.

Sapeva che Lawrence e Grace non erano figli di suo fratello Morris, ma del pastore Greenshow. Fin dal principio. Sapeva che se avesse rivelato la verità, il vero erede di Rosencraft sarebbe stato suo figlio John e dopo di lui suo nipote Michael. Eppure aveva taciuto. Del resto anche John si era estraniato dal contesto, non ne aveva voluto sapere.

Ma la cosa ancora più sconcertante era ciò che le aveva rivelato a proposito del tesoro dei Redwood. Aveva indizi su dove si trovasse e sapeva che sarebbe emerso prima o poi. Proprio così, "emerso". Eppure, nonostante i Rosencraft ne fossero alla disperata ricerca, era rimasto indifferente. Non aveva detto nulla alla sua stessa famiglia, né a suo padre né a suo fratello. Li aveva lasciati a logorarsi, a impazzire in mille congetture, consumandosi nell'affanno della ricerca.

Quindi questa era stata la sorte toccata a Charles. Raccogliere ricordi, informazioni, registrare memorie del passato, del presente, interpretare anche il futuro. E non fare niente. Assistere impassibile all'evolversi delle situazioni, come una pergamena che si srotolava di fronte ai suoi occhi verdi, che tutto assimilavano, tutto assorbivano, immutabili. Senza lasciarsi mai coinvolgere, senza partecipazione fisica o emotiva. Registrare e trattenere, nulla più.

Uno studioso, uno storico, uno scienziato, un astrologo, forse anche un alchimista, uno stregone. Testimone di tutte le vicissitudini, gli odi e gli amori, le conquiste e gli scandali, le passioni e i tormenti che si erano scatenati a Rosencraft. Ma non un testimone attivo, sempre e solo uno spettatore. Come se di fronte a lui si svolgesse una storia di cui non voleva essere partecipe. Anche Emily Redwood si stava svolgendo di fronte a lui. E Charles avrebbe continuato ad accettare tutto, anche lei, senza fare niente.

Charles Rosencraft, depositario delle ultime volontà di Adam Redwood, aveva mantenuto la sua promessa. Aveva raccontato tutto a Emily, senza coinvolgimento, senza passione, ma in modo schietto, preciso e dettagliato. Avrebbe lasciato a lei l'incombenza di agire.

Una volta esposto tutto il resto, era finalmente giunto a ciò che a Emily premeva di più. Ciò che riteneva ancora possibile, l'unica persona degna di speranza, di salvezza, l'unica su cui forse poteva ancora contare. Lauren Atkinson.

Ma Lauren Atkinson non c'era più. E la verità era che, purtroppo per lei, c'era stata ben poco a Rosencraft. Aveva fatto appena in tempo a metterci piede. Giunta alla ricerca di Aaron Masters, con cui aveva stabilito un contatto, la sua sventura era stata quella di incappare nel pastore Greenshow, prima di riuscire a incontrare il professore. Un'esterna che si aggira per Rosencraft, giovane, graziosa e soprattutto sola, non poteva passare inosservata, soprattutto agli occhi viscidi e smaniosi del pastore. Così Greenshow, senza rivelarle il suo nome, l'aveva condotta con sé, con la promessa di portarla dal professor Masters. Lauren in realtà sapeva bene chi fosse quell'uomo, ma si era illusa di poterlo fregare facilmente e magari di riuscire a strappargli qualche informazione utile, se non addirittura una confessione. Si era creduta furba. L'incauta donna, che nonostante tutto non aveva ancora intuito l'entità del pericolo che andava oltre la razionalità e il buon senso di un'esterna, l'aveva assecondato e si era trovata di fronte Morris Rosencraft e la sua cerchia. Forse era solo stata troppo incosciente, il suo spirito investigativo troppo accentuato. Tanto da non riuscire a trattenersi, a salvarsi. Così, in modo ingenuo e sprovveduto, Lauren Atkinson era caduta nella trappola di Greenshow. Il professor Masters e la moglie avevano impiegato un po' a capire che la giornalista amica di Susan non si sarebbe mai più messa in contatto con loro. Quando si erano decisi ad agire, coinvolgendo Emily, avevano segnato la loro fine che sarebbe stata comunque prossima, anche senza di lei. Ormai erano considerati dei traditori, delle spie.

Emily, nel corso della narrazione di Charles, socchiudeva spesso gli occhi e sospirava. Avrebbe voluto affrontarlo, insultarlo, recriminare contro la sua indolente passività. Ma sarebbe stato inutile.

«Non avrei potuto fare nulla, per lei.»

Charles non si stava giustificando, stava semplicemente esponendo i fatti. Ed Emily sapeva che aveva ragione.

«Lo so» ammise con sdegno, anche nei confronti di se stessa. Del resto, lei cosa aveva potuto fare per Aaron e Claire? Nulla. Erano stati condannati senza appello, lei lo aveva intuito ma non era riuscita comunque a prevenirlo.

Lauren era stata fagocitata da Rosencraft, inghiottita. Non aveva importanza come. Il mondo, anche esterno, pullulava di persone, tante, troppe persone. A volte qualcuno spariva ma questo era diventato parte di una normalità contro cui spesso non si aveva né la forza né la voglia di combattere. E le Solitudini degli scomparsi permanevano intorno, nell'aria. Come le persone scomode venivano eliminate a Rosencraft.

In ogni caso Lauren non aveva nessuno che la cercasse, nemmeno all'esterno. Qualche parente alla lontana, un ex fidanzato con cui aveva spezzato ogni contatto, alcuni amici che conoscevano la sua passione per l'indagine, per il mistero e si premuravano, molto opportunamente, di non disturbarla, di lasciarla lavorare. In fondo, era proprio ciò che aveva scritto sul suo blog giornalistico. Stava partendo alla scoperta di una nuova storia. Quanto tempo impiegasse era poco importante, era giusto rispettare la sua volontà e concederle i suoi spazi.

Tutto ciò si riassumeva in un semplice concetto, per Emily. Un concetto di poche parole. Era davvero sola, adesso. Una parte di lei avrebbe preferito dubitare di ciò che aveva appena ascoltato. Ma Charles Rosencraft non mentiva. Non ne avrebbe avuto motivo. Se avesse voluto davvero danneggiarla, l'avrebbe lasciata vagare invano alla ricerca di informazioni che non sarebbe mai riuscita a trovare. E, soprattutto, non le avrebbe rivelato qualcosa di altrettanto essenziale.

Emily appoggiò le mani sul tavolo e si diede la spinta per alzarsi. Charles la seguì con lo sguardo.

«Cosa intendi fare, piccola Redwood?»

«Nulla.»

«Potresti avere tutto ciò che desideri, adesso.» Charles sospirò e si strinse nelle spalle. «Iniziare una nuova vita e lasciarci qui, a marcire e a dannarci per sempre per i nostri peccati, proprio come meritiamo. Rosencraft è il fulcro di ogni male, lo sai anche tu. Di ogni perversione, di ogni avidità, di ogni crimine, di ogni indolenza. I peccati del mondo sono concentrati qui. Io ne sono parte, con la mia passività, ma tu no.»

«Io ho ucciso, signor Rosencraft. Ho ucciso Lawrence. Ho lasciato che ciò che si anima dentro di me lo spezzasse, non mi sono opposta. Allo stesso modo sto lasciando che accada tutto il resto.»

«Ti sei difesa. Hai dovuto scegliere tra lui e te stessa. Non ti avrebbe mai lasciata in vita. Ora potresti ottenere il tesoro dei Redwood...» Charles si allungò verso di lei e le sfiorò appena il dorso della mano, per la prima volta. «Fuggi via, Emily. Salvati...»

«Il tesoro dei Redwood è stata la priorità di molti, Charles. Non la mia.»

*** 

Il tesoro dei Redwood era stata la priorità di molti. Dei Rosencraft, delle Whiteland, degli abitanti di quella città che l'aveva vista vivere e crescere. Anche dei Redwood stessi, ansiosi di riprendere possesso del loro passato leggendario. Di Adam, di Katherine, di Ted, dell'uomo col cappello, Stephen O'Connell. Aveva suscitato la curiosità di Susan Lowitt e di Lauren Atkinson. Charles Rosencraft invece ne seguiva la storia, l'evoluzione, come un sogno inattaccabile, un retaggio sommerso, un patrimonio culturale e spirituale più che materiale. Qualcosa in grado di concedere la vita o elargire la morte.

Tutti, anche se in mille modi differenti, lo avevano cercato, desiderato, ambito, sognato. Come una sorta di Vello d'oro o di Sacro Graal. Introvabile, inafferrabile e per questo carico di fascino, di mistero. Qualcosa per cui vivere, morire e uccidere.

Per Emily non era mai stata una priorità. Tutt'altro. Era l'origine del suo male, di ciò che sarebbero stati disposti a farle pur di averlo. Senza risparmiarsi. Il demone del dolore la mordeva dentro, la lacerava, le stringeva il cuore nel suo abbraccio, senza lasciare spazio alla speranza, a una via di fuga. Era in trappola, a Rosencraft, proprio come tutti gli altri. E la sua storia lì non avrebbe ancora visto la fine.

Lauren era entrata in contatto con il professor Masters e avrebbe voluto cercare anche lei. La conosceva. Anzi, conosceva la sua storia. Così Lauren era diventata parte di Emily, come Katherine, come Susan. L'avrebbe portata con sé, glielo doveva. Avrebbe preferito continuare a cercarla nella speranza che fosse ancora viva, ma in fondo aveva capito da tanto che Lauren non c'era più, prima ancora della confessione di Charles.

Quelle tre donne erano in lei, gestivano le sue emozioni e anche le sue azioni. Dolore, umiliazione, paura. Attrazione, amore, attesa. E a lei cosa sarebbe rimasto?

Rabbia e morte nell'anima. Ma uccidere non era una soluzione per lei, a Rosencraft. Non più. In parte era stata attratta da Lawrence e lei stessa lo aveva attratto. Forse si erano amati, in un modo strano e confuso, senza saperlo. Si erano attesi. Ma poi era arrivata la fine, per entrambi. Si erano uccisi.

Intanto, mentre il tempo scivolava su Rosencraft e sui suoi abitanti sempre più distrutti e alienati, giorno dopo giorno, Emily aveva deciso di aspettare ancora.

Forse sapeva che lui sarebbe arrivato, forse lo aveva solo immaginato. Forse era stata lei ad attrarlo lì, forse il suo destino inevitabile. Sì, proprio perché andava sempre così, per tutti coloro che avevano sognato una via di fuga.

Era vero.

"A Rosencraft tutto torna."

O meglio, tutto e tutti.

Così era tornato anche lui, John Rosencraft.

# CAPITOLO 7

John Rosencraft era lo specchio della salute e del fascino. Era ancora più evidente se paragonato agli abitanti della città che aveva lasciato più volte e a cui era tornato, di nuovo. Ma ormai si poteva considerare quasi un esterno, pur essendo nativo di Rosencraft.

Viso fresco, occhi verdi come quelli del padre ma brillanti, audaci, con un taglio all'insù, sguardo deciso, zigomi alti, mascella squadrata e volitiva. Una bellezza del tutto diversa da quella che era appartenuta a Lawrence, forse più matura e sensuale al tempo stesso, ma comunque insidiosa.

Quando Emily lo vide arrivare e iniziò a notarlo, in giro per la città, comprese cosa aveva portato Susan alla rovina e poi alla fine. Era stato l'amore a ucciderla, non solo il livore che gli abitanti di Rosencraft nutrivano nei confronti degli esterni. L'amore l'aveva costretta a seguire John, quando la ragione avrebbe dovuto indurla a non tornare a Rosencraft dopo la prima visita e i successivi problemi alle mani che ne erano derivati. L'amore l'aveva convinta a restare al fianco del marito, quando il pericolo e le ferite che aveva iniziato a infliggersi avrebbero dovuto allontanarla.

John, che aveva in comune con il padre quell'indolenza che spesso lo estraniava dal resto del mondo, non aveva fatto nulla per aiutare la moglie, per difenderla e salvarla. Oppure, quando ci aveva provato, era stato troppo tardi.

Nonostante le condizioni ormai precarie, Trudy e Fiona Whiteland erano al corrente dell'arrivo di John Rosencraft e pregavano Emily di tenerle informate sugli spostamenti e sulle intenzioni dell'uomo.

Fiona, che non accettava di arrendersi all'invecchiamento precoce e agli evidenti cedimenti del suo corpo, si illudeva ancora che la sua condizione fosse reversibile e che presto sarebbe tornata quella di prima. Si cospargeva il corpo e il viso di creme, unguenti e lozioni dai nomi impronunciabili, prendeva di continuo vitamine e tisane il cui scopo principale doveva essere quello di restituirle l'energia perduta ed eliminare le scorie. In realtà il tutto serviva soltanto ad appesantirla e a renderle i movimenti ancora più difficili, mentre il suo corpo diventava una massa puzzolente, viscida e bagnata di sudore.

«John Rosencraft non si è risposato» ripeteva a se stessa, alla madre, a Emily e qualche volta anche a Christabel che, nonostante l'instabilità sulle gambe e le crisi nervose, si recava a trovarla. Solo per dimostrare all'amica di trovarsi più in forma di lei. «Forse questa volta non farà l'errore di prendersi un'esterna.»

«No, non lo farà.» Le rispondevano alternativamente, Emily oppure Christabel. Trudy aveva smesso di ascoltare lei e chiunque altro da alcune settimane, ormai.

«Le poche volte che l'ho incontrato è scattato qualcosa...» Fiona proseguiva con espressione sognante, sentendosi incoraggiata. «Solo che lui era ancora sposato con quella...» Una pausa mentre fingeva di ricordare il nome di Susan, senza riuscirci. «E io ero così giovane, ero ancora minorenne... poi c'era Lawrence...»

Tra Fiona e Lawrence non c'era mai stato nulla, a parte l'ossessione di Fiona per lui, condivisa con buona parte delle ragazze di Rosencraft. Anthony ormai non ricordava nemmeno più chi fosse, lo aveva del tutto rimosso. In ogni caso, Fiona stava tentando di "romanticizzare" la sua storia inesistente con John, creando ostacoli degni di una soap opera. La moglie malata, il cugino, la differenza d'età...

Emily l'assecondava, le comprava le creme e le preparava le vitamine. Intanto Fiona continuava a fantasticare su John e aspettava il momento di incontrarlo, di far riaccendere la scintilla tra loro, di fidanzarsi con lui, di sposarlo e di diventare la prossima vera signora Rosencraft. Perché era John l'erede, ormai. Lui il fulcro di ogni sogno femminile.

Ma John non era tornato in città per prendere il posto che gli sarebbe spettato di diritto. Non credeva nell'ereditarietà della carica, non credeva nel potere della discendenza dai suoi avi, non credeva nel suo ruolo e principalmente non credeva e non aveva mai creduto in Rosencraft.

Emily, dal canto suo, lo disprezzava. E lasciava che Fiona ne parlasse solo per riuscire a disprezzarlo ancora di più. Era stata in grado di tollerare la passività di Charles, ma non riusciva a perdonare quella di John. Nonostante tutto scrutava attenta i suoi movimenti in giro per la città, lo spiava.

John non aveva paura come gli altri. Era tornato in città per un motivo e con un obbiettivo. E, nonostante tutto, attraverso le idee romantiche e melodrammatiche di Fiona, Emily si era creata un mondo. In cui lei e John Rosencraft si detestavano ma, disgraziatamente e irresistibilmente, si attraevano.

\*\*\*

Si era sforzato di ignorare il richiamo per quanto possibile. Ma a metà dell'estate era diventato sempre più irresistibile, tanto che John non era più riuscito a trattenersi.

La notizia della morte del cugino Lawrence, comunicatagli dal padre, lo aveva colto alla sprovvista. Si erano scambiati alcune lettere, qualche tempo dopo la partenza di John con il figlio, ma il loro legame non era mai stato molto stretto. Lawrence aveva tentato, più o meno velatamente, di scoprire se John fosse interessato a prendere il suo posto come successore di Rosencraft visto che evidentemente era a conoscenza delle sue origini.

John non lo era affatto, altro tratto che lo accomunava al padre, non era ambizioso. Non possedeva quel tipo di ambizione, per lo meno, che lo avrebbe portato sotto le luci della ribalta di una cittadina tradizionalista, ipocrita e misogina. Svolgeva indagini per un'assicurazione ed era diventato esperto d'arte, ottimo conoscitore di oggetti antichi e di valore. Nonostante qualche avventura senza futuro, dopo la scomparsa della moglie non aveva intenzione di risposarsi, di dare una nuova madre a suo figlio e di formare una nuova famiglia con un'altra donna. Altra caratteristica che, forse inconsapevolmente, aveva in comune con il padre. Era ancora giovane ma desiderava godere della gioventù senza legami, senza impegni.

Non era stata soltanto la morte di Lawrence ad averlo richiamato a Rosencraft. Era Susan. Incomprensibilmente, dopo anni, aveva sentito il suo richiamo. E, ancora più incomprensibilmente, lo aveva percepito proprio a Rosencraft, più forte che mai. Come se qualcosa l'avesse risvegliata. Come se Susan all'improvviso pretendesse la sua presenza, dopo averlo supplicato di andarsene, di abbandonare la città che aveva segnato la sua fine, di mettersi al sicuro e di salvare il loro bambino da una sorte altrettanto terribile.

Così John aveva lasciato la sua casa di Richmond e il suo lavoro sicuro, aveva rinunciato alla stabilità emotiva e alla pace mentale finalmente raggiunta, aveva preso con sé il piccolo Michael ed era tornato a Rosencraft, come richiamato dal canto di una sirena.

Ma quella "sirena" non era Susan. Non più. Non solo.

*** 

John se n'era accorto appena incrociato il suo sguardo, i suoi occhi scuri e ammaliatori, tra le vie del centro di Rosencraft.

No, decisamente quella sirena non era la sua Susan. Ma in un modo strano e inspiegabile la giovane Emily Redwood gli

249

ricordava sua moglie, aveva qualcosa di lei nella dolcezza dei lineamenti, nel suo incedere elegante, quasi nobile.

L'aveva vista, in precedenza, ma ciò che rammentava era soltanto una bambina triste e scarna, poi una ragazzina smunta e scontrosa che non veniva degnata di considerazione. Rammentava anche Adam e Katherine, sapeva che erano morti entrambi ma non si era mai interessato ai dettagli. Preferiva evitare situazioni in cui i Rosencraft potevano essere direttamente coinvolti. Aveva provato un po' di compassione per la piccola Emily, forse. Ma non più del dovuto. Nella sua vita c'erano Susan e Michael, poi suo padre e la sua famiglia, il suo nome. Non aveva spazio per altri, allora. Non aveva tempo. Non aveva energie a disposizione. I Rosencraft prendevano e pretendevano tutto quanto, spazio, tempo ed energie.

La singolare epidemia che si era scatenata a Rosencraft negli ultimi mesi sembrava aver risparmiato Emily, dimostrandosi invece particolarmente aggressiva con tutti gli altri. Emily Redwood aveva il viso ingenuo ma femminile, la pelle levigata, pallida ma con quel rossore che le accendeva le guance quando lo sguardo di John si posava su di lei, le labbra morbide e naturalmente rosate, gli occhi grandi e vellutati, scuri come la pece. Era bella. Avrebbe mentito, negandolo. Era diventata davvero bella e suscitava in lui un'attrazione indesiderata, una pulsione sessuale che avrebbe preferito ignorare, tenere a bada. Anzi, avrebbe preferito non provare affatto.

Per assurdo, John ed Emily erano gli unici esseri umani che Rosencraft aveva risparmiato, non colpiti dai malanni e dai disagi che si erano abbattuti sul resto della cittadinanza. Insieme al piccolo Michael, ovviamente.

Ma John e Michael erano appena arrivati. Cosa aveva preservato Emily?

John aveva iniziato a chiederselo e intanto cresceva in lui la voglia di affrontarla, di interrogarla. Di avere a che fare con lei, di conoscerla e in parte anche di sfidarla.

Quanti anni poteva avere Emily ora? Forse diciotto o diciannove, aveva perso il conto. Era ancora giovane ma non più una bambina.

Decise di trovare il modo di avvicinarla, di parlarle. Non era intimidito da lei, sarebbe stato assurdo visto che era solo una ragazzina, però Emily Redwood creava in John uno strano disagio, un imbarazzo che non sapeva spiegare.

Aveva provato a raccogliere informazioni, ma ben presto comprese che l'unico con cui poteva affrontare una conversazione in proposito era Charles Rosencraft, suo padre. Che, come sempre, si rinchiudeva nel suo studio situato nell'ala est della grande villa, circondato dalle sue carte e dai suoi libri. Michael, nel suo piccolo, da quando erano tornati a Rosencraft, aveva preso a imitare il nonno e si era creato un angolo tutto per sé. John aveva iniziato a temere che suo figlio ben presto si sarebbe trasformato nella versione in miniatura di suo padre, da cui egli stesso era scampato. Scarno, un po' gobbo, con gli occhi sgranati... e con nessun altro interesse al di fuori dei libri, delle ricerche e dello studio.

«Sembra che Emily Redwood sia stata "risparmiata".»

Aveva tentato di girarci intorno, ma non aveva trovato altro modo per affrontare la questione. Quindi l'unica opzione era stata quella di andare dritto al punto. Intanto si era seduto sulla sedia di fronte al tavolo da lavoro di suo padre, oltre una pila di carte e di libri ammucchiati intorno.

Charles aveva sollevato lo sguardo su di lui, con espressione a metà tra scetticismo e confusione. Come se non intendesse ciò di cui John stava parlando. Allo stesso modo, con uno sguardo fin troppo simile a quello del nonno, il piccolo Michael si era distolto dal suo disegno e stava fissando entrambi, in attesa. Se avesse seguito l'istinto John si sarebbe alzato, avrebbe preso il figlio e si sarebbe allontanato da Rosencraft una volta per tutte, senza mai più voltarsi indietro.

«Emily Redwood non ha a che fare con tutto questo.» Fu l'unica risposta che ottenne da Charles, prima che si rituffasse sul libro che stava leggendo.

Parole ambigue, incomprensibili per John. Come se Charles supponesse che lui stesse tentando di far ricadere la colpa su Emily o la ritenesse responsabile. Ma non era questa la sua intenzione.

«Evidentemente è immune.» Cercò di portare avanti la conversazione. Immune da cosa? Non si trattava di un virus specifico che si poteva combattere. Anche se con alcune similitudini, ognuno a Rosencraft era stato colpito in modo diverso. «Forse farei meglio ad andarmene, con Michael. Prima che anche per noi sia troppo tardi.»

«Non credo che accadrà, a voi. Non eravate qui quando…»

Charles si interruppe, prima di proseguire. Non si era controllato come suo solito e aveva parlato più del dovuto.

«Quando?» John non si fece sfuggire l'occasione.

Charles sollevò di nuovo lo sguardo sul figlio e scosse lentamente la testa.

«Non ti accanire su di lei, lasciala in pace. Non è Emily Redwood il tuo bersaglio.»

Invece lo era. John comprese che non avrebbe ottenuto altro da suo padre. Doveva andare direttamente alla fonte, da lei. Doveva avvicinarla, cercare di ammansirla se necessario, ottenere la sua fiducia. Emily era davvero il suo bersaglio e tutto ciò che stava accadendo poteva dipendere solo da lei. Del resto, Katherine Kingstone, sua madre, era una strega, una creatura demoniaca. Così si diceva, anche se John non ci aveva mai creduto. Anzi, le chiacchiere sul suo conto gli erano sempre sembrate crudeli e infondate. Ma ora? Emily aveva corrotto anche l'anima e la mente di suo padre per costringerlo a difenderla, negando l'evidenza?

John aveva una sola domanda per lei. Perché?

Perché lei stava fiorendo e sbocciando alla vita mentre tutti intorno a lei marcivano e si consumavano, avviandosi verso un destino di decomposizione, di morte?

# CAPITOLO 8

Lasciare Emily Redwood in pace era l'ultima cosa che aveva in mente. Qualche giorno era trascorso dalla conversazione con suo padre e John non riusciva a smettere di pensare a lei. Anzi, la sua situazione era di gran lunga peggiorata. Usciva appositamente per cercarla. E, nonostante percepisse il suo richiamo continuo, costante, non riusciva più a vederla, a trovarla.

Più la cercava, più non la incontrava per le strade di Rosencraft. Gli sembrava di impazzire. E a tutto questo si univa la frustrazione e l'imbarazzo. John, a quasi trent'anni, stava iniziando a sentirsi come un adolescente smanioso. Nemmeno Susan l'aveva mai fatto sentire così. Perché era come se Emily lo stesse evitando intenzionalmente.

Incominciò a capire che forse era il suo modus operandi. Questa tattica di attrarre e poi negarsi. Raccogliendo altre informazioni aveva scoperto che Emily aveva frequentato Curtis Greyhammer, qualche tempo prima.

Si era parlato di una relazione, ma forse si trattava solo di amicizia da parte di Emily. Perché evidentemente lei puntava più in alto, a Lawrence Rosencraft.

John aveva trovato il modo più opportuno di far parlare sua cugina Grace e sua zia Doreen che, nella loro situazione di avvilimento e sconforto, non vedevano l'ora di sputare veleno e sentenze verso la loro nemica Emily Redwood. Con le due donne John aveva ottenuto molto più successo che con suo padre. Bastava assecondarle per esercitare un certo fascino su di loro.

«Certo che puntava a Lawrence, mi sembra evidente!» Grace era indubbiamente la più accanita. «E adesso se ne va in giro come se niente fosse! Come se tutto le fosse dovuto, dopo che ha...»

«Dopo che ha?» John aveva tentato di spingerla a proseguire, ma il volto di Grace si era oscurato, aveva scosso la testa con eccessiva violenza ed era scoppiata a piangere.

«Io non dovevo… io non dovevo…» Continuava a ripetere. Poi, a un certo punto, aveva alzato la voce, gli occhi le si erano iniettati di sangue e la bava le colava ai lati delle labbra. «Com'è riuscita? Come? Quella maledetta puttana! Come? Ci ha scatenato addosso quello che noi…»

John sospirò e socchiuse gli occhi. Quello che loro scatenavano o provavano a scatenare sugli esterni, le "febbri ataviche". Non era mai stato convinto che facessero davvero effetto, da ragazzino l'aveva sempre presa come una goliardata, una farsa. Poi Susan si era ammalata e John aveva cominciato a non essere più sicuro di niente.

Comunque, esaminando e scandagliando le informazioni ricevute tra il fiume di parole rabbiose di Grace, un elemento importante era balzato all'attenzione di John e aveva stimolato le sue doti investigative. Un elemento chiave, anzi. Curtis e Lawrence erano morti, entrambi.

Poteva certamente trattarsi di una tragica coincidenza, non imputabile a Emily. Anche Susan, del resto, era morta senza che lui…

No! John provò rabbia, stizza, forse anche rancore nei confronti di se stesso.

No, dannazione, non si sarebbe paragonato a Emily Redwood. Non aveva davvero nulla da spartire con lei. Aveva fatto del suo meglio, aveva cercato di aiutare Susan, aveva allontanato Michael da Rosencraft quando non c'era stata più speranza di salvezza.

Intanto però girava per le strade di quel luogo che somigliava sempre di più a una città fantasma, in cerca di lei, di Emily. E lei non c'era. Nemmeno alla "Rosencraft Library". John stava iniziando a sentirsi sempre più arido, sfinito. Come se un fuoco lo bruciasse dentro, annientandolo.

Doveva vederla. Doveva sapere. Doveva capire.

Non mostrandosi Emily lo stava riducendo allo sfinimento. Sfibrandolo di ogni risorsa di energia, consumando la sua mente, il suo corpo. John non aveva idea di come fosse accaduto, di come ci fosse riuscita. Non sapeva nemmeno se dipendesse davvero da lei, ma non riusciva più a resistere. Si ritrovava nelle condizioni di un assetato nel deserto, alla disperata ricerca di un'oasi dove dissetarsi.

Forse, l'unica ragione che riusciva a elaborare, Emily era rimasta intatta e in salute rispetto a tutti gli altri. Per questo John sentiva così impellente la necessità di vederla, di parlarle. Non era attratto o succube di lei. Aveva soltanto bisogno di capire.

La frustrazione, ormai diventata ingestibile, sommata all'avvilimento delle sue sensazioni non gli concessero alternativa. John si trascinò così, anche contro la volontà e la ragione, a cercare Emily Redwood nell'unico posto in cui poteva sperare di trovarla. A casa sua. Anzi, a casa di Trudy Whiteland.

*** 

Mentre la porta si stava aprendo lentamente, cigolando in un modo quasi inquietante, John avrebbe voluto scappare. La tensione lo stava distruggendo sempre più, oltre ogni logica.

Ma quando se la ritrovò di fronte, con gli occhi scuri puntati su di lui, restò inchiodato lì, immobile. L'espressione di Emily rimase impassibile però allo stesso tempo mutò, in un ciclo continuo e irrefrenabile di emozioni. Era comunque imperscrutabile. Curiosità, sorpresa, incredulità, confusione, smarrimento, tensione, apprensione, preoccupazione, inquietudine e subito dopo turbamento, attrazione, eccitazione, commozione.

John non poteva fare a meno di seguirla. Tutto quel susseguirsi di emozioni umane, dipinte sul viso della stessa persona, lo sconvolse. In silenzio di fronte a lei, non ne aveva abbastanza. Ne chiedeva di più. Si sentiva risucchiato dallo sguardo della giovane Emily Redwood, come in un vortice che lo avrebbe trascinato in un pozzo oscuro e misterioso, senza mai riuscire a toccare il fondo.

Si riscosse a fatica, perché ora lei lo stava scrutando incerta e sembrava pronta a chiudergli la porta in faccia da un momento all'altro.

«Sono John...» si presentò con un tono di voce spento, quasi soffocato. «John Rosencraft.»

«Lo so.»

La risposta non fu molto incoraggiante. Ed Emily non parve propensa ad aggiungere altro per aiutarlo a sbloccare la situazione. Restava semplicemente ferma, con addosso un paio di jeans e una maglietta grigia, i capelli scuri sciolti sulle spalle. Poi piegò la testa di lato e John si riscosse, come se si fosse appena risvegliato da una sessione di ipnosi. Decise di intervenire, senza però sapere come instaurare una vera e propria conversazione.

«Io mi chiedevo...»

John esitò. Si chiedeva come lei potesse rimanere così giovane, fresca e sana, in mezzo a tanta devastazione. Tutti gli altri cadevano a pezzi, lei resisteva. La domanda era quella, essenzialmente. Ma temeva di spaventarla, di allontanarla e indurla a chiudersi in se stessa, lasciando fuori lui. E non voleva. I grandi occhi scuri della ragazza, innocenti e spalancati su di lui, lo indussero ad ammorbidire i termini. Forse suo padre aveva ragione. Emily non aveva a che fare con tutto ciò che stava capitando a Rosencraft. Restare giovane, fresca e sana non si doveva considerare una colpa. Perché alla sua età non poteva essere diversamente. Emily non era l'eccezione, era la regola. Semplicemente non era stata toccata dalla corruzione in cui tutti gli altri erano ricaduti.

«Trudy e Fiona stanno riposando.» Inaspettatamente Emily prese la parola. E non per mandarlo via. «Sono davvero provate. Fa molto caldo, oggi.»

«Sono dispiaciuto, Emily.» John si sforzò di ricomporsi e tentò di sorriderle. Non poteva perdere l'occasione, doveva sfruttare quella timida apertura. Oltretutto era lui l'uomo maturo, la ragazzina era giovane, inesperta. «Io pensavo che magari… noi due potremmo conoscerci un po' meglio. So che sei rimasta sola, qui a Rosencraft, dopo che i tuoi genitori… Voglio dire, ora che questo caldo ha fatto ammalare tante persone…»

«I miei genitori sono morti.» Emily socchiuse leggermente gli occhi. «Le persone non sono malate.»

John trovò invidiabile la sicurezza di Emily di definire ciò che lui aveva lasciato in sospeso. Invidiabile e spietata.

«Ah, no?» Aveva deciso di assecondarla ma la domanda gli sorse spontanea, inevitabile. «Allora cosa sta succedendo, secondo te?»

«Il tempo si è messo a correre, per loro.» Emily si strinse nelle spalle. «Almeno credo.»

John le aveva dato troppa importanza. Se ne rese conto all'improvviso. Emily non sapeva proprio nulla. Come poteva capire cosa stava accadendo? Ne sapeva quanto lui e si lanciava in ipotesi azzardate e senza senso. Era solo una ragazzina, non una fonte di saggezza e conoscenza.

«Già, forse hai ragione.» Non gli restava altro che continuare ad assecondarla, se voleva conoscerla meglio. Di certo la sua compagnia non sarebbe stata poi così spiacevole. Poteva approfittarne e vedere dove l'avrebbe condotto.

«Ora è meglio che io vada.»

Come non detto! Emily sembrò leggergli nel pensiero mentre si preparava a chiudere la porta, lasciandolo fuori. Ma poco prima lesse nei suoi occhi una fiamma cupa, smaniosa.

John dischiuse le labbra per dire qualcosa, per fermarla. Però non ci riuscì, la ragazza era stata più veloce. In un istante la frustrazione si addensò su di lui, implacabile. Come una strana corrente che gli stava percorrendo la spina dorsale, invadendogli il sangue, gli organi, le ossa. Si sentì stanco, senza più vigore.

Non sarebbe finita così. Emily l'aveva lasciato in bilico tra l'insoddisfazione per essere stato respinto e l'appagamento per aver suscitato quella scintilla nei suoi occhi, quel fremito.

Un bivio in cui John avrebbe dovuto muoversi, orientarsi per inquadrare Emily Redwood. Innocenza o malizia? Vittima o carnefice?

*** 

Emily lo aveva sentito arrivare già da prima. Tanto prima. Forse anche della fine in cui era incorso Lawrence. Da quando aveva ascoltato le registrazioni di Susan, per essere precisi. Ora si chiedeva se lui ne fosse al corrente.

E mentre John si intratteneva sulla porta, all'improvviso le era saltato in mente che fosse proprio quello ciò che voleva da lei. In ogni caso l'aveva chiuso fuori. Per il momento era salva. Però doveva prendere tempo.

Forse si trattava di curiosità. John possedeva il suo stesso spirito di osservazione, che l'accumunava anche a Lauren e che a tutti gli altri sfuggiva. Gli abitanti di Rosencraft erano dominati da istinti primitivi difficili da estirpare che li rendeva rozzi, opportunisti, basici. Non sufficientemente scaltri da non farsi riconoscere e inquadrare. Erano come macchiette inserite a forza in un contesto, figure sparse e posizionate a caso su una tela, soltanto per riempire la scena.   Stereotipi. Ma comunque pericolosi se non si era in grado di evitarli o di proteggersi da loro.

Era probabile che John somigliasse a suo padre Charles. Lo studio e l'esperienza esterna aveva scolpito e affinato i suoi modi, la comprensione che aveva dimostrato nei suoi confronti ne era la prova.

Emily, chiudendo la porta alle sue spalle, respirò profondamente. Doveva stare attenta, molto attenta. Provava una singolare attrazione per lui. Non poteva lasciare che accadesse. Aveva già pagato troppo caro il suo attaccamento per Lawrence. Lui aveva pagato ancora di più, alla fine, ma non era questo il punto.

Non poteva rischiare. Non doveva cadere.

# CAPITOLO 9

Emily era sicura di sbagliare. Ne era fermamente convinta. Ma non riusciva a estirpare John Rosencraft dai suoi pensieri.

Aveva combattuto e tutto sembrava procedere nel migliore dei modi. Ci stava riuscendo, era stata brava a evitarlo, a resistere. Anche se detestava chiudersi in casa con le Whiteland e uscire a prendere fiato solo a notte fonda. Si era illusa che prima o poi lui, in un atto di misericordia e di buon senso nei confronti di se stesso e soprattutto di suo figlio, decidesse di rinunciare alle sue ricerche o a qualsiasi altra cosa l'avesse indotto a tornare a Rosencraft. E se ne andasse da dove era arrivato. Oppure si dirigesse altrove. Invece John aveva commesso l'imprudenza di presentarsi a cercarla. Segnando la sua fine. La fine di entrambi.

Così Emily aveva smesso di lottare, di resistere. E aveva deciso che, qualunque cosa fosse accaduta, non si sarebbe sentita responsabile questa volta. Ci aveva provato, con tutte le sue forze. Nel bene o nel male, non dipendeva da lei. Faceva parte della sua natura, ormai. Evitarlo, reprimersi sarebbe stato come supplicare uno scorpione di non pungere la sua preda.

Forse era giusto così. Gli originari di Rosencraft, quindi anche John era incluso, dovevano essere confinati a Rosencraft, la loro destinazione finale. Era accaduto anche ad Adam, suo padre. Era il loro destino. Un destino che non lasciava scampo e che avrebbe condannato John ad assistere impotente alla disfatta di Rosencraft, come l'aveva sempre conosciuta. Non era in suo potere fermare o alterare il processo che era stato avviato.

Emily uscì presto, la mattina seguente, dirigendosi verso il Gemstone Creek, il suo torrente. Lo era già da prima, ma ora era diventato suo a tutti gli effetti. E già sapeva chi l'avrebbe seguita e cosa sarebbe accaduto.

Si sedette con la schiena appoggiata al solito albero, aprì la borsa e prese il grosso volume di *Il conte di Montecristo*. Iniziò a leggere e attese, mentre tra quelle pagine si lasciava trascinare dalla storia di un uomo che rinasce dalle proprie ceneri, pronto a vendicare i torti subiti e a riprendersi la sua vita.

Sospirò e si morse le labbra. Non aveva nulla a che fare con lei, non si riconosceva. Ma era il romanzo preferito di Aaron Masters e si chiedeva perché lui e Claire avessero dovuto fare quella fine. Nonostante il tempo trascorso ancora non era stata in grado di farsene una ragione, era come un tarlo che la corrodeva dentro. Chiuse gli occhi per un istante e appoggiò il libro a terra. Si trascinò sulla riva, sfilò le scarpe e stese le gambe verso l'acqua fresca. Si sentì subito rinvigorita.

Quando lo vide accostarsi a lei, non si stupì. Non fece nemmeno lo sforzo di simulare la sorpresa. Tanto lui avrebbe letto sul suo viso, nei suoi occhi, ciò che voleva leggere. L'ingenuità di John Rosencraft la catturava, la commuoveva forse, più di quella di chiunque altro.

Emily voltò lo sguardo su di lui, ma John rimase in silenzio. Sembrava intento a scrutare la zona boschiva oltre il Gemstone Creek, intanto accarezzava il terreno e i piccoli cespugli d'erba con la mano.

«Cosa vuoi da me, John Rosencraft?»

«Voglio capirti, Emily Redwood.» John si morse il labbro per un istante, continuando a tenere lo sguardo rivolto oltre il torrente. «Solo capirti.»

«Non c'è molto da capire.»

«Allora vorrei provare a capire me stesso.»

Capire perché si stava perdendo. Capire per quale motivo la sua mente si sentisse così offuscata, in sua presenza. E anche in sua assenza. Anzi, peggio ancora in sua assenza. Perché aveva la sensazione che gli mancasse l'aria e non fosse più capace di respirare.

«Tu pensi di riuscirci?»

Lo sguardo di Emily, su di lui, divenne scettico. Poi assunse una sfumatura ironica che John accettò e accolse, suo malgrado.

«No...» le rivolse un sorriso amaro. «È come se... tutto qui avesse avuto inizio e fosse destinato a finire. Le nostre famiglie...»

«Le nostre famiglie non avrebbero dovuto imporsi. E nemmeno restare incastrate qui, John. La gente ha tutto il diritto di muoversi, di spostarsi.»

«Lo so. Io non sarei dovuto tornare.» John sospirò e spostò la mano per posarla sulla sua.

«Puoi sempre andare via.» Emily sollevò leggermente le dita in modo tale da creare un contatto ancora più intimo con il palmo della sua mano.

«Non intendevo ora.» Increspando le labbra, John accusò una morsa dolorosa al centro del petto. «Prima.»

Emily si accorse dello sconforto che lo aveva colto e liberò la mano dalla sua per posargliela proprio sul petto, al centro del suo dolore. Poi lo accompagnò spingendolo con delicatezza verso terra, per aiutarlo a stendersi.

Si rese conto che John non ce l'avrebbe fatta. Era stato ed era tuttora troppo debole per resistere. Si sarebbe lasciato prosciugare senza lottare. Per questo non aveva saputo proteggere Susan. Non sarebbe riuscito a proteggere nemmeno se stesso. Quindi non poteva fare affidamento su di lui. Si sarebbe inutilmente illusa per poi restare ancora una volta sola, a combattere.

Mentre si stava sollevando, decisa ad alzarsi e andarsene, John inaspettatamente le posò la mano dietro la testa, accarezzandole i capelli per attrarla a sé. Emily si piegò sopra di lui, pur sapendo di doverlo respingere. Ma non ne ebbe il modo e nemmeno la possibilità. John la teneva stretta troppo saldamente e, come un assetato nel deserto, cercò le sue labbra morbide e tiepide per dissetarsi.

Quando si sollevò da lui e riuscì a staccarsi, Emily comprese che John Rosencraft aveva davvero intrapreso una strada senza ritorno. Ed era stato lui stesso a percorrerla, cadendoci consapevolmente. Era stato lui a sceglierla.

***

Lo aveva reso succube di lei, senza cercarlo, senza volerlo. Prosciugandolo goccia a goccia. Non era stata vendetta, la sua. Era stata leale nei confronti dell'uomo. Lui aveva voluto capirla e l'aveva davvero capita. Anche se forse negava e rinnegava la realtà.

Non era il solo. Emily aveva capito, forse fin troppo. Lauren aveva atteso a lungo, troppo a lungo, per scoprire la verità che Susan aveva celato nei suoi messaggi, per interpretarne i segnali. Aveva scrutato tra le ombre di Rosencraft, mentre il tempo scorreva freddo e implacabile, e quelle ombre avevano avvolto e divorato anche lei. La verità a cui tanto anelava l'aveva divorata.

John sarebbe stato prossimo ad avviarsi verso la stessa fine. La verità non sempre rendeva liberi. Nel loro caso annientava, feriva, ammalava, uccideva.

Comunque fosse, Emily aveva stabilito che non avrebbe provato rimorso. Non poteva impedire a un incendio di divampare. E i giorni intanto scorrevano, mentre Rosencraft si spezzava, annichiliva come un grande animale morente.

Aveva sognato di andarsene, un tempo. Con Curtis, con Lawrence, con Aaron e Claire. Per anni aveva sognato qualcuno che la portasse via. Da John non avrebbe preteso tanto, non più. Non lo avrebbe preteso nemmeno da se stessa, ora che davvero avrebbe potuto con facilità e senza impedimenti.

Andarsene non era più necessario, ormai. Emily sarebbe rimasta a Rosencraft, per sempre. Non avrebbe mai liberato gli abitanti della sua presenza, ora che li teneva soggiogati nel loro inferno perpetuo, li intratteneva tutti in quella sorta di sofferenza senza fine, non concedendo loro nemmeno il sollievo della morte con la conclusione del loro cammino terreno. Era inutile combattere, il demone del dolore che ardeva in lei non glielo avrebbe concesso. E un amore più grande e più puro non era nei suoi piani. Le donne dentro di lei ne erano state capaci, forse. Ma Emily non intendeva accettarlo per se stessa.

Amare equivaleva a morire. E lei era nata per vivere.

# CAPITOLO 10

Non si trattava di vendetta. Ciò che si annidava in Emily era andato ben oltre. Pur sapendo o immaginando ciò che Rosencraft aveva fatto a sua madre, a suo padre, a Susan, a Lauren, ad Aaron, a Claire, all'uomo col cappello, forse anche a Curtis, in Emily non si trovava più spazio per la vendetta.

Si trattava per lo più di noncuranza. E in ogni caso non riservava a se stessa un trattamento migliore. Procedeva, giorno dopo giorno, rinvigorendosi e sbocciando nella freschezza della sua età. Riemergeva ogni mattina, energica e in salute, con gli occhi vivaci, brillanti, le guance rosee in netto contrasto con il desolante abbruttimento fisico e mentale che le regnava intorno.

Nello sguardo di chi si fermava a osservarla, Emily leggeva una palese invidia mescolata a rabbia. Fino a non molto tempo prima Fiona e le sue amiche l'avrebbero affrontata, presa in giro, umiliata con parole e azioni. Ora non erano nemmeno in grado di sfidare il suo sguardo, abbassavano gli occhi demoralizzate, affrante, addirittura impaurite. Emily non le avrebbe colpite comunque. Non le avrebbe mai perdonate, ma nemmeno distrutte o mandate alla deriva, come loro avevano e avrebbero fatto con lei. Abbandonarle a loro stesse e a quel tormento che non concedeva tregua continuava ad essere una punizione di gran lunga peggiore. Combatterle avrebbe sciupato la sua essenza rendendola simile a loro. Ed Emily non voleva esserlo.

Vagava per la città, sentendosene ormai la padrona assoluta. Quasi sette mesi erano trascorsi dalla morte di Lawrence, Emily aveva compiuto diciannove anni e l'inverno imperversava su Rosencraft. O meglio, avrebbe dovuto imperversare, visto che si trovavano già a gennaio inoltrato. Ma il tempo non era cambiato, l'afa atroce che aveva aggredito Rosencraft l'aveva anche chiusa in una bolla, una morsa dalla quale non sembrava intenzionata a liberarla. Questo aveva condannato la città a un isolamento totale dal resto del paese e del mondo.

Intanto gli insetti e i ragni avevano notevolmente amplificato la loro presenza, proprio com'era accaduto precedentemente con gli animali che dalla "Riserva dei Fondatori" si erano riversati verso il centro cittadino. Dal Gemstone Creek e dalle zone boschive avevano iniziato a spostarsi sempre più verso le case degli abitanti di Rosencraft, insinuandosi nelle fessure, tra gli infissi, prendendo sempre più spazio e impossessandosi anche della mente, dei pensieri delle persone, diffondendo il terrore. I rosencraftiani odiavano profondamente gli insetti, soprattutto provavano un'avversione sconfinata per i ragni. E i ragni ne sembravano consapevoli, tanto che si erano impegnati ad agire di conseguenza per distruggere quel briciolo di speranza, di razionalità e di fiducia rimaste. Per ricambiare il favore, divorando la loro lucidità per trasformarla sempre più in fobia.

Rosencraft, alla fine, era diventata davvero una sorta di anticamera dell'inferno, fuori dal tempo e dallo spazio. E qualunque fosse il ruolo di Emily in tutta la devastazione che la cittadina continuava a subire, non aveva intenzione di cederlo.

«È tutto mio, me lo sono guadagnato.»

Sapeva che l'uomo col cappello si trovava alle sue spalle, appena si era seduta sulla riva del Gemstone Creek. Ma voltandosi si accorse che non era solo. La donna con lo scialle lo accompagnava e si tratteneva l'indumento saldamente al petto, con entrambe le mani.

«*L'uomo col cappello.*
*La donna con lo scialle.*
*La Macchia.*
*La Gioia.*
*Le Solitudini.*»

Canticchiò impunemente, senza timore di farsi sentire. Non le importava più. Sapeva che alcuni abitanti, sfidando il caldo e i dolori da cui erano afflitti, avevano preso a seguirla. Più di una volta aveva sorpreso anche Morris Rosencraft, ridotto a un ammasso di carne grigiastra e maleodorante. Non era rimasto nulla dell'uomo robusto e vigoroso che era sempre stato, la corporatura muscolosa e le spalle larghe erano solo un vago ricordo. La fissava con un'espressione rassegnata e assorta che però non suscitava in Emily alcuna pietà. Gli occhi del sindaco di Rosencraft, prima dello stesso verde del fratello Charles ma più audaci e fieri, sembravano aver perso luce e addirittura colore. Tanto da essere diventati quasi trasparenti, la pupilla ormai ridotta a una macchiolina inconsistente all'interno della sclera che dominava lo sguardo del sindaco, donandogli un aspetto ancora più raccapricciante.

Ma Emily non aveva paura. Non le importava di lui. Non le importava più di nessuno. Li avrebbe trascinati tutti in una dannazione eterna, ora che era consapevole di saper resistere. Di poterlo fare.

«Trova la serenità, Emily. Cerca la pace altrove.» L'uomo col cappello si rivolse a lei. Emily se lo aspettava e non si scompose.

«No.» Chiuse gli occhi per un attimo, poi scosse la testa decisa. «Non lo farò.»

Quindi tornò a ripetere, con maggiore enfasi:

«*L'uomo col cappello.*

*La donna con lo scialle.*

*La Macchia.*

*La Gioia*

*Le Solitudini.*»

Senza ancora comprenderne davvero il significato.

Senza nemmeno cercarlo. Era diventato solo un mantra, per lei. Lo era sempre stato. Una formula utilizzata per fare coraggio a se stessa, per restare aggrappata alla vita che avrebbe preferito fuggire, lasciare andare.

Lasciarsi precipitare fino a morirne. Morire di troppa vita, di troppa speranza. Quella che ora stava strappando agli altri, agli abitanti di Rosencraft, incessantemente, nel suo implacabile trascinarsi tra loro.

La Macchia. Era quella la macchia indelebile che Emily avrebbe impresso sulla sua coscienza. Comunque fosse, doveva procedere, andare avanti, attraversare la macchia per arrivare alla Gioia? Pur consapevole del fatto che le Solitudini sarebbero state sempre con lei, rendendola una Vittima. Come si erano insinuate fin dal principio nella sua esistenza solitaria, disperata, senza scampo.

*** 

Un'esistenza solitaria, disperata, senza scampo. A cui niente e nessuno avrebbe potuto porre rimedio. Certi individui nascono soli. Pur in mezzo a tanta gente, restano soli. È come una condanna da cui è impossibile sfuggire. Quel senso di solitudine esistenziale che va oltre, molto oltre la solitudine fisica.

Emily l'aveva compreso da tanto tempo. Lei sarebbe stata irrimediabilmente sola. Leggendo libri, tanti, troppi libri, presi in prestito dalla biblioteca scolastica e da quella cittadina, l'aveva definitivamente accertato. E poi accettato. Niente e nessuno l'avrebbe mai strappata dalla sua solitudine. Anzi, dalle Solitudini. Un insieme di malesseri che le invadevano l'anima facendole percepire ancora più intensamente la sua condizione. Come piccoli vermi che si insinuavano dentro di lei e succhiavano, succhiavano ogni frammento di speranza o anche solo di leggerezza.

Ci aveva provato. Emily ci aveva provato a circondarsi di persone. Aveva confidato in loro. A partire da Anna Pinkfellow, che l'aveva delusa e tradita per ottenere qualcosa che lei possedeva ed era intenzionata a strapparle. Poi Curtis, Rowena, Lawrence… E dove si trovavano, ora? Cosa ne era stato di loro? Corpi devastati dalla malattia o dalla morte, lasciati in attesa, a imputridire.

John Rosencraft non avrebbe fatto differenza. Nonostante l'attrazione di Emily nei suoi confronti fosse più intensa, non solo carnale ma mentale. John era solo più grande, più esperto. Il fuoco che ardeva dentro di lei avrebbe ricevuto compensazione, sollievo. Ma poi le Solitudini non le avrebbero lasciato scampo, si sarebbero anzi accanite su di lei in modo ancora più aggressivo, deleterio.

La passione era un'arma a doppio taglio. Spesso non concedeva tregua ma poi abbandonava la sua vittima a un totale disarmo.

John accoglieva Emily tra le sue braccia, sulle sue labbra. Indifferente delle opinioni e dei commenti di chi non aveva quasi più l'energia necessaria a sopravvivere ma ancora dibatteva, soppesava e interpretava la vita degli altri. Le tante bocche parlanti che a Rosencraft non avevano più alcun potere ma, sebbene con i corpi avvizziti e stremati, non smettevano di vociferare.

Quando John, nel corso di un successivo incontro, l'aveva attirata e stretta a sé, cercando le sue labbra quasi implorando pietà, Emily non aveva nemmeno fatto finta di resistere. Aveva ricambiato il bacio, dissetandosi di lui, prendendolo e percorrendo il suo corpo con le mani. Senza abilità, senza la maestria donata dall'esperienza, vergine di cuore e di passioni. Lawrence le aveva strappato tutto, anche la vita, ma le aveva lasciato l'anima intatta.

Così Emily aveva imparato a possedere ma non ad amare. Aveva imparato ad abituarsi a quegli assalti impetuosi senza trovarli strani e invasivi. Aveva imparato anche a simulare mentre la sua mente correva lontano. Aveva imparato e ne era soddisfatta, perché l'attaccamento di John la faceva sentire forte, invincibile, padrona di se stessa e di tutti gli esseri sfibrati e stravolti che la circondavano. John Rosencraft era la sua ultima battaglia da combattere e da vincere. Aveva preso anche lui. Non le restava molto altro da dimostrare.

«Non comprendo cosa mi stia succedendo.» John si avvinghiava a lei come a un'ancora di salvezza. Si trascinava sopra di lei, come un naufrago sopra a una zattera in cui trovava una speranza di salvezza, e la prendeva con calore, con dolcezza, con premura. Con tutto il sentimento e la passione che era in grado di mostrare a quel corpo esile e ancora immaturo. Come se volesse guarirla, curarla. Anche salvarla da se stessa. Emily Redwood era la sua oasi di pace dal resto del mondo, non solo dalla brutalità e dall'avvilimento in cui si trascinava Rosencraft. «Non me lo so spiegare.»

Nell'attaccamento di John a Emily c'era ben poco da spiegare. Come c'era ben poco da spiegare nel silenzio di lei. Emily accoglieva, accettava, non ricambiava. Assorbiva e prosciugava, implacabile. Calore, sentimenti, sesso.

Emily non si poteva salvare, non più. Ma questo John, nell'irruenza della sua passione, della sua virilità, non riusciva a capirlo. Lui si trovava di fronte una ragazza giovane, ancora ingenua, fragile, bisognosa di protezione. E non riusciva a vedere altro. Solo lei, così docile e arrendevole. Si sentiva uomo, più di quanto si fosse mai sentito con Susan e con altre prima e anche dopo di lei. Altre donne libere, indipendenti, emancipate.

Il cambiamento gli piaceva, lo esaltava, gli infondeva una sicurezza che in fondo non aveva mai posseduto.

«Forse non c'è proprio nulla da spiegare.» Emily, con espressione innocente e un po' disorientata, sussurrava sulle sue labbra.

Non c'era proprio nulla da spiegare, per lei. Si era già spiegata tutto, per conto suo. Anche se inizialmente non ne aveva compresa la ragione. La passione per John si era scatenata in lei come la scintilla che anticipa un incendio inarrestabile, il lampo che precede il tuono. Irresistibile e bruciante. Ma era stata costretta ad accettarlo. Si trattava di Susan. Era la parte di Susan che aveva iniziato a risiedere dentro di lei, nella sua voglia di rivalsa, nella sua necessità di riscatto, a non ammettere ragioni e distacchi. Ad avere fame e sete di John Rosencraft.

Ma Susan, allo stesso tempo, dentro di lei si ribellava, piangeva, urlava, inveiva. Perché John si stava legando a Emily, non alla sete di giustizia nei suoi confronti che quella creatura in apparenza fragile si trascinava dietro. John desiderava Emily. John sognava Emily e stava lasciando andare lei, giorno dopo giorno. Quasi fino a perderne i ricordi, l'aspetto, il profumo che ora era riuscito a sovrastare con l'essenza di Emily Redwood.

Emily, posta di fronte alla necessità, aveva fatto la sua scelta. Non poteva permettere a Susan di oscurarla e di indurre John a dubitare. Così, nei momenti con lui, la metteva da parte, la incatenava in un angolo, negandole l'accesso al suo cuore e la frenesia che l'animava e che estendeva gli impulsi al suo corpo, costringendolo a fremere e a vibrare al tocco di John.

Ormai Emily aveva imparato a farlo da sola, non aveva bisogno della partecipazione ingombrante di Susan Lowitt. Sopprimere la sua presenza in lei era stata una scelta obbligata. Le sue esperienze con John ormai erano andate troppo oltre e le sarebbero bastate anche in seguito, quando non avrebbe più avuto bisogno di lui.

L'amore aveva offuscato lo sguardo di John, rendendolo perso, asservito. L'amore lo aveva ammaliato, poi accolto e rapito, lo aveva inebriato, aveva rinvigorito il suo cuore e lo aveva portato al riparo dalla disperazione che si era trascinato dietro per anni. Emily Redwood era diventata la sua amante, la sua amica, la sua alleata. In un mondo cupo e ostile, a Rosencraft. Erano i discendenti delle famiglie fondatrici più importanti, gli unici degni di far rinascere qualcosa di giusto e di sano. Sarebbero stati la salvezza di Rosencraft, la salvezza l'uno dell'altra.

Di questo John si era persuaso, nell'impeto della sua passione. L'arrendevolezza di Emily lo aveva convinto di essere ricambiato e non si era reso conto di essere stato lui, solo lui, ad arrendersi.

John Rosencraft stava già cambiando. Ma ancora non lo aveva capito.

# CAPITOLO 11

Lui l'amava e lei lo accoglieva. Questo era il piccolo mondo che si erano costruiti insieme, in mezzo alla devastazione circostante.

John si sentiva stanco, ma i suoi impeti potevano essere una spiegazione. Senza Emily gli mancava l'aria. Tutto il resto poteva annullarsi, sparire. Compresi suo figlio, suo padre, la sua famiglia e il resto degli abitanti di Rosencraft. Ma lei doveva restare. Per sempre.

Emily si accusava di vigliaccheria, di tanto in tanto. Al punto da essere davvero vicina a condannarsi e a tirarsi indietro. Ma poi si giustificava, si assolveva e andava avanti.

Doveva attendere, ancora. Intanto tenere a bada coloro che l'avevano spinta ad esporsi, a difendersi. A raggiungere il punto di non ritorno. Ora però toccava a lei, era cresciuta, aveva imparato. Non aveva più bisogno di loro, dello scudo che aveva creato tra se stessa e Rosencraft. Sarebbe stata pronta a sfidare il resto del mondo.

Si era nutrita abbastanza degli abitanti di Rosencraft. John, le cui forze venivano a mancare giorno dopo giorno, si aggrappava alle sue mani, ai suoi fianchi. Ancora inconsapevole.

«Sono stato colpito, come tutti gli altri.»

L'aveva convinta a lasciare la casa delle Whiteland, abbandonandole al loro destino. Intanto i Rosencraft si erano isolati in un'ala della villa, la più fresca e tranquilla, nella speranza di riprendersi. Erano stati confinati, in realtà. Emily passava a controllare Grace e Doreen, ora afflitte e stravolte da dolori cervicali insopportabili e terribili fitte alle articolazioni.

Grace soffriva di tremendi pruriti, soprattutto intimi, ed era costretta a grattarsi di continuo, mentre ripercorreva incessantemente la sua ultima conversazione con Lawrence. La visualizzava davanti agli occhi, come la scena di un film di cui aveva imparato le battute a memoria. Le causava dolori ancora più intensi alla testa, la rielaborazione del modo in cui aveva incitato e costretto il fratello a uccidere Emily, a toglierle tutto.

«Basta... ti prego, basta...» Grace, in lacrime, supplicava Emily, come se la ritenesse direttamente responsabile del suo malessere. E lo era, lei lo sapeva. Tutti lo sapevano.

«Esattamente ciò che ho ripetuto io, per anni. Forse non ad alta voce, forse non riducendomi a una miserabile senza dignità.» Emily si avvicinava a lei, con un sospiro e uno sguardo che costringevano Grace ad abbassare gli occhi. «Quello che avrei ripetuto anche a tuo fratello Lawrence, mentre mi violentava. Se solo fossi stata in grado di parlare, se solo non mi avesse stretto le mani intorno alla gola, nel frattempo. Ti prego, basta. Piangere e pregare non è servito. Non servirà nemmeno a te.»

A Morris, ormai per lo più immobilizzato nel suo letto, erano marciti e poi caduti tutti i denti. A questo si era aggiunto un serio problema di incontinenza ma le ginocchia deboli lo costringevano a trascinarsi in una sofferenza indicibile, se non voleva chiedere aiuto. Alla fine, si era dovuto arrendere. Alcuni servitori, ancora discretamente in forze, erano stati assunti con il compito di badare a loro.

Emily si recava a controllare anche lui e lo scrutava imperterrita, nel buio della stanza, visto che la luce turbava la vista dell'uomo. L'odio e le minacce di Morris Rosencraft apparentemente non la scalfivano.

«Esterna, strega e cagna come tua madre.» Le sputava addosso, o almeno ci provava, tra gli insulti. Gli occhi sempre più fuori dalle orbite, ormai avevano perso ogni decoro, ogni contegno. «Si è meritata quello che le ho fatto. L'ho sventrata, l'ho aperta da parte a parte... e a te accadrà lo stesso! Puttana! Te ne pentirai!»

Emily sapeva che mentiva, riguardo a sua madre. La struggente passione mescolata a rabbia era troppo palese nella sua espressione, nel suo sguardo ormai vuoto. Ma era consapevole di ciò che Morris e prima ancora suo padre Alistair avevano fatto ai danni dei Redwood e di altri che loro avevano giudicato "indesiderati", "esterni" o entrambe le cose. Non avrebbe ricambiato il torto subito, non allo stesso modo. Morris Rosencraft non meritava il sollievo della morte che scioccamente aveva inflitto a Lawrence. Morris Rosencraft meritava di marcire e imputridire, restando in vita, ben vigile e cosciente mentre il suo corpo si smangiava e si corrodeva.

Ma non con tutti i componenti della famiglia Rosencraft Emily riusciva ad essere ugualmente implacabile.

Charles, rinchiuso tra le quattro pareti del suo studio che fungeva anche da biblioteca privata, era ancora in grado di portare avanti le sue ricerche, come aveva fatto per tutto il corso della sua vita, ma dava evidenti segni di deperimento e di perdita di lucidità mentale. Era questo a sconvolgerlo e a ferirlo. Emily trascorreva buona parte del suo tempo con lui, sistemava i libri antichi sui ripiani e si guardava intorno, affascinata dal piccolo e accogliente universo che Charles era riuscito a creare all'interno della fredda villa dei Rosencraft. La supplica negli occhi verdi dell'uomo non la lasciava indifferente. La colpiva ancora di più delle sue parole.

«Lasciami andare, piccola Redwood.» Sollevava lo sguardo afflitto su di lei. «Non trattenermi più qui. Sono un guscio vuoto, sono nulla senza la mia mente.»

«Non posso, signor Rosencraft.»

Emily socchiudeva gli occhi su di lui. Per riuscire a distogliersi dalla supplica dell'uomo spostava lo sguardo su Michael, seduto a un piccolo banco posizionato accanto alla scrivania. Un'imitazione, molto più giovane e più vivace, del nonno. Immerso nei suoi libri, tra fogli e matite colorate, nonostante avesse solo quattro anni dimostrava un'intelligenza che andava molto oltre la sua età. Amava disegnare, Emily aveva notato il suo innato talento ma preferiva non focalizzare troppo l'attenzione, non incoraggiarlo o stabilire un legame con l'unico essere che ancora sembrava conservare il suo fulgore vitale. Perché ben presto anche il piccolo Rosencraft avrebbe perso tutte le forze, come tutti gli altri.

Michael non aveva gli occhi chiari di suo nonno e di suo padre, ma ardenti occhi scuri, come due pozzi incastonati nel bel visino ovale. Li aveva presi da Susan. Emily aveva trovato alcune sue fotografie nel corso delle sue indagini. Ed era riuscita a recuperare anche alcune immagini di Lauren Atkinson, una splendida donna slanciata dagli occhi castani e dai capelli lunghi e morbidi, color mogano.

Per il momento Michael non sembrava subire le sofferenze toccate agli altri. Emily non avrebbe mai voluto colpire lui o altri bambini, ma ormai la situazione era degenerata e non sarebbe più comunque stata in grado di fermarla, di tornare indietro. In ogni caso non aveva idea di quanto Michael sarebbe stato in grado di resistere. Osservandolo, Emily si era accorta che sapeva leggere, sapeva scrivere e non si dava per vinto fino a trovare le risposte alle domande che lo stimolavano ed eccitavano la sua curiosità, la sua naturale propensione allo studio. Almeno temporaneamente, sembrava fosse scampato alla sorte toccata all'intera popolazione di Rosencraft. Emily aveva creduto che il motivo fosse da ricercarsi nel fatto che Michael era per metà un "esterno", come lei. Ma altri abitanti erano addirittura esterni completi, come Alfred Loneway, eppure quell'epidemia di spossatezza e devastazione psicofisica non li aveva risparmiati. L'unica alternativa, quindi, era che Michael ne fosse immune. Ciò che di più singolare li accumunava era che anche lui sembrava raccogliere energia e rinvigorirsi dalla distruzione altrui.

Quando John si rese conto che stava, lentamente ma inesorabilmente, percorrendo lo stesso cammino dei cittadini di

Rosencraft, accusò il colpo ma non collegò e non imputò la sua condizione a Emily o alla loro relazione. A stento riusciva a reggersi in piedi e a uscire di casa, per accompagnare Emily sulle rive del Gemstone Creek.

«Questo posto maledetto...» Si passava le mani sul viso, sempre più pallido e spento, e poi tra i capelli castani, umidi di sudore. «Dobbiamo andarcene, Emily. Questo posto ci annienterà. Lontani da qui potremo ricostruire la nostra vita, insieme.»

«Lo faremo, un giorno.» Ormai Emily rispondeva in modo automatico. «Ho bisogno di un po' di tempo.»

«Si tratta del tesoro dei Redwood?» John le puntava addosso due occhi supplichevoli e segnati da profonde occhiaie scure. «È questo che stai aspettando?»

Emily chinava il capo e non rispondeva. Stava aspettando, sì. Ma non il tesoro dei Redwood. Stava aspettando di essere davvero se stessa. Stava aspettando che le altre donne in lei si assopissero del tutto, fino a svanire. Stava aspettando che il demone del dolore la lasciasse finalmente andare. Stava aspettando che le forze abbandonassero John, completamente. Stava aspettando lei stessa di abbandonarlo e di essere finalmente libera. Perché John era pur sempre un Rosencraft e da Rosencraft si sarebbe comportato, anche con lei. Lo aveva fatto con Susan, pur dicendo di amarla come ora diceva di amare lei. Perché l'amore di un Rosencraft sarebbe stato sempre condizionato. John non aveva salvato Susan, non l'aveva protetta. Emily ne era certa. Forse era insito negli uomini Rosencraft quell'incapacità di donare se stessi, quella propensione ad essere deboli e inetti. Forse non solo in loro. Così Emily aveva dovuto imparare a salvarsi e a proteggersi da sola. E da sola avrebbe continuato a farlo, appena fosse uscita da quel cerchio malefico, da quella trappola infernale, abbandonando Rosencraft e i suoi abitanti al loro destino.

***

Emily si era convinta che tutta l'energia che aveva raccolto le sarebbe bastata anche fuori. Si consolava raccontandosi che non ne avrebbe avuto più bisogno, una volta lontana da lì. Il demone del dolore sarebbe stato finalmente sazio e non avrebbe preteso più nulla. Così lei non ne sarebbe stata mai più dipendente.

Lawrence l'aveva uccisa e il demone del dolore le aveva restituito la vita. Però la costringeva a nutrirsi, anche contrariamente alla sua volontà. Aveva iniziato con Lawrence, oltrepassando i limiti. Poi aveva tentato di trattenersi, ma non si era più fermata. Aveva sottratto ormai quasi ogni residuo di linfa vitale dagli abitanti di Rosencraft, iniziando da coloro che le avevano fatto più male. Poteva ritenersi soddisfatta di aver condannato la loro esistenza a una sofferenza perpetua, impedendo a ognuno di vivere ma anche di morire. Impassibile alle loro suppliche.

In un istante di rara lucidità anche Trudy Whiteland, ormai ridotta a un pachiderma senza alcuna sostanza, quasi una massa viscida e gelatinosa, l'aveva supplicata. Emily passava saltuariamente a casa Whiteland per controllare le due donne e tenersi aggiornata sulle loro condizioni, pur nella certezza che le avrebbe trovate ancora in vita perché nessuno a Rosencraft sarebbe morto senza il suo consenso. Lei e il demone del dolore non lo avrebbero concesso, mantenendo tutti in un'atroce circostanza di sospensione di giudizio.

«Strappami da questa catena infernale, Emily. Liberami di questo corpo...» Lacrime acide si fondevano sul suo volto, creando due solchi che la bruciavano come due lame ardenti. «Oppure fammi tornare come prima, guariscimi. So che tu puoi farlo.»

«Tu hai ucciso mio padre.»

«No, Emily, no.» Trudy continuava a implorare, con tono lamentoso. «È stato Morris Rosencraft, insieme al pastore Greenshow. Io non ero d'accordo...»

Adam Redwood sarebbe fuggito. Ora Emily ne aveva la certezza, grazie al racconto di Charles. Suo padre stava progettando di portarla via da lì. Ma Trudy lo aveva fermato, con l'aiuto di Ferdinand Brownhall e dei Rosencraft. Una dose di veleno quotidiana che era poi sfociata in attacco cardiaco.

«Tu hai ucciso Curtis Greyhammer.» Emily restava di fronte a lei, sfidandola implacabile. «Dimmi la verità e potrei prendere in considerazione l'idea di aiutarti.»

Il silenzio da parte di Trudy, questa volta, fu una conferma.

«Curtis non aveva alcuna colpa.» Emily deglutì e strinsi i pugni.

«Ti avrebbe portata via, anche lui...» sospirò Trudy. «Io ho sparato quel colpo mentre Fiona distraeva gli altri. Ma i Rosencraft erano d'accordo con me.»

Emily chiuse gli occhi. Lo sapeva già, da tempo. La morte di Curtis non era dovuta a un incidente di caccia. Era stato ucciso. Da Trudy, con la complicità di Fiona e l'approvazione dei Rosencraft, forse anche di Lawrence.

«Per il tesoro» concluse Emily, mordendosi le labbra e riaprendo gli occhi sull'ammasso di carne flaccida che solo poco tempo prima era una donna spietata, prepotente e volgare.

«Curtis non avrebbe saputo come gestirlo. Lo avreste dissipato, lontani da qui. Io invece...»

Il tentativo di giustificazione di Trudy ebbe un effetto rivoltante su Emily. In lei, anche se non aveva mai voluto ammetterlo, viveva ancora una speranza. Che fosse stata l'incapacità di Curtis a ucciderlo, la sua inesperienza con le armi. Invece no. Era stata lei, anche se indirettamente. Curtis aveva perso la vita a causa sua.

Abbassò la testa e si voltò. Percorse il breve tragitto dal soggiorno verso la porta.

«Emily… hai detto che mi avresti aiutata!» Trudy, con uno sforzo immane, riuscì quasi a gridare, in preda alla disperazione.

«Ho detto che avrei preso in considerazione l'idea.» Emily girò il viso verso di lei, per un istante, prima di incamminarsi verso l'uscita. «L'ho fatto.»

Un urlo ancora più acuto, seguito da insulti e minacce, la raggiunse sulla porta. Trudy non sarebbe morta e non sarebbe guarita. Curtis, dall'altra parte del velo, avrebbe approvato. O forse no. Non era mai stato un ragazzo crudele.

«Mi dispiace, amico mio. Riposa in pace, ovunque tu sia.»

*** 

Non li avrebbe lasciati andare. Lo stava giurando a se stessa. Almeno finché non avessero espiato tutto il male che avevano provocato e invocato, tutta la sofferenza che avevano inflitto, di cui erano stati artefici. Ma Emily, dopo la confessione di Trudy, si era resa conto che non poteva condannare tutti per i peccati commessi da molti.

Era passata dal pastore Greenshow e l'aveva trovato in uno stato di aberrazione che sfiorava l'oscenità. L'aveva squadrata con uno sguardo viscido e lussurioso, la sua propensione alle indecenze non aveva fatto altro che crescere in lui e la sua pelle era diventata talmente sottile che le vene gli pulsavano in bella vista. Il volto paonazzo lo rendeva simile a una lampada sempre accesa, in atteggiamenti depravati.

«Pagherai per i tuoi peccati, maledetta strega!» Le aveva inveito contro. «Per tutto quello che ci stai facendo. Ricordatelo, Emily Redwood, il Signore ti vede. Pagherai e piangerai sangue e lacrime.»

«Lo so.» Emily aveva risposto senza scomporsi. «Attenderò in mio turno. Ma adesso è la morte di Curtis Greyhammer che grida giustizia. È la sofferenza di tutte le giovani che hai stuprato e distrutto, sempre protetto dal tuo amico Morris Rosencraft.

Quindi ora tocca a te, maiale. Anche se mi rendo conto che paragonarti a un maiale è fin troppo lusinghiero per te.»

Curtis Greyhammer. Curtis Greyhammer attraversava i suoi pensieri e non la lasciava sola. Comprese che avrebbe dovuto fare qualcosa per lui, anche se ormai era troppo tardi. Si ritrovò al cimitero, davanti alla sua tomba, dove non era mai stata. Aveva sempre creduto fermamente che lui non si trovasse lì. Che nessuno si trovasse davvero lì. Rammentò il momento in cui Lawrence si era avvicinato a lei, con la scusa di accompagnarla sulla tomba di Curtis. Lei aveva rifiutato, ma da quel momento era iniziato tutto. La sua lenta e graduale discesa all'inferno. Forse era iniziata anche prima, in realtà, ma quel momento era stato una sorta di spartiacque tra il prima e il dopo. Aveva segnato il suo avvicinamento ai Rosencraft.

«Ciao, Curtis.»

Non aggiunse altro. Osservò con attenzione la sua foto incastrata in una piccola cornice ovale all'interno della lapide. Curtis sorrideva con la sua solita espressione dolce, bonaria.

Non sapeva che altro dirgli, quindi rimase in silenzio a fissare la sua tomba, come se da lì le potesse giungere una risposta, un'indicazione. Solo qualche minuto, poi piegò la testa, accennò un sorriso e voltò le spalle per andarsene. Lui poteva essere in tanti posti. Ma di certo non si trovava lì.

Quando raggiunse la piccola e sgangherata abitazione dei Greyhammer si stava facendo sera. Li trovò magri, stanchi, ma tutto sommato ancora reattivi nei confronti dell'epidemia. La morsa stringente non li aveva ancora colpiti in modo irreparabile. Stranamente, nonostante le loro condizioni e la soglia di povertà che erano costretti ad affrontare quotidianamente, riuscivano ancora a sopportare la situazione.

Aveva riconosciuto subito la casa di Curtis e si era fermata per qualche istante a guardarla dall'esterno. I genitori del suo amico erano brave persone, come lo erano stati Aaron e Claire. Brave persone, nonostante Rosencraft. Si sentì in colpa nei loro confronti. Avevano perso un figlio per causa sua. E li aveva ridotti in una condizione ancora più disperata di quella in cui avevano già trascorso tutta la loro esistenza.

Le fabbriche dei Rosencraft, inoltre, stavano progressivamente chiudendo. Molti lavoratori si erano ammalati e lo stesso Alfred Loneway, il più stretto collaborate di Morris, non era più in grado di gestirle.

«Emily… Emily Redwood…» La madre di Curtis, Myrna, una donna dai capelli ormai quasi completamente grigi, le aprì la porta per permetterle di entrare.

«Grazie, signora Greyhammer.» Emily annuì e la oltrepassò.

Venne invitata a sedere nell'umile dimora. Il salotto modesto ma accogliente le diede un senso di casa, di pace. Le servirono un tè alla menta di cui lei non aveva molta voglia ma che accettò per non offenderli. Hans, il fratello minore di Curtis, un bambino di circa otto anni, condivise con lei qualche biscotto al cioccolato che aveva messo da parte per le giornate di festa.

Il senso di colpa di Emily divenne sempre più invadente, pesante. Quella famiglia non meritava di restare così sospesa in quell'inferno in terra, in mezzo a tutti gli altri. Assaporò il tè e, nonostante tutto, le parve delizioso.

«Cosa vuoi fare di noi, Emily?» Il padre di Curtis, Jack Greyhammer, somigliava al figlio in modo strabiliante. Emily ebbe una chiara proiezione di come sarebbe diventato il suo amico se fosse riuscito a invecchiare. «Ben presto non avremo più nulla. Non solo noi, tutta Rosencraft. Non potremo più nemmeno sfamarci, tutto sta chiudendo, tutte le attività… siamo alla deriva…»

«Voi dovreste andarvene, signor Greyhammer.»

Emily non si stupì che avessero capito. Ebbe anzi la conferma che ormai tutti avessero compreso che la drammatica situazione in cui versava Rosencraft dipendeva da lei.

«È questo che vuoi, Emily?» Il tono di Myrna, che aveva inclinato il viso in attesa mostrandosi tranquilla fino a quel momento, all'improvviso divenne fremente, teso. «Sei venuta per questo? È arrivato il nostro momento?»

Emily si rese conto che la povera donna aveva frainteso.

«Voi lascerete la città, questa sera. Così sarete liberi di iniziare una vita altrove. È questo che intendo. Io vi darò il denaro necessario per partire e per sistemarvi. Come avrebbe voluto Curtis.»

Liberarli dal giogo della loro permanenza a Rosencraft. Sì, era ciò che avrebbe voluto anche Curtis. Almeno così credeva. Forse non la ritenevano direttamente responsabile, ma quello era l'unico modo per ricompensarli del dolore e della perdita che avevano subito.

«Siamo stati qui tutta la nostra vita…» L'uomo si passò le mani tra i capelli, con una smorfia scettica che in breve divenne desolata, amara. «Cosa potremo fare fuori di qui?»

«Non lo so.» Era la verità, Emily non sapeva rispondere. Nemmeno lei era mai stata fuori da Rosencraft. «Ma troverete il modo, ne sono certa. Io posso liberarvi, in un modo o nell'altro. Sta a voi decidere quale, se deciderete di accettare la mia offerta.»

# CAPITOLO 12

Emily Redwood non era indenne da tutto ciò che aveva contribuito a scatenare su Rosencraft. Viveva un proprio inferno personale, un eterno presente che la coglieva sempre vigile e insonne.

Il corpo forse implorava riposo, ma la mente non cedeva mai, rifiutava di arrendersi, di concederle un po' di tregua, uno spiraglio di pace.

Non sarebbe durata ancora a lungo. Erano trascorsi altri due mesi e la primavera era piombata su di loro, almeno in teoria perché tutto era rimasto immoto e immutabile dall'estate precedente. E quel tutto aveva sempre più il peso di una disfatta imminente. In ogni caso, il tempo di andarsene stava per giungere.

Aveva raccolto tutta l'energia possibile che era riuscita ad assimilare e che le sarebbe stata sufficiente per quello che riteneva un lungo periodo. Una volta terminata non ne avrebbe cercata altra, si sarebbe lasciata andare e avrebbe accettato la fine.

Ma intanto la sua curiosità verso l'esterno cresceva. Avrebbe voluto interrogare John in proposito ma preferiva non illuderlo, non più. Si chiedeva soltanto se, una volta fuori, avrebbe potuto concedersi un po' di riposo. Il demone del dolore che si era impossessato di lei e l'aveva mantenuta in vita, la manteneva anche vigile e insonne.

Così la notte si aggirava per la residenza dei Rosencraft. Ne ammirava, in tutta tranquillità, le ampie stanze, i quadri, gli oggetti preziosi. Se ne sentiva attratta ma al tempo stesso desiderava mantenere le distanze. Ai Rosencraft non era mai bastato ciò che avevano. Volevano di più, sempre di più, qualunque fosse il prezzo da pagare pur di ottenerlo.

Non si era resa conto, ancora, di essere seguita, passo dopo passo. Ma quando percepì la sua presenza, si voltò di scatto e se lo trovò di fronte, con i suoi movimenti incerti, il viso sollevato su di lei, non si sorprese.

«Non dormi, Michael?»

«No.»

Il bambino sembrava avere altro in comune con Emily, oltre l'energia vitale ancora intatta e l'insonnia. Era di poche parole. Quelle che pronunciava, con gli occhi scuri e severi puntati su di lei, erano secche, decise. E anche precise, affilate. Era la sua espressione a dire tutto, a comunicare il suo pensiero. Michael si aspettava qualcosa da lei. Che lo portasse via da quel luogo infetto, da quel sentore di devastazione, di morte che incombeva su di loro e che erano costretti a condividere con persone ormai ridotte a relitti umani.

«Dovresti provare.»

Emily era rimasta ferma insieme a lui, di fronte a un quadro appeso lungo la parete, un ritratto di Alistair Rosencraft, solenne e altero in abbigliamento da caccia.

«Anche tu.»

«Io non posso.»

Michael lanciò un'occhiata contrariata al suo antenato e corrucciò lo sguardo, poi tornò a fissarlo su di lei. Emily non aveva intenzione di intrattenere quel bambino ostile. Leggeva sempre di più un'accusa nei suoi occhi, da cui non aveva né voglia né intenzione di difendersi.

Di solito Michael trascorreva tutto il tempo con suo nonno Charles, lo aiutava nei suoi studi, disegnava, leggeva, scriveva. Oppure usciva in giardino e saliva su un'altalena in ferro, lasciandosi dondolare con aria seria e lo sguardo perso oltre il cancello scuro della villa. Alcune volte Emily lo aveva raggiunto, posizionandosi sull'altalena accanto. Restavano in silenzio mentre tra loro, oltre alla noia, regnava solo l'intenso cigolare di quel gioco da tempo inutilizzato e che probabilmente aveva visto crescere i gemelli Lawrence e Grace Rosencraft.

Non era un'incombenza di Emily occuparsi di Michael. Nemmeno John se ne curava. Proprio mentre stava riflettendo sul da farsi, il bambino le voltò le spalle, corse via e sparì. Emily si rese conto che non era la prima volta che si aggirava tra i corridoi della villa a notte fonda. Lo aveva già sentito muoversi, sia in casa sia fuori, e la sorprendeva il fatto che lui non avesse paura di imbattersi in qualcuno che avrebbe potuto fargli del male. In ogni caso, Michael soffriva d'insonnia, proprio come lei. Non sapeva se avesse iniziato quando era arrivato a Rosencraft o se gli accadesse già da prima. Avrebbe potuto chiedere a John. O avrebbe potuto lasciar perdere, dimenticare, non preoccuparsene affatto e decidere che Micheal, il più giovane rimasto dei Rosencraft, non era e non sarebbe mai stato un suo problema.

✳✳✳

L'esistenza a cui aveva condannato Rosencraft non la gratificava più, dopo tutti quei mesi. Non l'aveva mai gratificata, nemmeno prima. Li costringeva a resistere, a nessuno era concesso morire. La loro sofferenza perpetua però riduceva anche Emily a una vittima, la rendeva inerme.

Il legame con John, intanto, era diventato più intenso, più profondo. John era dipendente da Emily, succube di lei. Della sua incostanza, del suo umore mutevole e talvolta altezzoso. Ma anche della sua leggerezza, del suo modo di sorprenderlo con la sua imprevedibilità e stravaganza.

Le sue giornate scorrevano nel tentativo, più o meno vano, di afferrarla, di attrarla a sé sempre di più, di compiacerla. Senza rendersi conto che non era stata quella devastante epidemia che si era diffusa a Rosencraft a colpirlo nel corpo e nello spirito, ma lei. L'influenza che Emily aveva scatenato su di lui, sul suo fisico sempre più incline ai cedimenti, logorato e indebolito dalla fatica, sulla sua mente ormai corrotta, deteriorata.

Emily aveva danneggiato John, aveva compromesso le sue condizioni fisiche e mentali senza nemmeno averne l'intenzione, senza accanirsi su di lui. Ma era stato inevitabile, la relazione tra loro e il consolidarsi del sentimento di John nei suoi confronti aveva giocato a suo sfavore. Tanto che il demone del dolore, insito nel cuore di Emily, aveva colpito anche lui succhiandogli tutta la vitalità, senza fare distinzioni.

Così Emily aveva compreso che il demone del dolore non faceva distinzione tra odio e amore. Assorbiva energia, da chiunque provenisse. Ciò che John provava nei suoi confronti, di qualunque sentimento si trattasse, non gli era stato d'aiuto, non lo aveva protetto. Ormai, sempre più stravolto e disarmato, si aggrappava a lei in cerca di salvezza, di una speranza.

Non le importava nemmeno che fosse amore. Era dispiaciuta, costernata, forse. Non ne era del tutto certa, come non lo era stata con l'affetto che Curtis aveva provato per lei. Lawrence non l'aveva mai amata e con lui non aveva avuto alcuno scrupolo in proposito. Le aveva reso le cose più semplici.

Ma sebbene fosse dispiaciuta, costernata (o qualunque cosa per cui non sapeva trovare l'aggettivo adatto) nei confronti di John e del maleficio di cui era caduto vittima, di una cosa era sicura. Non poteva e non avrebbe mai potuto ricambiare il suo amore. Lui era un Rosencraft, il cuore di Emily non sapeva accettarlo. Non voleva accettarlo. Lui l'avrebbe portata alla rovina e salvaguardare se stessa era diventata una missione a cui Emily non avrebbe mai rinunciato, una priorità. Lei veniva prima di tutto e di tutti. Lo aveva promesso a se stessa.

Il suo tempo intanto si stava avvicinando. Lo sentiva pulsare nel petto, era questione di giorni, di ore ormai. Il tempo di tutti quanti, non solo il suo. Aveva preso a girare per la città, a registrare nella mente ogni angolo, ogni ricordo, ogni frammento di vita vissuta a Rosencraft. Ogni sfida che era stata costretta ad affrontare, ogni umiliazione, ogni paura.

Ma aveva un ultimo compito, prima di andare via.

«Sei venuta a dirmi addio, piccola Redwood.»

Charles Rosencraft sollevò gli occhi dai fogli che aveva di fronte. La sua non era una domanda. E lui non poteva più vederla, ormai. Ma aveva riconosciuto il suo passo. Non poteva più vedere nulla, nemmeno ciò che stava tentando di scrivere o di leggere. Aveva trovato un espediente, usava la memoria e il tatto. Spesso era Michael a leggere e a scrivere per lui. Ma in quel momento era solo.

«Sì.»

Emily si avvicinò, ma rimase oltre la sua scrivania, come sempre stracarica di libri e di carte. Per qualche istante focalizzò l'attenzione su un piccolo mappamondo in legno.

«Allora farai quello che devi, almeno per me.»

Tra tutto ciò che era rimasto di Charles Rosencraft, del suo povero corpo ormai al limite delle forze, la voce aveva mantenuto il vigore di una certa distinzione, la dignità di chiedere senza supplicare.

«Io non…» Emily chiuse gli occhi. Quello che Charles le chiedeva andava contro la sua volontà. «Signor Rosencraft, io…»

«Tu non mi lascerai qui come tutti gli altri.» Charles posò entrambe le mani sulle carte che aveva di fronte. «Tu farai quello che è giusto, per me. Perché io non ti ho mai fatto del male. Non ti ho mai protetta, non ti ho mai salvata. Forse avrei dovuto, ma non ne sono stato capace. Certi uomini nascono senza volontà, senza spina dorsale. Io sono stato così, nel corso di tutta la mia vita. Ti assicuro che non è stata cattiveria, la mia. È stata inettitudine. Imparando a conoscermi mi sono concentrato su altro, sui libri, sui miei studi. Così ho consolato me stesso, mi sono mantenuto al sicuro dalla colpa.»

Emily annuì debolmente, nonostante Charles non potesse vederla. Ma lui proseguì come se l'avesse vista e il suo cenno gli avesse dato la conferma per poter continuare.

«Uscendo da qui, troverai molti uomini come me. Uomini e donne che si lasciano trascinare, giorno dopo giorno, tra inettitudine e vigliaccheria. Per non comprometersi, per non prendere posizione. E tu dovrai lottare per imparare a stare a galla, piccola Redwood. Ricordatelo, ricordatelo bene. Così quando te li troverai davanti li riconoscerai e saprai cosa devi fare.»

«Perché, Charles?» Emily si avvicinò a lui, oltrepassò la scrivania e lo raggiunse, posizionandosi al suo fianco, afferrandogli le braccia e stringendole forse un po' troppo forte. Aveva abbandonato ogni distacco, ogni ritegno. «Perché non ci hai salvato?»

Era ciò che avrebbe voluto chiedergli da tanto, tanto tempo.

«Perché non potevo, Emily.»

«Se ci fossi stato tu, al posto di tuo padre… di Morris, anche di Lawrence…» La voce di Emily iniziò a tremare, per il rimpianto di un passato che nemmeno conosceva. Per ciò che avrebbe potuto essere e non era stato.

«Non sappiamo come sarebbe andata. Sono un vigliacco, piccola Redwood. Non un combattente. Guardami… non ho mai combattuto per nessuno, nemmeno per mio figlio e per mio nipote. Non ho combattuto mai. La vigliaccheria può essere nociva quanto la cattiveria. A volte anche di più.» Charles le afferrò le mani e le strinse con una forza che le fece quasi male. «Ora fai ciò che devi, se hai pietà di me. Liberami, Emily. Lasciami andare. Ti ho trasmesso tutto ciò che so. Uccidimi dolcemente. Poi libera te stessa e vattene da qui. Abbandona Rosencraft per sempre, al suo destino. Ora puoi avere davvero tutto. Trova qualcosa di buono per cui vivere.»

# LIBRO QUARTO

## DOLCEMENTE UCCIDE - RABBIA

### (Emily)

# CAPITOLO 0

Emily Redwood aveva liberato se stessa. Se n'era andata. Aveva abbandonato Rosencraft al suo destino. Per la prima volta. E per sempre.

Da tanto, troppo tempo, progettava la propria liberazione. Aveva compiuto tutti i passi essenziali, uno dopo l'altro. Aveva accumulato tutto ciò che le sarebbe stato indispensabile, ma c'era ancora qualcosa a bloccarla, un legame morboso che non riusciva a spezzare, una storia che non riusciva a chiudere. Aveva avuto bisogno della spinta necessaria.

Aveva liberato Charles Rosencraft dal suo male di vivere. Agli altri non aveva riservato la stessa cortesia. L'unica eccezione erano stati i Greyhammer, qualche tempo prima. Li aveva assolti, nonostante fossero stati parte di Rosencraft e i loro antenati avessero giocato un ruolo importante nella fondazione della città. Così aveva saldato il suo debito con Curtis.

L'inizio della sua vita all'esterno non aveva guastato Emily. L'aveva resa, al contrario, ancora più bella. La sua pelle era più luminosa, più levigata, i capelli scuri lucidi e pieni di vita. Aveva lasciato Rosencraft trascinando con sé la sua nuova anima, intatta e solare. Mentre il demone del dolore si abbatteva, come un angelo vendicatore, su tutti coloro che avevano ferito non soltanto lei, ma il cuore pulsante di quel luogo oltre ogni spazio, oltre ogni tempo. Gli animali del bosco, ormai del tutto liberi dalla "Riserva dei Fondatori", e la natura avevano iniziato a occupare spazio, sempre più spazio. Oltrepassando i confini, abbarbicandosi tra le mura della città, impossessandosi del mondo che in fondo era sempre stato loro e sarebbe tornato ad appartenere a creature di vita, non di morte.

*"Noi ce la faremo. Noi combatteremo. Perché io non sono sola, non ancora."*

Emily era tornata a scrivere sulle pagine di un nuovo diario. Li aveva raccolti tutti e portati con sé. Insieme ai gioielli appartenuti a Katherine, di cui Trudy si era impossessata per anni: un anellino con un topazio, una semplice spilla d'oro, una collana di coralli e due braccialetti d'argento. Dalla biblioteca di Charles aveva preso il piccolo mappamondo intagliato in legno, posato in un angolo della sua strabordante scrivania.

Charles Rosencraft non aveva mai abbandonato la sua città, ma possedeva quel mappamondo. Forse un desiderio inconscio, forse semplice necessità di conoscenza, di documentazione, come per tutto il resto nella sua vita. Non aveva importanza. Emily lo avrebbe portato con sé.

Però qualcosa aveva lasciato a Rosencraft, negli archivi della "Rosencraft Library" per la precisione. La copia di una lettera di Katherine all'uomo col cappello, che Charles aveva conservato e le aveva fatto avere insieme alle ultime volontà di Adam. E il duplicato delle registrazioni di Susan, che Claire le aveva consegnato il giorno in cui tutto era cambiato in modo drastico e definitivo. Forse Emily si illudeva che qualcuno, negli anni o nei secoli a venire, ritrovasse quel materiale. Testimonianze di ciò che era stata Rosencraft. Un monito per le generazioni future a non ripercorrere mai più la stessa strada, a non tornare indietro.

Nonostante fosse rimasta del tutto sola con se stessa, distaccandosi dalle donne che avevano vissuto in lei per oltre un anno, Katherine, Susan e Lauren, non riusciva a tollerare quel senso di solitudine estrema che l'affliggeva nella grande città. Sebbene si trovasse in mezzo a tanta gente si sentiva persa.

Si era resa conto che Charles aveva avuto ragione, quando le aveva parlato di cosa avrebbe incontrato all'esterno. La vigliaccheria poteva essere deleteria e nociva quanto e più della cattiveria. Anche perché dalla cattiveria aveva imparato a proteggersi. Aveva imparato ad attaccare, con astuzia e con ferocia, prima di essere colpita.

Proprio per questo non era riuscita a lasciarle andare del tutto. La sua rabbia era ancora viva e le sembrava troppo recente per poterla superare. Tanto che non era stata in grado di abbandonare nemmeno Rosencraft, non del tutto.

Rosencraft rimaneva la sua principale nemica, la sua nemesi.

*"Noi ce la faremo. Noi vinceremo. Noi distruggeremo Rosencraft. Perché la verità è che non è ancora finita. Io sento che non è ancora finita."*

# CAPITOLO 1

Aveva cancellato i ricordi, espulsi dalla memoria. Così aveva vissuto per un po' vagando senza meta. L'esterno aveva assorbito tutto il suo tempo, tutto il suo spazio. Ed Emily si era donata anima e corpo al nuovo mondo, alla nuova esperienza.

Londra l'aveva sedotta, letteralmente. All'apparenza sembrava che l'incanto e la passione fossero ricambiati. Era stato bello cancellare tutto, era stato giusto. Si era poi stabilizzata a Stratford-upon-Avon, la cittadina identificata nel suo diario come SUA. In realtà aveva perso l'enfasi e l'impatto emotivo suscitato in lei anni prima. Ci era andata solo per mantenere intatta la decisione presa in passato.

Due, tre, quattro mesi. Una casa, una vita. Aveva preso abbastanza e le sarebbe stato sufficiente. Intanto Emily aveva perso il conto. C'era qualcosa che si era ripromessa di fare, ma aveva rimandato, giorno dopo giorno. Non sapeva nemmeno se si trattasse di responsabilità o di un vago senso di colpa che le bruciava dentro senza però corrompere la sua fiducia, la sua noncuranza.

Poi i ricordi erano tornati. L'avevano colpita, senza infrangersi su di lei.

Era stata lei. Inutile negarlo o tentare di lasciarselo alle spalle. Era stata lei la responsabile della degenerazione che aveva sottoposto gli abitanti di Rosencraft a una morte in vita. Forse senza nemmeno esserne del tutto cosciente si era nutrita dell'amore di Susan e dell'attesa di Lauren. Da Katherine aveva ottenuto il talento nell'attrarre chiunque servisse alla sua causa, alle sue necessità. Così le tre donne da cui aveva tratto ispirazione e che avevano plasmato la sua vita erano state con lei il tempo necessario, per poi sbiadire sempre più e scivolare nella sua ombra quando non ne aveva avuto più bisogno.

*"L'uomo col cappello.*

*La donna con lo scialle.*

*La Macchia.*

*La Gioia.*

*Le Solitudini."*

No, nonostante avesse tentato di rimuovere, non aveva dimenticato. La memoria era riemersa, costringendo i ricordi a ristagnare dentro di lei. Non ci sarebbe stato modo di farli affondare di nuovo e andare avanti come se niente fosse accaduto, come una persona nuova e sorta dal nulla. Senza passato.

Emily si doveva obbligatoriamente rassegnare. Ma forse aveva compreso. Era Katherine, sua madre, la donna con lo scialle che la osservava nell'ombra. Oppure era lei stessa, che non trovava voce, che non sapeva saltare oltre il limite, il confine fisico e mentale che Rosencraft le aveva imposto, impresso come un marchio e di cui non sapeva ancora liberarsi.

Perché c'era quel legame inscindibile che non le permetteva di essere completamente indipendente. Rosencraft l'aveva davvero marchiata a fuoco. Tanto da non permetterle di estirpare dal suo petto, dalla sua essenza, il demone del dolore, come aveva creduto e sperato di poter fare. Si era illusa di sopravvivere senza, ma non era stata in grado. Così aveva ripreso a nutrirsi, la sua energia da sola non sarebbe stata mai sufficiente a mantenere in lei quella luce, quella grazia, quella forza. Aveva ripreso a sfinire chi la circondava, a sfibrarli e a succhiare la loro essenza, la linfa che li manteneva vigorosi e sani. Era molto diverso però da ciò che accadeva a Rosencraft. A contatto con il mondo esterno Emily era diventata curiosa, affamata, ingorda di emozioni e, nella sua brama di conoscenza, il suo istinto non si placava fino a raggiungere la sazietà di cui aveva bisogno.

La sua sensibilità a Rosencraft l'aveva resa l'esclusa per eccellenza. Aveva assorbito tutto il dolore, l'umiliazione, la paura delle altre escluse e di chi non sarebbe mai stato integrato e accettato in quello spazio che non riusciva mai a oltrepassare se stesso, i propri limiti.

L'uomo col cappello non era più apparso dopo i dinieghi di Emily, dopo i ripetuti rifiuti che aveva opposto al suo invito a smettere, a fermarsi. Forse si era spinta troppo in là, per lui. Di certo non l'avrebbe mai più rivisto, fuori da Rosencraft. Perché Rosencraft era un luogo dell'anima, non solo una cittadina con regole e stili di vita antiquati e dannosi per chi non era in grado di difendersi o di imporsi.

Con il riemergere dei ricordi e delle colpe che la scalfivano ogni giorno di più, Emily aveva compreso che non avrebbe più potuto rimandare. Si era premurata di fare il suo dovere, prima di andarsene. In un certo senso non se l'era sentita di lasciarlo andare e di costringere entrambi a restare bloccati a Rosencraft, anche se non sapeva spiegarsi se la sua scelta fosse stata per loro una salvezza o una condanna.

Comunque, era arrivato il momento. Così ritrovò il luogo e si presentò senza nemmeno farsi annunciare. Tanto sarebbe stato inutile.

La casa era situata fuori Londra, nel tranquillo villaggio di Finchingfield, che si trovava a poca distanza dalla città ma immerso nel verde di una natura rigogliosa, con un grazioso parco che lo stringeva come in un abbraccio. La somiglianza fisica con Rosencraft non era un caso. Anche se, considerata la situazione, non sarebbe stata né apprezzata né detestata.

I suoi occhi l'avevano supplicata di non lasciarlo prigioniero, molto più delle sue parole. E furono proprio quegli occhi, verdi e ancora accesi su di lei, che Emily riconobbe, perché del resto era rimasto ben poco.

«Ciao, John.»

Emily si fermò ai piedi del letto, tenendosi però a poca distanza dalla porta d'ingresso. Come pronta a scappare, a volare via e dimenticare, rimuovere una volta per tutte. Ma John Rosencraft era rimasto immobile, comunque. Prigioniero del suo stesso corpo che non gli aveva consentito più alcun movimento, invecchiato e deperito ancora più di quanto Emily riuscisse a rammentare. Solo gli occhi le comunicavano il suo terrore, la sofferenza che non sapeva più descrivere.

«Credevo che saresti morto, qui fuori.» Emily sospirò e inclinò il viso, mordendosi appena le labbra. «A quanto vedo non è successo.»

Percepì un mugolio da parte dell'uomo, il tentativo di rispondere, di esprimersi. Gli occhi sgranati su di lei avevano ora una luce inorridita.

«Lo so cosa vuoi dirmi, John.» Mosse un passo verso di lui. «No, non lo farò. Stai tranquillo. So che tu hai amato la vita più di qualunque altra cosa e non sarò io a toglierti quel poco che ti rimane.»

La respirazione di John subì un'accelerazione, appena Emily si ritrovò più vicina a lui. Non seppe dire se fosse emozione o paura. Probabilmente entrambe.

«No, non hai amato me. E vuoi sapere perché? C'era Susan, in me, in quei momenti. Mi ha guidata, si è impossessata di me. Tu hai amato lei, non me. Ma non mi è mai importato, davvero. Andava bene così. Forse sei stato sincero, forse no. Forse eri solo pentito per non averla salvata quando avresti potuto. E dovuto. Mi dispiace, John. Ma un Rosencraft resta sempre un Rosencraft e io non ho potuto fare eccezioni con te e nemmeno con tuo padre, di cui stimavo l'onestà intellettuale. Avrei voluto che le cose andassero diversamente, per noi. Ma dovevo salvare me stessa. Perché se non lo avessi fatto io… non lo avrebbe fatto nessun altro. Tu meno che mai.»

Gli sfiorò il braccio, poi sollevò la mano bianca e delicata sul suo viso scarno in una vana imitazione di carezza. Gli zigomi che erano stati ben delineati e seducenti erano solo un ricordo ormai su quella forma scheletrica che emergeva sotto la pelle di John Rosencraft.

«Addio, John.»

Non riusciva a trattenersi oltre, non riusciva più a toccarlo né tantomeno a baciarlo. Gli lanciò un'ultima occhiata ma sperò, con tutta se stessa, di non ricordarlo così, di essere in grado di rimuoverlo dai pensieri per sempre. Si avviò verso la porta della stanza di quella casa che era in realtà un ospizio per vagabondi, per diseredati provenienti da ogni parte del paese, intenzionata a non voltarsi indietro, a non tornare mai più.

«Io ho…»

A un passo dalla porta Emily si convinse di essersi immaginata quella voce, la voce profonda di John Rosencraft, pur tremante di angoscia, di dolore. Non si voltò.

«…ho amato te, Emily Redwood.»

Emily chiuse gli occhi e rimase immobile, impassibile. Poi scosse lentamente la testa.

«Ci hai creduto davvero, John. Questo sì. Amavi la mia condizione di esclusa dal mondo di Rosencraft, la mia fragilità. Ti facevo sentire uomo, vigoroso e impavido. Ero una creatura da proteggere, ecco cosa amavi. Non me. Non ciò che sono davvero e che potrei diventare. Non la mia forza.»

Forse John non era stato in grado di intuire la differenza. In quel senso l'aveva amata, di questo doveva dargliene atto. Le parole di John la colpirono ancora ed Emily si chiese da dove quel povero miserabile avesse raccolto, in così pochi istanti, tutte le energie per riuscire a parlarle così, come se il suo corpo e il suo spirito non fossero stati d'ostacolo, ridotti allo stremo, pronti a cedere e a spezzarsi.

«Emily… splendida creatura della notte, tu mi hai illuso. Non sei mai stata fragile. Non eri tu l'esclusa. Tu hai escluso me, dalla tua anima, dal tuo cuore. Mi hai ingannato, mi hai corrotto, mi hai prosciugato. Per questo io, John Rosencraft, ti maledico. Tu non conoscerai mai pace, mai riposo. Nessuno ti amerà mai. Pagherai il tuo prezzo per non avermi amato.»

Emily si morse le labbra con forza e mantenne la promessa che si era fatta qualche istante prima. Non si voltò. Ma comprese di non essersi sbagliata e le ultime parole che John le aveva rivolto ne furono la conferma.

"Un Rosencraft resta sempre un Rosencraft."

***

"Un Rosencraft resta sempre un Rosencraft."

Questo lei aveva detto. Un Rosencraft resta sempre un Rosencraft e non aveva potuto fare eccezioni.

Anche lui era un Rosencraft.

Michael era rimasto nascosto nel bagno della stanza di suo padre, inizialmente con la schiena appoggiata, anzi quasi incollata, alla porta. Era corso a nascondersi appena l'aveva sentita arrivare. Non sapeva nemmeno che fosse lei, ma l'infermiera Tommison lo disprezzava e lo avrebbe preso a manate, trascinandolo in giro come uno straccio usato. Ed era troppo grossa e pesante perché lui riuscisse a sfuggirle. Era un guaio. Ma quella donna orribile era anche incredibilmente veloce, e questo era anche peggio per lui. I passi questa volta erano stati molto più leggeri, però Michael li aveva percepiti comunque. Aveva intuito che non si trattava dell'infermiera Tommison, ma aveva preferito non rischiare. Temeva che lo avesse fatto apposta, per ingannarlo e sorprenderlo.

Era rimasto con il fiato sospeso, in attesa di un movimento, di una parola. Così Michael l'aveva rivista, dopo un periodo di tempo che a cinque anni non sapeva ancora quantificare. Appena riconosciuta la sua voce, si era girato molto cautamente su se stesso e aveva aperto la porta in uno spiraglio per riuscire a vederla. Era sempre la stessa, ma aveva le guance più rosate e gli occhi più luminosi, i capelli più lunghi. Era bella, morbida, solare. Però la tristezza non era andata via. Era uguale a quella delle notti senza sonno e dell'altalena che cigolava in giardino.

Non aveva compreso tutto ciò che aveva detto a suo padre, tra le tante parole che aveva pronunciato. Si confondevano nella sua mente e si incastravano in modo strano, provocandogli dolore, paura. Però lei aveva nominato suo padre e poi anche sua madre. Oltre a questo, ad alcune non aveva fatto caso, altre le aveva rimosse come poco interessanti. A parte quella frase che gli risuonava di continuo nelle orecchie, forse perché lo coinvolgeva, lo riguardava direttamente.

"Un Rosencraft resta sempre un Rosencraft."

Non sembrava una bella cosa, questo lo aveva capito dal tono in cui aveva pronunciato le parole. E Michael ne avrebbe fatto volentieri a meno, se avesse potuto. Avrebbe spalancato la porta, solo per dirlo a lei, per gridarlo ad alta voce.

"Io non voglio essere un Rosencraft. Non voglio!"

Lo avrebbe fatto, anzi era stato sul punto di farlo davvero. Giusto per farle piacere, se non per altro. Per fare in modo che non fosse più triste. Ma non poteva. Non sembrava tanto contenta di vedere suo padre, ma conciato com'era chi lo sarebbe stato? E quello che lui le aveva detto… sulla pace, sul riposo… maledire… pagare il prezzo… e anche…

"Nessuno ti amerà mai."

Le parole di suo padre, di cui non sentiva più la voce da tanto tempo, rimbombavano nella mente di Michael amplificate, a tal punto da stordirlo, da fargli davvero male. Si sforzò di rammentarle, una dopo l'altra, per riuscire a memorizzarle. Perché in qualche modo sapeva, sentiva, che dopo quelle parole suo padre non avrebbe parlato mai più. Quindi, appena trovato un attimo di tranquillità, si sarebbe dovuto impegnare molto di più per riuscire a ricordare quelle sue ultime parole.

Ma, alla fine, ci fu solo una cosa che continuò a chiedersi, incessantemente. L'unica che forse gli interessava davvero, oltre alla questione, per lui non così piacevole, di restare sempre un Rosencraft.

Chissà se adesso riusciva a dormire, Emily Redwood?

# CAPITOLO 2

Emily si sforzò per rimuovere John, le sue accuse e le sue minacce, dalla mente. Voleva riuscirci, ma sarebbe stato meno facile di quanto aveva sperato.

"Un Rosencraft resta sempre un Rosencraft."

E un Rosencraft era incapace di amare qualcuno in modo disinteressato. Non essere ricambiato era un affronto. John era caduto nella sua trappola e alla fine aveva espresso i suoi reali sentimenti per lei. L'odio gli aveva dato la forza di parlare, nonostante le sue condizioni, non l'amore. L'amore lo manteneva rinchiuso nella prigione del suo corpo, una prigione fisica e mentale da cui non si sarebbe mai più liberato. Avrebbe trascorso i suoi giorni in quell'istituto. Per anni o per poco tempo, nella lucidità o nell'incoscienza, rimpiangendola o maledicendo il suo nome. Non aveva più importanza. Emily gli aveva detto addio e lo aveva lasciato andare.

Le persone sapevano distruggere tutto ciò che non apparteneva loro. Anche un cuore. Questo Emily aveva imparato, suo malgrado. Funzionava così anche all'esterno, non si era mai illusa diversamente. I libri che aveva letto avevano ragione e l'avevano preparata. Anche Charles aveva avuto ragione. Charles forse non era mai stato un uomo buono. Ma era un uomo saggio, questo sì.

Tutte le aberrazioni di Rosencraft e dei Rosencraft avevano trovato la loro fine. Emily non sapeva nemmeno se esserne soddisfatta. Cosa aveva ottenuto? Forse nulla. Forse il problema si era solo trasferito altrove e sarebbe esistito finché fosse esistito il mondo. Il genere umano non meritava salvezza. Lei non meritava salvezza. Ma tutto sarebbe proseguito incessantemente in un ciclo continuo, in un cerchio da cui era impossibile uscire.

Bisognava solo continuare a correre e cercare di non precipitare, di non cadere fuori dal cerchio. Oppure cadere il più tardi possibile. Era questo ciò che facevano le persone, anche all'esterno, lontano da Rosencraft. Attaccavano e mordevano prima di essere attaccate e morse. Lo aveva fatto anche lei, era condannata. E non avrebbe smesso.

Era stato questo il fine ultimo di Katherine Kingstone, di Ted Blackmirror, di Stephen O'Connell o di chiunque si nascondesse dietro alla donna con lo scialle e all'uomo col cappello? Già sapevano a cosa sarebbe andata incontro, da quando avevano iniziato ad apparirle? Erano stati loro a guidarla verso la fine di Rosencraft?

Comunque fosse andata, nonostante la consapevolezza di essere stata un'arma nelle loro mani, non aveva importanza. Sarebbe stata pronta a rifarlo, anche senza guide spirituali o materiali.

I rosencraftiani avevano iniziato a morire, a distanza di qualche giorno dal suo allontanamento. Lo sentiva ma non percepiva alcuna emozione, né positiva né negativa. Anche gli ultimi legami si stavano spezzando, come se i fili delle vite che la congiungevano ancora a Rosencraft si stessero rescindendo, annullando ogni lacrima versata, ogni rimpianto trattenuto in fondo al petto.

Li aveva costretti in vita, in circostanze disperate. Poi era passata da loro, uno dopo l'altro, a dispensare la morte. Ad annunciarla, anzi. Sostituendosi a un giudice e mascherando il carnefice.

Li aveva osservati bene. Supplicare, piangere, implorare. Adorarla per poi maledirla, insultarla, bestemmiarle contro quando si rendevano conto che non avrebbero ricevuto proprio nulla da lei, quando raggiungevano la certezza che la compassione non era e non sarebbe stata più parte dell'essenza di Emily Redwood. Per poi gridare, strapparsi i capelli, digrignare i denti e infine tornare a invocare il suo perdono, la sua pietà, a giurarle fedeltà e devozione eterna, scongiurarla di salvarli, di portarli con sé, ovunque fosse diretta.

«Maledetta strega! Troia di merda!» Fiona, dopo la prima fase di suppliche, l'aveva aggredita verbalmente, poi aveva tentato di saltarle al collo, inciampando però nei propri piedi e precipitando a terra con un tonfo sordo. «Puttana! Sei sempre stata una puttana!»

Sollevava il viso gonfio e pieno di pustole su di lei, con la bava che le fuoriusciva dalla bocca e le scendeva lungo il collo, in cui le vene pulsavano come impazzite. Così aveva iniziato a strisciare nella sua direzione, allungando le braccia nel tentativo di afferrarla e trascinarla a terra con sé. Ma non aveva più forza nei movimenti, ormai. Più si dimenava più restava ferma.

«Sono stata quello che avete fatto di me.» Aveva replicato Emily, senza scomporsi. Impassibile, con gli occhi scuri puntati su di lei. «Addio, Fiona.»

«Emily… Emily…» Con una vocina, improvvisamente e incredibilmente dolce, Fiona stava cercando di trattenerla. In ginocchio allungava ancora le braccia per richiamarla. Aveva pensato bene di cambiare tattica. «Emily, perdonami Emily. Tu sei mia sorella, lo sei sempre stata… Se mi porti con te, staremo bene insieme. Io ti aiuterò in tutto, sarò la tua alleata. Sarò tutto quello che vuoi. Noi due sole, potremo iniziare una nuova vita lontano da qui, dimenticare tutto e tutti, essere felici…»

Emily si era voltata senza rispondere. Appena raggiunta la porta di casa delle Whiteland una nuova e ancora più potente e massiccia dose di insulti venne scagliata contro di lei. Fiona, di nuovo. Trudy ormai aveva perso qualsiasi capacità di intendere e di volere. Era solo un corpo, sempre più flaccido e informe, in cui l'anima sembrava restare imbrigliata per dispetto.

La scena si era ripetuta, simile o diversa nella selezione e nella disposizione di preghiere, minacce, parole affettuose, maledizioni che Emily accoglieva senza scomporsi. Indenne e gelida di fronte a tutto ciò che, un tempo, le aveva penetrato e spezzato il cuore, facendola sentire impotente, sbagliata, esclusa.

Gli abitanti di Rosencraft non le facevano più male, ormai. Non avevano più potere su di lei. Le faceva male l'anima, però. Le doleva la consapevolezza di ciò a cui poteva arrivare l'umanità. I limiti oltre i quali sarebbe stata disposta a spingersi.

Emily aveva però accusato un cedimento, ed era stata costretta a trattenersi, quando si era trovata di fronte ad Anna Pinkfellow. Dolce, bianca, esanime, che invocava la sua compassione allungando la manina scheletrica verso di lei.

Aveva voluto bene ad Anna, più di quanto era stata disposta ad ammettere. Questo era il problema. Perché Anna Pinkfellow le somigliava forse un po' troppo e voler bene a lei era stato un vano tentativo di voler bene a se stessa, di accettarsi, di rendersi parte di una comunità che invece l'aveva sempre oppressa e respinta.

Nella sua casa in centro a Rosencraft, Anna era rimasta sola. Sua sorella Minette l'aveva abbandonata e si era data alla fuga con il fidanzato Ferdinand Brownhall, sperando di oltrepassare indenni il confine di Rosencraft.

«Ciao, Anna.»

Inutile interrogarla sulla sua salute. Era fin troppo evidente.

«Ciao, Emily.»

Emily sentì una morsa al cuore, forte, pressante. Anna era stata una delle sue "debolezze" a Rosencraft. Una delle poche persone a cui si era legata e per cui, nonostante gli sforzi, non riusciva a provare la totale indifferenza che ora sentiva nei confronti di tutti gli altri.

Sospirò avvicinandosi e posò la mano sulla sua fronte, madida e gelida al tempo stesso.

«Chiudi gli occhi, Anna.»

«Mi ucciderai, vero Emily?» Anna morse appena le labbra pallide. «Sei qui per questo? Stai passando a ucciderci…» sorrise debolmente, come se stesse per dire qualcosa di davvero buffo. «Somigli a un piccolo angelo sterminatore.»

«No, sono venuta a salutarti. Non ci vedremo più.»

«Mi dispiace, Emily.» Anna cominciò ad agitarsi, aggrappandosi alla sua mano. «Mi credi, adesso? Io sono...»

«Ti credo, adesso.» Emily si inginocchiò accanto a lei, stesa sul pavimento della sua stanza. Non tollerava più il contatto con le coperte che le infiammavano il sangue nelle vene, provocandole pruriti insopportabili. «Ti avevo creduto anche prima.»

«Aiutami...» la supplicò Anna, con il volto inondato di lacrime. «No, no. Io ho paura, tanta paura...»

«Lo so, Anna.» Emily sospirò e se la trascinò addosso, permettendole di appoggiarsi alle sue gambe, al suo grembo.

Anna sgranò gli occhi su di lei.

«Emily... me l'hanno fatto fare... le Rosencraft...» Si sciolse in singhiozzi disperati che la costringevano a interrompersi continuamente mentre tentava di parlare. «Io l'ho fatto però, lo so. Loro erano... orribili... Perdonami... tu mi hai insegnato tanto, a leggere, a pensare... e io... come ti ho ripagata... Ma è stato bello... imparare insieme a te... Mi dispiace, io...»

«Non ci pensare. Stai tranquilla, adesso.» Emily sfiorò le guance di Anna con le dita. Appena vide che si stava calmando, si mosse per lasciarla scivolare di nuovo a terra.

«No...» Con una forza inaspettata, Anna si avvinghiò a lei. «Non lasciarmi qui da sola... Non voglio morire da sola...»

Emily sospirò senza sapere cosa rispondere. Non spettava a lei, non più. Gli abitanti di Rosencraft se ne sarebbero andati, uno dopo l'altro. Emily non poteva e non voleva essere più partecipe della loro fine.

«Fallo tu, Emily. Ti prego...» Anna le sorrise dolcemente. La luce nei suoi occhi le suggerì che se ne stava già andando e che la paura si era gradualmente allontanata da lei. «Così, adesso...»

«Va bene.»

«Grazie, Emily. Amica mia...»

Non dovette fare nulla. Anna Pinkfellow, la persona più simile a un'amica che aveva avuto a Rosencraft, se n'era andata. E così l'aveva chiamata, nel suo ultimo respiro.

Amica.

Emily dovette mordersi le labbra, forte. Davvero forte. Per poi passarci la lingua più volte e tirare su con il naso.

Non piangere. Non piangere. Anche se nessuno l'avrebbe vista. Non poteva. Non voleva. Aveva perso l'abitudine, ormai, da tanto tempo. E non voleva riprendere il vizio, altrimenti temeva di non essere più capace di smettere. Una volta fuori sarebbe stato insopportabilmente difficile provare a vivere con un costante bisogno di versare lacrime.

Superato il momento, Emily sospirò di sollievo. Il peggio era passato. Anna era stata il peggio, dopo Charles Rosencraft. Se era riuscita a sopportare anche questo, tutto il resto sarebbe stato semplice. Poco più di un gioco.

«Adesso riposa, Anna.» Le baciò la fronte e le sistemò i capelli intorno al bel viso sereno. «Buon viaggio, amica mia.»

# CAPITOLO 3

Emily non si era sbagliata. Dopo Anna, il peggio era davvero passato.

Aveva deciso di terminare il giro di visite, lasciando i Rosencraft rimasti per ultimi. Il suo era un ottimo motivo, aveva bisogno di quell'estremo saluto. Le sarebbe servito per affrontare il mondo esterno. Era convinta di non sbagliarsi. Un perfetto esercizio di fermezza e autocontrollo.

Minette Pinkfellow e Ferdinand Brownhall erano certi di aver fatto bene i calcoli nel loro piano di fuga per fuggire da Rosencraft. Ma con la vista annebbiata da chissà quale visione, forse credendosi già fuori su un rettilineo che li avrebbe condotti verso la libertà e la salute mentre in realtà aveva fatto solo un giro del centro cittadino, Ferdinand era andato a schiantarsi a tutta velocità contro il muro bianco della chiesa, abbattendolo. La dinamica era stata incredibile, perché sfondandolo aveva travolto il pastore Harold Greenshow, passandoci sopra con le ruote e disperdendo pezzi del suo corpo e i suoi organi lungo la navata centrale.

L'assurda euforia di fuga aveva colpito un po' tutti. Forse si era sparsa la voce che Emily, quella dannata esterna, si stava preparando a una nuova e piacevole vita da qualche parte del paese e del mondo. Insieme a John Rosencraft e al piccolo Michael, che apparentemente se n'erano già andati, visto che non si trovavano più da nessuna parte.

Ma nessuno di coloro che avevano tentato di lasciare Rosencraft era riuscito a varcare e oltrepassare la città indenne. Emily si rese conto di non poter più attribuire la mala sorte scagliata sugli abitanti a se stessa. Non solo. Si trattava di sfortuna, di destino, del demone del dolore che si era staccato da

310

lei e agiva per conto suo. Lo aveva invocato supplicandolo di farli soffrire mantenendoli in vita, non aveva mai chiesto di ucciderli tutti in contemporanea mentre si preparava ad andarsene. Anna l'aveva chiamata angelo sterminatore. Forse non si sbagliava. Era comunque troppo stanca per interrogarsi, quindi avrebbe lasciato che accadesse, senza nemmeno tentare di fermare quel processo ormai inarrestabile.

Così anche Rowena Brownhall, ubriaca fradicia dopo essersi scolata l'ennesima bottiglia di whiskey, aveva incontrato la propria fine lasciandosi cadere dalla torretta situata nel giardino della scuola, sfracellandosi al suolo e nel contempo prendendo in pieno Adelia Loneway che si aggirava nel cortile con gli abiti ridotti a brandelli e i capelli biondi aggrovigliati in modo inestricabile attorno al collo. Adelia si era lacerata i vestiti per dare sfogo ai denti acuminati che le erano spuntati trasformandosi giorno dopo giorno in zanne che le fuoriuscivano abbondantemente dalle labbra.

Christabel Headgards si era data fuoco, dopo essersi spogliata completamente nella piazza principale, di fronte alla sala cinematografica, gridando con uno sguardo spiritato in cui la follia aveva preso il sopravvento: «Fuoco rendimi bella, rendimi potente. Sono la regina del mondo.» Poco prima aveva pugnalato a morte Tim Kernes, accusandolo di averla morsa e di averle strappato una tetta. Nessuno si era premurato di verificare.

Sarah Yellowstar aveva iniziato a piangere senza più smettere, fino a far sanguinare gli occhi e a strapparseli per la disperazione. Anthony Yellowstar, invece, si era arrampicato sui muri esterni di casa, saltando poi dal terrazzo all'albero più vicino. Era regredito fino a convincersi fermamente di essere una scimmia. La sua convinzione non si distaccava poi così tanto dalla realtà perché il corpo gli si era riempito completamente di peli. Saltando si era diretto verso il bosco, senza più fare ritorno.

Emily si guardava intorno incredula. Dopo la singolare epidemia, il caldo asfissiante, gli stenti, le malattie degenerative fisiche e mentali, le ferite auto inferte, gli animali che dal bosco si erano spinti in centro città, insolitamente aggressivi, gli insetti che si erano annidati ovunque, i ragni che lavorando tessevano incessantemente le loro tele fino ad avvolgere buona parte della città, era chiaro che il seme di follia che si era annidato in Rosencraft avrebbe condotto tutti alla fine. Irrevocabilmente.

Tutti o quasi. I Rosencraft rimasti in vita si erano barricati all'interno della grande villa, nella loro ala protetta al piano superiore con scorte sufficienti per le settimane successive. Come se si aspettassero che prima o poi tutto dovesse finire. Nessuno entrava e nessuno usciva dal loro spazio vitale, così la follia non li avrebbe raggiunti e infettati. Morris, l'ultimo uomo rimasto, aveva raccolto le poche forze che gli erano rimaste per stare di guardia alla finestra con il fucile puntato. A protezione delle "sue donne": la moglie Doreen, la figlia Grace, la sorella Dana e le nipoti, Jana e Jada.

A Emily sembrava la squallida imitazione di un re che difendeva il suo regno ormai sconfitto, distrutto. Ma il suo regno, come tanti altri prima, non era invalicabile. I Rosencraft erano destinati a un crollo definitivo. Morris lo sapeva, anche se il suo orgoglio gli impediva di ammetterlo.

Emily si fermò nel parco, a pochi passi dall'ingresso della villa, sollevando il viso e sfidando Morris che avrebbe potuto impugnare il fucile e spararle. Come aveva fatto con gli animali della "Riserva dei Fondatori", perché il suo valore era lo stesso, agli occhi dei Rosencraft. No, probabilmente era addirittura inferiore.

«Piccola volpe...» sospirò Emily, sfidando il patriarca dei Rosencraft con lo sguardo. «È arrivato il nostro momento, piccola volpe. Questo posto è tuo, il resto del mondo è mio. I Rosencraft sono rinchiusi in un recinto, nella loro gabbia dorata da cui non potranno mai più uscire. Avevano rinchiuso te in una riserva per poterti uccidere con comodo, per sterminarti. Ora è arrivato il loro turno. Fra poco la follia li prenderà e li trascinerà con sé. Il nostro dolore non è stato vano. Coloro che ci hanno fatto del male se ne stanno andando, per sempre. Siamo libere, piccola volpe. Siamo libere.»

La scena della piccola volpe morente fu nuovamente davanti ai suoi occhi, dopo tanti anni, come se la stesse rivivendo proprio in quel momento. Gli occhi lucidi, l'abbandono nello sguardo, l'anima già proiettata altrove.

Emily sollevò una mano verso Morris, in un cenno di saluto, un addio definitivo alla sua vita a Rosencraft. L'uomo socchiuse gli occhi e abbandonò il fucile a terra. Stranamente ricambiò il gesto e un sorriso ambiguo si disegnò sulle sue labbra. Poi, in un impeto imprevedibile, lo riprese. Emily si convinse che l'avrebbe puntato su di lei, pronto a fare fuoco e a eliminare quella che riteneva, già da tempo, la causa di tutti i suoi mali. Così chiuse gli occhi, in attesa. Era lì per la sua ultima sfida. Scappare, da quel punto, sarebbe stato impossibile, inutile.

Quindi era quello il suo destino? Quella la libertà per cui si era tanto battuta?

Aspettò il colpo, aspettò di crollare a terra, aspettò la morte, quella vera. Perché ora il demone del dolore non l'avrebbe più portata indietro.

Il colpo arrivò, ma Emily rimase in piedi. Arrivò in lontananza. Un primo, poi un secondo, poi un terzo, a distanza sempre più ravvicinata, gli ultimi a intervalli minimi. Emily contò fino a cinque. Aprì gli occhi appena in tempo per vedere Morris Rosencraft che era tornato a guardarla con quello strano sorriso dipinto sulle labbra.

Non comprese immediatamente. Non comprese affatto. Fino a quando lo vide sollevare il fucile e puntarselo sotto alla gola. Sorridere ancora, questa volta di gusto, e poi premere il grilletto per la sesta volta.

Un silenzio pesante circondò Emily e la residenza dei Rosencraft. Qualcosa le urlò nelle orecchie, qualcosa di indefinibile, un grido oppure un fischio prolungato.

Rosencraft era davvero finita, se n'era andata.

Emily Redwood era rimasta.

Il demone del dolore aveva vinto.

Rosencraft, l'emblema del male, aveva perso. Non c'era più.

Emily Redwood era libera di ricominciare, di rinascere.

# CAPITOLO 4

Ripercorrere il suo addio a Rosencraft in un sogno lucido prolungato e asfissiante non le faceva mai bene. Ma dopo mesi non era ancora in grado di rimuoverlo. Anche se non avrebbe mai più rivisto Rosencraft e nessuno dei suoi abitanti, sarebbe rimasto con lei per sempre, Emily ne era consapevole.

Giorni, mesi, anni, non avrebbero avuto alcun peso contro la vita e la morte che aveva incontrato a Rosencraft. Le si erano impregnate nel sangue, nelle ossa. Era stato il pegno che aveva dovuto pagare. Sarebbero state sue compagne, insieme all'insonnia che non riusciva a vincere, a debellare.

L'insonnia, l'impossibilità di dormire, di cedere al sonno. Forse era quella la macchia che le sarebbe rimasta incollata addosso, come residuo della sua esistenza passata, della sua colpa. La macchia sulla coscienza che non avrebbe mai lavato via, non sarebbe mai stata in grado di purificare, di sanare.

Uccidere ancora, uccidere dolcemente. Per dimenticare tutta la morte che aveva lasciato a Rosencraft. Per lavare via la macchia. Per dimenticare anche John che, pur essendo rimasto in vita, aveva ridotto a un vegetale. Forse era stata quella la sua vera colpa. Era stata davvero lei. Tutti gli altri erano stati danni collaterali alla sua disperazione, all'esclusione a cui l'avevano condannata.

Con la fine degli abitanti umani di Rosencraft, tutte le altre creature viventi della città avevano ripreso vita. Rosencraft stessa aveva cominciato a rifiorire, a fiorire davvero, come per la prima volta. Gli animali erano finalmente liberi e tranquilli, non più aggressivi e rabbiosi come lo erano stati all'inizio dei cambiamenti devastanti accorsi a Rosencraft. Gli insetti avevano ripreso il loro percorso naturale, addensandosi per lo più nei pressi del Gemstone Creek.

Il demone del dolore si era così saziato. Ma Emily, dopo il tempo trascorso ad aggirarsi per il mondo con i risparmi del conto che suo padre le aveva lasciato e di cui lei era rientrata in possesso insieme a quelli accumulati da Trudy, doveva trovare il modo di andare avanti, di sopravvivere. Di diventare una persona normale tra tantissime altre persone normali. Trovare un lavoro, trovare gente con cui interagire, tentare di stringere qualche legame, anche superficiale, per non essere considerata nuovamente un'esclusa. Vincere l'abitudine consolidata che la tratteneva ai margini, nel suo limbo confortevole e sicuro. Per non trasformarsi da sola, per sua volontà questa volta, in un'esclusa.

Non aveva trovato il tesoro dei Redwood. Anzi, non lo aveva *voluto* trovare, nonostante le indicazioni di Charles. Non ancora. Forse non era mai esistito davvero. E andava bene così. Aveva bisogno di mettersi alla prova, di spingere e costringere se stessa oltre i limiti, di non lasciare nulla di insoluto o di intentato.

Una volta superata la barriera, più mentale che fisica, lasciando Rosencraft per sempre, Emily aveva intravisto di nuovo l'uomo col cappello e la donna con lo scialle. Se ne andavano insieme, di spalle, verso un luogo che non riusciva a riconoscere, un prato fiorito o forse un sentiero di campagna. Si allontanavano verso l'infinito. Era come se fossero rimasti con lei tutto il tempo necessario per guidarla, per accompagnarla fuori da Rosencraft, per avere la certezza che se ne andasse davvero.

La mente richiamò la solita filastrocca, come un mantra che le si era insinuato nel cervello. Ma questa volta evitò di ripeterla, di recitarla. Raggiunse la quasi totale certezza che quelle due figure che le erano apparse tanto spesso non fossero reali, ma due riflessi dei suoi pensieri, delle sue disperazioni quotidiane ma anche delle sue aspirazioni future. Forse gli spiriti di qualcuno che se n'era già andato da tanto tempo, nonostante lei riuscisse a vederli ancora, incastrati tra Rosencraft e quello che era diventato il loro mondo.

Alla fine aveva attraversato tutto ciò che era stato nel suo destino. L'uomo col cappello, chiunque egli fosse, chiunque fosse stato. La donna con lo scialle, che le aveva ingarbugliato i pensieri come la tela di un ragno, per poi districarli e renderli flessibili e lineari. La Macchia, il peccato che aveva dovuto commettere e che sporcava ancora la sua coscienza. Non se ne sarebbe mai liberata del tutto ed era disposta ad accettarlo, a sopportarlo. La Gioia... era arrivata a questo punto del suo percorso. Solo attraverso la Gioia, forse, avrebbe potuto purificare il suo cuore dalla Macchia.

Per quanto riguardava le Solitudini, le aveva già vissute, erano sempre state con lei, quindi non sarebbero tornate. In ogni caso erano state inutili, non si era mai sentita davvero sola. Perché in fondo... no, non c'era stato nessuno che avesse reso quella mancanza un vuoto vero, totale. Emily si convinse che fossero finite in fondo all'elenco del suo mantra solo per caso.

All'improvviso si chiese se sua madre fosse ancora viva, da qualche parte. Se era lei la donna con lo scialle, come aveva creduto, questo poteva significare che non c'era più. Si era rassegnata già da tempo, tanto tempo. Ma forse la verità sulla sua scomparsa non l'avrebbe mai davvero scoperta.

Si era allontanata volontariamente, lasciandola a Rosencraft? Non ne aveva idea, in fondo non la conosceva affatto. Tutto ciò che ricordava di Katherine Kingstone erano dettagli, non l'essenza vera e propria. Il tono di voce mentre leggeva le storie nei suoi libri, il profumo dolce e intenso dei suoi capelli, gli occhi scuri e grandi. Il resto proveniva da qualche racconto di suo padre, ma anche i ricordi di lui si stavano sbiadendo e annebbiando con lo scorrere del tempo. Poi c'erano gli insulti degli altri, rivolti a Katherine e di conseguenza a lei.

Emily iniziò a chiedersi cosa avrebbe fatto lei stessa al posto di Katherine. E si trovò a disagio nell'ammettere che sarebbe fuggita il più lontano possibile, anche a costo di abbandonare il marito e la figlia. Cosa che invece non aveva fatto Susan.

Le creava disagio, ora, pensare a Susan. Come se le avesse sottratto la vita, nonostante lei fosse morta. Si era presa suo marito, poi lo aveva abbandonato al suo destino, insieme a suo figlio di cui non si era nemmeno preoccupata. Non ci aveva pensato affatto a quel bambino silenzioso e distante, non ci aveva pensato più, fino a quel momento. Lo aveva completamente rimosso dalla mente. Forse John, quando li aveva lasciati andare, lo aveva affidato a qualche parente della madre o a qualche amico esterno. Sì, indubbiamente era andata così. Era ancora piccolo, per sua fortuna, sarebbe cresciuto dimenticando tutto e aggrappandosi al suo nuovo mondo. Anzi, senza nemmeno sapere di aver vissuto, solo per poco, quell'inferno in terra che portava il suo cognome.

Trovava conforto raccontandosi che Susan alla fine era stata vendicata. Soddisfatta e libera di proseguire il suo cammino in un altro universo. Avere a che fare con John era stato parte di questo processo, per permettere al suo spirito di liberarsi, di andare. Era stata la voce di Susan, dentro di lei, a emettere il verdetto di colpevolezza nei confronti dell'uomo che non l'aveva amata abbastanza, non l'aveva protetta abbastanza. Sottovalutandoli e ignorandoli, non aveva fatto nulla per difenderla e salvarla dai malefici dei Rosencraft e si era reso complice. Forse John non aveva contribuito alla distruzione di Susan, non l'aveva uccisa, ma l'aveva abbandonata a se stessa, alla devastazione del suo mondo interiore.

Non le restava che Lauren. E in lei Emily si imbatteva di continuo quando rifletteva sul proprio futuro. Le indagini di Lauren probabilmente erano state archiviate ormai, ma Emily aveva conservato tutti i suoi articoli, tutti gli scritti, tutta la storia che aveva tentato di raccontare mettendo insieme ciò che aveva trovato, anche i racconti e le testimonianze ricevute dal professor Masters e da sua moglie, Claire Blackmirror. Coprendo i vuoti, le mancanze con l'intuito, colmando le lacune con l'ingegno.

Anche a lei piaceva scrivere. Forse avrebbe trovato posto come...

Come non ne aveva idea! Aveva finito il liceo, ma non aveva altri titoli di studio, non aveva esperienze vere e proprie, non aveva nulla.

Emily si trascinò in giro per Londra, nel vano tentativo di raccogliere le idee. Londra poteva essere il posto più adatto per ricominciare. Raggiunse Hyde Park Corner e si lasciò scivolare giù, in mezzo al prato. Il sole era stranamente intenso, tanto da farle bruciare gli occhi. Li chiuse per un attimo, sperando di riuscire ad adattare la vista. Quando li riaprì il sole era scomparso. Anzi, no. C'era ancora, ma oscurato da un'ombra che si era posta davanti a lei.

Tra lei, stesa a terra nel parco, e il sole c'era una persona. Emily non ebbe dubbio alcun, lo riconobbe a prima vista. Era il cappello dell'uomo a coprire il sole. Quindi dedusse che era arrivato fino a lì per cercare lei.

L'uomo col cappello era tornato.

# CAPITOLO 5

«Sei tornato.»

Emily non si alzò, restò stesa a terra. Con gli occhi spalancati su di lui.

«Sono sempre stato qui.»

L'uomo col cappello invece rimaneva in piedi. Era reale, questa volta. Più reale che mai. Indossava un lungo pastrano grigio scuro che gli penzolava sui lati e il solito cappello a cilindro. Emily si sollevò sui gomiti per osservarlo meglio. La sua immagine era sempre la stessa, però qualcosa mancava in lui. Le stava mentendo, la stava ingannando.

«Non è vero.» Emily non si fece scrupolo a contraddirlo. «Rosencraft non è qui.»

«Rosencraft è dove capita, Emily. Ormai non è un luogo specifico per te, non più. Era il fulcro di tutto il tuo malessere, della tua disperazione, della tua rabbia. E lo sarà ancora, se tu continuerai a sentirti così lo richiamerai. Non ti lascerà mai andare.»

L'uomo sospirò profondamente, poi si strinse nelle spalle, sollevò le mani e scosse la testa. Emily comprese che non si trovava lì per discutere con lei. E anche lei era stanca di voler definire sempre tutto.

Però si ritrovò nella necessità di dover definire lui, per la prima volta.

«Posso darti un nome, ora?»

«Stephen O'Connell.»

«Quindi non eri Ted Blackmirror...»

Emily si sorprese, ma con un'analisi più accurata si rese conto dell'infondatezza della sua affermazione. Ted Blackmirror doveva essere morto. Morto davvero, secondo le informazioni che aveva raccolto e da ciò che le aveva raccontato Charles. Morto da anni, forse ancora prima che lei nascesse oppure quando era molto piccola. Probabilmente i suoi genitori non erano ancora tornati a Rosencraft.

«No.»

«Stephen O'Connell era…»

«Uno degli esclusi di Rosencraft. Come lo era Ted.»

«Hai commesso l'errore di non adeguarti alle loro regole. Come me.» Emily corrucciò la fronte. No, forse non era nemmeno questo. Non nel suo caso. Lei, per esempio, avrebbe voluto adeguarsi alle loro regole, essere parte della comunità. Magari si sarebbe anche messa d'impegno, se solo glielo avessero permesso. Scosse la testa. «No, io…»

«Certe regole sono fatte per essere infrante.» Stephen chiuse gli occhi. Nella sua mente il passato era ancora presente. Le immagini vibravano attraverso il suo corpo, il suo cuore per poi infrangersi contro di lui e rammentargli tutto ciò che aveva perduto. «Il mio amore per Ted Blackmirror non aveva conosciuto misura. Aveva sovvertito tutte le regole di Rosencraft. Ted sperava di riuscire a controllarmi e di controllare anche se stesso così. Ma io non potevo, non ne ero capace. Si può provare a reprimere l'odio, la rabbia. Non l'amore.»

«Io l'ho represso bene.» Emily si strinse nelle spalle e si attirò le ginocchia contro al petto. Non aveva ancora capito perché Stephen O'Connell le fosse apparso fuori da Rosencraft e dove avrebbe portato la loro conversazione.

«Tu non l'hai represso bene, Emily. Tu non hai mai amato.»

Emily rimase in silenzio, incapace di rispondere. Aveva provato dei sentimenti, di questo ne era certa. Stima per Charles Rosencraft, amicizia per Anna, per Curtis, per Aaron e per Claire… o forse era più necessità, la sua. Non aveva amato Lawrence, aveva solo nutrito un'attrazione fisica e poi una tenue speranza nei suoi confronti. Non aveva amato John, aveva corrisposto la sua passione lasciandosi andare. Per noia, per la desolante consapevolezza che tutto intorno a lei si stava spezzando, stava marcendo. Per non pensare che era stata lei la causa, per non logorarsi nella colpa di aver ucciso Lawrence e aver trascinato tutti gli altri nel baratro, insieme a lui. Ma la verità era che lo aveva fatto per Susan, principalmente. Perché era Susan ad amare e a volere John. Ed era quasi come se Emily le avesse concesso di usare il suo corpo per permetterle di esprimere, ancora una volta, il suo amore. Lo aveva fatto per Susan, ma anche contro Susan. Quasi per dimostrarle che in fondo non ne valeva la pena. Non valeva la pena amare. Ancora meno amare un Rosencraft.

«E va bene, mi arrendo! Io non ho mai amato e non sono mai stata amata.» Confermò Emily. Poi un'altra idea si fece spazio in lei. «Però a volte ho pensato di provarci. Provare a volere qualcuno.»

«Questo conferma che non hai mai amato. Amare non è provare a volere qualcuno.»

Le parole di Stephen stavano diventando noiose, irritanti. Tanto che Emily all'improvviso percepì dentro di sé un acuto senso di nostalgia che ben presto si trasformò in disagio. Non aveva mai amato e non era mai stata amata. Bene, ne prendeva atto. Ma Stephen la faceva sentire in difetto, sbagliata. Come se in lei ci fosse un pezzo in meno… come le mancasse un braccio, una gamba. Anzi, no. Molto peggio. Quindi decise di cambiare discorso.

«Perché sei qui?» Si passò la lingua sulle labbra, le sentiva secche e screpolate. Riprese un dettaglio che l'uomo col cappello aveva lasciato in sospeso. «Hai detto che sei sempre stato qui. Allora chi c'era a Rosencraft?»

«Era una proiezione di me. Il mio compito era aiutarti a uscire da Rosencraft. E aiutarti a restarci, per il tempo che ti sarebbe stato necessario.»

Emily trovò la spiegazione poco soddisfacente.

«Quindi non c'eri davvero.»

«Dai troppa importanza alla parola "davvero", Emily Redwood.» Stephen sbuffò e alla fine cedette, sedendosi sul prato accanto a lei.

«Do l'importanza che le danno tutti e che ho imparato a dare per stare al mondo.» L'atteggiamento saccente di Stephen la stava innervosendo, ogni istante di più. «Quindi ora mi dici "davvero" cosa vuoi ancora da me. Altrimenti io "davvero" mi alzo e me ne vado.»

«Tu "davvero" ti alzi e te ne vai ma non sai più cosa fare in questo mondo, e nemmeno in questa città.» Il tono di Stephen ora divenne cupo, brusco. «Hai quasi fatto fuori tutti i tuoi risparmi, piuttosto scarni rispetto al conto che ti aveva intestato Adam prima di morire, perché nel frattempo Trudy se n'è mangiata una bella fetta. Quel che ti rimane ti basterà per andare avanti un mese o al massimo due. Ma non ci avevi nemmeno pensato, all'inizio. Tutto ciò che sai della vita l'hai imparato da Rosencraft e dai libri che hai letto. Utilissimi, certo. Ma pur sempre libri, i cui insegnamenti non sei in grado di sfruttare nella vita reale perché non ci hai mai avuto a che fare e non sai nemmeno da che parte cominciare. Non hai un lavoro, presto non avrai più un posto dove stare. Non sai interagire con le persone. Quindi, sei destinata a creare un'altra Rosencraft, qui o altrove. L'alternativa sarà tornare a quella che hai lasciato con tanta fatica. Non sai cosa fare, sei in un vicolo cieco e non sai come uscirne. Puoi solo continuare a nutrirti dell'energia che hai intorno, a risucchiarla per sopravvivere, per tentare di essere forte e di non cedere. Ma non è questo che vuoi. Ho descritto la tua situazione attuale, vero Emily?»

Emily rimase in silenzio. Non aveva parole per replicare. Stephen le aveva già usate tutte ed era nella sua testa, nelle sue preoccupazioni, più di quanto fosse disposta ad ammettere. Sentì rimbombare nella mente un'angoscia pesante, senza nome.

«Prendo il tuo silenzio per un sì.»

Il profilo soddisfatto di Stephen, il mezzo sorriso che vide dipingersi sulle sue labbra illuminando in un istante i suoi tratti regolari, la costrinse a crollare, ad arrendersi.

«Non so cosa fare. Anzi, non so fare niente.» Stava mentendo. In realtà sapeva fare qualcosa. Non sapeva fino a che punto, però. Non sapeva se sarebbe bastato. «So leggere tanti libri e articoli. Ho conservato tutti quelli di Lauren Atkinson che sono riuscita a trovare, ho recuperato i suoi appunti, conosco bene il suo stile e ho imparato da lei a migliorare il mio, ammiro il suo coraggio e la sua costanza. So trovare l'essenziale in una storia, so carpire notizie e trasformarle in testi interessanti. Almeno spero. Questo mi diceva il professor Masters, questo ho insegnato ad Anna...»

Nominarli le fece salire un groppo in gola, Emily riuscì a riprendere il controllo mascherando il disagio con un piccolo colpo di tosse.

«Tu vorresti il posto di Lauren Atkinson.»

Emily stava iniziando ad apprezzare il modo di Stephen di andare dritto al punto. Tanto che poteva perdonarlo per tutto quel discorso assurdo e noioso sull'amore che l'aveva fatta sentire sbagliata, in difetto, con un pezzo mancante.

«Lauren Atkinson è sparita... l'hanno...»

Uccisa. Fatta scomparire. Eliminata come a Rosencraft sapevano eliminare tutti i personaggi scomodi o indesiderati. Alla fine, tra quegli scomodi e indesiderati solo lei e Stephen erano rimasti, avevano resistito. Non solo resistito, per quanto la riguardava.

«È partita per un viaggio. Per raccogliere materiale per le sue ricerche. Così ha scritto nell'ultimo articolo sul suo blog.» Stephen sollevò le spalle e inclinò il viso con noncuranza, increspando le labbra. «Non aveva una vita sociale attiva, lavorava per lo più nel suo appartamento. Era una creatura solitaria, il suo maggior interesse era portare alla luce la verità e fare giustizia, sconfiggere il male. Un'eroina dei nostri tempi, sicuramente incompresa. Niente famiglia, niente amici o legami

324

stretti. Chi conosceva davvero bene il suo aspetto? Chi potrebbe ricordare particolari importanti su di lei? Susan Lowitt, forse. La sua migliore amica. Ma Susan è morta. A questo punto Lauren potrebbe anche tornare dal suo viaggio, riprendere la sua vita qui oppure altrove. Ha ottime credenziali, esperienze, titoli di studio… potrebbe anche trovare un lavoro, entrare in relazione con altre persone, crearsi amicizie, legami…»

Emily sgranò gli occhi su di lui. Su Stephen, sull'uomo col cappello. Colui che l'aveva aiutata a sopravvivere a Rosencraft. E che, forse, si era ripresentato per aiutarla ancora.

«Ma io non sono…»

«Tu sei Lauren Atkinson. Bentornata dal tuo viaggio, la tua vita finalmente sta per riprendere. Saluta per sempre Emily Redwood, l'esclusa di Rosencraft.»

# CAPITOLO 6

Così Lauren Atkinson era nata una seconda volta. Allo stesso modo, nello stesso istante, Emily Redwood era morta. Anche lei una seconda volta. E si era liberata del suo nome e di Rosencraft, definitivamente.

Stephen O'Connell, in poco tempo, aveva dato vita a una nuova creazione. Come se l'aver conservato in sé la vita e l'anima di altre tre donne non fosse stato sufficiente per Emily. Stephen, come un novello dottor Frankenstein, aveva modellato e plasmato la sua creatura, mettendo insieme i pezzi. L'affascinante e ambiziosa giornalista che ora si aggirava per le strade di Londra con aria sicura, atteggiamento spavaldo. Capelli lunghi e scuri, con qualche filo ramato, occhi intensi e ammaliatori. Nonostante il trucco e i modi, forse sembrava troppo giovane per le esperienze che aveva vissuto e per la data di nascita riportata sui suoi documenti. Ma di certo era dovuto allo stile di vita sano, alle cure di bellezza che non si faceva mai mancare. Il tutto unito alla passione e all'entusiasmo per il suo lavoro.

Sì, Lauren Atkinson era rinata. O forse era nata davvero.

Ma non aveva scritto proprio nulla riguardo a Rosencraft, come aveva promesso sul suo blog. Aveva lasciato macerare quella storia, l'aveva abbandonata in attesa di tempi migliori che non sarebbero mai arrivati.

Stephen O'Connell, artista affermato ma riservato e schivo, non era diventato solo il suo "creatore". Era il suo maestro, il suo mentore, il suo pigmalione, il suo alleato. Le aveva insegnato a vivere in società, a muoversi, a parlare, a rendersi interessante, a sorridere, a ballare. Le aveva insegnato anche cose basilari, come mangiare con eleganza, bere con grazia, riconoscere e sorseggiare vini pregiati. Da una pietra grezza aveva estratto un diamante.

«Ho saldato il mio debito, Adam Redwood.» Disse a se stesso, quando la nuova Lauren era diventata del tutto sicura, indipendente da lui. «Tua figlia non sarà più un'esclusa, mai più.»

Stephen non aveva mai dimenticato e aveva promesso a se stesso, ancora più che ad Adam, che un giorno avrebbe saldato il suo debito. Il primo incontro con Adam e Katherine era avvenuto fuori da Rosencraft, nel corso di uno dei suoi viaggi in giro per l'Europa. Per la precisione a Montparnasse, il quartiere bohémien di Parigi dove stava tentando la fortuna come giovane artista. Insieme a loro aveva incontrato Ted Blackmirror, amico d'infanzia di Adam, anche lui in fuga da Rosencraft. Da quel momento la vita di Stephen era cambiata. Lui e Ted si erano amati, avevano vissuto insieme, visitato paesi e città. Erano stati felici, più di quando avrebbero mai sognato e sperato di essere. Finché Ted era stato costretto a tornare, con l'inganno, con la promessa di riconsolidare la nobiltà del suo nome, Blackmirror, e la sua posizione all'interno della città natale.

Ted si era illuso e ci aveva creduto, cadendo nella trappola della famiglia Rosencraft e trascinando tutto con sé, il loro amore, la loro felicità, il loro futuro. Incredibilmente, poco dopo, la stessa sorte era toccata ad Adam Redwood. Il tesoro dei Redwood lo aveva tentato, insieme alla possibilità di riaffermarsi e sottrarre il potere a Morris Rosencraft. Così anche Adam era caduto, come attratto dallo stesso vortice che lo aveva risucchiato fino a distruggerlo.

Gli abitanti di Rosencraft, tutti quanti purtroppo, erano accumunati da qualcosa che andava oltre la volontà, l'affetto, l'amicizia e anche l'amore. L'ambizione terribile, divorante e sfrenata, che in quella città maledetta (e anche altrove, in realtà) se incontrollata poteva diventare la causa di tutti i mali.

Però Stephen non poteva fare a meno di ammettere che Adam e Katherine erano stati dalla loro parte, fin dal principio. E avevano continuato ad esserlo anche quando aveva deciso di cercare Ted, per convincerlo ad andarsene, a fuggire insieme a lui una volta per tutte. Ma di Ted si erano perse le tracce, fin dal suo arrivo a Rosencraft. Aveva chiesto a Stephen di lasciarlo partire da solo, in modo da assicurarsi la sua posizione in città. In seguito lo avrebbe chiamato per raggiungerlo, appena certo che la loro relazione fosse accettata. Ted era convinto di farcela, il nome della sua famiglia aveva un peso fondamentale a Rosencraft, finalmente tutti lo avevano capito. Invece si era sbagliato. Ted era caduto in trappola e poi era stato troppo tardi per riuscire a trovarlo, a salvarlo. Rosencraft aveva compiuto il suo maleficio, ancora una volta.

Stephen non aveva mai dimenticato, indipendentemente da come fossero andate le cose, che Adam Redwood era stato l'unico a tentare di difendere Ted, fin da bambini, dalle aggressioni, dalle minacce, da tutto il male che Rosencraft aveva scatenato su di lui. Aveva accettato le sue preferenze, le scelte dettate dal loro cuore. Adam lo aveva capito. Forse, in seguito, l'amore per Katherine lo aveva aiutato a capire, ancora di più. Questo aveva contribuito a rendere anche lui una vittima. Poi tutte le sue colpe erano state riversate sulla piccola Emily, abbandonata e sola.

Abbandonata, ma non da Stephen O'Connell. Nonostante l'ingresso a Rosencraft gli fosse stato negato in conseguenza alla morte di Ted, Stephen aveva atteso pazientemente di riuscire a mettersi in contatto con Emily, di sviluppare le sue doti medianiche, di raggiungerla, di provare a salvarla.

Lo avevano accusato di aver ucciso la persona che amava, giudicato e condannato. Per gli abitanti di Rosencraft era Stephen l'assassino che aveva massacrato e ridotto a brandelli il corpo di Ted Blackmirror. Per quanto Adam e Katherine lo avessero accolto per tentare di proteggerlo, non erano riusciti a dimostrare la sua innocenza.

«Devi fare più attenzione, Stephen. Questa volta ci sono andati davvero vicini!» Il tono di Katherine era fermo, deciso. I suoi occhi scuri si accendevano di una furia implacabile, mescolata all'orgoglio a cui non avrebbe mai rinunciato e che la rendeva così diversa dalle donne di Rosencraft. «Questo posto non va bene, per noi. È un concentrato di crudeltà, di avidità, di ignoranza. Possiamo solo lottare per cercare di cambiare le cose, proprio come all'esterno. Solo che qui non c'è spazio per uno spirito libero.»

«Qui sarà solo più impegnativo. Ma io ho intenzione di riuscirci.» Adam era determinato a non arrendersi, a non perdere ciò che gli spettava di diritto. Nel suo tono sopravviveva ancora la speranza. «Ci prenderemo il tesoro dei Redwood, è nostro, ci appartiene. Non potranno portarcelo via! Il legame con i Lightstorm e i Darksee ci aiuterà. Ci dovrà essere un potere anche in me, la mia famiglia è legata ai Lightstorm, i Blackmirror ai Darksee. E dopo quello che hanno fatto a Ted, dopo tutta la violenza che stiamo subendo, questo potere si risveglierà, prima o poi! Si manifesterà! Una volta ottenuto il tesoro, noi ce ne andremo. Ormai ho capito che non possiamo restare, ricostruiremo la nostra vita lontano da qui. Dobbiamo farlo, anche per Ted. Ma nel frattempo tu devi stare attento, Stephen. Non uscire mai più da solo, è troppo rischioso.»

Quella volta lo avevano colpito in testa, brutalmente, ripetutamente, con il chiaro intento di ferirlo o anche di ucciderlo, di squarciargli il cranio. Solo l'intervento di Adam aveva evitato il peggio. Quando lo aveva trascinato in casa, Katherine era riuscita prontamente a tamponare la ferita, a medicarlo e a salvargli la vita. Ma l'enorme cicatrice che gli attraversava il centro della testa, dalla fronte alla nuca, gli sarebbe rimasta per sempre, rammentandogli a vita la sua fragilità, la sua debolezza. La nascondeva con un cappello a cilindro grigio scuro che Adam aveva trovato in casa dei Redwood.

«Vi ringrazio per quello che state tentando di fare per me…» Stephen aveva chinato il capo. Gli abitanti di Rosencraft lo avevano aggredito in mezzo alla strada, appena fuori dal giardino di Adam Redwood, segnando il suo spirito oltre al suo corpo. «Ma ormai è tutto inutile. Possono anche prendermi, uccidermi, come hanno fatto con Ted. Tanto non mi rimane più nulla per cui vivere. E qui non riusciremo mai a ottenere giustizia, la verità non interessa proprio a nessuno.»

Si sarebbe lasciato prendere e assassinare, proprio com'era accaduto a Ted, trascinato per tutto il corso del Gemstone Creek, poi gettato nel dirupo che precedeva la cascata e martoriato, massacrato fino al momento in cui aveva esalato l'ultimo respiro. Sì, si sarebbe consegnato Stephen O'Connell, pronto a immolarsi per raggiungere il suo amore. Non accettava ragioni, non aveva niente e nessuno per cui continuare a vivere. Non aveva più nulla, nemmeno una speranza di verità e giustizia. E iniziava a dubitare che Adam riuscisse davvero a entrare in possesso del tesoro dei Redwood, nonostante il potere e l'influsso derivante da quelle antiche dinastie ormai estinte.

Ma qualcosa lo aveva trattenuto. Qualcuno. Quella bimba di pochi anni dai grandi occhi scuri, dal visino fresco e innocente. Quel sorriso che la piccola Emily Redwood gli aveva rivolto, forse inconsapevolmente, con le braccine allungate verso di lui. Poi una lacrima era scivolata lungo la guancia fresca e rosata. Così lo aveva indotto a ripensarci, a rivedere le sue intenzioni.

E Stephen, indifferente ai tentativi di convincimento dei suoi amici Adam e Katherine, di fronte a Emily aveva ceduto. Si era fermato. All'improvviso si era sentito afferrare e stringere il cuore in una morsa. Potente, invincibile. Un altro tipo di amore, diverso da quello che provava per Ted. Ma altrettanto grande. Altrettanto intenso.

Emily era in errore. Si sbagliava credendo di non essere amata. Lui ne era la prova ed era ancora lì, al suo fianco, per consigliarla, per guidarla. Ma lei non lo avrebbe mai saputo. Perché saperlo l'avrebbe resa debole. Perché il suo distacco da qualunque tipo di sentimento, provato o subito, era la sua unica salvezza, la sua unica forza. Ed Emily, come Lauren Atkinson, al momento aveva bisogno di salvarsi, di essere forte. Più che di amare e di essere amata.

*** 

No, Emily non sarebbe più stata un'esclusa. Perché, tornata dal suo viaggio, Lauren Atkinson era rifiorita. Bella, vivace, arguta. Con quelle labbra rosse e quei grandi occhi scuri che trafiggevano cuori e menti, rendendoli succubi di lei, del suo calore, della sua brillante intelligenza. Era una giornalista indipendente, come lo era stata la vera Lauren, ed era riuscita a ricrearsi una carriera che le permetteva di mantenersi dignitosamente.

La nuova Lauren Atkinson era il meglio di Emily Redwood. Unito al meglio che aveva potuto trarre anche da Katherine Kingstone, con la sua esuberanza, il suo spirito ribelle e indomito, e da Susan Lowitt, con la sua spontaneità e dolcezza.

Quattro donne per farne una sola. Anche se a Emily, quella vera, le persone non sarebbero bastate mai. Assorbiva l'energia, fisica e mentale, di chiunque incontrasse sul suo cammino. Spesso volontariamente, a volte in modo del tutto inconsapevole. Quasi sempre ignara delle conseguenze che avrebbe scatenato su di loro, le sue vittime.

«Vorrei andarmene per un po', vedere altri luoghi, viaggiare. Anzi, restare a vivere altrove, non so per quanto. Ho bisogno di conoscere altre culture, di vedere altre persone, di essere libera come non lo sono mai stata.»

Dopo alcuni anni, Stephen si aspettava che la nuova Lauren gli rivolgesse quelle parole. Lavorava per lo più in totale indipendenza, ma era riuscita a farsi un nome e i suoi articoli erano sempre molto richiesti, addirittura contesi, quando si trattava di indagare su qualche dramma, sviscerarne problematiche morali e sociali, incastrare il colpevole. Aveva vinto anche alcuni premi.

Inconsciamente, o forse non tanto, Lauren si batteva contro qualsiasi pensiero, norma o regola che le ricordasse Rosencraft. Scriveva di libertà. Libertà delle persone di seguire il cuore, senza essere costrette a nascondersi. Libertà delle donne di vivere in modo anticonvenzionale, senza essere giudicate. Proprio come aveva scritto da ragazzina, in quello stralcio sul suo diario che era stato letto ad alta voce e ridicolizzato da Fiona e dalle sue amiche.

«Puoi farlo, lo sai.» Stephen annuì, sorseggiando il vino bianco che stavano gustando insieme, seduti sul divano del nuovo appartamento dell'affascinante cronista Lauren Atkinson, nel quartiere di Chelsea. «Puoi vivere dove vuoi.»

«Lo so. Però io…»

Gli rivolse uno sguardo preoccupato. Con lui, solo con lui, a volte tornava a riemergere. Anche per poco, per una frazione di secondo, la piccola Emily Redwood era ancora lì. In quegli occhi preoccupati, su quelle labbra strette, serrate, nell'espressione avvilita.

«Cosa c'è, Emily?»

Erano i momenti in cui Stephen la chiamava con il suo vero nome. I momenti in cui lei ne aveva bisogno e non se la prendeva perché sentiva la necessità di mettere a riposo Lauren, almeno per un po'.

«Verrai ad aiutarmi, Stephen? Ovunque io decida di andare?»

Stephen sospirò e le strinse le mani nelle sue. Emily percepì la pressione e chiuse gli occhi.

«Io ti ho sempre aiutata, tu lo sai. Mi sono legato a te, tanti anni fa, attraverso il mantra che ti ho insegnato da piccola. Il nostro mantra. Il richiamo, l'aggancio per la nostra connessione mentale, il magnete che mi attira verso di te.»

«Già, quella filastrocca che io non sono riuscita a capire per così tanto tempo...» Emily annuì ricambiando la stretta del suo amico, del suo maestro. «Mi sono chiesta il suo significato, così tante volte... Per quanto riguarda te, ho capito. Per il resto...»

«Serviva a darti forza, a farti reagire, in modo tale che tu ti liberassi di Rosencraft.»

«*L'uomo col cappello.*

*La donna con lo scialle.*

*La Macchia.*

*La Gioia.*

*Le Solitudini.*»

Emily la ripeté diligentemente, come per scrupolo preventivo e per cura contro quel nome che avrebbe preferito dimenticare per sempre. Il nome che ancora odiava con tutta se stessa e che la costringeva a tremare nel profondo, fin nelle viscere. Rosencraft.

«Lo scopo non era quello di spingerti a raderla al suolo e causare uno sterminio di massa.» Stephen increspò le labbra. A volte Emily aveva bisogno di ripercorrere il passato, anche solo per affrontarlo, sfidarlo e infine superarlo. Essere consapevole di dove non sarebbe dovuta tornare. «Non che meritassero altro, però...»

«Io non l'ho fatto.» Emily lo disse senza stare troppo a pensarci. Non per difendersi e nemmeno per tentare di pulirsi la coscienza. Non ne aveva bisogno, con Stephen. «Io credevo di essere la causa di tutto. Credevo che il demone del dolore dentro di me mi costringesse... che mi portasse a compiere ciò che è accaduto a Rosencraft e ai suoi abitanti. Ma in questi anni ho continuato a studiare, a indagare, a tentare di capire. Forse all'inizio è dipeso da me, ma non sono stata io la responsabile di tutto. Forse nemmeno i Lightstorm... Io non ho mai avuto così tanta forza. Anche se credo che le cose mi siano sfuggite di mano. Per questo non sono mai riuscita a spiegarmi...»

«Ciò che è stato è stato, Emily. Devi pensare al tuo presente, ora.»

Emily annuì, più rilassata ma ancora troppo seria, con quel velo di preoccupazione dietro agli occhi scuri.

«Lauren Atkinson presto invecchierà, sulla carta voglio dire. E io temo di perdere il conto degli anni. Forse l'ho già perso. Dovrò trovare una soluzione.»

«È per questo che hai deciso di andare via?»

«In parte, ma non solo. Voglio vedere altro, imparare ancora di più.»

«Non hai creato legami solidi, sei riuscita a evitarli, ma hai numerose persone intorno. Sei apprezzata da tutti, adorata da tanti...»

Stephen riassunse, in poche parole, la vita personale e sociale di Lauren Atkinson. Emily sospirò, lasciando trasparire un alone di stanchezza che protendeva verso la noia, la malinconia.

«Dovrai ricominciare tutto dal principio.»

«Lo so. Ma devo farlo, non mi rimane alternativa. E poi ancora, ancora...» Emily si strinse nelle spalle. «Non si tratta solo degli anni che passano, ma di me. Come mi hai appena ricordato, io non posso approfondire i rapporti. Posso solo crearmi un giro di conoscenze, di amicizie superficiali. E va bene così, non chiedo di più. Ma gli altri...»

«Non hai incontrato qualcuno, vero Emily? Un uomo che potrebbe...»

«Ma no, che dici!» Emily alzò gli occhi al cielo, sbuffò e poi rise. «Fortunatamente sono immune! Saranno stati i Rosencraft. Credo che Lawrence e John abbiamo estirpato in me ogni pulsione e predisposizione naturale all'innamoramento. Gli uomini sono solo dei passatempi da cui prelevare energia, linfa vitale... La mia garanzia, il mio elisir di lunga vita.»

«Poveri disgraziati.» Stephen scosse la testa e sorrise. «Quando vorresti partire?»

«Presto.»

«Dove vorresti andare?»

«Vorrei ripercorrere le tappe di mia madre e di mio padre, Stephen. I paesi in cui hanno vissuto, i luoghi che hanno esplorato. Inizierò da Parigi, dove vi siete incontrati. Dove io sono nata.»

«Montparnasse, il quartiere degli artisti.»

«Sì, sulle tracce del nostro passato. Per questo avrò bisogno del tuo aiuto.» Emily annuì entusiasta, elettrizzata dalla nuova avventura. «Ho bisogno di nuovi ricordi, per rimuovere definitivamente i vecchi, ripulire la memoria dal passato. Poi proseguirò verso la Spagna, l'Italia, verso est, verso ovest… ovunque mi condurrà la vita e l'ispirazione del momento.»

«Una caccia al tesoro, quindi?»

«Esatto. Una caccia al tesoro.»

# CAPITOLO 7

Emily ne era stata consapevole fin da subito. Anzi, no. In realtà per un po' si era illusa. Ed era stato bello sognare. Ma la realtà si era imposta su di lei e, una volta ancora, una volta per tutte, l'aveva spezzata.

Oltre alla certezza che non avrebbe mai amato, aveva raggiunto la consapevolezza che non avrebbe mai potuto godere delle gioie di una vita normale. La sua stessa condizione glielo impediva. Lauren aveva almeno dieci anni più di lei, quando aveva iniziato a prendere il suo posto. Ma Stephen era abile ad aggiustare i documenti e ad aggiornare la sua data di nascita. Era un artista e un misantropo, ma anche un manipolatore eccellente. Bravissimo nel fare in modo che le persone facessero esattamente ciò che lui voleva, senza nemmeno rendersene conto.

Il problema era che Emily non cambiava affatto. Dopo aver raggiunto l'età in cui Lauren era sparita e averla oltrepassata, era rimasta sempre la stessa, bloccata nel tempo di Rosencraft. Nel suo tempo. Il trucco e gli abiti giocavano a suo favore, almeno. Per il resto preferiva rimuovere il pensiero, non focalizzarsi.

Il tempo per lei sarebbe trascorso soltanto se si fosse legata a qualche emozione vera. Ma del resto, perché mai confondersi e permettere che gli anni si accanissero su di lei? Perché lasciarsi danneggiare o addirittura distruggere dal contatto con gli altri? La normalità aveva perso qualsiasi attrattiva. Ma la conoscenza no. Negli ideali, nonostante tutto, credeva ancora. La giustizia l'attraeva e la gratificava, anche se il genere umano non perdeva mai occasione per dimostrarsi ottuso, con punte di crudeltà e sadismo che, nonostante l'abitudine, la lasciavano ancora inerme, profondamente amareggiata.

Tornava ad essere Emily, tra i suoi pensieri e con Stephen. Non osava confessarlo a lui, non se la sentiva di deluderlo. Ma quando si ritrovava sola, si rivolgeva e pensava a se stessa come Emily, non come Lauren. Era come un frutto. Lauren era l'esterno, la buccia, la corazza, la parte bella e attraente che tutti potevano vedere e ammirare. Ma Emily restava l'interno, il fulcro, il buio, la parte oscura che nessuno mai più avrebbe potuto individuare, conoscere, scoprire. Il vero nucleo di quel frutto, ciò che conteneva, non era sempre dolce e succoso. Il più delle volte era aspro, amaro. In alcuni punti addirittura prossimo a marcire.

Forse sua madre aveva ragione. Non era la prima volta che ci pensava, che ci tornava su. Katherine aveva sempre avuto ragione.

"A Rosencraft tutto torna."

Se n'era andata fisicamente. E fisicamente non sarebbe tornata mai più. Ma il suo cuore e la sua testa, anche se solo sporadicamente, erano ancora là. Emily si ritrovava così, avvolta nel passato, arroccata tra quelle mura, quei vicoli, nel Gemstone Creek, tra i boschi che circondavano Rosencraft e la mantenevano chiusa in se stessa in una sorta di barriera protettiva, vicina ma distante da tutto e da tutti.

Forse la salvaguardava il fatto di appartenere a Rosencraft solo per metà. Quindi non avrebbe commesso lo stesso errore di Adam e di Ted, non sarebbe stata invogliata a tornare. Anche perché non era rimasto più nessuno. Più nulla. Eppure…

No, nemmeno la curiosità l'avrebbe spinta a rimettere piede a Rosencraft. Anche questo non aveva osato raccontare a Stephen. Aveva fatto troppo per lei, non lo avrebbe deluso. Forse, in fondo, era proprio questa la ragione che la spingeva ad allontanarsi, a creare una distanza fisica ancora più grande tra lei e Rosencraft.

La tentazione.

La tentazione di tornare.

La tentazione di scoprire cos'era rimasto di ciò che aveva lasciato.

\*\*\*

Così iniziò una nuova fase della vita di Emily. Quella destinata ai fantastici viaggi di Lauren Atkinson. Alle sue meravigliose scoperte e avventure, in giro per il mondo.

Si era stabilita per qualche tempo a Parigi, proprio nel quartiere Montparnasse, poi aveva visitato il Nord e il Sud America, era rimasta a New York per circa due anni. Tornata in Europa era stata in Irlanda, in Italia, in Svizzera, in Germania, in Spagna, in Portogallo, in Ungheria e in Romania. Non si era più fermata. Aveva cercato ambienti diversi, confronti, idee, continuando a spostarsi, a tracciare le sue radici, o meglio, le radici di Katherine Kingstone.

Anni di scambi culturali, di studio, di lettura, di scrittura. Anni in cui l'aveva sfiorata il sospetto che forse quello che avevano sempre definito "il tesoro dei Redwood" era proprio questo. Almeno per lei. La conoscenza. Del mondo, di se stessa e degli altri. O meglio, la possibilità di conoscere, di sfidare i pregiudizi, di essere audace, coraggiosa, anticonformista. Perché nessun tesoro vero, nessun bene materiale, le avrebbe mai dato tanto. Nessun tesoro avrebbe avuto abbastanza valore per lei se in cambio fosse stata costretta a cedere la sua libertà.

All'improvviso il suo ricordo era tornato a Charles Rosencraft. Anche lui era stato suo maestro. Per poco tempo, ma aveva contribuito a inculcare in lei quegli ideali di libertà fisica e morale, di indipendenza. Emily non riuscì a impedire di chiedersi se sarebbe stato orgoglioso di lei, per quanto aveva studiato, imparato, sperimentato, raggiunto.

Emily intanto tra nuove conoscenze, antiche passioni e iniziative in cui si era prodigata attivamente, aveva perso il conto del tempo. Era invecchiata, pur restando sempre la stessa. Per rendersi conto un giorno, quasi per caso, che erano già trascorsi oltre vent'anni da quando aveva lasciato Rosencraft. Ma il tempo non l'aveva ancora scalfita. Come non aveva quasi scalfito Stephen, il suo unico amico e maestro, il suo uomo col cappello.

«Vorrei tornare a casa. Credo sia arrivato il momento.»

«Ne sei sicura, Emily?»

«Sì, ne sono sicura. Almeno per un po'. Anche se non riesco più a identificare una casa, ormai, vorrei riavvicinarmi al luogo da cui tutto è iniziato.»

Sulle sponde dell'oceano Atlantico, Emily sorrise a Stephen, poi si sedette sulla sabbia, accoccolandosi con le ginocchia tra le braccia. Quell'atteggiamento protettivo la faceva somigliare incredibilmente alla ragazzina sola e persa, umiliata e beffeggiata. A quella che era stata, un giorno di tanti anni prima, l'esclusa di Rosencraft.

Emily chiuse gli occhi, mentre la brezza tiepida di Lisbona in primavera le accarezzava i capelli, li scompigliava per un attimo e poi li ricomponeva sulle sue spalle. Il silenzio di Stephen la indusse a continuare.

«Non sarà per sempre. Solo per qualche tempo. Troverò un lavoro, mi confonderò con altre persone, diventerò normale fino a stancarmi, a farmi passare la voglia e il bisogno. Poi lascerò di nuovo tutto, partirò e girerò un'altra volta per il mondo, altri anni, altri tesori...»

«Sempre che tu non trovi un tesoro più grande...»

Le parole di Stephen la lasciarono sconcertata. Emily spalancò gli occhi su di lui.

«Il tesoro dei Redwood? No, ormai ci ho rinunciato! Non ne ho bisogno.» Increspò le labbra in un broncio. «Anzi, non credo proprio che esista, alla fine. Ci hanno presi in giro, Stephen. E si sono presi in giro, cercandolo così disperatamente per tutto quel tempo. Fino a farci del male e a farne anche a loro stessi. Fino a uccidermi.»

Emily parlava del male che le avevano fatto con naturalezza, senza più provare sofferenza o risentimento. Il demone del dolore sembrava essersi assopito in lei, oppure dissolto, una volta per tutte. Per sempre.

Era pronta a partire. Sarebbe tornata e avrebbe ripreso casa a Londra. Così vicina a Rosencraft da lasciarsi tentare ma allo stesso tempo dare prova di volontà e fermezza nel resistere alla tentazione.

Stava solo sfidando se stessa, convinta di poter vincere. Era diventata immune, ormai. Non avrebbe ceduto. E, per l'ennesima volta, avrebbe decretato la sconfitta di Rosencraft.

# CAPITOLO 8

Lauren Atkinson aveva trovato un nuovo ed entusiasmante lavoro. Che si era guadagnata grazie al suo talento come giornalista, al suo intuito nello scovare le notizie più appetitose, alle sue esperienze internazionali. Come capo redattrice per il "London Daily Magazine".

Una nuova ed esaltante fase nella vita di Emily stava per iniziare. Era molto più sicura ora, rispetto alla prima volta. Molto più matura. Ed era anche preparata ad affrontare legami più stabili e duraturi, conoscenze e amicizie più profonde, senza lasciarsi però coinvolgere troppo e annientare. Persone che avrebbero percorso un tratto del suo cammino, intrecciando la loro vita con la sua. Era stata l'abitudine a cambiarla, a renderla normale e facilmente assimilabile. Il rivestimento di Lauren funzionava a meraviglia, da tanto tempo ormai. Al punto che Emily si era ormai convinta che non lo avrebbe più abbandonato.

Anche in considerazione del tempo della sua vita, ormai Lauren ne aveva occupato una porzione maggiore. Ma Emily le si annidava ancora dentro, rifiutando di andarsene definitivamente, costringendola a perseverare da anni nello stato di insonnia e malinconia che impediva a Lauren di crearsi un vero legame. Un rapporto che avrebbe potuto trascinarla oltre al semplice scambio di necessità fisiche che non implicava alcun vero coinvolgimento sentimentale.

Forse erano solo scuse a cui si aggrappava, giorno dopo giorno. Perché avrebbe abbandonato tutti, alla fine, come faceva da anni. Troncando le relazioni, trasferendosi altrove. Senza dolore, senza rimpianti. Ormai aveva imparato e non si lasciava più angustiare dai timori iniziali. Non aveva più paura. Era diventata brava.

Nel corso dei viaggi in cui l'aveva accompagnata, Stephen era stato presentato come suo tutore, amico di suo padre e della sua famiglia, presenza fidata e costante nella sua vita. In effetti non erano andati molto lontani dalla verità. E serviva a intensificare quella sensazione di normalità di cui entrambi avevano bisogno per sopravvivere.

Dopo alcune settimane, Emily aveva iniziato ad apprezzare il consolidarsi della sua routine quotidiana. Il lavoro in redazione, la vicinanza alle persone che le sorridevano amichevoli, interessate alla sua opinione, coinvolte dal suo impegno nel lavoro, attratte dal suo fascino, dalla sua personalità. L'appartamento che si era scelta in zona Hyde Park Corner, accanto al quartier generale del "London Daily Magazine", era più elegante e confortevole di quello in cui aveva abitato nel corso del suo soggiorno precedente a Londra. La visuale sul parco le regalava un senso di pace, di freschezza ma anche di calore al tempo stesso.

Stephen, invece, aveva deciso di stabilirsi a Richmond, lontano dal centro cittadino. Aveva bisogno di tranquillità per dipingere e raccogliere le idee, immergersi nel passato che, a differenza di Emily, non sarebbe mai riuscito a rimuovere, a cancellare. Ted faceva ancora parte del suo presente, del suo cuore. Non poteva e non sapeva lasciarlo andare. Sarebbe stato inutile tentare di spiegarlo a Emily. Non lo avrebbe capito, pur sforzandosi al meglio delle sue possibilità. Le era vicino da quasi trent'anni, forse anche di più se si considerava la sua infanzia solitaria a Rosencraft. Erano alleati e si sostenevano, nei momenti più complicati erano diventati tutto l'uno per l'altra. Ma non avendolo mai provato, Emily non avrebbe compreso che l'amore di Stephen per Ted andava oltre la vita, oltre la morte.

Forse era meglio così, per lei. Stephen aveva ringraziato il cielo che Emily non avesse ceduto il suo cuore ai Rosencraft. Lo avrebbero spezzato, lo avrebbero distrutto e calpestato, magari senza nemmeno accorgersene, come aveva fatto John con la povera Susan Lowitt. Lawrence non era un vero Rosencraft, ma ne aveva assimilato i modi e i principi, tirando fuori il peggio di lui. Tra ambizione, brama di potere, egocentrismo, crudeltà o indifferenza, i Rosencraft non avevano mai trovato spazio per l'amore. Probabile che non fossero nemmeno in grado di comprenderlo, di concepirlo.

Per quanto lo riguardava, avrebbe continuato a mantenere la promessa fatta ad Adam Redwood. Vegliare su Emily, anche se era diventata una donna sicura, indipendente e sfrontata di nome Lauren Atkinson. Proteggerla, salvaguardarla, preservare la sua vita. Fare in modo che riuscisse a ottenere tutto il successo che meritava e a raggiungere qualcosa, qualunque cosa fosse il più vicino possibile alla felicità.

\*\*\*

Kevin Thorpe, superiore di Lauren e direttore editoriale presso il "London Daily Magazine" era un uomo pacifico e bonario. Aveva accolto Lauren con modi garbati e condiscendenti, la trattava come se avesse a che fare con la nuova stella del giornalismo, una celebrità. Era stato contento di averla soffiata ai rivali, Lauren Atkinson aveva raccolto dei meritati successi professionali e la sua fama, prima del suo rientro a Londra, l'aveva preceduta.

Era una donna bella, elegante e solare, ma con un viso ingenuo e l'aspetto più giovanile di quanto fosse ragionevolmente possibile supporre, considerata la sua carriera ormai ultradecennale. Da quanti anni era in giro, ormai? Tanti! Prima o poi si sarebbe preso del tempo per risalire ai suoi primi articoli. In ogni caso, il bisturi faceva miracoli, Kevin lo sapeva. E a Lauren Atkinson di certo non mancavano i mezzi per mantenersi in forma.

In fondo, non gli importava. Lauren era un ottimo acquisto e avrebbe dato ulteriore risonanza e notorietà al suo giornale.

Kevin sperava che decidesse di trattenersi il più a lungo possibile. Oltre alla sua popolarità, era una collaboratrice instancabile, tenace e appassionata, su cui si poteva sempre contare. Quando la chiamò nel suo ufficio, quella mattina, sapeva che ciò che intendeva affidarle avrebbe incontrato il suo gusto e il suo interesse.

«Buongiorno, Lauren. Ci sarebbe il servizio sul furto di opere d'arte alla "London Art Gallery"...» Kevin fece un'opportuna pausa per osservare il cambio di espressione nella donna. «So che te ne intendi, per questo ho subito pensato di affidarlo a te. Se decidi di accettare l'incarico, dovresti recarti appena possibile alla galleria gestita dal principale espositore, il signor Norman Kaye e indagare sull'accaduto. Pensi di riuscire ad avere un articolo pronto in giornata?»

«Va bene, Kevin. Accetto con piacere. Certo, avrai il tuo articolo pronto per oggi.»

«Per tutto ciò di cui hai bisogno, chiedi pure a Nadine.»

Lauren annuì e si alzò, pronta a uscire dall'ufficio del suo capo. Quell'uomo tranquillo e cordiale le aveva fatto uno strano effetto, fin dal loro primo incontro. Partendo da Kevin Thorpe, era scattato un curioso gioco di somiglianze che poco alla volta aveva coinvolto, oltre a lui, buona parte dei suoi colleghi, delle persone che incontrava tra gli uffici, nella caffetteria di fronte all'edificio dove lavorava, un po' ovunque. Anche la segretaria di redazione, Nadine, le ricordava una persona del suo passato.

Nella sua mente, Kevin era diventato quasi la controfigura di Charles Rosencraft. Nadine, invece, dolce e delicata, somigliava ad Anna Pinkfellow. Addirittura era riuscita a trovare tratti simili e piuttosto inquietanti tra il barista della caffetteria, biondo e atletico, e Lawrence Rosencraft.

Forse era il senso di estraneità a giocarle brutti scherzi, la suggestione di essere rientrata dopo tanto tempo. Restava il fatto che Rosencraft stava tornando a riemergere in lei in modo troppo prepotente perché si trattasse solo di malinconia o di una coincidenza. Cercò di allontanare il pensiero, anzi di rimuoverlo.

Aveva un lavoro che amava, persone intorno che la stimavano e la tenevano in alta considerazione. Kevin Thorpe, soprattutto. Non aveva intenzione di ripercorrere il passato, impazzire e deludere chi le aveva dato fiducia. E se stessa, soprattutto. L'esclusa di Rosencraft non esisteva più da tanto, troppo tempo.

«Grazie, Kevin. Ti aggiornerò al più presto.» Lauren sorrise e si alzò, pronta ad avviarsi verso la porta. «Avrò bisogno di Paul, per le fotografie.»

«Ah, ecco! A proposito di Paul…» Kevin sbuffò contrariato e sollevò le mani dalla scrivania. «Purtroppo quell'incidente del mese scorso al ginocchio continua a dargli problemi, si dovrà sottoporre a un'altra visita e forse a un'operazione. Quindi per oggi dovrai accontentarti del nuovo arrivato.»

«Un nuovo arrivato?»

«Sì, il nuovo fotografo. Ha buone credenziali e sembra piuttosto bravo.» Kevin cercò affannosamente qualcosa tra le sue carte, muovendole e spostandole con una strana impazienza. Lauren non volle rammentare la scrivania strabordante di libri di Charles Rosencraft, ma non fu in grado di bloccare il pensiero che si era già affacciato e formato nella sua mente. «Questa scrivania è l'inferno, a volte! Ah, eccolo qui… si chiama Mark Grey. Ho detto a Nadine di fermarlo appena arriva. Così vi conoscerete e potrete andare insieme alla "London Art Gallery" per il servizio.»

Lauren sorrise, quasi con tenerezza, all'uomo un po' impacciato che non aveva davvero nulla a che fare con le sue sofferenze del passato. Ricordarle Charles non era una colpa. Quando uscì e si trovò di fronte un giovane alto, moro, con le spalle larghe, un filo di barba che gli incorniciava le labbra e si diffondeva sul mento e lungo le guance, profondi occhi scuri, fu

grata che il nuovo fotografo, Mark Grey, non somigliasse
proprio a nessuno.

# CAPITOLO 9

Mark Grey era un uomo di poche parole. Dopo una rapida presentazione formale non le aveva parlato affatto lungo il tragitto in taxi che li avrebbe condotti alla "London Art Gallery", la galleria gestita da Norman Kaye.

Vestito in modo casual, jeans scuri e giacca di pelle nera, aveva appoggiato lo zaino contenente il suo materiale fotografico sul sedile, in mezzo a loro. Se ne stava seduto con la spalla appoggiata al suo lato dell'auto e lo sguardo puntato fuori dal finestrino, a scrutare la folla che imperversava nelle strade del centro in una qualunque mattinata di traffico londinese. Sembrava pensieroso, come se fosse intento a cercare qualcosa, qualcuno, in mezzo a quelle persone che si trascinavano senza sosta per la città.

Forse si era lasciato intimidire da lei, Lauren faceva spesso questo effetto agli uomini. Ma il modo in cui lui la scrutava di sottecchi, una volta giunti a destinazione in zona Charing Cross, non sembrava timido o imbarazzato. Tutt'altro. Gli sguardi di Mark erano diventati piuttosto impertinenti, sfacciati.

Restarono in piedi per qualche istante, di fronte all'edificio chiaro e imponente. Lauren aveva già visitato la "London Art Gallery" in passato, in occasione di alcune mostre di arte moderna a cui Stephen era interessato. Si ricompose nel tentativo di darsi un contegno, aveva assoluto bisogno di concentrarsi. Passò rapidamente le mani sulla giacca e sulla gonna, oltrepassò le colonne che delimitavano l'atrio esterno e poi si voltò, facendo cenno a Mark di seguirla. Lui annuì socchiudendo appena gli occhi, pronto a obbedirle.

Il sopraggiungere all'ingresso del signor Kaye, il direttore della galleria, permise a Lauren di distogliere l'attenzione dal fotografo. Anche lui staccò lo sguardo da lei per puntarlo su Kaye.

Norman Kaye era un uomo piuttosto alto e molto magro, dai capelli grigi, curiosamente lunghi sulle tempie. Lauren si sforzò, ma nulla... non le ricordava nessuno. Si rese conto che ultimamente stava decisamente esagerando alcune impressioni occasionali, esasperando la situazione. Se non si fosse trattenuta avrebbe rischiato di perdere il controllo.

Tornò in sé solo quando il signor Kaye era già nel vivo della conversazione. E si rese conto di essersi talmente distratta da non averlo ascoltato affatto!

«Quindi sono spariti in tutto otto dipinti, alcuni tra i più importanti della collezione di Malcom Reynard, tra cui *Ragazza alla finestra.*»

«Sì, certo.» Lauren annuì mordendosi leggermente le labbra. Si era persa tutta la parte precedente, non era da lei! Era sempre impeccabile sul lavoro. Poteva solo sperare che il suo collega avesse prestato attenzione e tentare di estorcergli le informazioni necessarie. «Faremo qualche foto, poi cercheremo di capire cosa è successo esattamente, così...»

«È successo che questi maledetti ladri stanno rovinando la vita di noi brave persone, onesti lavoratori. Stanno mandando il nostro paese alla deriva, questi porci stranieri! Ma nonostante tutto continuano a lasciarli entrare come se niente fosse!»

Il tono di voce di Kaye si alzò gradualmente e il suo volto avvampò. Non gli somigliava affatto fisicamente ma a Lauren tutto quell'impeto, quella carica di odio rabbioso e il rossore improvviso, ricordò il pastore Greenshow. Si sentì girare la testa e abbassò il viso, per un attimo barcollò come se stesse per crollare a terra. Emily dentro di lei stava prendendo il sopravvento, pronta a lottare per uscire. Non poteva permetterlo.

«Da cosa ha dedotto che i ladri sono stranieri?» La voce profonda di Mark, il tono serio e cupo, la destò dal suo incubo a occhi aperti. «È emerso qualche indizio, in proposito? La polizia si è già espressa?»

Lauren sollevò lo sguardo in tempo per vedere Norman Kaye mutare di nuovo colore ed espressione al tempo stesso. Ora era quasi verde di rabbia, con le labbra ridotte a una linea sottile rivolta all'ingiù. Si sarebbe messa a ridere se la faccenda non fosse stata terribilmente seria.

«Io…» L'uomo, ancora più furioso, prese a gesticolare in modo convulso, eccitato. «Ma è ovvio che siano stranieri… che altro potrebbero essere?»

«Inglesi, per esempio?» suggerì Lauren. E subito sentì l'occhiata di Mark Grey spostarsi su di lei e soffermarsi. Uno sguardo caldo, accogliente, familiare.

Norman Kaye si allontanò, bofonchiando che non aveva tempo da perdere con i giornalisti e che li avrebbe lasciati fare il loro lavoro. Se avevano bisogno d'altro potevano chiedere alla guardia o agli addetti alle sale. Poi se ne potevano andare, conoscevano l'uscita, ormai. Era la stessa da cui erano entrati.

Lauren sospirò e alzò gli occhi al cielo. Mark, invece, fu più esplicito.

«Che coglione…» Poi serrò le labbra, con un tardivo e maldestro tentativo di trattenersi. «Mi scusi, signora Atkinson!»

«No, non ce n'è bisogno…» Lauren arricciò il naso e posò lo sguardo su di lui, chiuse leggermente gli occhi. Quell'uomo la divertiva e di certo un po' di divertimento non le avrebbe fatto male. Era irriverente e sfrontato ma c'era una sorta di purezza, di spontaneità in lui, che non aveva incontrato spesso, nemmeno in giro per il mondo. «Né di scusarti né di chiamarmi signora Atkinson. Siamo colleghi, Lauren andrà benissimo.»

Si voltò completamente verso di lui e gli porse la mano che, sottile e delicata, sparì in quella grande ma ben proporzionata di Mark. La sua stretta fu salda e decisa, ma tenera al tempo stesso. Come se avesse prestato attenzione a dosare la sua forza, a non stringere troppo per non farle male.

349

«Mark.»

«Mettiamoci al lavoro, Mark.» Lauren sollevò il viso e incontrò di nuovo il suo sguardo, gli occhi così scuri e cupi, come due pozzi in cui lasciarsi cadere senza sapere se sarebbe stato possibile toccare il fondo. «Tu scatta qualche fotografia intorno, anche delle pareti in cui erano appesi i dipinti... Io intanto prendo qualche appunto, in base a ciò che ha detto Norman Kaye...»

Lasciò la frase deliberatamente in sospeso, arrancando e sperando che Mark le venisse in aiuto, la raccogliesse dall'abisso in cui stava rischiando di scivolare.

«I quadri devono essere stati rubati all'alba o la mattina presto perché la guardia notturna non ha segnalato nulla di sospetto. Quindi sarà accaduto proprio durante il cambio, approfittando della disattenzione delle guardie, forse anche della stanchezza...» Mark sospirò e scosse la testa, scettico. «A me sembra strano, però. In ogni caso dev'esserci una correlazione nella scelta degli otto quadri di Malcom Reynard che sono stati prelevati, un collegamento. Razzista e ipocrita, ma sulla connessione tra il furto delle opere Norman Kaye non è del tutto fuori strada. Reynard ha raggiunto il successo negli ultimi cinque anni, magari la scelta corrisponde a un determinato periodo, visto che i soggetti non sono sempre gli stessi. Paesaggi, animali, un corso d'acqua... e poi la *Ragazza alla finestra*, la sua opera migliore secondo Kaye.»

«Grazie del riepilogo, Mark. Io mi ero distratta.» Lauren lo ammise senza reticenze, dopo averlo ascoltato attentamente.

«Può capitare.»

«Norman Kaye mi ha ricordato qualcuno e io...» In realtà era accaduto dopo. Si era persa parte del suo discorso pensando a chi le ricordasse, senza riuscire a identificarlo. Lauren sospirò e si sentì sprofondare. Non era da lei mostrarsi vulnerabile. Soprattutto con un nuovo arrivato. E in fondo Norman Kaye non somigliava affatto al pastore Greenshow.

«Qualcuno che non ti piace.» Stabilì Mark, con tono pacato. «L'ho notato, dal modo in cui lo hai guardato fin dall'inizio.»

«Non avrei dovuto…»

No, non avrebbe dovuto. Ma ormai era successo e forse sarebbe stato il caso di smettere di giustificarsi. Ormai il nuovo fotografo si era fatto un'impressione su di lei e molto probabilmente non avrebbe cambiato idea.

«Siamo colleghi, Lauren.» Mark accennò un sorriso che poi però si spense sulle sue labbra, trasformandosi in un'espressione seria, cupa ma estremamente provocante. «Non rivali. Se cadi io ti aiuto a rialzarti. Tu faresti lo stesso per me, ne sono sicuro.»

***

A Lauren non costava ammettere di essere attratta da Mark Grey. Era accaduto prima, era accaduto spesso. Nella sua nuova vita, fuori da Rosencraft, era una donna libera, indipendente, moderna. Il sesso senza impegno non era mai stato un problema. Era proprio l'impegno, invece, a farla sentire con l'acqua alla gola, a indurla a fuggire.

Ma con Mark Grey non ci sarebbe stato questo inghippo. Perché tra loro non sarebbe accaduto proprio nulla. Quindi niente sesso e sicuramente niente impegno!

La vicenda del furto di opere d'arte, che li aveva tenuti impegnati, non si era ancora risolta. Niente indizi e nessuna vera traccia da seguire.

«Potrebbero non essere mai più ritrovati» ammise Lauren nel corso di un'uscita a pranzo con Kevin e Nadine, a cui si era unito anche Mark. «Temo che siano spariti per sempre, con il loro mistero.»

«Peccato!» Nadine si era rivelata un'incredibile sognatrice. L'aspetto non faceva altro che confermare la sua indole, con i capelli castani che le sfioravano le spalle, gli occhi grigi e l'aria delicata sembrava una bambola di porcellana. «Una bella storia deve sempre finire bene.»

«Tu vivi nel tuo mondo Nadine, te l'ho sempre detto! La realtà è ben diversa!» Kevin alzò gli occhi al cielo, addentando una forchettata di pasta. Poi scosse il capo, aggiustandosi gli occhiali sul naso. «Non si direbbe nemmeno che lavori in una redazione giornalistica. Non si vedono quasi mai storie che finiscono bene... guarda quei due poveri sfigati di Romeo e Giulietta!»

«Stiamo parlando di realtà, mi spieghi cosa c'entrano adesso Romeo e Giulietta?» Nadine lo riprese immediatamente, senza concedergli tregua. Lavoravano insieme da anni, erano amici e di certo Nadine non trattava Kevin come un capo. Del resto a lui andava benissimo così. «Stiamo parlando si storie vere! A proposito, ho visto le fotografie dei quadri che hanno rubato... quella *Ragazza alla finestra*... sai che ti somiglia, Lauren? In una versione un po' lugubre e minacciosa, ma sembri tu! Anche se tu porti quasi sempre i capelli raccolti, ha la tua stessa forma del viso, la tua espressione quando abbassi lo sguardo... Il pittore, Malcom Reynard, potrebbe essersi ispirato a te.»

«Ti sei fatta un'idea piuttosto inquietante di me, Nadine!» Lauren scoppiò a ridere e si sforzò di rimuovere il pensiero che in pochi istanti si stava facendo opprimente. «E comunque non ho mai avuto l'onore di conoscere il misterioso Malcom Reynard... quindi no, spiacente non sono io la sua musa ispiratrice.»

Ma il pensiero non se ne andò, perché Lauren fu costretta ad ammettere che Nadine aveva ragione. Se n'era accorta lei stessa, già dal primo istante in cui aveva visto la fotografia del dipinto rubato. La *Ragazza alla finestra* non somigliava così tanto a Lauren, quanto a Emily. Anzi, era proprio lei, nella versione precedente della sua esistenza.

«No, non ti somiglia, Lauren. Con il mio lavoro ho sviluppato un certo occhio per certe cose.» L'intervento di Mark la sollevò.

La stava salvando di nuovo? Percepiva le sue debolezze e interveniva per porre rimedio? «Non così come sei. Ma senza trucco e con i capelli sciolti… Non ti somiglierebbe soltanto. Saresti tu.»

***

Si era illusa. Mark non l'aveva sollevata affatto. Non l'aveva salvata. Non questa volta. L'aveva fatta sprofondare nell'abisso, invece. Quando i due uomini si allontanarono, Lauren rimase ancora un po' con Nadine, con la scusa di discutere a proposito della ripartizione degli articoli di cultura legati al furto di opere d'arte nel presente e nel passato.

«C'è qualcosa che dovrei sapere, dolcezza?» Nadine sollevò il bicchiere e sorseggiò parte del vino bianco rimasto.

«Come? Cosa intendi?» Lauren aggrottò la fronte, perplessa. «Mi sembra di averti detto tutto.»

«Non far finta di non capire…» ridacchiò Nadine. «Fra te e quello schianto d'uomo che ti trascini in giro con la scusa di far fotografie! Ma non ti sei accorta di come ti guarda? Sembra che voglia mangiarti! Devi essere proprio fatta di pietra per non scioglierti di fronte a quello sguardo… quel viso, quelle labbra…»

«Nadine!» Lauren sgranò gli occhi ma intanto avvampò e percepì una corrente attraversarle la schiena. Per fortuna era ancora seduta.

Se n'era accorta. Se n'era accorta eccome! E sperava, ogni giorno, che fosse lui a non accorgersi che l'interesse era ricambiato. Che gli sarebbe stato sufficiente un'occhiata più allusiva, un gesto, per indurla a cedere, a crollare. Poi non era nemmeno certa che quello di Mark nei suoi confronti fosse davvero interesse. O meglio, quel tipo di interesse.

«Cos'hai da perdere, tesoro?» Nadine sembrava più sciolta del solito, forse era l'effetto del vino. «Si vive una volta sola! Abbiamo tutti il diritto di lasciarci andare, di innamorarci...»

Lasciarsi andare? Innamorarsi? No, non era vero. Non tutti ne avevano il diritto. Lei, per esempio...

«No, Nadine. Io no. Io non posso.»

# CAPITOLO 10

Aveva dovuto inventarsi una storia su due piedi. Raccontare che il grande impedimento tra lei e Mark fosse il fatto che erano colleghi, che una relazione non sarebbe stata professionale. Aveva aggiunto che non si conoscevano nemmeno, non sapevano nulla l'una dell'altro, che erano entrambi arrivati da poco, che non avevano tempo... Si era palesemente arrampicata sugli specchi, ottenendo in risposta una scrollata di spalle da parte di Nadine.

«Tutte sciocchezze, Lauren! Lui ti piace. E da come ti ostini a negare e a difenderti, inizio a credere che il nostro bel tenebroso Mark Grey ti piaccia veramente tanto.»

Veramente troppo. Il suo atteggiamento, il suo modo di fissarla, così serio e determinato, ma che poi all'improvviso si scioglieva in un sorriso dolce, seducente. E quegli occhi scuri su di lei le infondevano brividi gelidi ma allo stesso tempo un calore che non aveva mai provato prima. Mark Grey le piaceva veramente troppo. Questa era la verità. E Lauren era costretta ad ammetterlo, almeno con se stessa. Anche perché sarebbe stato inutile negarlo.

Si augurò che un po' di distacco, una visita a Richmond per trovare Stephen nel corso del fine settimana, l'aiutasse. L'unico aspetto positivo era che, focalizzando pensieri, sensi e desideri su Mark Grey, aveva momentaneamente rimosso il riemergere assillante dei ricordi legati a Rosencraft.

La conversazione con Stephen si concentrò subito sulla questione dei quadri rubati. Mentre passeggiavano per il parco, Stephen accennò con il capo a una panchina, sulla sponda del Tamigi. Il fiume scorreva lento e placido di fronte a loro.

«Potrebbe essere stato lo stesso Malcom Reynard a rubarli. Oppure io, considerato il piano fin troppo ingegnoso per un dilettante.»

Le parole di Stephen la lasciarono interdetta. Impiegò qualche secondo a riprendersi. E ad ammettere, soprattutto, che la confessione di Stephen poteva essere sincera o comunque non così lontana dalla realtà. E poi di Reynard, il pittore misterioso, si sapeva ben poco, visto che lavorava tramite un agente che nascondeva accuratamente l'identità del suo cliente.

«Cosa?»

«Sto scherzando, Emily!» Stephen le rivolse un'occhiata dubbiosa. «Davvero hai creduto che potessi essere io? Non te lo avrei nascosto e comunque non avrei motivo. Mi sembri distratta oggi.»

«Lascia perdere, sono davvero stanca ultimamente.»

Non voleva distogliere l'attenzione di Stephen. Anzi, forse era ciò che stava cercando di fare ma non mentiva, comunque. Era davvero troppo stanca.

«Cosa ti succede? Non è da te.»

«Nulla. Ma mi sono accorta di non essere poi così diversa da tutti gli altri. Anche io mi stanco, capita. E a volte mi perdo. Hai ragione, sono distratta.»

Si stava difendendo. Soprattutto perché insieme a Stephen, Lauren tornava ad essere definitivamente Emily. Senza appigli, senza maschere.

«Emily...» Stephen posò la mano sulle sue, che aveva raccolto in grembo. Le rivolse uno sguardo affettuoso, tentando però di non risultare troppo invadente. «Sono sempre io, l'uomo col cappello, ricordi? Non ti nascondere da me. Sono qui per aiutarti.»

*«L'uomo col cappello.*
*La donna con lo scialle.*
*La Macchia.*
*La Gioia.*

*Le Solitudini.*»

Emily ripeté la filastrocca senza esitazioni né incertezze.

«A che punto sei della nostra storia?» Stephen premette leggermente la mano sulle sue. Posò deciso gli occhi su di lei, per costringerla a guardalo.

Emily riconobbe quel viso ormai diventato familiare da tanti anni, la barba che gli circondava il viso, quegli occhi chiari che l'avevano guidata, confortata, aiutata così spesso a trovare la via di fuga dal suo inferno personale.

«Potrei essere arrivata alla Gioia. La gioia vera, assoluta. La gioia di essere vicina, davvero vicina ad avere tutto ciò che ho sempre desiderato nella vita. La mia salvezza finale.» Emily sospirò e distolse lo sguardo da Stephen per posarlo sul fiume. Il ricordo del Gemstone Creek, il torrente di Rosencraft, il suo torrente, riemerse in lei immediato, dirompente. Poi l'avvolse, in un lampo che tentò di reprimere, di annullare, per il male che le provocava proprio in centro al petto. «Ma la rinnegherò, mi terrò a distanza. La manderò via perché ho paura di cadere, di precipitare nel vuoto, mio caro uomo col cappello. E di trascinare tutto e tutti con me. Ho troppa paura.»

\*\*\*

Emily non avrebbe ceduto. E nemmeno Lauren lo avrebbe fatto. Perché sentiva, in un luogo a lei ancora ignoto all'interno del suo corpo, tra le viscere e le ossa, che questa volta sarebbe stato davvero troppo pericoloso. Non poteva correre rischi, non poteva concederlo a se stessa. Perché quel luogo ignoto stava rischiando, ogni giorno di più, di sfiorarle anche l'anima.

Dopo tanti anni di lotta, di resistenza, di impegno, di studio, non poteva permettersi di distruggere tutto per una passione che sarebbe durata il tempo di un respiro. Per un desiderio che aveva iniziato a consumarla e l'avrebbe bruciata se non avesse dato pace ai suoi sensi.

Quindi aveva preso a ignorare Mark, cercando di evitarlo, per quanto possibile. La fortuna l'aveva assistita, visto che Paul Jones, il fotografo con cui aveva lavorato prima dell'arrivo di Mark, era rientrato dal periodo di malattia. Lauren aveva espresso chiaramente il desiderio di essere accompagnata da Paul nei suoi servizi, non più da Mark. Kevin, non vedendoci nulla di male nella preferenza di Lauren per il collega con cui era più abituata a lavorare, l'aveva accontentata. E aveva acconsentito nel far passare la scelta come una sua idea.

A Lauren però non piaceva, ciò che aveva fatto. Non le piaceva affatto. Sperava solo che la carriera di Mark non venisse compromessa a causa di un problema che, in fondo, era soltanto suo.

Così lo evitava. Lavorava quasi sempre da esterna, raggiungendo i luoghi prestabiliti per i suoi servizi. Spesso scriveva da casa. Quando arrivava in redazione se ne restava per lo più confinata nel suo ufficio, soprattutto quando Mark si trovava nei dintorni. Ma lui doveva aver preso la decisione come un affronto personale e non le stava rendendo l'impresa facile. Anzi, nel corso delle ultime settimane sembrava determinato ad affrontarla. Presto lo avrebbe fatto e Lauren era consapevole che non sarebbe stata in grado di sfuggirgli per sempre.

Una sera, lasciando la sede della "London Daily Magazine", Lauren percepì dei passi alle sue spalle. Avrebbe voluto accelerare il passo, ma sapeva che sarebbe stato inutile.

«Perché?»

«Perché cosa, Mark?»

Gli permise di raggiungerla e si voltò verso di lui.

«Lo sai. Puoi darmi una spiegazione?»

Gli occhi di Mark lanciavano scintille verso di lei. E Lauren ebbe la sensazione di sentirsi avvolgere da un fuoco. Tanto da percepire addirittura il bruciore sulla pelle. Improvvisa e indesiderata l'immagine della tenuta Redwood in fiamme le apparve dinnanzi. L'incendio in cui erano morti i suoi nonni,

Sten e Tessa, lo zio Ian con sua moglie Jenny e il loro bambino. Parenti che non aveva mai conosciuto. Non comprese come potesse accadere, non aveva mai visto quella residenza andare a fuoco. Non si trattava di un ricordo, ma di qualcosa che le avevano raccontato.

La visione l'aveva talmente colta di sorpresa e turbata da indurla a dimenticare di rispondere a Mark. Toccava a lei. Cercò di rimediare, senza scomporsi.

«Non è dipeso da me...» sospirò, stringendosi nelle spalle. «Paul è arrivato prima, lavoravo già con lui.»

«Non si tratta solo di questo, Lauren. Tu lo sai.»

Il tono di voce di Mark divenne ostile, duro. Allo stesso tempo, piccole rughe d'espressione si creavano e si distendevano intorno ai suoi occhi. Lauren cercò di capire chi le ricordasse quel ragazzo volitivo e testardo, ma non ci riuscì. Forse nessuno in particolare, forse solo un personaggio letterario. Ecco, sì. Un misto tra Heathcliff di *Cime tempestose* ed Edmond Dantès di *Il conte di Montecristo*. Mentre lei si poteva considerare un'inquietante combinazione tra *Il ritratto di Dorian Gray* e *Frankenstein*.

Soddisfatta di essere riuscita a inquadrarlo, un po' meno di aver inquadrato anche se stessa, Lauren sorrise brevemente, complimentandosi con se stessa. Tutto quell'impeto, quella passione brutale e sensuale, trovava una perfetta corrispondenza anche nell'aspetto dell'uomo. Ma non aveva fatto i conti con il diretto interessato.

«Lo trovi tanto divertente?»

«No, io non...» Lauren si accarezzò la fronte. Se gli avesse spiegato il motivo del suo sorriso, l'avrebbe presa per stupida. E forse lo era davvero! Cercò di riprendere il discorso in tono più serio e professionale. «Ci sono cronisti molto più bravi di me con cui ti sarà data la possibilità di lavorare e di fare una carriera brillante. Anzi, domani ne parlerò con Kevin, così...»

«È questo che pensi?» Mark alzò la voce, a tal punto che un paio di persone che stavano passando accanto in quel momento, sobbalzarono voltandosi verso di loro. La mascella contratta e gli occhi stretti in una linea, Mark le si avvicinò fino a trovarsi a un solo passo da lei. Il suo tono divenne roco, quasi soffocato. «Non me ne frega un cazzo di lavorare con cronisti più bravi o di fare una carriera...» Spalancò per un attimo gli occhi, alla ricerca della parola scelta da Lauren, che nell'impeto della rabbia sembrava sfuggirgli «...brillante! Kevin non c'entra, non raccontarmi stronzate! Io voglio sapere perché tu mi stai trattando così, Lauren! Perché mi stai evitando? Dove ho sbagliato? Ho fatto qualcosa che ti ha dato fastidio, che ti ha offesa o ferita in qualche modo, perché io...»

«No, Mark...» Lauren lo interruppe per negare, con tutte le forze che aveva, non solo in corpo, ma anche nella mente, nell'anima. Il fatto che lui si fosse convinto di aver fatto qualcosa di sbagliato, di averla ferita, la mortificava, la faceva sentire avvilita. Tanto da provare una profonda vergogna nei confronti di se stessa. E alla fine sì, si sentiva davvero ferita. Ma non era stato lui. Aveva fatto tutto da sola, era stata lei stessa a ferirsi.

«... perché io vorrei rimediare, se posso. Capisco che tu preferisca lavorare con Paul, so che lui è molto più bravo di me, che ha più esperienza, più talento. Ma non escludermi dalla tua vita, Lauren. Io... non so come...» Mark si morse forte le labbra, poi si passò le mani tra i capelli. E all'improvviso Lauren vide ciò che veramente era. Un ragazzo giovane, dall'aspetto forte e impetuoso, magari un po' troppo impulsivo, ma che ora si dimostrava anche timido, sensibile, insicuro. Alla fine però il suo sguardo si rischiarò e divenne inaspettatamente limpido, sereno. «Io non so come dirtelo... e non dovrei nemmeno... ma te lo dico e basta. Tu mi piaci Lauren, mi piaci davvero. E come un cretino mi ero illuso che anche tu provassi lo stesso per me... almeno un po'...»

«Mark...»

Lauren sentì una corrente fredda esploderle dentro. Poi diventò calda, avvolgente e la percorse completamente, dalla testa ai piedi.

«Scusami se mi sono permesso.» Mark sospirò e abbassò lo sguardo. Era alto, decisamente più alto di lei, almeno di tutta la testa. Ma in quell'atteggiamento così remissivo sembrava un cucciolo spaventato, ferito. Si passò una mano sulla fronte, mantenendo gli occhi bassi. «Sono stato un idiota, da ora in poi ti lascerò in pace, te lo prometto. Mi sono sbagliato…»

«No, Mark.» Lauren chinò di poco il viso, in modo da incontrare i suoi ardenti occhi scuri. «Non ti sei sbagliato. Non ti sei affatto sbagliato.»

# CAPITOLO 11

Quando lui con un braccio l'aveva presa per la vita e attirata a sé baciandola sulle labbra, Lauren non fu in grado di opporsi, di respingerlo. E nemmeno Emily, che fremeva in lei, come un'adolescente in attesa del primo bacio.

Ma non era stato il primo. Il primo era stato tanto tempo fa, una vita fa, in un altro mondo. E il seguito di quel primo bacio forzato, era stata una violenza. La violenza che l'aveva uccisa.

Mark invece, dopo quell'incontro di labbra vogliose e appena dischiuse, si era staccato da lei. L'aveva guardata negli occhi, poi le aveva accarezzato le guance con entrambe le mani, muovendo i pollici sui suoi zigomi, ripetutamente, con dolcezza. Come se lei fosse la cosa più bella e delicata che avesse mai avuto di fronte.

Ed erano rimasti lì in piedi, lungo la strada, senza riuscire a distogliere lo sguardo l'una dall'altro. Gli occhi di Mark potevano assumere tantissime sfumature diverse. Da gelidi e cupi, in un istante sapevano diventare dolci, appassionati. La trasformazione, in seguito a quel primo bacio, era stata evidente. E si era mantenuta così, nei giorni a seguire.

Anche il sesso con lui era qualcosa che Lauren non aveva mai sperimentato. Perché non si trattava solo di uno scontro di corpi, uno scambio di fluidi, una penetrazione vigorosa e potente. Non era solo eccitazione e orgasmo. Era un incontro di parole, di sensazioni, di carezze, di sussurri al buio e in piena luce. Le loro fronti appoggiate, i loro corpi avvinghiati l'uno all'altro, come una cosa sola, un incastro perfetto. E, insieme ai corpi, anche le loro anime si stavano incastrando, attimo dopo attimo.

Quando Lauren se ne rese conto era ormai troppo tardi. Perché, al contempo, anche Emily le urlava dentro, incapace di trattenersi, di tirarsi indietro. La sua Gioia, quella vera, quella che aveva tentato di negare, di allontanare. Quella che Mark le regalava a ogni sguardo, a ogni bacio. Quella che ormai nessuno dei due sarebbe stato più in grado di nascondere. Da soli oppure in mezzo alla gente.

Trascorsi due mesi, ognuno continuava a mantenere la propria abitazione. Però Mark si fermava sempre più spesso a passare la notte a casa di Lauren. E lei non era stata in grado di impedirlo, di mandarlo via. Perché restare tra le sue braccia, con il suo fiato addosso, la faceva sentire viva. La faceva sentire felice.

Questo però li aveva messi di fronte al "problema" di Lauren. Che era stato anche di Emily. Lauren non dormiva. Dopo qualche inutile tentativo di assopirsi o di fingersi addormentata, Mark se n'era accorto. A differenza di altri uomini con cui aveva avuto a che fare in precedenza, era sempre troppo attento nei suoi confronti.

«Non dormi?» Chinandosi su di lei, l'aveva baciata sulla fronte.

«No, io…» Lauren aveva arricciato il naso, cercando una scusa plausibile.

«Non sei abituata a dormire con qualcuno.» Mark annuì, comprensivo. «Lo capisco, capita anche a me.»

Bene, problema risolto! Ma qualcosa dentro le impedì di accettare quella facile spiegazione, come un borbottio fastidioso che la faceva sentire in colpa. Detestava mentirgli. Non mentire in generale. Mentire a lui. Come se, all'improvviso, avesse scoperto di possedere una coscienza in grado di provare inconfessabili ma innegabili rimorsi.

«Non è proprio così…» Si strinse ancora di più a lui, al suo corpo, alla sua pelle, come timorosa di perderlo, di lasciarlo andare via.

«Com'è, allora?» Mark sgranò leggermente gli occhi su di lei.

«Io non dormo, ecco.»

«Dormi poco?» Le accarezzò i capelli, scostandoli dal suo viso e riponendoli accuratamente dietro alle orecchie, per riuscire a guardarla meglio.

«No, cioè forse. Magari quando capita non lo ricordo…»

Stava cercando di correre ai ripari. Perché, inevitabilmente, Emily stava lottando per prendere il sopravvento. E Lauren non poteva permetterlo. Una confessione vera e propria sarebbe stata la fine. Però non riuscì a impedire di muoversi, di agitarsi contro di lui, sul suo petto.

«Tranquilla…» Mark sussurrò sul suo viso, tra i suoi capelli, sulle sue labbra. «Ci sono io, adesso. Sono qui con te.» Si staccò da lei, solo per riuscire a incontrare il suo sguardo. Ma fu il suono della voce di lui, nella semioscurità dell'alba, a colpirla nel profondo, trascinandola in un abisso dal quale non sarebbe più stata in grado di risalire. «Resterò sveglio, con te. Ti stringerò e ti accarezzerò per tutto il tempo necessario… e quando arriverà il momento, quando ci riuscirai, dormiremo insieme. Io non ho fretta.»

Lauren annuì e respirò profondamente. Il suo profumo la invase. L'effetto sul suo cuore non era piacevole, però. Le faceva male, le pulsava nel petto in modo troppo veloce, troppo incontrollato. Insopportabile. E, di qualunque cosa si trattasse, detestava non avere il controllo di ciò che le capitava. Aveva bisogno di altro, di non pensare, di distrarsi. Così si sollevò sul letto per appoggiarsi al cuscino, obbligando Mark a cedere un po' la sua stretta su di lei.

«Raccontami qualcosa di più su di te.» Sorrise e gli accarezzò il viso con una mano, poi gli percorse le sue labbra con l'indice. Non voleva che il suo distacco improvviso suscitasse tensioni tra loro. «Se te la senti, ovvio.»

«Mmh…» Mark increspò le labbra, poi sorrise e annuì, baciandole la punta delle dita. «Non c'è molto da dire. Sono nato a Londra, dove ho vissuto la maggior parte della mia vita. Non ho visto molto del resto del mondo, ma mi piacerebbe un giorno.

Spero di riuscirci, con il mio lavoro. I miei genitori sono morti, qualche anno fa... lo sai... E non vedo mio fratello tanto spesso.»

«Sì, me ne hai parlato. Scusami, non volevo obbligarti a rivangare...»

Ecco, aveva toccato un'altra nota dolente. I genitori di Mark erano morti in un incidente, qualche anno prima. E il fratello maggiore si era trasferito negli Stati Uniti. Non aveva aggiunto molto di più rispetto a ciò che le aveva già raccontato, a parte il fatto di essere intenzionato a viaggiare.

«Non c'è problema. So che anche tu hai perso i tuoi genitori.»

«Sì, ma io ero molto piccola.» Lauren socchiuse gli occhi e appoggiò la tempia alla spalla di Mark, che nel frattempo l'aveva attratta a sé. «Quasi nemmeno li ricordo. È stata una vita fa.»

Una vita fa. Una vita che avrebbe fatto meglio a dimenticare, al più presto.

«E sei cresciuta con il tuo padre adottivo...» concluse Mark, per lei. La versione che gli aveva rifilato, non tanto discordante rispetto alla realtà. «Che ti ha portata in giro per il mondo e ti ha insegnato quasi tutto ciò che sai.»

«Sì, Stephen.» Lauren annuì con un sorriso. «Non so cosa avrei fatto senza di lui. Probabilmente mi sarei persa in questa vita, in questo mondo. Ero del tutto impreparata, perché io venivo da...»

Avvampò e si interruppe di colpo. Si staccò da lui e si girò per un attimo verso il comodino, afferrando il piccolo mappamondo intagliato in legno e rigirandoselo tra le mani. Cosa stava facendo? Gli occhi tranquilli di Mark la rassicurarono. Non si era esposta troppo, non aveva esagerato con il passato.

«Potrò conoscerlo, prima o poi?»

Lauren impiegò qualche istante, prima di rendersi conto che Mark si riferiva a Stephen e non aveva focalizzato l'interesse sul suo discorso interrotto.

«Sì, certo. È stato in viaggio negli ultimi mesi, ma appena tornerà potrai conoscerlo. Io credo...» Lauren prese qualche istante per visualizzare un probabile incontro tra Stephen e Mark. Il suo salvatore, l'uomo col cappello, e il giovane dolce e appassionato che aveva fatto irruzione nella sua vita in modo del tutto imprevisto, travolgendola del tutto. «È un uomo eccezionale e fuori dal comune, da tutti gli schemi. Io credo che ti piacerà.»

«Ne sono convinto anche io.» Mark annuì, le sfiorò le mani con la punta delle dita, allentando la sua tensione. Raccolse il piccolo mappamondo che Lauren aveva lasciato scivolare e lo avvicinò al viso, scrutandolo con attenzione. «Questo te lo ha regalato lui?»

«No...» Lauren deglutì, sforzandosi di cercare una risposta appropriata. Ma non era necessaria, quella di Mark era solo una domanda, semplice e spontanea. Il suo sorriso dolce e caldo la riportò alla dimensione presente, alla sua Gioia attuale. Lontana da Rosencraft. Lontana anche da Charles e dal piccolo mappamondo che era diventato il simbolo della sua liberazione, l'emblema della nuova vita che si era costruita e che stava occupando sempre più spazio, in lei. Decise comunque di essere il più onesta possibile. «È una guida, un ricordo. Il ricordo di un amico, di un maestro che per me è stato prezioso. Pur non essendosi mai spostato dal suo luogo d'origine, ha instillato in me la sete di conoscenza, il desiderio di scoprire il resto del mondo... di studiare, di esplorare, di comprendere, di spingermi oltre i miei limiti. Devo anche a lui ciò che sono ora. Mi ha resa forte.»

*** 

Stephen era tornato, ma Lauren non era affatto ansiosa di presentargli Mark. E non sapeva nemmeno come presentarglielo. Non temeva solo il suo giudizio, ma il fatto che credesse che si fosse arresa. In altre circostanze non ci aveva nemmeno pensato. Ma questa volta era diverso. Ed era lei la prima a crederci.

Quando giunse il momento, Lauren, sebbene riluttante, arrivò a casa di Stephen insieme a Mark. Le cose andarono meglio di quanto avesse sperato. Dopo un primo scambio di convenevoli e frasi fatte, i due uomini entrarono in sintonia e la conversazione divenne piacevole, tra viaggi, arte, fotografia e libri. Gli interessi in comune avevano contribuito a salvare la situazione.

Il rapporto con Mark si stava consolidando, ma Lauren lo aveva presentato a Stephen come un amico. Nessuno dei due aveva avuto nulla da replicare.

«Non sei arrabbiato?» Tornati a casa, Lauren affrontò subito Mark, che in macchina era stato stranamente silenzioso per tutto il viaggio di ritorno.

«Per il fatto che mi hai presentato come un amico?» Mark incrociò le braccia e strinse gli occhi su di lei. «No. Perché dovrei?»

L'aveva presa in contropiede, per l'ennesima volta. Ed era bravissimo a farla sentire una sciocca. Cercò qualcosa da dire ma lui la precedette.

«Forse dovrei perché vorrei essere qualcosa di più. E speravo che lo volessi anche tu. Ma come ti ho già detto, io non ho fretta.»

«Mark…» Lauren posò le mani sulle sue braccia incrociate, sperando che le sciogliesse per stringerla a sé. «Io non sono preparata a parlare con Stephen di una mia probabile relazione. Non sono preparata a una relazione, questa è la verità. Ma tu…»

«Nemmeno io. Nemmeno io, Lauren.» Mark scosse la testa, si incupì, per poi sciogliersi e attirarla a sé. «Voglio solo che tu stia bene, che tu riesca a stare tranquilla, a riposare, insieme a me. Perché ci sarò io a proteggerti, sempre.»

Ed era vero. Non mentiva. Lui la stringeva sempre la notte, durante il sonno che non arrivava mai. Lui la consolava quando sobbalzava dalla paura, come se potesse essere catturata, legata e portata via, trascinata indietro da un momento all'altro. Perché accadeva ancora, accadeva sempre, anche se per lei era una dolorosa consuetudine, parte della sua normalità, da così tanto tempo. Talmente tanto che ormai non ci faceva più caso.

Mark la tratteneva sul suo petto, senza capire che spesso Lauren si sentiva persa, confusa, smarrita. Senza sapere che sempre di più percepiva l'adolescente Emily Redwood riemergere in lei, la sua muta disperazione tornare alla ribalta, prendere possesso del suo cuore, dei suoi pensieri, del suo mondo. Senza nemmeno immaginare chi fosse Emily Redwood, cosa avesse fatto e spinta da quali motivazioni, da quali istinti. Senza sospettare che il richiamo verso Rosencraft si stava facendo sempre più potente, irresistibile. E Lauren, Emily oppure entrambe, indistintamente, presto sarebbero state costrette a rispondere, a tornare.

***

Così era davvero tornata ed era stata una follia. Aveva colto l'occasione di un pomeriggio in cui Mark era impegnato con un collega in un servizio per l'inaugurazione di una corsa di beneficenza. No, tornare a Rosencraft per Lauren era stato molto peggio che una follia. Perché lì non era rimasto proprio nulla. Solo vuoto, case abbandonate, un ammasso di rovine, di sterpaglie e il bosco che aveva preso sempre più possesso del resto della città, facendosi avanti, come a seguito di un'invasione incontrollata in cui il mondo "civile" si era dichiarato sconfitto a priori.

Rosencraft era un deserto. Una città fantasma. Come una vecchia carcassa lasciata andare alla deriva, senza alcun interesse da parte di nessuno. Anche il Gemstone Creek, il suo torrente, era prosciugato. Degli animali non c'era più traccia, come se avessero deciso, di comune accordo, di disertare e migrare altrove.

Quella visita era stata uno sbaglio. Lì non c'era più nulla per lei, ormai. Niente passato, niente presente e soprattutto niente futuro. Anche se il potere concentrico di Rosencraft non era stato estirpato del tutto, le sue radici erano ancora vigorose nel richiamarla, nel possederla. Rammentò che ciò che l'aveva spinta e mantenuta lontana per anni non era stato soltanto il desiderio di scoprire nuovi mondi, nuove culture. Ma la tentazione che Rosencraft ancora esercitava su di lei. Aveva sperato che con il tempo si affievolisse fino a estinguersi del tutto. Invece non era accaduto. Forse doveva rassegnarsi, doveva arrendersi. E trovare altri modi, altri espedienti per combattere una battaglia che dentro di lei non poteva ancora dichiarare conclusa.

Rientrata a Londra, Lauren si era sentita demoralizzata, afflitta. Esausta come non le capitava più da tanto tempo. Come non le era mai capitato, in realtà. Non così. Ma la sensazione peggiore fu una sorta di senso di colpa che le invadeva le viscere, rendendola sbigottita, inerme.

Emily Redwood aveva vinto e aveva ceduto, allo stesso tempo. Aveva preso il sopravvento come una sorta di perverso Mr. Hyde sul pacifico Dottor Jekyll. Ed Emily, al contrario di Lauren, era fatalmente attratta da Rosencraft. Tanto che Lauren, una volta tornata in sé, aveva compreso ciò che Emily stava cercando. Il potere. Tutto il potere di cui aveva bisogno e che sarebbe stata in grado di accumulare dentro sé.

Non sarebbe dovuta tornare in Inghilterra, così vicina al luogo che aveva segnato la sua rovina. Un pensiero repentino la inchiodò, prima che facesse in tempo a bloccarlo, ad arginarlo. Se non fosse tornata, non avrebbe mai conosciuto Mark Grey. E avrebbe trascorso la sua esistenza senza immaginare che al mondo esistesse qualcuno come lui.

Lauren doveva predominare e mettere a riposo Emily, una volta per tutte. Non aveva alternativa. Per questo aveva deciso di diventare Lauren Atkinson. Per sperare di avere una vita normale, lontana da tutte le brutture che dominavano il suo passato. Brutture che lei stessa, come Emily, aveva contribuito a creare e a diffondere.

Non poteva più tornare indietro, mai più. E si sentiva sempre più stanca, quasi invecchiata, afflitta da una sorta di malinconia, di deterioramento interiore che non riusciva a controllare. Non poteva parlarne con Mark. Quindi la sua unica scelta era ricaduta, per forza di cose, su Stephen.

*** 

«Il messaggio diceva "con la massima urgenza". Posso sapere cosa ti è successo, Emily?» Con un cenno del capo la fece accomodare in casa e poi sul divano. «Il tè è già pronto.»

«Ho commesso uno sbaglio» gli aveva confessato appena lui aveva accettato di incontrarla, appena possibile. E continuava a ripetere la stessa frase, quasi senza riuscire a trovare altre parole per esprimere lo stesso disagio. «E ti prego, una volta per tutte… non chiamarmi più, mai più Emily!»

«Il tuo problema non sta in un nome.» Stephen sospirò, imprimendo una forza esagerata in quel respiro.

«No, hai ragione. Il problema sta in me.»

«Allora, posso sapere cosa è successo? Quale sbaglio hai commesso… Lauren?»

«Sono tornata a Rosencraft.» Poteva soltanto raccontargli la verità, tutta d'un fiato. «Emily è tornata a Rosencraft. Non solo come nome… la persona che sta dentro di me, che tengo a bada da tanti anni, che prende energia dagli altri e li riduce a brandelli, anche senza che io lo voglia, senza che glielo permetta… Ecco, lei è tornata, l'esclusa di Rosencraft. E non c'era proprio più nulla, ormai. Io non me ne sono resa conto prima, ma ora ho compreso ciò che mi ha attratta, che alla fine è proprio ciò che ho sempre cercato di ignorare, di respingere. Il potere. Quello che mi impedirebbe di sentirmi così stanca…» Si ritrovò confusa, non più in grado di fare una netta distinzione tra Lauren ed Emily. La linea di demarcazione si era assottigliata fino a svanire. Quindi sospirò, cercò conforto nello sguardo di Stephen. Infine si arrese. Non c'era davvero più distinzione, ormai.

«Emily è tornata a reclamare tutto il potere dei Darksee e dei Lightstorm, le loro facoltà in diretta connessione con gli animali, quelle da cui Emily aveva attinto parte della sua forza per nutrire il demone del dolore che le bruciava dentro fino a distruggerla. Ho studiato per anni l'evoluzione di quelle due antiche famiglie, estinte in modo cruento per opera dei Rosencraft. I Darksee erano legati ai Blackmirror, i Lightstorm ai Redwood. Entrambe le antiche stirpi erano dotate di poteri soprannaturali, poteri occulti che i Rosencraft consideravano demoniaci. Suppongo siano stati anche i Lightstorm a fornirmi tutto questo potere, la capacità di restare come sono. Ma io sono tornata indietro, a Rosencraft, rischiando di rovinare tutto… e lì io mi sento Emily, più che mai. Lì io sono Emily.»

«Mi aspettavo che accadesse.» Stephen non si scompose, come se la rivelazione non lo avesse turbato affatto. «Anzi, hai resistito fin troppo a lungo.»

«Stephen, io…»

«Credi che io non abbia già commesso lo stesso errore, più e più volte.» Chiuse gli occhi chiari e scosse leggermente la testa. «Tua madre ha sempre avuto ragione su questo. A Rosencraft tutto torna…»

«Non dirlo. Io non avrei dovuto cedere!»

«Non hai potuto impedirlo. Ma a parte questo…» Stephen esitò.

Lauren, Emily… chiunque fosse la donna che aveva di fronte, aveva qualcosa di diverso. Qualcosa che stentava a riconoscere. Come se si stesse lasciando andare, non fosse più in grado di trattenersi, di resistere, di lottare. Infatti non parlò, non lo interrogò, non ci provò nemmeno. Lo indusse a continuare solo con un leggero cenno del capo.

«Sei diversa, sei cambiata.» Stephen pensò per qualche istante a come porre la questione con discrezione, senza risultare opprimente, senza indurla a negare, ad opporsi e a chiudersi in se stessa nel tentativo di difendersi. «La causa scatenante è solo una. Non Emily o Rosencraft, come vorresti farmi credere. Quelle sono state solo le conseguenze, gli effetti collaterali, diciamo. La causa scatenante è Mark Grey.»

# CAPITOLO 12

Era una sciocchezza. Stephen si sbagliava. Il suo accanimento contro Mark era ingiustificato.

Mark era solo un bel ragazzo, aitante, sensuale ma spesso anche tenero, protettivo. Lauren aveva ceduto con lui, si era arresa. Perché Mark le piaceva. Forse fin troppo. Ma presto, inevitabilmente, sarebbe giunto il momento di dare un taglio alla relazione, di lasciarlo andare. Perché di certo Mark Grey non aveva proprio nulla a che fare con Emily e ancora meno con Rosencraft.

Era stata la passione per lui a indebolirla, questo era probabile. Ma le sarebbe passata, l'avrebbe consumata ancora un po' per poi muoversi, spostarsi oltre. Era già successo, del resto. Forse non si era mai sentita così coinvolta, ma questo non avrebbe fatto la differenza.

«Non dire sciocchezze, uomo col cappello.»

«Ti sei innamorata di lui.» Non era nemmeno una domanda, ma una certezza. Adesso Stephen O'Connell, l'uomo col cappello, ne era dannatamente sicuro.

«Questa è un'altra sciocchezza… anche peggiore di quella di prima!» Lauren si era alzata di scatto dal divano. «È meglio che io vada!»

«Mi aspettavo che accadesse, prima o poi.»

«Io no, Stephen. Perché ti sbagli, non è accaduto.»

Non poteva essere amore. E di certo non poteva causarle tutti quei disturbi, quegli strani effetti, non a lei. Come se qualcosa dentro lei stesse cominciando a morire, a degenerare. A invecchiare, come accadeva a tutti gli altri esseri umani, del resto.

«L'amore a volte ti prosciuga, Emily... Lauren...» Anche Stephen si alzò, pronto ad affrontarla. «Ti ruba energia, come buona parte di tutti i sentimenti, però ti dona un altro tipo di forza, quando non ti fa soffrire. Tu te ne sei mantenuta alla larga, fino ad ora. Ma, come ti dicevo, era inevitabile che accadesse.»

Lauren... Emily... era talmente stanca e demoralizzata da non sapere nemmeno più come identificare se stessa. E da non essere in grado di replicare, di difendersi. Scosse la testa, sconsolata.

«Ti chiedo soltanto di stare attenta, va bene?» Stephen le strinse le spalle e la massaggiò delicatamente. «Per qualsiasi cosa, ricorda che io ci sono sempre. Chiamami e io sarò da te.»

«Sei il mio maestro, Stephen. Mi hai insegnato tutto quello che so. Sei sempre stato con me, l'unico. Sei stato mio padre, mia madre, sei stato l'unica mia vera famiglia. E io ho impiegato tempo, tanto tempo a capirlo.» Lauren sentì gli occhi bruciare, senza comprenderne il motivo. «Ti ringrazio per tutto quello che hai fatto e stai ancora facendo per me, ma ti prego... non ti accanire contro Mark. Lui è...»

Sospirò e rimase in silenzio. Non fu in grado di continuare e Stephen non le richiese un tale sforzo.

«Va bene. Se tu sei felice con Mark lo sono anche io, per te.»

La strinse a sé e lei si lasciò andare, si lasciò abbracciare. Stephen aveva compreso. Lauren, per la prima volta, era davvero fragile, sensibile, vulnerabile. Come non lo era mai stata, nemmeno nei momenti più complicati e tragici della sua esistenza, nemmeno a Rosencraft, tra la vita e la morte, posseduta dal demone del dolore. Nemmeno quando era l'esclusa di Rosencraft. Perché ora, per la prima volta, la sua piccola Emily Redwood era innamorata.

\*\*\*

Era stata colpa sua. Lauren aveva sperato che non accadesse. Ma si era sentita quasi costretta a scegliere, quando non aveva intenzione di rinunciare a due persone così importanti per lei.

I sentimenti sono un problema, sempre. Non solo i suoi. Avrebbe dovuto ricordarlo, in futuro, per non incappare più nello stesso errore.

Ma intanto Stephen era partito per un nuovo viaggio. Destinazione sconosciuta, questa volta. Non le importava che lo facesse per ripicca nei suoi confronti. Sarebbe tornato, prima o poi. Solo che non riusciva a smettere di pensarci.

Sospirò, iniziando a battere freneticamente i tasti del computer, nel suo ufficio della "London Daily Magazine". Si staccò soltanto quando Nadine, dopo aver bussato ed essere entrata, le si posizionò di fronte alla scrivania con le braccia incrociate, in attesa che la degnasse della sua attenzione.

«Scusami…» Sollevò la testa, con un sorriso forzato.

«Scusami tu.» Nadine ricambiò il sorriso ma il suo guardo era attento, preoccupato. «Sembra importante, non ti volevo interrompere. Però Kevin ti vorrebbe nel suo ufficio. A quanto pare ci sono novità riguardo a un caso di qualche tempo fa.»

«Certo, vado subito!»

Le novità di Kevin la lasciarono sconcertata. Tanto da non sapere più a cosa credere. A chi credere. Possibile che il bonario e pacifico Kevin Thorpe avesse qualche strano, oscuro legame con il suo passato? O con il passato di Emily Redwood piuttosto? E che l'avesse presa in giro per tutto quel tempo? Probabile quindi che anche Nadine fosse parte del piano.

Si guardò intorno sempre più incredula, smarrita. Sentì un susseguirsi di flashback impazziti perforarle la mente. Dov'era? Si trovava davvero nella redazione di un giornale londinese? Le avevano teso una trappola e lei ci era cascata. Non era stata in grado di distinguere tra realtà e finzione, così l'avevano presa.

Lauren iniziò a sentirsi fortemente a disagio, a tremare. Non sapeva più cosa fare, cosa dire. Stava perdendo qualsiasi connessione con la realtà, con il presente, scivolando in un buio che la sommergeva, la sovrastava. Sempre che quelli fossero davvero la realtà e il presente.

Aveva bisogno di Stephen. Era l'unico che potesse aiutarla. Ma Stephen non c'era, era partito per uno dei suoi viaggi. Quindi avrebbe dovuto trovare il modo di cavarsela da sola. Non aveva alternativa. In bene o in male sarebbe stata costretta a lottare, ancora una volta, per sopravvivere.

«Lauren?» La voce di Kevin la richiamò, emergendo quasi dal silenzio che si era creato tra loro. «Ti senti bene?»

«Io? Sì...»

«È da un po' che ti osservo e ti vedo strana, dovresti prenderti qualche giorno di riposo.» Il sorriso compiacente e benevolo la fece tornare alla realtà. Quella vera. E fu proprio quello il momento in cui lei lo riconobbe.

Non si era sbagliata! Kevin Thorpe era Charles Rosencraft! E quella che stava vivendo era una dimensione parallela, in realtà non se n'era mai andata da Rosencraft! Il suo incubo peggiore si stava realizzando. Era ancora in trappola, lo era sempre stata!

«Comunque...» Kevin riprese il discorso, nonostante il silenzio e l'espressione smarrita di Lauren. «Come ti stavo dicendo, *Ragazza alla finestra,* uno dei dipinti rubati alla "London Art Gallery", facente parte la collezione Malcom Reynard è stranamente ricomparso. E a quanto dicono gli investigatori ci sono ottime tracce per collegare anche gli altri e portare a un prezioso bottino sparito diversi anni fa. I dipinti sottratti facevano parte dello stesso "periodo" dell'artista. So che sei una buona intenditrice d'arte, Lauren... Il vero nome con cui era stato precedentemente catalogato *Ragazza alla finestra* è *L'esclusa di Rosencraft.* Ti dice nulla? Invece il bottino, che comprende quadri, libri antichi e gioielli è stato denominato "il tesoro dei Redwood". Ne sai qualcosa?»

Lauren si sentì scivolare a terra, arrancò come se le mancasse l'aria. Chiuse gli occhi, poi li spalancò, fece un paio di passi indietro e si lasciò cadere sulla sedia di fronte a Kevin Thorpe. Le avevano teso una trappola e lei ci era caduta. Non c'era più nulla che potesse fare, ormai. Ma perché? A quale scopo? Cosa volevano da lei?

Eliminarla, ovvio. Distruggerla. Vendicarsi. Per questo erano tornati e avevano ricreato una nuova Rosencraft, proprio nel suo mondo, nel mondo esterno che loro avevano sempre disprezzato e denigrato ma che per lei era diventata una casa, una salvezza, il luogo in cui era stata finalmente in grado di esprimere se stessa, di essere libera.

«Io ho bisogno di…»

Raccogliendo le forze, Lauren si alzò. Non attese nemmeno la risposta di Kevin e si precipitò fuori. Aveva bisogno d'aria. Ma soprattutto aveva bisogno di vedere Stephen, di raccontargli tutto. E poi di scappare via, lontano. Ancora una volta, per tentare di ricominciare altrove. Sempre che fosse stato possibile.

Mark. Nella sua corsa verso l'uscita dell'edificio, Mark aveva cercato di chiamarla, di fermarla senza però riuscire a trattenerla. Infine l'aveva seguita all'esterno dell'edificio.

L'esterno. Lauren si guardò intorno. Erano all'esterno, eppure… La sua mente sovrappose il deserto, che ora regnava a Rosencraft, alle strade di Londra. Stava impazzendo. Anzi, no. Era già impazzita. Oppure loro erano tornati davvero, tutti quanti. Le persone intorno a lei appartenevano a Rosencraft. Erano lì, non erano morti. Trudy, Fiona, Christabel, il pastore Greenshow, Lawrence, i Rosencraft al completo… Le Solitudini. Erano tutti lì, la circondavano, pronti a umiliarla, a insultarla, a urlarle contro. E lei era in trappola, rinchiusa in un'enorme ragnatela che connetteva e collegava il tutto.

«Figlia d'esterna, figlia di cagna!»

E lei, per l'ennesima volta, era tornata ad essere Emily Redwood, l'esclusa di Rosencraft.

Un calore improvviso le serrò la gola, si sentì avvampare e poi crollare a terra.

«Lauren…»

Sarebbe caduta, se le braccia forti di Mark non l'avessero sorretta.

Chiuse gli occhi, poi li riaprì su di lui. Era tanto, tanto stanca. E lui era l'unico a non appartenere a quel mondo ostile e perverso, era l'unica oasi di salvezza e di pace nel suo deserto di crudeltà e ossessione.

«Mark…»

Percorse il suo viso con le dita, con una tenerezza che lei stessa non aveva mai conosciuto né rivolto a un'altra persona. Come poteva? Come poteva raccontargli tutto e sperare che lui le credesse?

Rosencraft non esisteva davvero. Ma allo stesso tempo Rosencraft inglobava tutto, il suo tutto. E si trovava ovunque, dentro e fuori di lei. Rosencraft era un mondo parallelo, maligno, perverso, in cui non avrebbe mai potuto trascinare Mark. Lo avrebbe distrutto, probabilmente ucciso. Com'erano stati distrutti e uccisi tutti gli altri esterni, tutti coloro che avevano tentato di aiutarla. E lei, mai, mai avrebbe potuto condannare Mark a un'esistenza come la sua. Un'esistenza da esclusa, da diseredata, da esiliata. Un'esistenza senza fiducia, senza speranza. Senza amore.

# LIBRO QUINTO

## "CERTE FERITE VANNO LAVATE
## COL SANGUE"

«Come sarebbe che vuoi lasciarmi?»

«È quello che voglio, Mark. Mi dispiace.»

Mark scuoteva la testa, incredulo.

«Io devo partire. Partire subito.»

«Allora portami con te, Lauren.»

«No, io non posso.»

«Dove vai?» Mark con l'indice le sollevò il mento per guardarla, per sfidarla. «Perché vuoi fuggire da me?»

Lauren si aggrappò a lui, alla sua giacca, al suo corpo. Con le mani, con gli occhi, con le labbra.

Il suo sguardo era su di lei, fermo, severo. I suoi occhi le dissero tante cose, anche quelle che forse non voleva sapere. I suoi occhi scuri in cui ora brillava una fiamma verde, ignota, lontana. Che però Lauren conosceva fin troppo bene. Ma era Emily a conoscerla e a riconoscerla davvero, molto meglio di Lauren.

Una fiamma di dolore. Di ossessione. Di morte.

«Rosencraft…»

Sì, Rosencraft.

Poi Lauren chiuse gli occhi e non vide più nulla.

Ed Emily si sentì perduta, per l'ennesima volta.

✱✱✱

«Hai capito chi sono?»

Emily annuì, senza dire una parola.

Lui proseguì.

«Sono quello che ti ha tenuta tra le braccia, che ti ha baciata, che ti ha stretta la notte, quando non dormivi, tentando di farti riposare, di consolarti. Poco importava che non avessi mai dormito davvero nemmeno io. Non te ne sei accorta.» Si fermò con una smorfia infastidita, forse solo per riprendere fiato. «Sono quello che ti guardava come se tu fossi la cosa più bella, più dolce, più pura del mondo. Quello che faceva l'amore con te, che ti accarezzava per farti sentire viva, desiderata, protetta. Cosa ti dice ora il mio sguardo?»

«Che mi odi.»

Emily non dovette nemmeno pensarci, prima di rispondere. Lo sapeva. Lo sentiva. E unì anche il suo stesso odio verso se stessa, per non averlo capito prima. Per essere caduta.

Lui era seduto di fronte a lei. Congiunse le mani e incrociò le dita. Emily sgranò gli occhi, come ipnotizzata. Quelle mani grandi, languide, sensuali, che l'avevano accarezzata, stretta, toccata tante volte fino a farle raggiungere l'estasi. Per distrarsi tentò di guardarsi attorno, oltre a lui. Solo allora si rese conto di trovarsi semidistesa su un letto. Un elegante letto a baldacchino, con le lenzuola color crema, una trapunta dorata e ricamata di rosa. La stanza era imponente, maestosa, con immense vetrate che sfioravano il soffitto decorato. Sembrava appartenere a un castello o a un maniero.

Lui richiamò la sua attenzione.

«Sai chi sono?»

Emily riportò lo sguardo sull'uomo e annuì. Lui attese ma lei non pronunciò i due nomi. Almeno finché lui non l'afferrò per la gola, stringendo con forza, con rabbia. Sembrava volesse soffocarla o spezzarle il collo, invece la lasciò andare di scatto.

«Dillo!»

«Michael Rosencraft.»

«Esatto, Emily Redwood. Il figlio dell'uomo che hai ridotto a un vegetale incosciente, un povero derelitto prigioniero del suo corpo. Sono l'ultimo discendente della famiglia che hai sterminato.» Michael Rosencraft si prese qualche istante, perché Emily assimilasse la notizia. Ma Emily non aveva nulla da assimilare. Era già consapevole del proprio passato, di ciò che aveva fatto. «Ero completamente solo, fuori da Rosencraft. Senza nessuno, abbandonato. Avevo cinque anni. Mi hanno staccato da mio padre che è rimasto rinchiuso in quella maledetta casa di cura dove alla fine è morto, come un miserabile. Ma già prima che accadesse mi avevano trascinato in un orfanotrofio, dove sono stato picchiato, insultato, disprezzato ogni dannato giorno, per la maggior parte della mia infanzia. E questo a causa tua. Anni di solitudine, di umiliazioni, di violenze, di privazioni, di dolore fisico e psicologico... a causa tua. Ho sofferto il freddo, la fame, i pugni e gli schiaffi... che non mancavano mai.»

Emily chiuse per un istante gli occhi, poi li riaprì su di lui. Ogni parola sarebbe stata vana.

«Ma tu dimmi, Emily Redwood... hai mai pensato a me? Almeno qualche volta...» Micheal strinse i pugni con ira, con stizza.

«No.» Emily rispose senza attendere di essere sollecitata. «Mai.»

In realtà una volta sì, ci aveva pensato. Solo una. Ma sarebbe stato inutile ammetterlo.

«Sai quanto mi è costato...» Micheal inspirò ed espirò, prima di proseguire. «Quanto mi è costato toccarti, baciarti... stare nel tuo letto, far parte della tua vita, cercare di capirti... mentre dentro di me sentivo solo schifo, orrore nei tuoi confronti?»

«Lo posso immaginare.»

La schiettezza di Emily, i suoi occhi grandi e crudelmente sinceri fissi su di lui, lo indussero a scattare in piedi come una furia, ad allontanarsi per poi scagliarsi sul suo viso, su di lei. Con la mano aperta, pronta a colpirla.

Emily istintivamente chiuse gli occhi, preparandosi a ricevere il poderoso schiaffo. Invece sentì solo tremare tutto il letto, con lei sopra. Comprese che lo schienale aveva preso il posto del suo viso nel colpo sferrato da Michael.

«Maledetta... maledetta...» Michael si staccò da lei e percorse la stanza, a grandi passi, senza nemmeno guardarsi intorno. Come se tutta quella ricchezza gli risultasse indifferente. Vestito di nero e con quell'aria truce le sembrò un demone, oppure un angelo vendicatore pronto ad accanirsi su di lei. «Non sei nemmeno capace di mostrare rimorso! Sei un essere indegno...»

A un certo punto sembrò calmarsi e tornò al suo fianco. Come se all'improvviso avesse sbollito la rabbia. I suoi occhi cupi e feroci divennero indagatori.

«Ricordi i Greyhammer?»

I Greyhammer? I genitori di Curtis Greyhammer. Gli unici abitanti di Rosencraft a cui lei aveva concesso una via di fuga, insieme al fratello più piccolo di Curtis. O almeno ci aveva provato. Perché avessero una speranza, iniziassero una nuova vita all'esterno.

Emily annuì.

«Sono stati loro ad avere pietà di me, a rintracciarmi e a trovarmi in orfanotrofio. Charles, mio nonno, era stato sempre gentile con loro quando lavoravano per i Rosencraft.»

«Charles era sempre gentile anche con me» ammise Emily. Nonostante tutto, le piaceva sentir parlare dei Greyhammer e anche di Charles. E le piaceva avere qualcuno con cui condividere quei ricordi. «È stato il mio primo maestro... prima di Stephen O'Connell...»

Per un istante scorse una scintilla di comprensione negli occhi di Michael. Che la riportò indietro, solo di qualche giorno, di qualche ora... a Mark. A Mark e a Lauren. Ma poi Michael tornò a prendere il sopravvento, si incupì e riprese il suo racconto.

«I Greyhammer mi hanno trovato e portato a casa con loro. Avevo dodici anni, ormai. Mi hanno dato una casa, una famiglia. Non possedevano molto, ma lo hanno condiviso con me. Così ho avuto due genitori e un fratello maggiore, Hans. Almeno per un po', prima che morissero lasciandomi nuovamente solo. Ma certi dolori, certi dispiaceri... rimangono impressi nelle viscere, nelle ossa. Nel sangue. Non potevo dimenticare, non ci riuscivo.»

«Lo so.» Emily annuì brevemente. «Ma i Greyhammer...?»

«Avevano cambiato il loro nome in Grey, per dimenticare Rosencraft per sempre. Così sono diventato un Grey. E visto che anche io preferivo dimenticare completamente Rosencraft, ho chiesto di modificare il mio nome e di essere chiamato Mark, dicendo addio per sempre a Michael. Michael Rosencraft era morto con tutti gli altri, non esisteva più.»

«Io sono diventata Lauren Atkinson, per lo stesso motivo.»

«La giornalista amica di mia madre.» Michael annuì e arricciò il naso, con espressione sarcastica. «È proprio grazie al nome che hai scelto che ti ho trovata, scavando tra i pochi legami di Susan Lowitt, nella sua storia, negli scritti e nelle registrazioni che ha lasciato. Quando ho cercato Lauren non avevo nemmeno capito che fossi tu, all'inizio. Ma il tuo viso, i tuoi occhi... ero solo un bambino, ma non li ho mai dimenticati.»

«Ammiravo Lauren, i suoi studi, il coraggio nelle sue indagini...» Emily sospirò e si strinse nelle spalle. «Per questo ho scelto il suo nome, dopo che lei non aveva più fatto ritorno. Volevo onorarla, renderle omaggio, proseguire il suo lavoro, diventare come lei o anche meglio se possibile...»

«Invece mi hai solo facilitato il compito, mi hai permesso di trovarti più in fretta.» Michael sogghignò e il velo di perfidia, che per un attimo sembrava essersi dissolto nel corso del suo racconto, si ricompose davanti ai suoi occhi in cui brillò una scintilla d'odio, una scarica impetuosa diretta su di lei. «Sei stata incredibilmente stupida.»

«A quanto pare.»

«Ti ho tolto tutto, Emily. Vedi questo posto?» Michael si guardò intorno, inducendo anche lei a seguirlo con lo sguardo. «Il mio castello nello Yorkshire, da dove proveniva mia madre. Qui si trova il grande tesoro dei Redwood. Tra le carte di mio nonno c'erano tutte le chiavi, le mappe e le indicazioni per trovarlo. Aveva conservato tutto molto bene, il povero vecchio Charles, con ciò che gli aveva lasciato Alistair Rosencraft e che Morris aveva trovato prima dell'incendio nella tenuta dei Redwood. Gli mancava solo quel passaggio, ciò che mio nonno gli aveva tenuto nascosto... Ma io sono riuscito a mettere insieme i pezzi. Era vicino, così vicino… più vicino di quanto chiunque immaginasse! In fondo, quando Charles diceva che il vero tesoro dei Redwood era la conoscenza, la cultura, non aveva torto. Bastava aggiungerci solo un po' di furbizia e intuito.»

«Sì, Charles non aveva torto.» La tranquillità di Emily, anche di fronte a una rivelazione del genere lo urtava, lo infastidiva. «Sono convinta che sia vero.»

Michael tentò ancora di scuoterla, di minare il suo autocontrollo, di spingerla a reagire, forse anche ad attaccarlo.

«Ho io il tesoro dei Redwood, adesso! È mio. Mi appartiene!»

«Spero che tu ne sia soddisfatto.»

«Non vuoi sapere dove si trovava?»

«No, Michael. Non mi interessa.»

«Dio… ma come fai a…» Michael strinse i pugni, poi li rilasciò, nel tentativo di dominare se stesso e i propri istinti.

«La *Ragazza alla finestra*… quella che somigliava a me?»

«Era una trappola. Quel quadro l'ho dipinto io qualche anno fa. E non somigliava a te, eri davvero tu.» Micheal si strinse nelle spalle. «Gli altri no, erano rappresentazioni di Rosencraft, simili a tanti altri luoghi… I boschi, il torrente, l'altalena, gli animali… Ma quello… Volevo vederti fremere, costringerti ad avere paura, a logorarti nel dubbio. È stata tutta opera mia, la rapina alla galleria e tutto il resto. Malcom Reynard sono io. Essendo appassionata d'arte, era chiaro che Kevin ti avrebbe lasciato seguire il caso e l'indagine in corso. Ti ho aspettata, pazientemente. Ho atteso che tu ritornassi a Londra. Ho organizzato anche tutto il resto, nei minimi dettagli. Come quando ho fatto in modo di convincerti che l'intera Rosencraft fosse tornata e avesse preso il posto di Londra. Kevin, Nadine, Norman Kaye, chiunque tu incontrassi… tu lo percepivi come un abitante di Rosencraft, notavi le somiglianze, sempre di più, anche quando non c'erano affatto. Tutti tranne…»

«Tutti tranne te. Tranne Mark Grey.» Emily strinse leggermente i pugni questa volta, poi li rilasciò. «Mi hai manipolata mentalmente.»

«Ho studiato molto per riuscirci, per imparare a raggiungerti. Ho seguito gli studi di Stephen O'Connell, il tuo amico, il tuo uomo col cappello. E se ci era riuscito lui, per aiutarti a uscire da Rosencraft…»

«Potevi riuscirci anche tu, per immergermi nuovamente in quell'inferno.»

«Quando è arrivato il momento, ho fatto dire a Kevin quello che ti ha precipitata del tutto nella confusione, nel terrore… Stephen è lontano, non ti troverà, non riuscirà più a salvarti. Era il momento giusto di fartela pagare per tutto il male che mi hai fatto. Non potevo più aspettare, non potevo perdere l'occasione. Soprattutto non riuscivo più a fingere. Sono Michael Rosencraft, Mark Grey non esiste più. Non è mai esistito, in realtà.»

Emily avrebbe voluto dire qualcosa, qualsiasi cosa. Non per sperare di salvarsi, ma per spezzare quel suo silenzio atroce, di parole non dette, sensazioni non espresse. Invece non ne fu capace. Tacque e chiuse gli occhi, cercando di tenere a bada e regolarizzare il respiro.

«Cosa fai?» Percepì un tremito, nella voce di Michael. Oltre alla confusione e allo sconforto, allo strazio nell'espressione del suo viso, nel suo sguardo affilato.

«Aspetto.»

«Che cosa?»

«Che mi uccidi, Michael. Non è quello che vuoi?»

***

Non l'aveva uccisa. L'aveva lasciata andare. Perché aveva compreso che sarebbe stato troppo facile ucciderla così. Ne avrebbe ricavata solo una misera soddisfazione. Non le avrebbe concesso un tale vantaggio, un tale privilegio. Preferiva lasciarla in attesa, nella disperazione, nell'angoscia di non sapere come e quando sarebbe successo. Preferiva farla soffrire, devastare il suo corpo e la sua mente come lei stessa aveva fatto, tanti anni prima, con i Rosencraft.

«Certe ferite vanno lavate col sangue.» I suoi occhi su di lei non vacillarono più. Non mostrarono alcun segno di compassione. «Io ti ucciderò, Emily Redwood. Stanne certa. Non mi sfuggirai. Ma prima ti prometto l'inferno.»

«E io ti aspetterò, Michael Rosencraft.»

Michael Rosencraft aveva trovato il suo rifugio in quello che aveva definito il suo castello, un immenso maniero nello Yorkshire dove aveva raccolto il famigerato "tesoro dei Redwood", se n'era impossessato e circondato. Opere d'arte, libri, dipinti, gioielli. Se sperava che lei si risentisse per il fatto che l'aveva derubata, non la conosceva affatto. E non conosceva la verità, soprattutto.

Sembrava un principe crudele, arroccato nel suo palazzo in attesa di vendetta. Aveva minacciato di ucciderla, di farla soffrire. Le aveva promesso l'inferno. Senza immaginare, senza nemmeno sospettare che l'inferno per lei ormai era altro.

L'inferno erano i ricordi, l'inferno era la consapevolezza. Lei e il suo doppio. Emily Redwood e Lauren Atkinson. E forse, ora si rendeva conto, anche per lui era lo stesso. Micheal Rosencraft e Mark Grey. Per questo, fin dal primo istante, non era riuscita a resistere a lui, al suo richiamo. Non lo aveva detto, ma in lui rivedeva se stessa. Lo stesso demone del dolore annidato nel petto, la stessa rabbia, la stessa paura. Il senso di umiliazione e di sconfitta. Non l'aveva manipolata. Lei lo aveva riconosciuto, anche se inconsciamente. Lo aveva riconosciuto e lo aveva accettato.

Erano due creature profondamente simili. Gli unici sopravvissuti di Rosencraft, gli ultimi rimasti. Ma un'alleanza tra loro era fuori discussione, era lei la prima a rendersene conto.

Emily tornò a Londra. O forse tornò Lauren, lasciando il suo cuore nello Yorkshire. In redazione le annunciarono che Mark Grey aveva dato le dimissioni e si era trasferito altrove, probabilmente all'estero. Non sarebbe più tornato. Lauren accolse la notizia con indifferenza.

«Mi dispiace che tra voi non abbia funzionato.» Nadine le rivolse uno sguardo comprensivo, sincero, inclinando il viso. Gli occhi chiari esprimevano un reale dispiacere nei suoi confronti, mescolato al disappunto. «Stavate così bene insieme! Lui sembrava così…» Non osò proseguire.

«Hai detto bene. Sembrava.»

Ciò che sembrava non esisteva, non era mai esistito. Lui la odiava. Tutto ciò che avevano vissuto insieme era stata una finzione, da parte sua. Aspettava solo il momento giusto per farle del male, ridurla al limite della disperazione, in un baratro di dolore e follia, senza più nulla a cui aggrapparsi. Per poi ucciderla ed essere finalmente appagato dalla sua morte.

Ma lei, cosa avrebbe potuto fare? Difendersi? Proteggersi, prima che fosse troppo tardi? Sfruttare il vantaggio che le aveva concesso? Non era in grado. Non sapeva più come fare. Non era nemmeno certa di averlo mai saputo. E non poteva affidare l'incombenza a nessuno, nemmeno a Stephen.

Anzi, a Stephen non avrebbe detto proprio nulla. Solo che tra lei e Mark era finita, come c'era da aspettarsi.

"Certe ferite vanno lavate col sangue."

Continuava a ripeterselo, mentre la voce roca e il tono di Michael le risuonavano ancora nelle orecchie, in un ritmo costante, cadenzato.

*"L'uomo col cappello.*
*La donna con lo scialle.*
*La Macchia.*
*La Gioia.*
*Le Solitudini."*

Alle Solitudini, alla fine, ci era arrivata davvero. Quando non se lo sarebbe più aspettato. Si era addentrata nel profondo, era rimasta davvero sola e al buio. Ma, considerata la luce circostante, il suo doveva essere esclusivamente uno stato mentale.

A questo punto poteva solo riprendere il suo lavoro e andare avanti, come se nulla fosse successo. In attesa di qualcosa che sarebbe accaduto, prima o poi. Anche se non sapeva come, non sapeva quando. Intanto le persone intorno a lei erano tornate quelle che erano davvero. Aveva smesso di notare somiglianze, di sentirsi in trappola.

Kevin Thorpe non era Charles Rosencraft. Nadine non era Anna Pinkfellow. Tutti avevano ripreso la loro vera dimensione, la loro vera natura, il loro aspetto reale, ora che l'unico vero Rosencraft si era rivelato.

Ma Lauren non poteva credere che fosse tutto risolto, tornato come prima. Emily doveva prepararsi, restare all'erta. Michael le aveva promesso l'inferno e non avrebbe dimenticato, non sarebbe stata solo una minaccia senza conseguenze. Per tanti anni aveva nutrito il suo odio, il suo proposito di vendetta. E nessuno, più di lei, era in grado di capirlo.

Si preparò anche al ritorno di Stephen. Forse era stato il loro mantra a richiamarlo, forse aveva scelto spontaneamente di tornare. La decisione di tenergli nascosta la verità su Michael Rosencraft e di non coinvolgerlo nel suo destino era stata presa fin dal principio.

Così a Emily non restava altro che fingere e attendere la fine, quella vera. Sarebbe arrivata presto e lei cominciava a vederla come l'unica soluzione, a sognarla quasi, a desiderarla. Intanto la zelante giornalista Lauren Atkinson aveva ripreso a scrivere, a raccontare una storia. A raccogliere gli indizi, le prove, tutto il materiale che era in grado di trovare per portare a buon fine il suo lavoro. Come aveva sempre fatto con tante altre storie che nel corso degli anni aveva raccontato e condiviso.

Ma, a differenza delle altre, quella era la storia di Emily Redwood, l'esclusa per eccellenza.

Era la storia di Rosencraft.

*** 

Il ritorno di Stephen O'Connell non la colse impreparata. Lo stava aspettando. Come aspettava tutto il resto che sarebbe arrivato per lei. Con rassegnazione e fiducia al tempo stesso.

Aveva cercato di rimandare, ma era consapevole che il loro incontro avrebbe avuto il sapore di un addio.

Solo quando lo vide seduto sulla panchina del parco dove si erano dati appuntamento, con l'espressione rilassata e disinvolta e il cappello grigio quasi del tutto calato sugli occhi, comprese di non aver bisogno di nascondere, di mascherare la verità. Forse avrebbe solo potuto addolcirla.

Gli si sedette accanto e attese. Ma, considerato il silenzio dietro a cui si stava nascondendo l'uomo col cappello, alla fine decise di essere lei la prima a parlare.

«Non avrei voluto distrarti dal tuo viaggio.»

«Non lo hai fatto, Emily.» Intensificò il tono, pronunciando il suo nome. «Il nostro mantra non mi ha richiamato. Ero già qui.»

Emily si appoggiò allo schienale della panchina, si morse le labbra e poi deglutì. Ma era inutile rimandare l'inevitabile.

«Con Mark… è finita. Lui se n'è andato.»

«Lo so. Come so che Mark Grey non è mai stato quello che diceva di essere.» Stephen sospirò, appoggiandosi con il gomito allo schienale e voltandosi verso di lei. Gli occhi chiari attraversati da una dolorosa consapevolezza. «O forse sì, lo era fin troppo.»

«Io non capisco come…»

«Come ho scoperto che Mark Grey, adottato dalla famiglia Greyhammer circa vent'anni fa, altri non era che Michael

391

Rosencraft, orfano cresciuto in un istituto dalla pessima reputazione nei sobborghi di Londra?»

Emily scosse la testa e chiuse gli occhi. Allora era vero. Non che avesse bisogno della conferma di Stephen, per saperlo.

«Hai sospettato di lui fin dall'inizio. Anche prima di conoscerlo, di vederlo...»

«Non ho sospettato di lui, Emily. Ho sospettato di te.» Stephen si tolse il cappello e lo posò sulla panchina. I suoi capelli ora diventati quasi del tutto grigi, tenuti raccolti in una mezza coda scintillarono nell'oscurità, con sfumature argentate. La cicatrice che gli aveva quasi spaccato in due la testa era più evidente che mai. Il segno tangibile del suo passato a Rosencraft, del suo amore per Ted Blackmirror, della sofferenza che non lo aveva mai abbandonato. «Ti ho seguita per tanti anni, ho imparato a conoscerti, a capirti. Da quando eri l'esclusa di Rosencraft, poi qui e in giro per il mondo. Sono trascorsi più di vent'anni, da quando hai lasciato Rosencraft. Più di vent'anni in cui non ti sei mai legata a nessuno, hai respinto uomini che potevano amarti, hai mantenuto il distacco, non hai cercato amicizie vere, hai eluso qualunque tipo di relazione. Più di vent'anni a scappare da luoghi, persone, sentimenti, a spezzare rapporti. Sempre, senza dubbi, senza ripensamenti, senza piegarti o almeno incrinarti un po'. Sempre pronta a ricominciare, a ricostruire tutto dal principio. E io provavo un dispiacere, nel mio cuore. Un profondo dispiacere per te, per ciò che ti stavi perdendo di questa vita. Speravo che tu lo scoprissi, ma allo stesso tempo lo temevo. Poi è arrivato Mark... e tu all'improvviso sei cambiata. Ti sei lasciata prendere da lui, ti sei lasciata amare. Non potevo credere che quest'uomo fosse tanto speciale, tanto diverso da tutti gli altri. Doveva avere qualcosa. All'inizio non riuscivo a comprendere cosa. Poi ho capito. Qualcosa in comune con te, a cui tu non saresti stata in grado di resistere...»

«Rosencraft...»

«No, Emily. Non si tratta solo di Rosencraft. È altro. Lo stesso dolore annidato nel petto, la stessa forza distruttrice e creatrice al tempo stesso, lo stesso straordinario potere… la stessa anima…»

«Avrei dovuto accorgermene.» Le parole di Stephen avevano messo in luce, ancora di più, il suo errore, la sua colpa. «Ma non ci ho proprio pensato. Mi ero completamente dimenticata di Michael, ho perso il conto del tempo. Era solo un bambino all'epoca e io…»

«Non potevi. Ci sono situazioni che non possiamo comprendere e spiegare con lucidità, quando siamo direttamente coinvolti. Non le possiamo controllare. Per questo abbiamo bisogno di un osservatore esterno. Mentre tu cadevi nella sua trappola, io iniziavo a indagare su di lui e a scoprire tutte le sue manipolazioni.»

«Lui mi distruggerà.» Emily rivelò le intenzioni di Michael con indifferenza, senza agitarsi o scomporsi. «Mi ha promesso l'inferno, per tutto il male che gli ho fatto. Per il male di cui mi ritiene responsabile. E ha ragione, non ho potuto negarlo. Tutto ciò di cui mi accusa è vero. Sono stata io la causa delle sue sofferenze, è rimasto solo per colpa mia.»

«No, non lo farà, non ti distruggerà. Noi lo fermeremo.» Stephen fece una smorfia scontenta, poi scosse la testa. «Anzi, quello che so di lui lo fermerà.»

«Cosa sai? Cosa hai scoperto?»

«Oltre al fatto che ti ha derubata del tesoro dei Redwood, che ti spetta di diritto?»

«Non mi importa del tesoro dei Redwood! Se è per questo io…» Emily alzò la voce, avrebbe preferito non essere obbligata a spiegarsi con Stephen. Avrebbe preferito che lui la conoscesse abbastanza, ma in realtà non poteva pretenderlo. Perché gli ultimi eventi testimoniavano chiaramente che nemmeno lei stessa si conosceva abbastanza. «Non mi è mai importato. Io voglio sapere di lui… e anche di me stessa. Perché c'è qualcosa in me che io non so, che non capisco, ma che tu invece conosci perfettamente, Stephen. E le parole che Michael mi ha rivolto...»

«E va bene.» Stephen si passò entrambe le mani tra i capelli, sciogliendoli e scompigliandoli, poi li ricompose nella coda in cui li teneva legati. Sembrava cercare le parole adatte, nel frattempo. «Ti sei resa conto dell'effetto che hai sulle persone, vero Emily? Da quando Lawrence ti ha uccisa... o comunque ci è andato talmente vicino d'aver provocato e attivato qualcosa in te. Michael, dopo la morte di sua madre, si è trovato in una situazione simile, anche se era davvero molto piccolo e ancora adesso non ha tutta la tua forza. In voi si è scatenato un potere latente, derivante dai Lightstorm e dai Darksee, legato alle forze ancestrali della natura, degli animali, dell'umanità primigenia, che i Rosencraft hanno da sempre cercato di debellare e sradicare. Quello stesso potere che inconsapevolmente sei andata a cercare nel tuo recente viaggio a Rosencraft, influenzata dalla presenza di Michael intorno a te. Tu, in quanto Redwood, sei legata ai Lightstorm. Michael invece discende anche dai Blackmirror, non solo dai Rosencraft. Sua nonna Rosanna, moglie di Charles e madre di John, era una Blackmirror. Il potere che non è stato trasmesso a John, in quella particolare situazione, è ricaduto su Michael. Nel tuo caso invece il potere ha tralasciato Adam, che in fondo se lo aspettava e lo attendeva, per concentrarsi su di te. In breve, Emily, tu e Michael potreste essere definiti "vampiri energetici", anche se la vostra forza va molto oltre la comune definizione. Non succhiate sangue, ma energie fisiche e mentali dalla ghiandola pineale, estraete la linfa vitale. Quando la vostra fame di energia è portata all'eccesso o quando la sofferenza supera la vostra capacità di sopportarla... capita quello che è capitato agli abitanti di Rosencraft e che lì ha oltrepassato ogni limite, ogni misura, anche a causa del dolore che vi hanno inferto in quel luogo. Degenerazione, invecchiamento precoce, malattie della pelle, deformità improvvise... una specie di epidemia senza cura. I rosencraftiani, soprattutto i più crudeli, i più accaniti, erano spacciati con voi intorno. Così li avete ridotti a delle larve, esseri senza più forza, lucidità. In generale, non è facile proteggersi da voi, io ci sono riuscito grazie alla ricerca, allo studio. Sono in grado di controllarti e di controllare me stesso. Altri non ci riescono. Perché ciò che hai fatto a Rosencraft, lo hai fatto anche qui e nei paesi che hai visitato, in cui hai vissuto, pur senza spingerti a quegli eccessi. Continui a farlo, ovunque, provocando danni collaterali a chiunque ti avvicini. A volte la degenerazione è repentina, altre impiega anni. E io ho continuato a coprirti, in parte ti ho insegnato a controllarti. Come Emily o come Lauren, spesso agisci senza nemmeno rendertene conto. Per questo il tuo aspetto non è cambiato in tutto questo tempo. Tranne ora, dopo il tuo contatto con Mark Grey… o Michael Rosencraft, se vogliamo usare il suo vero nome. Hai incominciato a essere sempre più stanca, sfibrata, priva di forze, di energie… e stai anche invecchiando, progressivamente, come tutti gli esseri umani. Perché, nonostante tu continui a succhiare energie dagli altri, lui prende forza da te… ha iniziato a consumarti, a prosciugarti…»

«In fondo io ho sempre saputo ciò che ero, ciò che sono, anche se non ho mai voluto ammetterlo e ho preferito non ritenermi direttamente responsabile. Incolpavo il mio "demone del dolore", quella luce che mi si era annidata al centro del petto, per non affrontare la realtà. Ma lui… no, Michael non è come me. Lui è arrivato alla consapevolezza e alla manipolazione mentale grazie ai suoi studi, alle sue ricerche… proprio come te. Aveva iniziato a imparare da Charles, suo nonno.»

Emily non desiderava dividere la sua colpa con nessuno, nemmeno con colui che aveva minacciato di distruggerla, di ucciderla. Stephen aveva travisato i fatti e le sue parole erano sicuramente dettate dall'affetto nei suoi confronti.

«Emily… tu lo chiami il tuo "demone del dolore", ma è proprio ciò che divora anche Michael. Non solo ora, fin da quando era bambino.» Stephen fece una pausa e rivolse un'occhiata significativa alla giovane donna seduta al suo fianco. La giovane donna che aveva iniziato a cambiare, a crollare. «La responsabilità di ciò che è accaduto a Rosencraft non è solo tua, è di entrambi. Anzi, è in buona parte sua... dopo la "tragedia" di Susan, le tue indagini in proposito, il ritorno di John insieme a suo figlio... Michael non ha fatto altro che intensificare un processo che era già in atto, tramite il suo legame con i Darksee, tanto da rendere la situazione drastica, irrecuperabile. Anche se tu ti fossi fermata, Rosencraft sarebbe stata comunque destinata al crollo, alla fine.»

«Dopo che io ho ucciso Lawrence, gli altri hanno iniziato a pagare le conseguenze di ciò che mi hanno fatto per tanti anni! Michael e John non erano ancora rientrati a Rosencraft. Quindi Michael non c'entra in tutto questo!»

«Ne sei proprio sicura? Ad eccezione di Lawrence, da cui ti sei difesa, sei proprio sicura che i Rosencraft, John compreso, abbiano fatto quella fine solo a causa tua? E tutti gli altri...» Stephen fece un respiro, un respiro sdegnato, stanco. «Michael ha assorbito tutto il dolore di sua madre, a cui era legatissimo essendo così piccolo. Sappiamo entrambi cosa ha passato Susan, a Rosencraft, cosa le hanno fatto. Nel frattempo, Michael ha subito quanto te l'umiliazione, il disprezzo per essere figlio di un'esterna. E non di una come tante, Susan aveva delle doti particolari, anche se diverse da quelli di Katherine. Una sensibilità non comune, un cuore capace di amare e di dare tutto per amore, anche la sua stessa vita. Con l'arrivo di Michael a Rosencraft, la disfatta si è amplificata e la degenerazione degli abitanti ha preso la rincorsa.»

«No, no...» Mentre Stephen continuava a parlare, Emily aveva iniziato a scuotere la testa, a negare, a opporsi a ciò che il suo maestro, il suo mentore stava cercando di spiegarle, di indurla a credere.

«Sai che fine hanno fatto i Greyhammer, che lo hanno adottato?»

«So che sono morti, anni fa. I genitori hanno avuto un incidente... così mi ha raccontato Mark... Michael...» Emily comprese immediatamente dove Stephen volesse arrivare. «No! Non puoi credere che sia stato lui!»

«Non lo credo, ne sono certo. Lo ha fatto inconsapevolmente, non voleva di certo causare la loro morte. Ma lo ha fatto. Perché purtroppo erano originari di Rosencraft. Però non è stato solo questo a insospettirmi. C'era anche un fratello adottivo, Hans, maggiore di pochi anni rispetto a Michael. Te lo ricordi, vero? Il figlio minore dei Greyhammer, il fratello di Curtis. Michael ti aveva detto che si trovava negli Stati Uniti, ma non è così. Non più. Anche Hans è morto per una strana forma di degenerazione cellulare... senza scendere nei dettagli, stessi sintomi e stesse conseguenze subite da alcuni abitanti di Rosencraft. Suppongo che ora che ha raggiunto l'apice del suo potere, Michael resterà bloccato nel tempo, come te, e smetterà di invecchiare.»

«Io credo che... posso essere stata io, anche a distanza di tempo... a causare la fine dei Greyhammer...»

«Perché non vuoi accettare che Michael sia come te? Anzi, che sia peggio di te? È stato lui a provocare la vera epidemia a Rosencraft, la vera strage. Perché non vuoi che si prenda la sua parte di responsabilità?» Stephen scattò in piedi e si voltò verso di lei. «Ti sta bene subire le sue accuse, il suo odio, le sue minacce, i suoi propositi di vendetta... Perché non vuoi difenderti, Emily?»

«Perché sarebbe inutile, ormai! Quello che è accaduto non cambierebbe. Le persone che abbiamo perso, entrambi, non torneranno indietro! Il dolore che abbiamo sopportato resterebbe comunque!» Anche Emily si alzò, mettendosi di fronte a Stephen e porgendogli il cappello, che aveva lasciato abbandonato sulla panchina. «Michael ha già sofferto abbastanza, la vita è già stata troppo crudele con lui... se venisse a sapere di essere il diretto responsabile della fine della sua famiglia, di suo nonno, di suo padre, anche dei suoi genitori adottivi, del fratello... odierebbe se stesso! E io non voglio che lui odi se stesso perché...»

«Perché tu lo ami.»

Le parole di Stephen la colpirono di nuovo, questa volta come una pugnalata. Anzi, come se le avesse appena strappato il cuore dal petto.

Rimase in silenzio, incapace di confermare ma anche di negare.

Lei amava Michael Rosencraft.

«Il tuo amore per lui gli ha reso possibile privarti così facilmente della tua forza, delle tue energie, del tuo potere. È stato davvero scaltro, approfittandosi di tutte le tue debolezze, ha colto nel segno e ti ha indebolita.» Stephen continuò a infierire. «Finirà per ucciderti, Emily. Uno di voi due dovrà morire perché l'altro possa salvarsi e progredire. Quindi la scelta è tra te e lui.»

«Se Michael sapesse la verità, se capisse di essere colpevole... lo accetterebbe perché, per quanto ho imparato a conoscerlo, non negherebbe mai l'evidenza dei fatti. Questo lo ha preso da Charles, ha la stessa lucidità, la stessa onestà intellettuale di suo nonno. Ma non lo sopporterebbe, ne morirebbe. Per questo preferisco che continui a odiare me e a ritenermi responsabile. Io sono in grado di sopportare, lui no.»

«Tu puoi prendere la tua decisione, Emily. Ma non chiedermi di scegliere tra te e lui.» Stephen le posò una mano sulla testa, con la sua espressione comprensiva, paterna.

«Ti chiedo solo di non cercarlo, di non dirgli nulla.»

«Mi chiedi di scegliere lui. Quando sai che io non posso farlo.»

«Sì, è esattamente quello che ti chiedo. Stephen...» Emily gli rivolse uno sguardo dolce, affettuoso. «Sei il mio maestro, il mio unico amico, lo sei sempre stato...»

Stephen scosse la testa, poi l'abbassò. Non poteva fare quello che lei gli chiedeva.

«Ti prego solo di lasciare le cose come stanno. Per me, Stephen. Per mio padre, mia madre, per Ted... so che mi sei sempre stato accanto anche per loro, ti sei preso cura di me da quando sono rimasta sola a Rosencraft.» Emily cercò di ristabilire una connessione con lui, prendendo la sua mano e stringendola tra le sue. «Michael non ha avuto nessuno, invece. Solo Charles, per un breve periodo, poi ha trascorso tutti quegli anni da solo in orfanotrofio... E anche i Greyhammer, nonostante lo abbiano accolto e protetto, non hanno potuto aiutarlo a controllare il suo potere, guidarlo come tu hai fatto con me.»

«Io non sono come tu credi, Emily. Ho commesso i miei errori.»

«Lo so.»

«No, non lo sai. Non tutto, almeno. Sai cosa mi ha portato ad avvicinarmi a Rosencraft? A cercare i tuoi genitori e Ted Blackmirror, all'inizio?» Stephen sollevò lo sguardo, come per sfidare il cielo e quella luna luminosa e piena che ora aveva fatto la sua comparsa all'orizzonte. «L'avidità. Qualcosa che tu non puoi concepire. L'avidità e la smania di successo, di fama. Avevo sentito parlare di una cittadina, Strawberry Hill, da cui provenivano poteri particolari, persone con doti soprannaturali. Tua madre aveva legami con quel luogo. Credevo fosse solo una leggenda, ma mi sono incuriosito. Leggenda oppure no, da lì ho continuato a indagare e sono venuto a conoscenza dell'esistenza di Rosencraft. Così ho cominciato a studiarla, a cercare collegamenti, connessioni... persone. Volevo sfruttare la concentrazione di potere insita in Rosencraft, estirparla, sradicarla... per poi rivenderla al resto del mondo, arricchirmi, fare fortuna, creare un mito intorno al mio nome. Intanto si parlava anche del tesoro dei Redwood e io avrei voluto impossessarmi anche di quello, anche se non mi apparteneva... Ecco chi è il tuo "uomo col cappello". Quando ho incontrato Ted, le cose sono cambiate. Ted era un uomo speciale, del tutto differente da tutti quelli che avevo incontrato prima sul mio cammino. Lui era dolce, gentile ma anche divertente, con una bontà d'animo non comune. Aveva fiducia nel genere umano. Ed è stato anche questo a uccidere lui, ma a salvare me. Alla fine, quando mi sono recato a Rosencraft per cercarlo, volevo seguirlo, morire come lui... Mi sono fermato grazie a te, ma a un certo punto e per un periodo di tempo avevo pensato di sfruttarti, di usare il tuo potere, proprio mentre ti stavo aiutando. È stata tua madre a impedirmi di portare avanti il mio piano subdolo, quella che tu chiamavi la "donna con lo scialle". E poi il ricordo di Ted...»

«Le tue intenzioni iniziali non contano, Stephen. Tu sei sempre stato con me, solo questo conta. Mia madre...» Emily sospirò, chiuse gli occhi e poi li riaprì su di lui. «Non è morta, vero? È fuggita e mi ha abbandonata a Rosencraft, lasciandomi solo i suoi pochi gioielli, oltre a qualche lettera, il suono della sua voce, il suo profumo tra i miei ricordi...»

«Katherine ha scelto un'altra dimensione, aveva bisogno di rigenerarsi dopo tutti i malefici che le donne di Rosencraft le avevano scagliato contro. È stata costretta.»

Le parole di Stephen la colpirono ma non la stupirono. Katherine aveva lasciato lei e suo padre a Rosencraft, aveva preferito rifugiarsi altrove. Aveva preferito fuggire e salvare se stessa.

«Non ha più importanza, ormai.» Emily accennò un sorriso, stringendosi nelle spalle. Ma intanto si chiedeva quanto ci fosse di Katherine in lei. Cosa avrebbe fatto se si fosse trovata nella stessa situazione? «Rosencraft non esiste più. Nessuno ne sarà più incuriosito e attratto. Anche il tesoro dei Redwood non si trova più lì.»

«Ti sbagli, Rosencraft esiste ancora. È ancora un luogo fisico, se si ha la pazienza e la forza sufficiente per cercarlo. Distruggendo e ricostruendo Rosencraft, la storia si ripeterà. Sta già accadendo e continuerà ad accadere. E per quanto riguarda il tesoro… appartiene a te, è tuo di diritto, non di Michael.»

«Stephen… io lo sapevo. Prima di abbandonare Rosencraft, tanti anni fa.»

Stephen, l'uomo col cappello, spalancò gli occhi su di lei.

«Cosa intendi?»

«Dove si trovava il tesoro dei Redwood. Io lo sapevo. E l'ho lasciato dov'era.»

***

"Certe ferite vanno lavate col sangue."

Qualunque fosse la volontà di Emily Redwood, Stephen O'Connell non avrebbe accettato la sua richiesta. Era riuscita a strappargli una vana promessa che lui non avrebbe mantenuto.

Perché la verità urlava forte, dentro di lui. E anche Michael Rosencraft aveva diritto di conoscerla, non solo di dare la sua personale interpretazione dei fatti.

Michael era il responsabile principale della fine della città che portava il suo nome.

Michael era il responsabile principale della propria disfatta, della propria solitudine. Della morte della sua famiglia, della follia che aveva colto Morris Rosencraft e lo aveva portato a fare fuoco su sua moglie, sua figlia, sua sorella e le sue nipoti. Della fine a cui Charles aveva anelato, lasciandosi andare. Della degenerazione di John, che Michael stesso aveva strappato a quella morte in vita a cui sarebbe stato destinato ancora per tanto, troppo tempo.

Charles, da scienziato scrupoloso e attento quale era, aveva scoperto la verità su Emily. Aveva capito che lei fioriva consumando gli altri. Qualunque fosse il sentimento che le persone provavano nei suoi confronti, fosse odio oppure amore, lei lo sfruttava per rinvigorirsi, consumando chi lo provava. L'aveva studiata, l'aveva analizzata molto attentamente e aveva voluto metterla alla prova, vederla in azione, attivare il suo demone, sempre di più. Attivare il suo legame latente con i Lightstorm. Ma così facendo aveva attivato anche i Darksee, il demone interiore di Michael, suo nipote, che soffriva di un dolore talmente simile a quello di Emily da confondersi con il suo. E allo stesso modo potente, esplosivo.

La predisposizione di entrambi era stata attivata e si era mescolata, scatenando l'inferno intorno a loro.

«Non sopravviveremo entrambi.»

Furono le prime parole che Michael Rosencraft rivolse a Stephen O'Connell, dopo la verità.

«Lo so.»

«Anche lei lo sa?»

«Sì.»

"Certe ferite vanno lavate col sangue."

Michael non lo espresse a parole, lo gridò a gran voce dentro di sé.

Emily Redwood aveva scelto di negargli tutto, anche la verità.

La decisione era presa.

# EPILOGO

## A Rosencraft tutto torna

"A Rosencraft tutto torna."

Dolore, umiliazione, paura, rabbia.

A Rosencraft tutto torna. Anche lei. L'esclusa.

Emily Redwood si guardò intorno. Nulla era cambiato dall'ultima volta. La stessa desolazione, lo stesso deserto. Lo stesso buio intorno.

Chissà per quale motivo aveva creduto che Michael avesse alterato o modificato qualcosa, avesse restituito una parvenza di vita a Rosencraft. Forse l'idea della resa dei conti l'aveva condizionata.

Stephen non aveva mantenuto la sua promessa. Ma, del resto, l'esistenza è fatta di promesse non mantenute. E poi il suo uomo col cappello non aveva davvero promesso. Avevano tanto discusso, la conversazione si era animata ma lui si era limitato ad ascoltarla, senza darle la sua parola.

Andava bene comunque. Andava bene perché, a dispetto di quanto avrebbe immaginato, Michael non era cambiato.

I suoi propositi erano rimasti gli stessi. Ed era meglio, per lui, che non somigliasse così tanto a lei.

Emily era tornata a svolgere le sue ricerche, le sue indagini. Non aveva mai smesso, in realtà. Del tesoro dei Redwood non le era mai importato. Non credeva nemmeno che le appartenesse, in fondo. Aveva preferito negarne la vera esistenza, credere che fosse una sorta di Graal, leggendario e irraggiungibile. Apparteneva a tutta Rosencraft, alle sue origini, alla sua storia. I primi Redwood erano stati solo più furbi nel mantenerlo, nel preservarlo e nasconderlo, fin dalle origini. E lo avevano sepolto

403

nel sottosuolo, in una cavità che si poteva raggiungere penetrando attraverso il Gemstone Creek, dalla cascata. Quindi alla fine Emily a Rosencraft aveva trascorso buona parte delle sue giornate in compagnia del tesoro dei Redwood, senza saperlo. Sotto al torrente. Ci si era seduta sopra per anni.

La volpe era l'animale simbolo dei Redwood. Prima lo era stata dei Lightstorm. Per questo l'incontro con la piccola volpe morente aveva contribuito a risvegliarla. Ma non aveva risvegliato solo il suo potere, attivato attraverso quello che lei aveva sempre chiamato il "demone del dolore". Aveva risvegliato la sua coscienza, la sua compassione. Ed Emily ne era diventata succube, nonostante tutto, ne era stata fortemente condizionata. Restando così in bilico, trascorrendo una vita a metà.

Poi era arrivato lui. E aveva deciso di cercarla, di distruggerla, di prometterle quell'inferno che lei sentiva già ardere dentro da troppo tempo.

«Sei qui.»

Emily, dal centro di Rosencraft, si era incamminata verso quello che era stato il suo torrente, il perfetto nascondiglio per un tesoro che non era mai stato suo e mai lo sarebbe diventato.

Michael l'aveva seguita fino a lì, attendendo il momento giusto per manifestarsi. Ma lei lo aveva percepito alle spalle e voltandosi lo aveva sorpreso. Con i capelli e gli occhi scuri, vestito di nero, somigliava sempre più a una rappresentazione del demone del dolore. Quella luce oscura, disperata, che emanava dal suo corpo e dal suo viso le stringeva il petto. Ma non poteva arrendersi. Non così presto.

«Sono qui.»

All'improvviso erano precipitati indietro nel tempo, alle poche parole di entrambi. Emily visualizzò l'interno della villa dei Rosencraft di notte, poi il parco, l'altalena.

Entrambi restarono in silenzio, a guardarsi, a sfidarsi con gli occhi, con l'immobilità dei loro corpi, forse anche dei loro pensieri. Temendo un passo falso e allo stesso tempo aspettandolo, auspicandolo da parte dell'altro. Erano loro le vere Solitudini. Non si trovavano alla fine solo per caso.

Emily si morse le labbra. Toccava a lei.

«Io sono pronta, Michael.»

«Anche io lo sono.»

Era stato davvero veloce a rispondere, questa volta. Non aveva perso tempo.

La battaglia tra loro era appena cominciata. Emily avrebbe dato qualunque cosa perché fosse già finita.

«Vorrei che lo facessi subito. Quello che devi.»

Michael chiuse gli occhi e li mantenne così per qualche istante. Quando li spalancò un sorriso ambiguo apparve sulle sue labbra. C'era un buio profondo, in lui. Emily lo percepiva sulla pelle, ne accarezzava lo spessore, l'intensità. Ma si rifiutava di avere paura. Paura di lui. No, non ne aveva.

«Hai così tanta fretta?»

La domanda di Michael la stupì. Cosa stava aspettando? Perché si stava trattenendo?

«Sì. Sono stanca, sto morendo. Sono senza energie, senza potere... Io sono...» Si interruppe, non fu in grado di definirsi.

«Sono stato io, lo so. Ho distrutto Rosencraft e ora sto annientando anche te.» Michael mosse un passo verso di lei, strinse i pugni e poi li rilasciò. Emily lesse una furia nuova e sconosciuta nel suo sguardo. «Ma tu hai deciso che io non dovevo saperlo, che io non ero in grado di affrontarlo.»

«Non avrebbe fatto differenza.» Emily non assecondò la tentazione di indietreggiare. Rimase ferma dove si trovava, dove si era seduta tante volte in passato, tra l'albero e il torrente. Entrambi erano ormai secchi da anni.

«Eri convinta che avrei odiato me stesso?»

«Sì.»

«Che avrei rinunciato al mio proposito contro di te?»

«No.»

Micheal strinse di nuovo i pugni e un lampo d'ira, di furia inarrestabile, gli attraversò lo sguardo. In un attimo, prima che Emily se ne potesse rendere conto e reagire, fu su di lei. L'afferrò per le braccia e strinse, strinse forte. Troppo forte.

Lui la sovrastava con tutta la testa. E anche con il corpo. Tanto da costringerla a piegarsi all'indietro.

«Si può sapere chi ti credi di essere, Emily Redwood?»

«Quella che sono sempre stata. L'esclusa di Rosencraft.» Emily si sforzò di riprendere la sua posizione, raddrizzandosi. Ma così finì quasi con la fronte sul suo petto. Poi alzò lo sguardo su di lui. «Tu, invece? Chi ti credi di essere, Michael Rosencraft?»

«Io...»

Michael improvvisamente si sentì debole, stanco. Si sentì perso. Subito dopo stravolto, privo di energie. Perché lei stava vincendo, ancora una volta. Lei aveva sempre vinto. Lo aveva illuso di avere il controllo, ma non era così. Non lo era mai stato.

«Mi dispiace, Michael. Adesso che conosco la verità sono io a privarti della tua forza, della tua energia. Capisci che posso farlo senza difficoltà, ora che ti ho riconosciuto?» Emily fece un respiro profondo, poi appoggiò le mani sulle sue braccia. Michael avrebbe potuto allontanarsi, respingerla, farla cadere a terra, ma non si mosse. «Per questo avevo pregato Stephen di non dirti nulla.»

«Non voglio la tua pietà!»

«Non si tratta di pietà.»

«Non dire... non dire altro...»

Michael si staccò da lei e si posò entrambe le mani sulla testa, poi sulle orecchie. Per non sentire ciò che Emily non avrebbe comunque detto, ma che lui sentiva esplodergli dentro. Quando si rassegnò a cedere, lei proseguì.

«Non dirò altro. Ma tu non mi hai risposto. Chi ti credi di essere, Michael? Per costringermi, per indurmi al silenzio?»

«Io... sono sempre l'uomo che ti teneva stretta tra le braccia nelle notti in cui tremavi, in cui avevi paura, l'uomo che cercava di aiutarti a riposare, a dormire... che ti accarezzava i capelli, che ti baciava, che ti consolava... che ti guardava come se tu fossi la cosa più bella, più dolce, più pura del mondo. Quello che faceva l'amore con te, che ti sussurrava parole per farti sentire viva, desiderata, protetta, mentre...»

«Mentre provavi solo odio e ribrezzo nei miei confronti, ricordo bene.»

Emily concluse per lui. Aveva fretta, davvero tanta fretta. Desiderava solo che tutto finisse.

«Mentre mi illudevo che per Mark e Lauren ci fosse una possibilità. Una qualsiasi. Mi illudevo di svegliarmi, un giorno, e dimenticare chi ero davvero, chi eri tu. Rinnegare mio padre, la mia famiglia, il mio nome, tutti i miei ricordi passati... Che le tue braccia intorno a me compissero il miracolo...»

«Un Rosencraft che rinnega il proprio nome? Che rinuncia a qualcosa che gli appartiene per una possibilità qualsiasi con qualcuno che disprezza?» Un mezzo sorriso, quasi di scherno, comparve sul volto di Emily. Poi scosse la testa. «Non è mai esistito né mai esisterà. Nemmeno un miracolo potrebbe farlo accadere. Per questo siamo qui. Questo miracolo è impossibile e tu sei un Rosencraft. Quindi chiudiamo questi discorsi inutili, Michael. Io sono andata avanti per anni sperando di trasformarmi un giorno in Lauren Atkinson, quella vera... Così, per magia. Grazie alla mia ammirazione nei suoi confronti, perché sognavo di farla rivivere, di diventare lei. Ma sono solo Emily Redwood e adesso morirò come Emily Redwood. Sono pronta. Non ho intenzione di difendermi né di combattere, non contro di te.»

«Io sono un Rosencraft, è vero. Ma sono anche figlio di Susan Lowitt. Ho passato tutta la mia vita a odiare te, quando avrei dovuto odiare me stesso. Quindi non credere di cavartela così facilmente, Emily. Perché non accadrà. Io non sono Mark, il devoto figlio dei Grey. Tu non sei Lauren Atkinson e mi dispiace per te, davvero. Siamo quelli che siamo, proviamo rabbia, proviamo odio, paura, disperazione… Ma non farmi credere che non ci sia altro, non tentare di convincermi che non proviamo anche altro, entrambi…»

Emily chiuse gli occhi. Avrebbe chiuso anche il cuore, se avesse potuto. Perché era lì il suo problema. E ora la situazione si era notevolmente aggravata, rendendosi conto che non era soltanto suo. Ma Michael non aveva pietà, del suo cuore. Non aveva pietà di niente e nessuno, nemmeno di se stesso.

«Avrei potuto ucciderti subito, quando ti ho presa e ti ho portata nello Yorkshire. Sarebbe stato facile, mi sarei tolto il peso una volta per tutte. Tu avresti potuto riversare su di me tutte le mie colpe, ho sterminato e ucciso quanto te, più di te.» Michael fu nuovamente su di lei. Emily percepì le sue mani sui capelli, la sua carezza dolce, delicata. Poi le sue labbra sul viso. «Proviamo amore, Emily. Per questo siamo qui, indipendentemente dai nostri nomi, dal nostro passato, dai nostri peccati, dalla maledizione a cui siamo condannati. Proviamo amore.»

*** 

Emily Redwood non aveva risposto. Qualunque cosa fosse quella di Michael, una dichiarazione, una provocazione, Emily non era allenata a rispondere. Ma aveva sgranato gli occhi su di lui. E una lacrima le era scivolata giù, lentamente, percorrendole la guancia fino a bagnare anche la mano di Michael, trattenuta sul suo viso. La sua prima vera lacrima, dopo tanto tempo.

La profondità dei sentimenti di Emily lo aveva sconvolto e lo aveva colto alla sprovvista, disarmato. Non solo sentimenti per lui. Ora conosceva la sua vera storia, la storia di Emily, la storia di Rosencraft, scritta sotto il nome di Lauren. L'aveva letta, meditata, scolpita nell'anima, tra odio e amore.

E ciò che Stephen O'Connell gli aveva detto, e che lui stesso aveva ribadito a Emily, gli era rimasto in mente e lo aveva toccato, scalfito.

"Tu sei un Rosencraft e questo non potrai mai cambiarlo. Ma sei anche il figlio di Susan Lowitt, una donna che ha dato la sua vita per amore. Tu le somigli, hai il cuore puro e innamorato di Susan, di tua madre."

Per questo, nella profondità del suo odio, non aveva potuto evitare di amare Emily Redwood. Per questo l'aveva raffigurata più e più volte, incastrando la sua immagine tra i ricordi, nei disegni di bambino, poi su quelle tele, nella *Ragazza alla finestra* che aveva usato contro di lei.

Emily era colei a cui si aggrappava per non crollare, per continuare a resistere. L'odio lo rinvigoriva, l'amore lo rinsaldava. E le parole che John, suo padre, aveva pronunciato contro Emily nella stanza della casa di cura gli tornarono in mente all'improvviso, repentine. Era rimasto troppo di sua madre in lui, per poterle accettare.

"Nessuno ti amerà mai."

Michael aveva contraddetto la maledizione di John e il dolore che aveva provocato nel suo cuore di bambino. Perché, proprio da quel momento, non era più riuscito a non pensare a Emily Redwood. Giurando a se stesso che un giorno l'avrebbe ritrovata.

Crescendo era tornato a disprezzarla. Ma era il suo abbandono a odiare con tutto se stesso. Avrebbe preferito che lei fosse un demone, un mostro, uno spirito maligno e perverso. Lo avrebbe tollerato. Non un essere fragile, appassionato, umano. Così gli rendeva impossibile il desiderio di combatterla, di distruggerla.

Non poteva averla e non poteva perderla. La stessa cosa valeva per lei. La loro forza e il loro potere li avrebbero consumati.

«Nei tuoi occhi ci sono tutte le lacrime che non sei mai riuscita a lasciare andare, a versare. Sono come cristalli, incastrati lì dentro.»

Alle parole di Michael, Emily chiuse automaticamente gli occhi per un istante. Ma lui aveva letto comunque, dentro di lei.

«Io avrei voluto una storia diversa per noi, Michael.» Accarezzò la sua mano, poi gli sfiorò il viso. «Tu conservi ancora in te tutto l'odio di John nei miei confronti, ma hai il cuore di Susan... Io ho la fragilità di Adam, mentre la forza di Katherine mi ha indotta a fuggire, a pensare solo a me stessa...» Emily scosse leggermente il capo, poi lo guardò negli occhi. «Ora ho la certezza che mia madre mi ha abbandonata e mi chiedo come... come abbia potuto... come possa essere ancora viva, da qualche parte, senza pensare a me...»

«Emily...» Michael sospirò e si piegò su di lei, appoggiando la fronte sulla sua, poi si spostò e sfiorò delicatamente le sue labbra.

«E allo stesso modo non posso fare a meno di chiedermi... sono anche io così? Michael... Io a te non ci ho pensato proprio, non mi sono resa conto che lasciandoti solo tu avresti ripercorso la mia stessa storia, la mia stessa disperazione. Ti ho condannato...» Emily si morse le labbra e deglutì a fatica, il nodo in gola le impedì quasi di pronunciare le sue ultime parole. «Da bambina sognavo di essere come mia madre... Ed eccomi qui, sono stata davvero come Katherine, con te. Stavo lottando per Susan e ho abbandonato suo figlio.»

«Non è così, Emily.» Michael l'afferrò per le spalle, la staccò per poterla guardare negli occhi, ma allo stesso tempo la trattenne contro di sé. «Tu non sei Katherine. Io non sono John. Noi siamo persone nuove, non siamo lo specchio dei nostri genitori, dei loro pregi e difetti. Dobbiamo costruire la nostra vita, indipendentemente da loro, dai Rosencraft, dai Redwood... Tu non hai abbandonato un bambino. Eri sola, ferita, spaventata, non sapevi nemmeno cosa avresti fatto all'esterno, come sarebbe stato. So cosa ti ha fatto Lawrence. Lo disprezzo... a tal punto che vorrei che fosse vivo per ucciderlo con le mie mani! So che hai dovuto difenderti e lottare contro di lui, contro tutti. Io non sono come i Rosencraft. Non sono un vigliacco e non sono indifferente. Ho assorbito tutto da mio nonno, tutti i suoi insegnamenti, ma non l'indifferenza. E non sono mio padre, Emily. Io non ti odio, non ti ho mai odiata davvero. In nessun caso ti odierei, nemmeno se tu non mi amassi più.»

«Michael... sarebbe tutto più facile se io non ti amassi...» Emily si lasciò andare, fino a scivolare a terra. Michael cercò di trattenerla, ma alla fine poté solo seguirla, accompagnarla giù, proprio davanti al Gemstone Creek che all'improvviso sembrò riprendere vita e scorrere rigoglioso di fronte a loro. «Ma non posso, non posso...»

«Allora non farlo, Emily. Resta con me.»

«Non possiamo restare entrambi, Michael. C'è troppo di Rosencraft in noi. Io ho fatto di tutto per non appartenere a questo posto, per prendere le distanze. Katherine, Susan, Lauren... sono state in me, sono state la mia speranza e la mia condanna. La mia forza e la mia disperazione. Ho sperato di essere come loro, invece mi sono condannata ad essere me stessa, ancora di più. Condannata alla prigione del mio corpo, della mia anima. Condannata dal tesoro dei Redwood che non ho mai desiderato per me. Nel tuo dipinto, dietro a quella finestra chiusa, tu mi hai vista davvero. Hai visto la vera esclusa di Rosencraft. Tu mi hai liberata dalle catene che mi avevano imprigionata.»

«Il tesoro dei Redwood... tu sapevi dove si trovava...»

«Sì, proprio qui sotto al mio torrente, un'insenatura raggiungibile dalla cascata... inconsciamente l'ho sempre saputo. Charles mi ha mostrato la mappa che gli aveva lasciato mio padre e io ho capito. La lucentezza delle pietre insieme al potere dei Lightstorm hanno intensificato le mie percezioni e mi hanno permesso di vedere attraverso...»

«Perché?» Michael aveva già compreso, ma voleva sentirlo da lei. O forse voleva solo trattenerla, trovare un espediente, costringerla a restare. «Perché lo hai lasciato qui? Avresti potuto avere tutto.»

«Lo so, è quello che mi ripeteva anche tuo nonno: ora potresti avere tutto, Emily.» La sua voce si fece flebile mentre gli accarezzava con dolcezza il viso. «E io lo volevo davvero, questo tutto. Lo volevo, Michael. Ma lo volevo da sola, senza un tesoro a dare valore alle mie forze, alle mie capacità. Volevo guadagnarmelo, mettermi alla prova, essere abbastanza brava. Il tesoro dei Redwood... è stato la mia condanna, da sempre. Ha causato troppo dolore a troppe persone. È stato la causa di gran parte dei miei mali. Mi avrebbero uccisa, per il tesoro. Lawrence lo ha fatto e ci è quasi riuscito. Hanno sterminato la mia famiglia, incendiato la tenuta dei Redwood, ucciso mio padre, maledetto mia madre, giustiziato il mio amico Curtis, simulato amicizia e affetto nei miei confronti... per il tesoro dei Redwood. Io non volevo diventare così, non volevo che il tesoro mi cambiasse. Non volevo che alterasse i miei sforzi, il mio impegno, rendendoli vani. Io volevo riuscire a ottenere i miei traguardi, da sola, grazie ai miei meriti. Solo così io volevo realizzare il mio sogno. E anche Stephen... se in questi anni gli avessi rivelato di conoscere dove si trovava, il tesoro lo avrebbe corrotto e cambiato, lo avrebbe reso cinico, avido, logorando il suo cuore, la sua bontà d'animo... come...»

Michael annuì e socchiuse gli occhi.

«Come me. Il tesoro dei Redwood ha corrotto e cambiato anche me.»

«No, Michael. No. Tu non permetterai che accada, io lo so.»

Il corpo di Emily, tra le sue braccia, stava diventando sempre più fragile, evanescente, sottile. Michael comprese che la stava perdendo.

Erano gli unici rimasti, a Rosencraft. Discendenti da due famiglie originarie, avversarie, rivali. Con in aggiunta il potere ancestrale dei Lightstorm e dei Darksee. Erano unici, potenti, liberi. E tutta la forza di Emily si stava realizzando, ora poteva raggiungere il suo massimo splendore, a Rosencraft. Invece stava subendo un processo inverso. Michael lo comprese. Aveva distrutto, ora stava creando. Ma stava portando se stessa alla fine.

Michael accarezzò il suo viso, quasi ridotto a un'ombra ormai. Sfiorandola si sentì trascinare lui stesso nella voragine che lei aveva creato intorno a sé.

«È così che vuoi vincermi? Abbandonando il campo? Abbandonando me?»

«Non sempre vince chi grida più forte, Michael. Sappiamo che vincerei. Ma io non posso rischiare di farti del male. Non lo sopporterei.»

«Io invece sono disposto a correre il rischio, Emily. A Rosencraft tutto torna.» Michael posò la fronte sulla sua. «Anche tu. Tornerai...»

«Rosencraft è tua, Michael. È sempre stata tua, ti spetta di diritto.» Emily gli posò la mano sui capelli, accarezzandoli piano. «Puoi ricostruirla, con il tuo tesoro. Te lo sei guadagnato, fanne buon uso. Ma devi proteggerla, questa volta. Devi proteggere Rosencraft, anche per me. Riportare qui ciò che di puro c'è nel mondo, per ricostruirla senza più pregiudizi e corruzione. Dovrai resistere, per tanto, tanto tempo. Anche per me. Sarai tu il mio tesoro, il mio cavaliere errante...»

Michael annuì, si staccò da lei per guardarla negli occhi. Gli abitanti di Rosencraft erano disposti a vendere l'anima, lo sapevano entrambi. Per il potere, per l'ambizione, per l'avidità, per la gloria. Disposti a distruggere tutto e tutti, loro stessi per primi. Loro erano destinati a fermarli. E lo avevano fatto.

Emily non era mai stata ambiziosa, non era mai stata avida. Così stava lasciando tutto a lui. Per non distruggerlo, per non ucciderlo. Perché ormai era chiaro che sarebbe stata lei a vincere, tra i due.

«Credevo di sorprenderti, invece tu hai sorpreso me, con tutto ciò che sei. Sei fragile, pura, innocente. Ma sei anche orgogliosa, testarda, audace. E nessuno ti amerà mai, Emily Redwood... mai più di me.»

Per un istante Emily spalancò gli occhi su di lui, poi un tenue sorriso le illuminò il volto mentre le sue guance pallide avvamparono. Michael la trattenne a sé, sul suo petto. Le strinse le mani, le baciò il viso e le labbra. Ma infine chiuse gli occhi e un sonno inatteso lo colse, improvviso e irresistibile. Quando si risvegliò, lei non c'era più. Gli parve di scorgere la sua ombra sottile allontanarsi, oltre il Gemstone Creek, tra le fronde degli alberi. Si alzò di scatto, oltrepassò il torrente per tentare di raggiungerla. Ma era solo una sua illusione, lei non c'era.

Michael piegò le ginocchia e si lasciò cadere a terra, prendendosi la testa tra le mani. Aveva perso. Aveva tutto e aveva perso. Si asciugò le lacrime che gli solcavano il viso.

Un rumore lo distolse. Alzò lo sguardo e accanto alla sponda del torrente scorse qualcosa. Si rese conto che si stava muovendo e si avvicinò, trascinandosi piano con le gambe, per tentare di capire di cosa si trattasse senza fare troppo rumore.

Era un piccolo cucciolo di volpe che accortosi della sua presenza sollevò gli occhi azzurro verde su di lui. La volpe era il simbolo dei Redwood. Precedentemente lo era stato dei Lightstorm, come il falco lo era dei Darksee.

Michael l'accarezzò piano, con delicatezza. E la piccola volpe mosse il muso contro la sua mano, apprezzando il gesto. In un attimo la decisione fu presa. L'istinto aveva vinto. Anche il cuore aveva vinto.

«Addio Rosencraft. Buongiorno Redwood.»

***

Michael aveva riletto tutta la storia di Emily, ancora una volta. Aveva ritrovato tutto ciò che lei aveva lasciato negli archivi della

"Rosencraft Library", tanti anni prima. La prima lettera di Katherine all'uomo col cappello. Era lei la donna con lo scialle che connetteva il tutto, come in una tela di ragno, le sue trame, i suoi viaggi. Poi le registrazioni di Susan, che Claire Blackmirror aveva consegnato a Emily.

Così, come ultimo redattore, Michael l'aveva intrecciata alla sua, arricchendola. Le loro vicende si erano mescolate, incrociate, intersecate, aggrovigliate, sovrapposte, separate, per poi unirsi di nuovo. Anche le loro membra si erano intrecciate, come rami che non volevano saperne di crescere distanti. Era confluito in lei, e continuava a farlo.

*"Ho cercato per tutta la vita di afferrarla, di interpretarla. Di capire ciò che Katherine, Susan, Lauren e infine Emily hanno tentato di comunicare, di comprendere, di spiegare. Ora so che Rosencraft non è mai stato solo un luogo fisico, per loro. Ma un luogo dell'anima. Interiore. È stato il dolore stesso a distruggere Rosencraft, il dolore provocato. Gli altri sono stati solo mezzi. Anche Emily, in fondo, è stata solo un mezzo. Non si può costruire nulla sul dolore degli altri. Non a lungo termine. Perché quello stesso dolore, prima o poi, chiederà sollievo e giustizia. In questi termini Rosencraft è un luogo immaginario, un'allegoria del mondo. È come se queste donne, Katherine Kingstone, Susan Lowitt, Lauren Atkinson e soprattutto Emily Redwood fossero state escluse dal mondo per il loro modo di essere, per il loro "non appartenere" del tutto, per il loro opporsi alle convenzioni. Per la loro intraprendenza. Lo stesso è accaduto ad altre persone, a Stephen O'Connell, a Ted Blackmirror, al professor Aaron Masters, a sua moglie Claire Blackmirror, alla famiglia Greyhammer e, in ultimo, anche a me, Michael Rosencraft.*

*Abbiamo lottato e abbiamo perso. Ma dipende dai punti di vista. Ci siamo messi alla prova, sfidando noi stessi. Perché è stata la ribellione dello spirito a rendere le persone evanescenti, fino a scomparire pur di manifestare la propria individualità, la propria non appartenenza.*

*Questa è stata la scelta di Emily, che io non sono riuscito a condividere, ad approvare. Mi sento ancora tradito, come se avesse scaricato su di me il suo affare irrisolto. Non posso accettare che il prezzo per salvare Rosencraft e me sia stato perdere lei.*

*Ho portato alla luce il tesoro dei Redwood, sepolto nelle cavità sotto al Gemstone Creek. Mi sono affannato tanto, inutilmente. Perché tu sapevi già tutto, Emily, molto prima di me. Il tuo luogo preferito a Rosencraft, il tuo angolo di pace. Forse in qualche modo ti stava richiamando. Tu avevi compreso tutto e non hai mai preteso niente. Tu sei il vero tesoro dei Redwood. Per questo sto facendo buon uso di ciò che ho trovato ma non mi appartiene. Proprio come mi hai chiesto tu. Spero di aver fatto un buon lavoro e di continuare a migliorare.*

*Ho ristrutturato l'antica tenuta dei Redwood e l'ho trasformata in un centro d'accoglienza per i bambini abbandonati che sono riuscito a strappare da quel pessimo orfanotrofio in cui ho trascorso buona parte della mia infanzia. Bambini abbandonati, come siamo stati noi. Bambini che non subiranno mai i nostri stessi maltrattamenti.*

*Ho fatto abbattere la villa dei Rosencraft. Poi l'ho ricostruita, fondando un centro per artisti, cercando di mantenere intatta la dislocazione e la struttura della biblioteca di mio nonno, che adesso è il mio studio. Ho rimesso il tuo piccolo mappamondo di legno al suo posto, sulla scrivania. È lì che ti aspetta, quando ti deciderai a tornare. Ho eliminato tutto quello che c'era prima, anche nel parco... tranne la vecchia altalena. Nella mia mente è nostra, da sempre. Solo nostra. E cigola ancora.*

*Ti perdono il passato, Emily, ma non di avermi lasciato solo ora. Non questa volta, che sarei stato disposto a rischiare. Non mi avresti fatto del male, lo so. Stephen dice che dovrei sforzarmi di capirti, di accettare il tuo sacrificio per me, il tuo desiderio di salvarmi. La fine di tutti i Rosencraft non poteva essere anche la mia. Ma non ne sono capace. Io non ti lascerò mai andare, Emily. Mai."*

Michael richiuse il diario. Sospirò e, con la schiena appoggiata all'albero, lanciò un'occhiata oltre al Gemstone Creek, nel punto in cui aveva visto la sua ombra svanire.

«A Rosencraft tutto torna» disse ad alta voce. «Ma Rosencraft non esiste più.»

Michael era un Rosencraft e aveva rinnegato il suo nome. Le sue origini, la fondazione della città che gli apparteneva di diritto. Aveva rinunciato al suo nome e la città di Rosencraft non esisteva più. Al suo posto, dalle sue ceneri, era sorta la ridente cittadina di Redwood. Calorosa, invitante, ospitale. Tra miti e leggende, un vago sapore del passato e un sogno di vita, di rinascita, poco alla volta si stava popolando. Michael Rosencraft aveva narrato la sua storia, forse un po' inconsueta, un po' irreale ma che aveva attratto nuovi abitanti, affascinati dal suo entusiasmo, dal suo vigore e dalla volontà di ricostruire, di dare spazio alla conoscenza, alla cultura, al vero tesoro dei Redwood. Un mondo migliore per artisti, poeti, letterati e anime sensibili. Il mondo auspicato da Adam e Katherine, il sogno che Emily aveva affidato a Michael.

L'aria che ora si respirava a Redwood era buona, salutare, umana. Michael si avviava ogni giorno, da solo, lungo il Gemstone Creek, il torrente di Emily. Si guardava intorno e sorrideva, in attesa. La piccola volpe gli faceva spesso compagnia. Da poco era apparso anche un falco. Gli animali erano tornati a popolare i boschi circostanti e potevano vivere in pace ora, a Redwood. La "Riserva dei Fondatori" era stata smantellata per sempre, la caccia e i rituali macabri aboliti.

«Anche a Redwood tutto torna, Emily. Io ti sto aspettando.»

Michael chiuse gli occhi e si assopì, solo per qualche minuto. Poi decise che era giunto il momento di tornare al suo lavoro.

Stava preparando i nuovi dipinti, per la prima mostra che lui e Stephen O'Connell avrebbero allestito in un salone della tenuta dei Redwood, insieme ai disegni dei bambini del centro. Aveva compreso che Stephen gli era rimasto accanto e lo aveva sostenuto nei suoi progetti solo per lei, grazie all'affetto che lo legava a Emily. Forse anche in ricordo del suo amore per Ted Blackmirror. Per questo aveva accettato di costruire Redwood insieme a Michael, di renderlo un posto umano e accogliente in cui vivere.

Se tutto andava come si aspettavano, considerato l'interesse suscitato in città e nei dintorni, la mostra sarebbe stata un successo. Michael si alzò con l'intenzione di muoversi verso il centro cittadino. Stavano inaugurando nuove attività e aspettavano solo lui, il fondatore di Redwood, per tagliare il nastro. Però si voltò ancora una volta, verso il Gemstone Creek, verso l'immagine evanescente e delicata di Emily, sempre presente davanti ai suoi occhi. E le parlò. Sapendo che prima o poi lei, ovunque si trovasse, gli avrebbe risposto.

«Ciao Emily, esclusa di Rosencraft. Ho fondato Redwood, ho rinnegato il mio nome, per te. Ho cancellato per sempre la città fondata dai miei avi, la sua gloria. La mia missione è quasi compiuta. Avresti dovuto conoscermi, credermi, capire fino a che punto sono disposto a rischiare, pur di averti accanto. Ci sei sempre stata tu, nessun'altra. Solo tu. Mia dannazione, mio tormento, mio amore. Mi hai chiamato il tuo cavaliere errante… Ti prometto che ovunque tu sia, io ti verrò a cercare. Io ti ritroverò. E ti riporterò qui. A casa tua.»

## *"Benvenuti a Redwood"*

# RINGRAZIAMENTI

L'evoluzione di questa storia ha radici lontane. Anche i collegamenti con altre mie storie risalgono a tempi abbastanza remoti. "L'Esclusa di Rosencraft" ha subito, nel corso degli anni, molteplici abbandoni e svariate revisioni, ma arrivata finalmente alla conclusione posso affermare di essere contenta del risultato raggiunto. Perché, molto probabilmente, portata a compimento in altri periodi della mia vita, non sarebbe stata la stessa. Ma suppongo che questo valga per tutte le storie.

Non mi resta molto altro da aggiungere.

Come sempre, ringrazio voi lettori che siete arrivati fino a qui.

Ringrazio i luoghi che ho visitato e in cui ho vissuto, che da sempre mi aiutano nell'elaborazione delle mie storie.

Ringrazio Ghostly Whisper Ltd. e i miei correttori di bozze.

Ringrazio la mia famiglia per essermi stata di grande aiuto da quando ho iniziato a scrivere le mie storie, praticamente da tutta la mia vita.

In questo caso, per la prima volta credo, devo ringraziare anche i miei personaggi. Abbiamo fatto un percorso insieme, lungo e complesso, almeno per me. Quindi non mi resta che ringraziarli per avermi sostenuta nei miei momenti di cedimento, piuttosto numerosi nel corso di questa storia. Loro sono sempre arrivati quando io stavo crollando.

"L'Esclusa di Rosencraft" crea una sorta di evoluzione in me, uno spartiacque tra il prima e il dopo. Ha preteso la priorità su tutto il resto. Dovevo scriverla, indipendentemente da tutto e da tutti, anche da me stessa. Non potevo più aspettare. Dovevo proprio scriverla.

**Barbara Morgan** legge e scrive da sempre. Predilige urban fantasy, horror, distopici e fantascienza ma si avventura spesso in altri generi. Lavora nell'ambito della scrittura, dell'editoria e della moda. Laureata in lingue e letterature straniere, specializzata in letteratura inglese, letteratura americana e letterature comparate, ha vissuto tra Inghilterra, Francia, Italia, Svizzera e Stati Uniti, per poi trasferirsi in Irlanda, dove organizza eventi culturali e book club. Traduce dall'inglese, dal francese e dallo spagnolo.

*Ghostly Whisper*, la Casa Editrice che ha fondato in Irlanda, è un po' la sua storia.

*Se volete seguirmi, mi trovate qui:*

Website: https://www.barbara-morgan.com

Facebook: https://www.facebook.com/BarbaraMorganAuthor/

Instagram: https://www.instagram.com/barbaramorganbooks/

Twitter: https://twitter.com/BabsiMorgan